BASTEI
LÜBBE

Don Davis

Schlaf, Kindchen, schlaf

Aus dem Amerikanischen
von Joachim Honnef

TRUE CRIME
Der wahre Kriminalfall

BASTEI LÜBBE

BASTEI LÜBBE TASCHENBUCH
Band 14 186

Erste Auflage: Januar 1999

Deutsche Lizenzausgabe 1999
by Bastei-Verlag Gustav H. Lübbe GmbH & Co.,
Bergisch Gladbach
Originaltitel: Hush, Little Babys
Originalverlag: St. Martin's Press, New York
Lektorat: Annerose Sieck
Umschlaggestaltung: QuadroGrafik, Bensberg
Satz: KCS GmbH, Buchholz / Hamburg
Druck und Verarbeitung:
Brodard & Taupin, La Flèche, Frankreich
Printed in France
ISBN 3-404-14186-5

Der Preis dieses Bandes versteht sich einschließlich der gesetzlichen Mehrwertsteuer

DANKSAGUNG

Über jene Menschen, die mich bei dieser Arbeit unterstützt haben, könnte ich fast ein weiteres Buch schreiben. Einige ziehen es aus persönlichen Gründen vor, im Schatten der Anonymität zu verbleiben, und ich respektiere natürlich ihren Wunsch.

Die Familie von Darlie und Darin Routier war äußerst freundlich und hilfreich. Sie scheute sich nicht, mich in ihren Familienkreis aufzunehmen. Mein besonderer Dank gilt Darin, Mama Darlie, Sarilda Routier, Dana Stahl, Lou Ann Brown, Sandi Aitken und Deon und Dana Routier.

In Rowlett sorgten meine Freunde Greg Lynch und Becky Sebastian von der *Lakeshore Times* für unschätzbare Hilfe und gutes mexikanisches Essen, und Estelle Anderson von *Back Porch Books* wurde ebenso eine Freundin wie Corrine Wells. Überaus hilfreich waren auch Mike Glenn von den *Garland News*, Charlotte Johnson von der Handelskammer und Sergeant Dean Poos von der Polizei Rowletts.

In Dallas waren Richter Mark Tolle und sein Personal äußerst zuvorkommend, und in Kerrville erhielt ich Unterstützung von Joe Munoz, Channel 5, Randy Coffey, KRLD, und von einigen anderen, die schon wissen, wer gemeint ist. Mein besonderer Dank gilt Helen McClure.

Robin Murphy Davis bearbeitete die Urfassung und schirmte mich vor Unannehmlichkeiten ab, während ich schrieb. Charlie Spicer und Stephen Murphy von St. Martin's Press und meine Agentin, Jane Dystel, erledigten die Veröffentlichung in New York schnell und mit großem Engagement.

Oh, meine Hand, arme elende Hand,
nimm schon das Schwert.
Nimm es, tritt vor an diesen bitteren
Ausgangspunkt,
Und sei nicht feige, denke nicht daran,
Wie süß sie sind, und daß du ihre Mutter bist.
Vergiß nur diesen einen kurzen Tag
deine Kinder.
Danach weine, denn selbst wenn du
sie töten wirst,
Sie sind sehr lieb – oh, ich bin eine
unglückliche Frau!

Medea
Euripides

1

Es war erst Frühsommer, aber die Sonne brannte bereits auf Texas herab. Am 5. Juni 1996 war es fast 35° C heiß, und es gab keine Aussicht auf Regen, der etwas Abkühlung bringen könnte. Das ganze Jahr über war es knochentrocken gewesen. Die Ebenen waren staubig, und die Betontürme und Asphaltstraßen der Großstädte verwandelten sich allmählich in Backöfen. Wettervorhersagen versprachen durch ein Tief von Westen, das am Nachmittag Gewitter bringen sollte, einen Hauch von Abkühlung. Als die Sonne an diesem Tag um 20 Uhr 39 unterging, war Dallas regelrecht gebraten, Gewitter waren ausgeblieben, und es mußte mit weiterer Hitze gerechnet werden. Schließlich war es Sommer in Texas. Der Mond ging auf, und sein Schein durchbrach kaum die willkommene Dunkelheit, die einen leichten Temperaturrückgang brachte.

In dem kleinen Ort Rowlett, vierzig Kilometer nordöstlich von Dallas gelegen und jenseits der Umgehungsstraße um die Stadt, fühlte sich Darlie Routier in ihrem geräumigen Haus recht unbehaglich. Die nächtlichen Temperaturen sanken nur auf 23° C ab, und in Texas arbeiteten die Klimaanlagen und Ventilatoren, um Kühlung zu verschaffen. Wärme steigt auf, und folglich war es im oberen Stock des zweigeschossigen Backsteinhauses an der Ecke Eagle Drive 5801 wärmer als im Erdgeschoß. Darlie Routier trug nur ein leichtes T-Shirt und einen Slip. Ihr Ehemann Darin war nach oben gegangen, um ihren acht Monate alten Sohn Drake ins Bett zu bringen. Er kehrte mit einem Kissen und einer leichten Decke für seine Frau nach unten zurück, gab ihr einen Gutenachtkuß und ging dann hinauf ins Elternschlafzimmer. Darlie zog es vor, mit ihren beiden älteren Söhnen im Wohnzimmer des kühleren Erdgeschosses zu bleiben.

Jeder in der Familie hatte einen Namen, der mit *D* begann. Zusätzlich zu Darlie und Darin und dem Baby Drake gab es den sechsjährigen Devon und den fünfjährigen Damon. Die Jungen waren alle schwarzhaarig wie ihr Vater.

Darin, achtundzwanzig, sah gut aus, hatte einen gepflegten Vollbart und war schlank, und die 26jährige Darlie Lynn Routier war eine typische texanische Blondine mit üppigen Kurven und atemberaubendem Lächeln. Sie hatten sich als Teenager auf den ersten Blick ineinander verliebt und waren seit acht Jahren verheiratet. Darins Erfolg als Unternehmer erlaubte ihnen ein Leben in äußerst guten Verhältnissen, und an diesem Abend, bevor Darin nach oben gegangen war, hatten sie über den geplanten Verkauf des reparaturanfälligen Jaguars und des geldverschlingenden Bootes gesprochen, eine von Darins geschäftlichen Transaktionen, die nicht so gut geklappt hatte.

Devon und Damon waren an diesem Abend so ausgelassen wie immer, noch aufgeregt vom Besuch ihrer Tante Dana Stahl, eine von Darlies Schwestern im Teenageralter. Nach dem Abendessen hatten sie fast das gesamte Wasser aus der Badewanne im Hof verspritzt. Die scheinbar unerschöpfliche Energie der Brüder hatte dazu geführt, daß die Familie diesen Bereich des großen Hauses das ›Abenteuer- und Spielzimmer‹ nannte. Darlie erlaubte den Jungen, sich auf den Boden zu legen, und sie machte es sich auf der Couch an der Westwand bequem. Alle drei schliefen an diesem Mittwoch abend ein, während der Fernseher mit leisegestelltem Ton weiterlief.

Darlie hatte noch nicht sehr lange geschlafen, als sie an der Schulter leicht berührt wurde und Damon schwach rufen hörte: »Mommy, Mommy!« Es klang gepreßt, fast geflüstert, ein ungewöhnlicher Tonfall für einen fünfjährigen Jungen. Darlie öffnete die Augen und erlebte den Alptraum ihres Lebens.

Im schimmernden Licht des Fernsehers sah sie den Umriß eines großen Mannes, der sich über sie neigte. Es war nicht Darin, sondern jemand, den sie noch nie gesehen hatte. Der Fremde war von Kopf bis Fuß schwarz gekleidet. Sie sah ein schwarzes T-Shirt und eine ebenfalls schwarze Baseballkappe, deren Schirm sein Gesicht beschattete. So verwirrt und schlaftrunken, wie Darlie war, schrie sie nicht, als sie ein großes Messer in seiner Rechten sah.

Darlie blickte zu ihren Söhnen auf dem Boden und sah entsetzt, daß sie von dunklen Blutlachen umgeben waren. Devon lag still auf dem Rücken, und seine kleine Brust war von Messerstichen übel zugerichtet. Nachdem er seine Mutter geweckt hatte, sank Damon auf den Boden zurück, und Darlie sah, daß er ebenfalls in einer Blutlache lag.

Sie starrte erschüttert auf den geheimnisvollen Fremden, doch der war dabei, sich zu entfernen. Vielleicht hielt er es für an der Zeit, die erwachte, verwundete Frau zu verlassen. Darlie, vor Furcht wie erstarrt, blieb immer noch still liegen. Sie war wie gelähmt beim Anblick der plötzlichen Gewalt, die ihr stilles kleinstädtisches Haus mitten in der Nacht heimgesucht hatte.

Erst als der fremde Eindringling zurückwich, konnte Darlie wieder einen klaren Gedanken fassen. Barfuß lief sie hinter ihm her, wollte ihn aufhalten, doch er stach wieder und wieder auf sie ein. Sie zwang ihn zum Rückzug durch die Küche, den Abstellraum und dann zur Garage. Glas klirrte, und ihre blutigen nackten Füße zogen eine Spur durch den rückwärtigen Teil des Hauses, als sie hinter dem Fremden herjagte.

Ein Klappern. Er hatte das Messer fallen gelassen. Es war ein langes Messer mit weißem Griff, die Art Küchenmesser, die im Messerklotz beim Fleischerbrett steckte. Sie bückte sich und hob das Messer auf. Jetzt ergriff der Eindringling die Flucht vor der resoluten Frau. Er verschwand durch die Tür, die zur Garage führte, und kletterte dort vermutlich durch ein Fenster hinaus. Darlie war es egal, welchen Weg er wählte; Hauptsache, er war fort.

Erschöpft ließ sie das große Messer auf den Betonboden fallen und eilte ins Haus zurück. Jeder Schritt schien eine

Ewigkeit zu dauern. Ein Blick in den Spiegel entsetzte sie, denn sie blutete aus Stich- und Schnittwunden. Blut schoß aus einer langen Wunde von der Kehle bis zu ihrer Brust und befleckte ihr T-Shirt. Ihre Hände wiesen ebenso Schnittwunden auf wie ihre Arme und das Kinn.

Damon und Devon lagen noch dort, wo sie angegriffen worden waren. Ihre kleinen Körper lagen regungslos in ihrem Blut. Darlie schrie, so laut sie konnte, um Darin zu wecken. Was konnte sie tun, um den Kindern zu helfen?

Um 2 Uhr 31 schleppte sich Darlie zum Telefon in der Küche und wählte den Notruf 911. Die Polizistin in der Funkzentrale hörte einen unverständlichen Schrei und unzusammenhängende Worte, als die verzweifelte Darlie um Hilfe flehte. »O mein Gott! O mein Gott!« Die Worte waren gestammelte Schreie. »Meine Babys sind niedergestochen worden! Meine Babys sterben. Überall Blut!« Ihr verzweifelter Aufschrei wurde von atmosphärischen Störungen unterbrochen. »Halte durch, Schatz, halte durch, halte durch!« sagte Darlie.

Das Wehklagen und Stammeln ging weiter. Nach dem Ausbruch der Gefühle zu urteilen, mußte etwas Schlimmes in diesem Haus passiert sein. Die Polizistin in der Notrufzentrale überprüfte einen Videoschirm, notierte den Anschluß, von dem aus telefoniert wurde, der Computer ordnete die Telefonnummer der Adresse zu, und die Polizistin gab den Ruf um Hilfe über Funk durch.

Darin schreckte aus tiefem Schlaf hoch, als die gepeinigten Schreie seiner Frau durch das dunkle Haus gellten. Er war sofort hellwach und wußte, daß etwas Schreckliches geschehen sein mußte, wenn Darlie so schrie. Er hörte das entfernte Klirren von Glas, während er aus dem Bett sprang und nach seinen Jeans griff, um sie hastig anzuziehen.

Er hetzte die Treppe hinunter ins Erdgeschoß und durch die Dunkelheit zum rückwärtigen Teil des Hauses. Er sah Blut und Glasscherben und nahm an, einer der Jungen hätte den Couchtisch mit der Glasplatte umgeworfen.

»Devon!« schrie Darlie, die in der Küche war, ein blutiges Handtuch auf ihren Hals preßte und ins Telefon brüllte. »Devon! Devon!«

Darin schaute entsetzt auf seine blutigen Jungen, und es war, als krampfe sich eine eisige Faust um sein Herz. Beide Jungen waren niedergestochen worden. Er sank auf die Knie neben Devon und sah große Stichwunden in der Brust des Kindes. Die Augen, die normalerweise erstaunt in die Welt blickten, waren stumpf und leblos, starrten zu ihm empor, ohne etwas wahrzunehmen. Devon Routier zeigte keinerlei Regung und kein Anzeichen von Leben.

Darin fuhr herum, um nach seinem anderen Sohn zu sehen. Damon lag mit dem Gesicht nach unten, und auf den ersten Blick waren keine Wunden zu sehen, aber der Vater erkannte an der starren Haltung und der Blutlache, daß der Junge schwer verletzt sein mußte. Er fühlte nach dem Puls und glaubte, einen schwachen Herzschlag zu spüren. Seine Gedanken überschlugen sich. Er hatte keine Ahnung, welche Katastrophe seine Familie heimgesucht hatte. Er wußte nur, daß seine beiden ältesten Söhne entweder schwer verletzt oder tot waren und seine Frau hysterisch war und Handtücher zusammenraffte, während sie mit der Polizei telefonierte. Er nahm an, daß sie mit der Polizei sprach und bald Hilfe eintreffen würde. Er konnte nur Wiederbelebungsversuche bei dem kleinen Devon machen. Und hoffen, daß Damon noch etwas länger durchhielt.

Darlie klammerte ihre Hoffnung an den Notruf, als wäre er die Lebensrettung. »Sind Sie noch dran?« fragte die Telefonistin einmal, als Darlie der Atem ausging. Dann wehklagte Darlie von neuem. »*Wer würde so etwas tun?*« Darlie stammelte unzusammenhängendes Zeug, erwähnte etwas von einem Messer, und die Polizistin in der Notrufzentrale riet ihr, es nicht anzurühren. Es könnte ein Beweismittel sein. Zu spät. »Ich habe es bereits angefaßt«, platzte Darlie heraus. »Ich habe es aufgehoben ...«

»Wir hätten vielleicht Fingerabdrücke davon nehmen können.«

Ihre kleinen Kinder lagen niedergestochen in ihrem Blut, und Darlie machte sich Sorgen wegen der Fingerabdrücke und erzählte, daß jemand ein Fliegengitter in der Garage aufgeschnitten hatte, um durch den Abstellraum ins Haus zu gelangen. Sie sprach fast fünf Minuten lang mit der Telefonistin, bis ein Polizist über Funk meldete, daß er an der Haustür eingetroffen war. Zu diesem Zeitpunkt hatten Darlies Schreie nachgelassen, jedoch nicht ihre Gefühlsausbrüche. Darlie Routier stürzte offenbar vom Rand einer emotionalen Klippe in eine tiefe und unbekannte Schwärze.

Der Parkplatz der Baptistenkiche am Highway 66 war um halb drei am Morgen des 6. Juni leer bis auf den Streifenwagen von David Waddell, einem zweiunddreißigjährigen Beamter, der seit über vier Jahren bei der Polizei von Rowlett arbeitete. Er hatte seit fast fünf Stunden Dienst und freute sich darauf, in der Morgendämmerung zu seiner Frau und den beiden Kindern zurückzukehren. Der Nachtdienst war ruhig verlaufen, und Waddell hoffte, daß es so blieb, während er ein gelegentliches Scheinwerferpaar beobachtete, das die Dunkelheit des Highways zerschnitt, der eine der wenigen Ausfallstraßen des Ortes war.

Waddell wurde aus seiner Schläfrigkeit gerissen, als sich sein Funkgerät meldete. Eine Durchsage. Janet Brooks in der Notrufzentrale bestellte den Notarzt zum Eagle Drive 5801. Messerstecherei. Der junge Beamte schaltete Blinklicht und Sirene an und fuhr mit quietschenden Reifen vom Parkplatz der Baptistenkirche. Die Adresse Eagle Drive war etwa drei Kilometer entfernt.

Als er bei Eagle Drive 5801, einem großen Haus an der Ecke, an der die Straße eine Kurve nach links beschrieb, eintraf, stoppte er den blauweißen Streifenwagen. Ein hellbeleuchter Springbrunnen beherrschte den vorderen Rasen. Ein Mann mit Bluejeans und nacktem Oberkörper stürzte aus der Haustür und rannte an dem Springbrunnen vorbei schreiend auf den Streifenwagen zu. David Waddell hatte keine Ahnung, daß der Mann Darin Routier war, und er zog seine Dienstwaffe, stieg aus dem Wagen und forderte den Mann auf, stehenzubleiben. Darin rannte weiter auf ihn zu, stolperte und schrie, laut genug, um die Nachbarn zu wecken. »Jemand hat meine Kinder und meine Frau niedergestochen!« Mit schußbereiter Waffe im Anschlag folgte Waddell Darin durch die große Haustür zum blutigen Tatort. Es war der schlimmste, den er als Polizeibeamter jemals gesehen hatte.

Der Boden war mit Blutlachen bedeckt, und Waddell sah erst ein Kind, dann ein zweites in seinem Blut liegen. Eine bleiche Darlie Routier schrie hysterisch in ein schnurloses Telefon, während sie ein blutiges Tuch auf ihren Hals preßte. Waddell fragte sie, wer das getan hatte, und sie stammelte wirres Zeug, wies jedoch auf eine offene Tür, die aus dem hinteren Teil des Hauses hinausführte. Waddell sah, daß Darin auf die Knie sank und versuchte, einen der Jungen wiederzubeleben. Der Mann blickte mit gequältem Blick auf und erklärte, er spüre Luft durch die Wunden in der Brust des Jungen dringen. Waddell wies die benommene Darlie an, einige Handtücher zu holen und den anderen Jungen zu bedecken, doch die Frau packte nur das Handy fester und schrie in einem fort.

Überwältigt von dem blutigen Tatort, handelte Waddell, wie er es in der Ausbildung gelernt hatte. Er erinnerte sich, daß seine erste Pflicht nicht darin bestand, Erste Hilfe zu leisten, sondern sicherzustellen, daß der Täter keine Gefahr mehr darstellte. Möglicherweise war er noch in der Garage. Der Polizist durchquerte also die Küche und spähte durch den Abstellraum in die Garage. Er konnte überhaupt nichts erkennen. In einer solchen Situation blindlings ganz allein vorzugehen, kam nur in Fernsehkrimis vor. Es gab keinen Grund für Waddell, allein in die dunkle Garage zu stürmen und in einen Hinterhalt zu laufen, denn wenn er ums Leben kam, konnte er die Familie nicht mehr schützen. Der Angreifer konnte überall sein, oben im Haus, in der Garage, an der Hintertür, an einem Fenster, in einem Schrank. Man mußte mit allem rechnen. David Waddell ging vorsichtig zwischen Familie und dem Rest des Hauses in Position und versuchte Darlie zu beruhigen. Er ermahnte sie, sich hinzusetzen, um den Blutverlust zu verringern; Blut pumpte aus einer Wunde an ihrem Hals. Jede Minute kam Waddell wie eine Stunde vor. Hilfe war unterwegs. Wann traf sie denn endlich ein?

2

Janet Brooks in der Notrufzentrale des Polizeipräsidiums hatte Schwierigkeiten, das Gestammel der hysterischen Darlie zu enträtseln. »Ma'am, ich kann Sie nicht verstehen«, sagte sie am Telefon.

»Ja.«

»Sie müssen langsamer sprechen. Beruhigen Sie sich, und reden Sie deutlich mit mir.«

»Ich rede mit meinen Babys ... sie sterben!«

»Was ist los?«

»Jemand kam ins Haus, während ich schlief. Ich und meine kleinen Jungs schliefen unten. Ein Mann kam ... stach meine Babys nieder ... er flüchtete durch die Garage ... warf das Messer weg ... meine Babys sterben ... sie sind tot ... o mein Gott!«

Es gab einiges Hin und Her zwischen Janet Brooks, der Anruferin und einigen anderen Leuten, die sich per Funk einschalteten, und nach zwei Minuten und dreiundfünfzig Sekunden sagte Darlie: »Ich fühle mich wirklich schlecht. Ich glaube, ich sterbe.«

Vier Minuten und fünf Sekunden nach dem Beginn des Anrufs hörte Janet Brooks Darlie sagen: »Schaut alle in die Garage ... sucht in der Garage ... sie haben ein Messer verloren ...«

Janet Brooks gab schnell eine Anweisung: »Berühren

Sie nichts.« Darlie erwiderte: »Ich habe es bereits berührt und aufgehoben.«

Weiteres Schreien und Weinen kam über die Telefonleitung, als er erste Polizist, Waddell, beim Haus eintraf und versuchte, mit der Frau zu reden. Janet Brooks übermittelte Waddells Anforderung von Unterstützung, und ein Tonbandgerät zeichnete jedes Wort des dramatischen Anrufs von Darlie Routier unter der Notrufnummer 911 auf.

Sergeant Matt Walling, Leiter von fünf Polizeibeamten in dieser Schicht, war nur knapp fünf Kilometer vom Tatort entfernt, als der Funkruf kam, und er raste gleich hinter dem Krankenwagen Nummer 902 durch den Willowbrook Drive, der an den Eagle Drive grenzt. In dem Krankenwagen saßen die erfahrenen Sanitäter Jack Colbye und Brian Koschak von der Schicht C der Dalrock Station der Feuerwehr von Rowlett. Sie hatten sofort reagiert, obwohl sie geschlafen hatten, als der Alarm geschrillt hatte. Beide Fahrzeuge stoppten fast gleichzeitig vor dem Haus. Walling sprang heraus und wies die Sanitäter an zu warten, bis er sich vergewissert hatte, daß das Gebiet sicher war. »Es gibt im Haus mindestens zwei verletzte Kinder«, sagte er. »Fordert weitere ärztliche Hilfe an.« Koschak bestellte über Funk einen Feuerwehrwagen und noch einen Krankenwagen.

Walling traf Waddell im Haus an, erhielt einen schnellen Lagebericht von ihm – der Angreifer war männlich, trug schwarze Kleidung und eine Baseballkappe und war hinten aus dem Haus gelaufen. Die beiden Beamten durchquerten mit gezogenen Waffen die Küche und gingen durch den Abstellraum. Die Tür zur Garage war mit Blut beschmiert und stand einen Spalt offen. Walling schob die Tür weit auf und betrat die Garage. Der helle Strahl seiner Taschenlampe schnitt durch die Dunkelheit. Das große

Rolltor war geschlossen, aber Walling sah ein Fliegenfenster mit einem großen Schnitt darin. Er vermutete, daß der Täter durch das Fenster in den Hof geflüchtet war. Waddell folgte ihm dichtauf und sicherte ihn. Sie fanden niemand. Der Sergeant rief die Sanitäter herbei.

Darin glaubte, in einem Alptraum gefangen zu sein. Er fühlte sich wie ein Fremder in seinem eigenen Haus, als uniformierte Männer mit gezogenen Waffen an ihm vorbeistürmten und einander Anweisungen zuriefen. Es war fast, als sähe er irgendeinen Krimi. Er saß im Publikum, ein Zuschauer, kein Teilnehmer, und er hatte das Gefühl, sich in Zeitlupe durch die Zimmer zu bewegen. Er schaute auf seine Hände, die mit Devons Blut beschmiert waren. Jedesmal, wenn er versucht hatte, auf den Brustkorb des Jungen zu drücken, war Blut auf seine Hände, Arme, das Gesicht, die Brust und sogar auf seinen Rücken gespritzt. Karen! Sie war Krankenschwester! Sie würde wissen, was zu tun war! Sie konnte helfen! Darin rannte über den Eagle Drive zum Haus seiner Nachbarn und engen Freunde Karen und Terry Neal und hämmerte an ihre Tür.

Terry Neal schnappte sich einen Revolver und hielt ihn schußbereit, bis er Darin am Umriß und der Stimme erkannte. Er riß die Haustür auf. Darin schrie flehend: »Hilfe! Ich brauche eure Hilfe. Jemand hat soeben meine Kinder ermordet! Helft mir!«

Colbye, ein Sanitäter mit der Statur eines Schwergewichtsboxers, hatte sich seinen Erste-Hilfe-Kasten geschnappt und war ins Haus der Routiers gerannt, dicht gefolgt von Koschak. Er sah Waddell im Küchenbereich stehen, und der Beamte nickte zur Wohnzimmertür. Colbye blickte hin und sah ein kleines Kind in T-Shirt und Jeans mit dem Gesicht nach unten neben einer Couch in einer Blutlache liegen. Der große Sanitäter drehte den fünfjährigen Damon Routier auf die Seite, und das Kind reagierte mit einem einzigen tiefen Ausatmen, als beende es einen Wettlauf. Colbye beobachtete hilflos, wie das

Licht des Lebens in den Augen des Jungen verblaßte. Der Sanitäter hob Damon auf seine starken Arme, so mühelos, als hebe er einen Laib Brot auf, und eilte aus dem Haus, fort von Darlies hysterischen Schreien.

Am Heck des Krankenwagens hob er ein Knie, um den Jungen damit gegen seine Brust zu stützen, während er die Hecktür öffnete und sich in den Krankenwagen duckte. Ein anderer Sanitäter gesellte sich zu ihm, als sie Wiederbelebensversuche machten, Mund-zu-Mund-Beatmung und andere Reanimationen, einschließlich intravenöser Injektion. Sie arbeiteten eine Viertelstunde lang hinten im Krankenwagen, und als sie keinen Puls wiederherstellen konnten, rasten sie los, um ihr kleines Opfer in ein Krankenhaus zu bringen.

Koschak kümmerte sich um den kleinen Devon. Der Junge lag auf dem Rücken, und seine nackte Brust war mit blutigen Stichwunden bedeckt. Koschak suchte nach irgendwelchen Lebenszeichen, fand jedoch keine. Im Fachjargon des Sanitäterberufs war das Kind unrettbar, also tot. Koschak konnte nichts mehr für Devon Routier tun.

Er ließ die kleine Leiche liegen und ging zur verwundeten Darlie, die bei der gläsernen Schiebetür auf den Knien hockte, ein Tuch auf die Wunde am Hals drückte und ganz benommen aussah. Ein Wust von zerzaustem blondem Haar fiel in ihr bleiches Gesicht, und sie trug nur ein blutbedecktes T-Shirt, das bis unter ihre Hüften reichte. Andere Wunden waren an ihren Armen zu sehen. Als Koschak sich ihr näherte, murmelte sie: »Wer kann das getan haben?«

Der Sanitäter suchte nach Anzeichen, die auf Schock hindeuteten und registrierte, daß ihre Hautfarbe dagegen sprach und sie anscheinend genau wußte, wo sie sich befand. Am Tatort wurde es langsam chaotisch, als weitere Polizisten eintrafen. Koschak überredete Darlie, auf die vordere Veranda zu gehen, damit sie einen besseren Platz zur Behandlung ihrer Verletzungen haben und aus dem

Weg sein würden. Als Darlie sich auf die Veranda kauerte, ersetzte Koschak das blutgetränkte Handtuch an ihrem Hals durch einen dicken Verband und rief nach einer Trage.

Während die Opfer versorgt wurden, setzte Sergeant Walling seine vorläufige Überprüfung des Grundstücks fort. Er ging zum Hof, durch den der Eindringling entkommen sein sollte. Ein fast zwei Meter hoher weißer Holzzaun umgab den Hof, und das Tor war geschlossen. Er mußte es leicht anheben, um es aufzuziehen. Als er in der Dunkelheit auf ein Gebilde zuging, das sich später als Gebäude aus Eibenholz entpuppte, welches eine Quelle enthielt, wurde er von einem Bewegungsmelder erfaßt, und automatisch tauchte ein Scheinwerfer den Hof in gleißendes Licht. Er konnte in diesem Schein deutlich den Schnitt im Fliegenfenster hinten im Haus sehen.

Nachdem es nun keine Bedrohung mehr gab, kehrte Walling zufrieden zur Front des Hauses zurück und entlockte Darlie einige Informationen, während Koschak den dicken Verband anlegte. Die Polizei hatte immer noch wenig Informationen darüber, wer dieses brutale Verbrechen begangen haben könnte, und Walling bat die einzige Überlebende des Angriffs, den Eindringling näher zu beschreiben. Darlie wiederholte im wesentlichen das, was sie bereits dem ersten Beamten, Waddell, gesagt hatte, der am Tatort eingetroffen war, und der die Beschreibung an Walling weitergeben hatte. Die verwirrte und verwundete Frau sagte aus, sie habe auf der Couch geschlafen und beim Erwachen habe ein Mann vor ihr gestanden. Er habe schwarze Kleidung getragen, vielleicht ein schwarzes Hemd und Jeans, und eine dunkle Baseballkappe. Es sei zu dunkel gewesen, und alles habe sich zu schnell abgespielt, so daß sie sich nicht an viel mehr erinnern könne. Sie wisse nicht, ob der Täter ein Weißer oder Schwarzer sei.

Das Gespräch dauerte nur eine halbe Minute, dann wurde Darlie auf die Trage gelegt und zum zweiten Krankenwagen gebracht. Dort ergab eine Blutdruckmessung gute Werte, und sie erhielt eine Infusion. Der Blutverlust war anscheinend nicht schlimm, wie Koschak in Erinnerung behielt.

Als Darlie mit dem Krankenwagen fortgebracht wurde, kehrte Koschak ins Haus zurück, um Devon noch einmal zu überprüfen. Dann wurde er nach oben geschickt, um sich das dritte Kind anzusehen. Drake, der Säugling, schlief tief und fest in seinem Kinderbettchen, und der Sanitäter sah keinerlei Verletzungen. Er teilte seinem Captain, Dennis Vrana, die Verfassung des Babys über Funk mit. Dann eilte er nach unten und aus der Haustür. Brian Koschak hatte das Gefühl, nicht schnell genug von diesem blutigen Haus fortzukommen.

Zwei Notfallzimmer warteten im *Baylor University Medical Center* – ein Siebenhundertfünfzig-Betten-Krankenhaus, eine Dreiviertelstunde von Rowlett entfernt – und Teams von Ärzten und Krankenschwestern waren in Bereitschaft. Sie wußten, daß zwei Krankenwagen Verbrechensopfer mit Stichverletzungen brachten, ein Kind und eine Erwachsene.

Dr. Alex Santos hatte schon den ganzen Tag gearbeitet und war müde, aber da er Bereitschaft hatte, übernahm er die Leitung des Teams. Der Junge traf zuerst ein und war sichtlich ein Problemfall. Die Kleidung war fortgeschnitten worden, und Santos sah fünf schwere Stichverletzungen im Rücken. Er untersuchte sie mit behandschuhten Fingern und stellte fest, daß sie tief in den Körper reichten. Währenddessen suchten Krankenschwestern vergeblich nach einem Puls. Kein Arzt konnte noch etwas für Damon tun. Damon Routier wurde beim Eintreffen ins Krankenhaus für tot erklärt.

Ein anderer Arzt berichtete Santos, eine erste Untersuchung der Frau mache eine sofortige Einlieferung in den OP erforderlich. Jemand notierte auf der Krankenakte, daß sie weinerlich und verängstigt wirkte. Santos ging zu ihr, schaute sich die klaffende Wunde an ihrem Hals an und wußte, daß er nicht viel Zeit hatte. Bei einem solchen

Schnitt durfte kein Risiko eingegangen werden. Zehn Minuten nach der Einlieferung ins Krankenhaus um 3 Uhr 40 wurde Darlie, immer noch blutig, in den OP gebracht und erhielt eine Vollnarkose. Dr. Santos untersuchte und schloß die große Wunde am Hals und unbedeutende Wunden an ihrer Schulter und am linken Arm, einen Schnitt an der linken Seite des Kinns und einen weiteren auf dem rechten Unterarm. Dr. Santos brauchte neunzig Minuten für seine Arbeit, und dann ließ er die bewußtlose Darlie um 4 Uhr 49 auf die Intensivstation bringen.

Unterdessen hatte Darin versucht, in sein Haus zurückzukehren, aber das Betreten war ihm von einemPolizeibeamten an der Tür untersagt worden. Er kehrte zu den Neals zurück, wusch das Blut ab, das an ihm haftete, lieh sich ein frisches T-Shirt und ließ sich von Terry Neal mit dem grünen Pathfinder der Routiers zum Krankenhaus fahren, wo Darin erfuhr, daß sein zweiter Sohn gestorben war und seine Frau auf der Intensivstation lag. Er hatte das Gefühl, den Boden unter den Füßen zu verlieren.

Am Eagle Drive war die Polizei inzwischen geschäftig gewesen. Als sie das Grundstück absuchte, fuhr eine geheimnisvolle dunkle Limousine mit vier Leuten vorüber, und Sergeant Walling stoppte sie mit gezogener Dienstwaffe. Er suchte eine weiße männliche Person mit schwarzer Kleidung und einer Baseballkappe, und er befahl den Insassen, aus dem Fahrzeug zu steigen und die Hände im Nacken zu verschränken. Er sah zwei weiße männliche Personen, einen Schwarzen, und eine weiße Frau. Als Walling den Wagen und die Personen überprüfte, fand er kein Blut und keine Waffen, und alle drei Männer trugen helle Hemden und keine Baseballkappe. Er betrachtete sorgfältig ihre Hände von beiden Seiten und untersuchte ihre Fingernägel. Kein Blut, keine Schnittverletzungen. Er ließ sie weiterfahren.

Inzwischen hatte er eine K-9-Einheit angefordert und vergeblich versucht, einen Hubschrauber zu bekommen.

Andere Beamte seiner Schicht waren eingetroffen, und er teilte sie zu verschiedenen Aufgaben ein, einschließlich eines Beamten, der sich an der Tür postierte und jeden notierte, der das Haus betrat oder verließ. Andere uniformierte Beamte und Detectives schwärmten aus und klopften an Türen in der Nachbarschaft, die durch das Sirenengeheul und die lauten Stimmen geweckt worden war. Die Polizisten wollten Aussagen erhalten, bevor die Bewohner der umliegenden Häuser zur Arbeit fuhren. Walling spannte gelbes Trassierband, um das Haus als Tatort zu kennzeichnen. Er sicherte einen äußeren Kreis und einen engeren darin. Von diesem Moment an durften nur Personen mit entsprechender Befugnis und einem triftigen Grund das Haus betreten. Das schloß nicht den Mann ein, der darin wohnte.

Was sollte bloß mit dem Baby im Oberschoß geschehen? Karen Neal erklärte Walling, wer sie war, und der Sergeant begleitete sie ins Haus, um das schlafende Baby zu holen und sich auch des kleinen Spitzes anzunehmen, der schließlich wach geworden war und auf dem oberen Treppenabsatz kläffte.

Binnen weniger Stunden nach dem Notruf hatten sich Polizei und Sanitäter um die Opfer gekümmert, und das große Haus war versiegelt worden, damit keine Unbefugten Spuren am Tatort zerstören konnten. Die beiden Jungen waren tot, das Baby war in der Obhut einer Nachbarin und würde zu seinen Eltern gebracht werden. Die Mutter war im Krankenhaus operiert worden. Sie würde bald auf die Intensivstation gebracht werden, und der Vater war fort, um bei ihr zu sein.

Das Verbrechen selbst war jetzt Vergangenheit. Es war für die Polizei an der Zeit, herauszufinden, was eigentlich genau in diesem Haus geschehen war. Da kein Tatverdächtiger gefunden werden konnte, konnte nur Darlie Routier eine Antwort auf die Frage geben, was sich in der Nacht abgespielt hatte.

Bald dämmerte der Morgen, und obwohl es die Polizei zu diesem Zeitpunkt noch nicht wußte: Mit dem Aufgang der orangefarbenen Sonne, deren Strahlen sich gerade über die Dächer von Rowlett schoben, um Texas für einen weiteren Tag zu braten, würden sie auf einige ihrer Fragen Antworten bekommen.

3

Zweifellos war der mörderische Angriff in dem stillen Viertel der Kleinstadt bei Dallas eine Schlagzeile auf den Titelseiten der Zeitungen wert. Aber der Zeitpunkt des Verbrechens spielte eine wichtige Rolle für die Berichterstattung der Medien, die schließlich den Fall ausschlachten und weit über die Grenzen von Texas hinaus bekanntmachen würden.

Darlies Notruf erfolgte am 6. Juni um 2 Uhr 31, und mitten in der Nacht ist es viel zu spät für eine Veröffentlichung in großen Morgenzeitungen wie denen im nahen Dallas und Fort Worth. Man braucht Zeit, um Artikel zu schreiben und druckfertig zu machen, und diese Story war nicht wichtig genug für einen Chefredakteur der Nachtschicht, um die Druckmaschinen zu stoppen und die Auslieferung der Morgenausgabe zu verzögern. So fanden die Leser in der Donnerstagsausgabe von *Fort Worth Star-Telegram* und *Dallas Morning News* kein Wort über den Doppelmord in Rowlett.

Der gleiche Zeitfaktor hatte eine noch schlimmere Auswirkung für Greg Lynch, den jungen Verleger der örtlichen Wochenzeitung *Rowlett Lakeshore Times*. Wie üblich arbeitete er, bis der Redaktionschluß für die Wochenausgabe nahte. Als Mittwoch, der 5. Juni, in Donnerstag, den 6. Juni, überging, befand er sich immer noch in seinem

Büro, das im Komplex eines Einkaufszentrums in der Nähe des Polizeireviers untergebracht war. Schließlich, um 1 Uhr 30, war Lynch zufrieden mit dem Layout, den Artikeln und den Anzeigen für seine wöchentliche Ausgabe. Er gab die Zeitung in Druck und fuhr heim. Das größte Verbrechen in der Geschichte seiner Stadt würde in ungefähr einer Stunde geschehen, und Lynch würde eine ganze Woche lang ohnmächtig warten müssen, bis er eine Story darüber veröffentlichen konnte.

Auf lange Sicht gesehen würde das jedoch zu seinem Vorteil sein. Als die Sonne aufging und sich die Neuigkeit wie ein Präriebrand ausbreitete, strömten Reporter von den Zeitungen der Großstädte und Fernsehteams nach Rowlett und klopften an Haustüren in der Umgebung des Eagle Drive. Diese Nachrichtensammler von außerhalb würden verschiedenen Zwecken dienen. Sie zogen den Zorn örtlicher Händler und Offizieller auf sich, die sich um das Ansehen Rowletts sorgten, aber sie waren auch ein wichtiger Kanal für die Polizei, durch den sie Mitteilungen an die Gemeinde schickte. Und trotz des Geredes, daß die Reporter aus Dallas in Rowlett unerwünscht waren, kauften die Bewohner der Kleinstadt die Zeitschriftenstände leer und stellten jeden Abend die Fernsehnachrichten an. Dennoch hatten Anzeigenkunden der *Rowlett Lakeshore Times* keinen Grund, der Zeitung Aufträge zu entziehen, was normalerweise passieren kann, wenn eine kleine Provinzzeitung bei der Berichterstattung über ein schlagzeilenträchtiges Verbrechen hinterherhinkt. Nachdem die erste Story aus zeitlichen Gründen nicht erscheinen konnte, lieferten Lynch und seine Redakteurin, Becky Sebastian, während des ganzen Falls eine solide Berichterstattung.

Das Telefon klingelte in den frühen Morgenstunden hartnäckig im Haus von Sarilda und Leonard Routier, den Eltern von Darin, die weit entfernt in Lubbock wohnten. Schläfrig meldete sich Sarilda, wurde jedoch sofort hellwach, als sie die entsetzte Stimme von Darlie Kee hörte, der Mutter von Darlie, die von jedem, der die Namen auseinanderhalten wollte, Mama Darlie genannt wurde. Sie war fast nicht zu verstehen und hysterisch, so würde sich Sarilda an diesen schrecklichen Moment erinnern. Sie wiederholte einfach: »Devon und Damon sind tot.« Das sagte sie immer wieder.

Das sollte an diesem Morgen nicht das Schlimmste für Mama Darlie sein. Kurz nachdem ihre Schwägerin sie über die Tragödie informiert hatte, rief eine andere ihrer Töchter, Dana Stahl, sie in Plano an, nicht weit entfernt von Rowlett. Dana war bereits beim Haus der Routiers gewesen. Es war von der Polizei bewacht worden, und man hatte ihr nur vage Informationen gegeben, die jedoch zu einem Durcheinander führten, das noch mehr Schrecken für die Familie befürchten ließ.

»Mama«, sagte Dana. »Es geht nicht nur um Devon und Damon. Es betrifft auch Darlie. Sie sagen, Darlie ist ebenfalls tot.«

Sie irrte sich, aber es herrschte Verwirrung in der Nachrichtenübermittlung, während in den frühen Morgenstunden Gerüchte die Runde machten.

Die Ermittlung hatte bereits einen wichtigen Fund ergeben.

Noch in der Dunkelheit waren Sergeant Tom Dean Ward und ein anderer Beamter durch die lange Gasse hinter dem Haus gegangen, und jeder hatte mit einer Taschenlampe eine Seite des breiten, asphaltierten Wegs ausgeleuchtet. Sie schauten in jeden Hinterhof, kletterten an Zäunen hoch, um hinüberzublicken, spähten über Hecken, zogen Plastiksäcke aus Mülleimern, um den Abfall zu durchsuchen, und überprüften abgestellte Boote und Fahrzeuge. An der Rückseite des Hauses Eagle Drive 5709, drei Häuser vom Tatort entfernt, fanden sie eine lange weiße Socke mit einem länglichen Flecken darauf. Ward sagte sich, daß es ein Blutfleck sein konnte. Der Sergeant meldete seinen Fund und bewachte ihn, bis ein anderer Polizist die Socke als Beweisstück abholte. Anschließende DNS-Proben ergaben, daß es sich bei dem Flecken auf der Socke um Blut der ermordeten Kinder handelte.

Es blieb den elektronischen Medien überlassen, die ersten Berichte über die Entwicklungen im Laufe des Tages zu senden, und der Rundfunk brachte den neuesten Stand in den Abendnachrichten. Der erste Fernsehreporter traf um drei Uhr am Eagle Drive ein, und eine Kolonne von Übertragungswagen folgte bald. Kanal 11 sendete um fünf Uhr live.

Joe Munoz, ein schwarzhaariger junger Reporter von Kanal 5 in Dallas, war wegen einer anderen Story in Rowlett gewesen, wegen eines örtlichen Streits, der eine alte indianische Grabstätte betraf. Bevor die Routier-Story endete, würde er als unabsichtlicher Teilnehmer in die Mordermittlung hineingezogen werden, und sein Name und seine Arbeit würden in dem Mordprozeß auftauchen. Schließlich würde er sich später ein Haus in Rowlett kaufen.

Im Baylor Medical Center hatte Darlie Routier um 3 Uhr 40 im OP eine Vollnarkose erhalten, und medizinische Gutachter würden später schätzen, daß es ungefähr drei Stunden dauerte, bis sie sich völlig von der Wirkung des Narkosemittels und der zuvor verabreichten Arznei zur Linderung der Schmerzen erholt hatte. Als sie um 5 Uhr 15 aus diesem langen Schlaf erwachte, notierte eine Krankenschwester, daß die Patientin weinte und sichtlich aufgeregt war. Zusätzlich litt Darlie an Übelkeit, und so verabreichten Schwestern ein Viertel Milligramm Demerol, eine starke Droge in Kombination mit der Nachwirkung der Anästhesie im OP. Dadurch wurde Darlie verwirrt und desorientiert. Das sollte später entscheidende Bedeutung annehmen.

Jim Cron sieht wie eine schlanke texanische Version von Kentuckys Colonel Sanders aus, aber anstatt ein Brathähnchen-Imperium zu gründen, ist Cron ein erfahrener Gesetzesmann, dessen Spezialität in vielen Jahrzehnten das Enträtseln eines Tatorts ist. Nach seiner eigenen Zählung war der grauhaarige, spitzbärtige Cron in den vergangenen neununddreißig Jahren bei der Ermittlung von über eiundzwanzigtausend Verbrechen beteiligt gewesen. Viele der Fälle waren unbedeutend gewesen, aber bei ungefähr dreiundvierzigtausend hatte es sich um Mordfälle gehandelt.

Nachdem er beim Dallas County Sheriff's Department seinen Abschied genommen hatte, nutzte er sein Wissen über Tatort-Ermittlungen für ein erfolgreiches Beratungsgeschäft und hielt Vorträge nicht nur an Universitäten, sondern auch vor Polizeibeamten. Anstatt nur ein weiterer Cop im Ruhestand zu werden, wurde er zu einem angesehenen Professor, und zu den Einrichtungen, an denen er lehrte, zählte das Rowlett Police Department, wo er in den vergangenen Jahren drei Seminare abgehalten hatte.

Am 6. Juni um fünf Uhr, als die ersten Berichte von der Tragödie im Rundfunk gesendet wurden, klingelte das Telefon auf Crons Nachttisch, und seine Anwesenheit wurde von der Polizei von Rowlett in Eagle Drive 5801 gewünscht. Die Adresse war nur eine Viertelstunde von Jim Crons Haus entfernt, aber er ließ sich dafür eine Dreiviertelstunde Zeit. Bei seiner Art Arbeit brauchte er sich nicht zu beeilen. Die Polizei hatte den Tatort gesichert, und alles konnte bis zum Eintreffen des Professors so bleiben.

Unterdessen war Jimmy Patterson, ein erfahrener Detective, der zum Leiter der Ermittlungen in diesem Fall werden würde, auf dem Weg ins Krankenhaus. Er hoffte, mehr Informationen von dem Opfer zu bekommen. Binnen weniger Stunden würden die Wege von Cron und Patterson zusammenführen.

Um die verwirrende Lage unter Kontrolle zu bekommen und die zunehmenden Gerüchte zu unterdrücken, mußte die Polizei die Fakten klarstellen und ebenso die Medien mit Informationen füttern. In Rowlett machte bereits das Gerücht die Runde, daß ein teuflischer Kindermörder frei herumlief. Nachbarn, die früher von der Polizei befragt worden waren, stellten jetzt ihrerseits Fragen, zum Beispiel, ob sie ihre Kinder an diesem Morgen mit gutem Gewissen zur Schule schicken konnten. In Rowlett ging angesichts der Ungewißheit die Angst um.

Sergeant Dean Poos, ein sehr schlanker Cop mit insgesamt sieben Dienstjahren bei der Polizei von Rowlett, hatte vom Routine-Dienst als Verkehrspolizist bis zu bewaffneten Sondereinsätzen fast alle Aufgaben gemeistert und war gegenwärtig für die Öffentlichkeitsarbeit zuständig. Seine Verbindungsbeamtin, Janet Brooks, rief kurz nach der Entgegennahme des Notrufs Poos zu Hause an, und in den folgenden Tagen wurde der Pressesprecher der Polizei der bekannteste Mann von Rowlett. Als er im Büro eintraf, war seine erste Arbeit die schnelle Herausgabe einer Presseverlautbarung, die er kurz nach der Morgendämmerung erledigte, indem er die nackten Fakten dessen aufzählte, was sich in den vergangen vier Stunden ereignet hatte.

»Um ungefähr 2 Uhr 30 an diesem Morgen erhielt das Rowlett Police Department einen 911-Anruf von einer weiblichen Erwachsenen, die berichtete, daß sie und ihre Kinder niedergestochen worden waren. Als Polizeibeamte bei der Adresse Eagle Drive 5801 eintrafen, stellten sie fest, daß die Anruferin und zwei männliche Kinder im Alter von vier und sieben Jahren tatsächlich im Haus niedergestochen worden waren. Die weibliche Person und das vierjährige Kind wurden ins *Baylor Medical Center* zur Behandlung eingeliefert. Der Vierjährige wurde bei der Ankunft im Krankenhaus für tot erklärt. Der Siebenjährige war bereits am Tatort tot. Die Mutter wurde wegen zahlreicher Stichwunden noch am Tatort behandelt, dann ins Krankenhaus eingeliefert und operiert. Der Vater und ein acht Monate alter Säugling hielten sich zum Zeitpunkt der Tat ebenfalls in dem Haus auf. Es sind bis jetzt keine Festnahmen erfolgt, und es gibt keine Informationen über Verdachtspersonen.«

Das war nicht viel, aber zu diesem Zeitpunkt konnte die Polizei auch nur wenig vorweisen. Poos kündigte eine Pressekonferenz für zehn Uhr im Polizeipräsidium an, bei der Chief Randall Posey die Medien informieren würde. Der Polizeichef wußte, daß nicht nur das Interesse der Presse in diesem Fall groß war, sondern auch seine Abteilung unter die Lupe genommen werden würde wie nie zuvor, und obendrein durch die Medien. Nie zuvor war solch ein Verbrechen in Rowlett geschehen.

Nachdem die Medien die erste einseitige Presseverlautbarung erhalten hatten, wandten sie sich an die wachsende Menge der Nachbarn, an neugierige Passanten und Sensationslüsterne längs des Eagle Drive. Es war leicht, sie zum Reden zu bringen, aber keiner hatte viel beizusteuern. Die meisten Nachbarn wußten nur, daß in ihrer kleinen Stadt einfach alles prima gewesen war, bevor sie zu Bett gegangen waren. Und als sie aufgewacht waren, hatte sich die Welt verändert, gelbes Trassierband war um das Haus an der Ecke gespannt und Polizeibeamte hatten an ihre Türen geklopft und Fragen gestellt.

4

Darlie, die einzige Patientin in dem Vierbettzimmer im vierten Stock des riesigen *Baylor Medical Center*, war außer Gefahr, sah jedoch noch schlimm aus. Ein Plastikschlauch führte in ihre Nase und versorgte sie mit Sauerstoff. Die Halswunde, operiert und genäht, war mit einem Verband bedeckt. Kabel führten von kleinen runden Anschlüssen an ihrem Arm zu einem EKG, und aus einer Glasflasche tropften Flüssigkeiten und Medizin intravenös in ihren linken Arm. Sie war noch nicht vom getrockneten Blut gesäubert worden, das ihre Arme und die Füße bedeckte und sich sogar unter ihren Fingernägeln angesammelt hatte. Durch die Wirkung der Dosis Demerol und des Narkosemittels, das ihr vor der Operation verabreicht worden war, war sie ruhiggestellt.

Aber sie lag nicht auf dieser gesicherten Intensivstation und unter der ständigen Aufsicht von Krankenschwestern, weil ihr Leben noch in Gefahr war. Es gab einen ganz pragmatischen Grund. Dr. Santos und die Direktion des Krankenhauses hatten das Ausmaß des Verbrechens erkannt, und es war ihnen klar, daß bald die Medien auf Darlies Spur sein würden. Sie wollten sie von Reportern, Kamerateams und Zeitungsfotografen abschirmen, bis sie sich erholt hatte.

Dallas hatte bereits 18 Morde für die ersten vier Monate von 1996 gemeldet, und das Baylor-Krankenhaus war erfahren im Umgang mit den Medien bei spektakulären Fällen. Zwei Kinder tot und eine Mutter schwer verwundet, das war aufsehenerregend. Bei Tagesanbruch war ein Mann der Verwaltung bestimmt worden, der für die Herausgabe jeglicher Information verantwortlich war, und ein uniformierter Wächter war vor dem Krankenzimmer postiert.

Ein verzweifelter Darin mußte unten im Wartezimmer I, außerhalb der Intensivstation, bleiben, während seine Frau sonstwo im Krankenhaus operiert wurde. Er trug das weiße T-Shirt seiner Nachbarin Terry Neal und die blutbefleckten Bluejeans, die er Stunden zuvor hastig angezogen hatte, und konnte noch nicht richtig fassen, daß zwei seiner Söhne ermordet worden waren und Darlie um ihr Leben kämpfte. Chris Frosch, ein großer junger Kriminalbeamter aus Rowlett und durch Heirat Neals Cousin, traf im Krankenhaus ein und redete kurz mit Darin, und um 4 Uhr 30 gesellte sich Detective Jimmy Patterson hinzu, der zukünftige Leiter der Ermittlungen.

Bei seiner Ankunft im Krankenhaus vergewisserte sich Patterson als erstes bei der Notaufnahme und stellte fest, daß Darlie und der Junge hier eingetroffen waren und das Kind tot gewesen war. Dort beschrieb man ihm den Weg zum Wartezimmer für Angehörige, und er ging hin, um den verzweifelten Ehemann aufzusuchen. Patterson bat Terry Neal, das Wartezimmer zu verlassen, und befragte Darin ungefähr eine halbe Stunde lang. Dann ging der Detective fort, um sich die Leiche des kleinen Jungen anzuschauen. Anschließend telefonierte er mit dem Polizeipräsidium in Rowlett und bestellte einen Polizeifotografen zum Krankenhaus. Familienmitglieder trafen beim Krankenhaus ein, und das Wartezimmer wurde voll. Patterson erlaubte der Großmutter des Kindes, Darlie Kee, sich den Jungen anzusehen. Als der Polizeifotograf eintraf, wurde Darin in ein privates Zimmer begleitet und gebeten, sich zu entkleiden, damit er nackt fotografiert werden konnte. Seine Kleidung wurde als Beweisstück beschlagnahmt, und er erhielt einen grünen Krankenhauskittel.

Um elf Minuten nach sechs begleitete Corporal Phyllis Jackson vom Gesundheitsamt Baylor Patterson und Frosch nach oben in die Intensivstation, auf der Darlie lag. Die Polizisten erfuhren, daß Darlie soeben aus dem OP gebracht worden war. In dem kleinen Zimmer fragte Detective Patterson die junge, dick verbundene Patientin in Anwesenheit von Detective Frosch und einer Krankenschwester, ob sie sich gut genug fühlte, um mit ihm zu reden. Sie bejahte es, und er befragte sie rund zwanzig bis dreißig Minuten lang. Gefühlsmäßig völlig erschöpft, am Hals verletzt, benebelt von Drogen und den Nachwirkungen der Narkose, hörte sich Darlie Routier die Fragen der Ermittler an, nur etwas mehr als dreieinhalb Stunden nach ihrem Anruf bei der Polizei. Darlie sagte den Polizisten, sie habe auf der Couch im Erdgeschoß geschlafen, und als sie erwacht sei, habe ein Eindringling vor ihr gestanden. Nach ihrer Schilderung hatte er schulterlanges Haar, trug eine schwarze Baseballkappe ohne Emblem, ein ebenso schwarzes T-Shirt und Bluejeans. Sie sah ein Messer in seiner Hand und kämpfte mit dem Fremden, und er rannte durch die Küche davon und verschwand in den Abstellraum und in die Garage. Im Abstellraum ließ er das Messer fallen, und da erkannte sie plötzlich, daß sie Stichwunden hatte. Darlie konnte das Gesicht des Angreifers nicht beschreiben. Patterson fragte, ob Raub ein Motiv für die Tat sein könnte, und Darlie erzählte ihm von ihrem Schmuck und wo er sich befand. Die Ringe, die sie sonst an allen zehn Fingern trug, sollten auf der Kommode liegen, wo sie sie abgelegt hatte. Er notierte sich im Geiste, das zu überprüfen. Patterson, der die erste komplette Befragung des überlebenden Opfers durchgeführt hatte, sprach anschließend noch ein paar Minuten mit Darin. Dann verließ er das Krankenhaus und fuhr nach Rowlett zurück, um sich den Tatort anzusehen.

Ungefähr zu dem Zeitpunkt, als Patterson mit der Befragung von Darlie begann, betraten Jim Cron und drei Polizeibeamte das Haus am Eagle Drive, um es gründlich zu besichtigen und einen Plan für die Ermittlung festzulegen. Cron ließ erfahren seinen Blick schweifen, hielt überall nach etwas Ungewöhnlichem Ausschau, nach etwas, das nicht ins Bild paßte und etwas Licht in das Dunkel um diese schrecklichen Morde bringen würde. Als er durch die Haustür ging, sah er Blut am Eingang und in der Halle, einen umgekippten Couchtisch mit Glasplatte, einen schiefen, aber unbeschädigten Schirm auf einer großen Stehlampe.

In der Küche herrschte ein Chaos aus Blut, Glasscherben und blutbefleckten Gegenständen, und noch mehr Blut war an der Tür und auf dem Boden des Abstellraums zu sehen. Eine Baseballmütze lag auf dem Boden neben der Waschmaschine und dem Trockner. Cron hatte erfahren, was Darlie den Beamten am Tatort gesagt hatte, und dies war der Fluchtweg, den der Angreifer nach ihrer Aussage genommen hatte. Bis jetzt hatte Cron nichts gesehen, was Zweifel an dieser Version weckte.

Dann begann er die ungewöhnlichen Dinge wahrzunehmen, Fakten, die nicht zu dem Puzzle paßten. In der Garage sah Cron das offene Fenster, dessen aufgeschlitzter Fliegendraht herabhing wie verwelkte Blätter. Eine dicke Staubschicht lag auf der tiefen Fensterbank, die nur bis in Höhe seiner Knie reichte. Er suchte nach Anzeichen für einen Einstieg, nach Schleifspuren oder einem Fußabdruck oder vielleicht abgeknickten Grashalmen. Er merkte sich, daß es keine Spuren gab, verließ die Garage und führte sein Team durch die Haustür, um sich im Hinterhof umzuschauen. Auf dem Weg durch das große Tor suchte er wieder nach Spuren, die der Mörder hätte hinterlassen können, vielleicht ein Fleck aufgewühlter Erde in einem Blumenbeet oder irgendein anderer Zugang, den der Mann vielleicht benutzt hatte, um ins Haus zu gelangen. Er suchte nach Spuren an einer Tür, die möglicherweise von einem Brecheisen stammten, Spuren, die beim Überklettern des weißen Zauns entstanden sein konnten, nach einer weggeworfenen Zigarettenkippe oder Blutflecken. Um sicherzugehen und auszuschließen, daß Walling keine Spuren zerstört hatte, fragte er den Sergeant, wie er den Hof bei der ersten schnellen Durchsuchung betreten hatte. Als Walling erwähnte, daß er Mühe gehabt hatte, das Tor zu öffnen, ging Cron hin und probierte es selbst. Auch bei ihm klemmte das Tor, weil eine Ecke über den Boden schleifte.

Inzwischen war es hell. Cron untersuchte den Zaun. Seit Jahrzehnten praktizierte die Polizei diese Art Tatortbesichtigung, und nach Crons Meinung war es das beste, die Geheimnisse eines Tatorts zu ergründen, wenn man den gesunden Menschenverstand walten ließ. Der legendäre Sherlock Holmes war bahnbrechend für die genaue, persönliche Untersuchung eines Tatorts gewesen, und Cron war ein Jünger des zwanzigsten Jahrhunderts. Ein Tatort flüsterte ihm stumm etwas zu, kleine, leblose Objekte verrieten ihm Geheimnisse und erlaubten ihm, sich ein Bild zu machen. Die wissenschaftlichen Arbeiten, die Laboruntersuchungen von Blutproben und Fingerabdrücken würden folgen, aber Cron hatte sich bereits aus dem Gefühl und der Erfahrung durch die Besichtigung von tausenden Tatorten heraus eine Meinung gebildet.

Er beendete seinen ersten Rundgang durch das Haus um 6 Uhr 30, und obwohl er an diesem Tag über neun Stunden am Tatort bleiben würde, änderte sich nichts an dem wichtigen ersten Schluß, zu dem er nach nur fünfundzwanzig Minuten der Ermittlung gelangt war.

Dann sprach er mit seinen uniformierten Kollegen, die genau zuhörten, als er langsam und in näselndem Tonfall erklärte, was ihm der Tatort verraten hatte. Es sah aus, als hätte es keinen Eindringling gegeben.

Cron gelangte zu diesem wichtigen Schluß, ohne zu wissen, daß eine weiße Socke mit dem Blut der beiden kleinen Mordopfer in der Gasse drei Häuser entfernt gefunden worden war.

Um sieben Uhr besuchte Dr. Santos, der Darlies Halswunde genäht und ihre anderen Verletzungen behandelt hatte, die Patientin und untersuchte sie. Er schaute sich die Halswunde an und rief sich in Erinnerung, wie nahe bei der Halsschlagader die Wunde war. »Sie haben großes Glück gehabt«, bemerkte er. Aber Santos war zu diesem Zeitpunkt nicht so sehr wegen ihrer körperlichen Verfassung besorgt, die anscheinend stabil war, sondern wegen ihrer seelischen. Die Tragödie und die Befragung durch die Polizei so kurz nach der Operation, während sie noch unter dem Einfluß von Beruhigungsmitteln stand, hatten Tribut von ihrer Energie gefordert, und ihre Antworten auf Fragen waren langsam und monoton. Eine Krankenschwester notierte, daß die Patientin sehr emotional regierte, weinte und schluchzte und über ihre Familie sprach.

Darin durfte schließlich seine verletzte Ehefrau besuchen, und er traf sie in einem Wechselspiel aus Hysterie und Apathie. Als ihr Fotos von Devon und Damon gezeigt wurden, brach sie zusammen, warf sich auf dem Bett hin und her, umklammerte die Fotos und fragte nach dem

Baby. Karen Neal brachte Drake ins Krankenzimmer, aber als Krankenschwester erkannte sie die Probleme ihrer Freundin. Darlie, am Tropf und seelisch erschüttert, konnte sich unmöglich des Kindes annehmen, obwohl sie weinte und flehte: »Laß mich ihn halten.« So bettete eine der Schwestern vom Dienst das Baby für ein paar Minuten neben sie, und Darlie konnte mit Drakes winzigen Fingern spielen.

Es hätte wahrscheinlich noch mehr Tränen gegeben, wenn Darin und Darlie gewußt hätten, was in ihrem Haus geschah.

Für Jimmy Patterson war der Anblick von Toten nichts Neues. Während seiner über siebzehnjährigen Zeit als Cop hatte er ungefähr fünfzig Fälle mit Toten erlebt, über ein halbes Dutzend davon Mordfälle. Als er kurz nach acht Uhr zum Eagle Drive fuhr, nahm er an, daß die Ermittlung in diesem Fall gerade erst begann. Er irrte sich. Jim Cron, der listige alte Tatort-Experte, erwartete ihn mit Beamten der Polizei von Rowlett, die bereits Spuren im Haus sicherten. Cron erzählte ihm, daß niemand ins Haus eingedrungen war – im Gegensatz zu der Behauptung der Frau.

In diesem Moment, ungefähr sechs Stunden nach dem Notruf bei der Polizei, änderte sich die Richtung der Ermittlung. Anstatt ein großes Netz auszubreiten, konzentrierte man sich nach innen. Wenn es keinen Eindringling gab, mußte logischerweise jemand im Haus die Kinder ermordet haben, und soweit jeder wußte, waren zur Tatzeit nur Darin, Darlie und das Baby Drake im Haus gewesen. Bei der Durchsuchung durch die Polizei war mit Sicherheit keiner sonst aufgescheucht worden. Deshalb mußten die Morde entweder von der Mutter oder vom Vater begangen worden sein, es sei denn, die weitere Ermittlung ergab etwas, das nicht bereits bekannt war.

Um zehn Uhr hielt Chief Randall Posey sein mit Spannung erwartetes Treffen mit den Medien im Konferenzraum des Polizeipräsidiums von Rowlett ab. Der Konferenzraum war überfüllt. Der Polizeichef sagte zu den Reportern: »Ich hörte aus der Funkzentrale, daß sie (Darlie) verständlicherweise hysterisch war.« Und er fügte hinzu, daß Darin, der Ehemann, anscheinend unter Schock stand.

Randall Posey war zwei Jahrzehnte als Polizeibeamter im Dienst und seit fast sechs Jahren Polizeichef von Rowlett, und er bekannte offen: »So einen Fall hatten wir noch nie.«

»Es war ein sehr schlimmer Tatort«, betonte der Chief und versprach: »Unsere gesamte Kripo arbeitet an dem Fall.« Andere Polizeibeamte aus Orten in der Umgebung, sogar aus Dallas, riefen an und boten Unterstützung an. Cops reagieren gern, wenn Kinder ermordet werden.

Chief Posey wußte bereits von den frühen Erkenntnissen seiner Ermittler am Tatort, mußte den Medien jedoch verschweigen, daß die Polizei ihre Ermittlungen auf die beiden erwachsenen Bewohner des Hauses am Eagle Drive konzentrierte. Posey brauchte diese Pressekonferenz für einen größeren polizeilichen Zweck: den Fall so zu schildern, daß den Bürgern von Rowlett die Angst vor einem frei herumlaufenden Killer genommen wurde. Er hatte seine Polizisten bereits angewiesen, Präsenz zu zeigen, damit sich die Leute beruhigten, und Streifenwagen und uniformierte Beamte zeigten sich in der ganzen Stadt, um den Leuten ein Gefühl der Sicherheit zu geben. Posey wies seine Polizeibeamten an, auch auf einen sonderbar klingenden Anruf zu reagieren und mit einem Streifenwagen loszufahren. »Jedesmal wenn die Leute aufblicken, sollen sie einen blauweißen Wagen vorbeifahren sehen«, ordnete Chief Posey an. Andernfalls konnte es in einer bereits übernervösen Gemeinde passieren, daß irgendein Teenager, der sich spät in der Nacht von einem Rendezvous nach Hause stahl, von einem erschreckten, überängstlichen Bürger erschossen wurde, weil man ihn für den Kindermörder hielt.

Beim Beginn der Pressekonferenz waren der Presse viele Einzelheiten über die tiefen Stichwunden der beiden Kinder bekannt, aber die Reporter bemerkten, daß die Polizei anscheinend Details über die Schnittwunden von Darlie Routier zurückhielt. Jetzt wollte sich der Polizeichef anscheinend vor wichtigen Informationen drücken, und Reporter begannen die Fakten, die genannt worden waren, gegen das, was zurückgehalten wurde, abzuwägen.

Zum Beispiel Mike Glenn, Reporter der *Garland News*, hatte mehr als den Instinkt eines Journalisten für diese Story. Bevor er sich dem Journalismus verschrieben hatte, war Glenn Polizeibeamter in einem Vorort von Dallas gewesen, und es entging ihm nicht, daß Poseys Antworten ein wenig ausweichend waren.

»Meine erste Frage lautete, welche Wunden hat sie (Darlie)?« erinnerte sich Glenn, »und Posey gab eine vage Antwort. Dann fragte ich direkt, ob sie Wunden an Händen und Armen hat, die auf eine Verteidigung hinweisen. Der Chief gab überhaupt keinen Kommentar zu diesem wichtigen Thema ab. Zu diesem Zeitpunkt fühlte ich, daß etwas im Busch ist«, erklärte Glenn später. »Ich konnte es nicht erhärten, aber ich sagte zu einem meiner Kollegen bei der Pressekonferenz, ›wenn ihre Wunden Schnittwunden sind, dann hat sie sich diese Verletzungen vielleicht selbst zugefügt‹.«

Um 14 Uhr berichtete Sergeant Poos über den neuesten Ermittlungsstand. Nach zwei Presseverlautbarungen und einer Pressekonferenz konnten die Reporter nicht gerade behaupten, daß die Polizei Informationen zurückhielt. Poos verdiente sich als Polizeisprecher im Laufe der nächsten Woche sein Gehalt mehrmals, während seine Kameraden taten, was er gern getan hätte – einen Mörder suchen.

Die Ermittlungen in dem Mordfall dauerten an. Die folgende Verlautbarung erhielt die Polizei Rowletts von Darlie Kee, der Mutter von Darlie Routier.

»Wir wissen jedermanns Gebete und Anteilnahme zu schätzen, aber die Aufmerksamkeit muß sich darauf konzentrieren, den Mörder der beiden kleinen Kinder zu finden. Jeder, der vielleicht etwas gesehen hat, nehme bitte Kontakt mit der Polizei von Rowlett auf.«

Bei einer Pressekonferenz um zehn Uhr erklärte Polizeichef Randall Posey dann, Mrs. Routier habe bei Beamten ausgesagt, sie sei von einer männlichen Person mit schwarzer Kleidung und einer Baseballkappe angegriffen worden. Das sei zu diesem Zeitpunkt die einzige verfügbare Täterbeschreibung. Ein Fliegenfenster im Erdgeschoß des Hauses sei aufgeschnitten und habe möglicherweise dem Täter als Einstieg gedient.

»Das Band des 911-Anrufs wird morgen früh von Ermittlern abgehört, um festzustellen, ob es irgendwelche zusätzlichen Informationen von Nutzen enthält. Nach dem Abhören wird das Band des Anrufs an die Medien freigegeben, sofern es nicht als Beweisstück verwendet werden wird. Nachbarn oder andere Betroffene dieses Falls können Rat bei Steven Leatherwood, Kaplan der Polizei und Feuerwehr von Rowlett, einholen. Mr. Leatherwood kann in seinem Büro erreicht werden ...«

Die Medien wurden im Laufe des Tages sorgfältig mit Informationen gefüttert, und sie hatten genügend Stoff für ihre Artikel über das Verbrechen. Aber gewiefte Reporter fühlten sich bereits etwas unbehaglich. Etwas fehlte, obwohl Poos die Sache sehr gut in juristischen und bürokratischen Spitzfindigkeiten verpackte und verkaufte. Die Reporter wollten Darlies Notruf hören, eine ziemliche Routinesache bei solchen Storys. Die elektronischen Medien wollten etwas von dem Gespräch senden. Hatte der Chief nicht selbst gesagt, die Frau habe hysterisch geklungen? Das würde sich in einer Sendung gut machen. Aber Poos hatte herumgeredet und gesagt, das Tonband müsse am nächsten Tag ›abgehört‹ werden, bevor über eine Freigabe entschieden werden konnte, ›um festzustellen, ob das Band irgendwelche zusätzlichen Informationen von Nutzen enthält‹.

Und die sorgfältig formulierte Presseverlautbarung enthielt den Zusatz: ›Sofern es nicht als Beweisstück verwendet wird.‹ Warum betrachtete man einen Notruf als Beweisstück, fragten sich einige Reporter. Die einzigen Personen, die auf dem Band gehört werden konnten, waren die Frau, die angegriffen wurde, und die Telefonistin in der Notrufzentrale. Sehr sonderbar.

Später an diesem Nachmittag war Dr. Janice Townsend-Parchman im Krankenhaus, um für das Büro des Leichenbeschauers der Dallas County die Autopsie durchzuführen, als ein Polizeibeamter mit einer konkreten Bitte an sie herantrat. Er wollte, daß die Ärztin auf der Intensivstation die Wunden untersuchte, die Darlie Routier erlitten hatte, um festzustellen, ob sie sich die Verletzungen selbst zugefügt haben könnte. Dr. Townsend-Parchman stimmte zu, und als sie auf der Intensivstation eintraf, fand sie eine Menschentraube in dem kleinen Krankenzimmer. Sie sprach kurz mit einem Assistenzarzt und bahnte sich dann einen Weg zu dem Bett, in dem Darlie auf Kissen gestützt ruhte.

Die Ärztin stellte sich der Patientin vor, ohne jedoch ihre Mission bekanntzugeben, und unteruchte sie zehn Minuten lang. Darlie, die jetzt die Standarddosis von einem Viertel Milligramm Xanax erhalten hatte, die normalerweise zur Bekämpfung von Angstzuständen verschrieben wird, ließ die Untersuchung über sich ergehen. Die Wunden an ihren Armen waren genäht worden, und sterile Streifen von durchsichtigem Heftpflaster hielten die Wundränder an der linken Schulter und am Hals zusammen. Die Ärztin löste die Mullbinden, um die aufgeschnittene Haut zu sehen. Da sie die Operation nicht durchgeführt hatte, kannte sie nicht alle betreffenden Fakten, und der Bericht, den sie Patterson lieferte, basierte nur auf der kurzen Untersuchung. Ihrer Meinung nach unterschieden sich Darlies Wunden sehr von denen, die Damon erlitten hatte; sie waren nicht sehr tief und nicht nahe an lebenswichtigen Organen. Das war das genaue Gegenteil von Dr. Santos' Feststellungen, der gesagt hatte, daß Darlie mit ›Glück‹ überlebt hatte. Nach Meinung von Dr. Townsend-Parchman waren die Wunden der Frau oberflächlich und ›konnten‹ selbst zugefügt worden sein.

Weil sie gebeten worden war, nur die Frage zu beantworten, ob Darlie sich vielleicht unabsichtlich geschnitten hatte, suchte die Ärztin nach Anzeichen auf diese Möglichkeit. Sie sagte dem Polizisten, was er hören wollte, und ein weiterer Faktor wurde den schnell wachsenden Indizienbeweisen gegen Darlie Routier hinzugefügt. Monate später würde die Ärztin im Zeugenstand zugeben, daß sie bei ihrer flüchtigen Untersuchung ebenfalls Anzeichen darauf festgestellt hatte, daß jemand anders die Wunden verursacht haben konnte.

Dallas Morning News und *Fort Worth Star-Telegram* konnten schließlich am 7. Juni die Story in großer Aufmachung auf den Titelseiten bringen, zusammen mit Fotos und sogar Aufnahmen des Hauses am Eagle Drive.

Die Artikel waren ziemlich komplett und enthielten alle Informationen, die zu diesem Zeitpunkt verfügbar waren. Außerdem hatten die Reporter Kommentare von Nachbarn und Bekannten der Familie hinzugefügt. Aus den verschiedenen Kommentaren gewann man allgemein den Eindruck, daß die Routiers einfach ganz normale Leute waren, die von einer unerklärlichen Tragödie heimgesucht worden waren. ›Dies ist eine wundervolle Familie‹, zitierte die Zeitung von Dallas die Nachbarin Mercedes Adams. »Die typische normale Familie, die sich den Lebensunterhalt verdient und ein anständiges Haus zum Leben aufbaut«, fügte David Sauerwein hinzu, ein Freund der Familie. Dieser Eindruck wurde in den nächsten Tagen unterstrichen, bis das Leben der Familie Routier fast märchenhafte Züge annahm. Und jeder weiß, daß Märchen nicht wahr sind.

Auf dem Anrufbeantworter meldete sich eine traurige Stimme:

»Hier ist Darin. Etwas Schreckliches ist geschehen. Wir möchten all unsere Freunde und Angehörige der Familie wissen lassen, daß Darlie okay ist, Devon und Damon jedoch gestern erstochen worden sind. Und wir möchten alle wissen lassen, daß wir verstehen, daß jeder uns liebt ... Wir hatten jede Menge Beistand von vielen Leuten.« Es folgte eine kurze Pause, dann sprach Darin weiter.

»Und ich möchte einfach diese Botschaft hinterlassen, damit jeder versteht, daß wir eure Gebete zu schätzen wissen. Und wir brauchen sie weiterhin für Darlie, denn dies wird körperlich und geistig sehr schwierig für uns beide. Glaubt nicht alles, was die Medien sagen.«

5

Am Freitag, dem 7. Juni, fühlte sich Darlie etwas besser, obwohl ihre schwankende Stimmung anhielt. Mal traf man sie mit versteinertem Gesicht und monoton sprechend an, mal sah man sie mit ihrem Mann weinen, während sie sich in ihrem Krankenzimmer bei den Händen hielten. Aber die ärztliche Behandlung verbesserte ihren Zustand, und sie fühlte sich besser, nachdem das Blut von ihrem Körper abgewaschen worden war. Eine Krankenschwester führte eine Schwangerschaftsuntersuchung durch und berichtete, Darlie habe während des Angriffs ›einen Druck dort unten‹ gespürt.

Als ihre Mutter um 7 Uhr 30 eintraf, bat Darlie um ein Schmerzmittel, und eine Schwester notierte, daß die Patientin über Schmerzen in ihrer rechten Schulter klagte. Dr. Santos machte eine Visite, um seine Arbeit zu überprüfen. Er stellte fest, daß sich seine Patientin gut von ihren Verletzungen erholte, doch er hatte das Gefühl, daß sie merkwürdig ruhig war für eine Frau, die zwei Kinder durch Mord verloren hatte. Dennoch beurteilte er ihre Verfassung gut genug, um sie auf eine allgemeine Station des Krankenhauses zu verlegen, und offiziell bezeichnete er ihre zuvor ›kritische‹ Verfassung als jetzt ›recht gut‹. Darlie konnte die Intensivstation verlassen.

Am Nachmittag erhielt sie Besuch von Barbara Jovell, die bei ihrer Hochzeit erste Brautjungfer gewesen war und für Darin arbeitete. Verlegen bat Darlie jeden, das Krankenzimmer zu verlassen, damit sie einen Moment mit ihrer Freundin allein sein konnte, die den Spitznamen Basia hatte.

Basia setzte sich neben das Bett und schaute ihre verletzte Freundin genau an. Sie hatte das Gefühl, daß irgend etwas nicht stimmte. »Darlie, bitte, sag mir, was los ist«, sagte Basia. »Bitte, sprich darüber.« Die Antwort überraschte sie, denn Darlie vertraute ihr an, daß die Polizei bei der Durchsuchung des Hauses einige Sex-Spielzeuge finden würde. »Mein Gott!« stieß Basia hervor. »Du solltest dir wegen solcher Dinge keine Sorgen machen. Die Kinder sind ermordet worden. Du bist fast ermordet worden. Da solltest du dir keine Sorgen wegen Sexspielzeug machen, viele Leute haben so etwas.« Als Basia schließlich das Krankenhaus verließ, wurde ihr klar, daß sie keine einzige Träne von Darlie gesehen hatte.

Die Familie, bereits in tiefer Trauer, mußte eine traurige Aufgabe erfüllen. Während Darlie im Krankenhaus blieb, bereitete sich die Familie auf die Beerdigung von Devon und Damon vor. Es wurde mit dem *Rest Haven Memorial Park* in Rockwall, einem Nachbarort von Rowlett, eine Beisetzung in einem einzelnen Grab vereinbart; die beiden kleinen Jungen würden zusammen beerdigt werden. Ein Trauergottesdienst für die Familie und enge Freunde sollte am nächsten Tag, dem Samstag, stattfinden und die Beerdigung dann am Sonntag.

Immer noch beschäftigte man sich hauptsächlich mit

der Frage, wer diese schrecklichen Morde begangen haben könnte. Nachbarn erzählten der Polizei, daß sie einen verdächtigen dunklen Wagen in dieser Gegend gesehen hatten, und Darin spekulierte bei Freunden, daß der Mörder es vielleicht auf Darlie abgesehen gehabt hatte. Gott allein wußte, wie viele Männer sie wegen ihres guten Aussehens bewunderten und mit den Blicken verfolgten. Offiziell verweigerte die Familie einen Kommentar und verwies alle Fragesteller an die Polizei, die ihre Worte sehr sorgfältig abwog.

Eine Bank von Rowlett gründete einen Gedächtnisfonds, und eine Privatfirma setzte eine Belohnung von hunderttausend Dollar für Hinweise aus, die zur Festnahme des Mörders führten.

Die Ermittlung der Polizei konzentrierte sich jetzt ganz auf das Haus. Die Polizei sagte sich, daß die Geheimnisse, die gelöst werden mußten, um diesen Fall aufzuklären, hinter der Haustür zu finden seien. Man konnte nicht darauf zählen, irgendeinen Zeugen des Verbrechens zu finden, und das bedeutete, daß Material für einen Indizienprozeß gesammelt werden mußte, Steinchen für Stein chen, bis eine solide Wand von Beweisen errichtet war.

Die Polizei von Rowlett war nicht allein. Ihre Cops erhielten Hilfsangebote von überall her, einschließlich von einigen FBI-Spezialisten für Persönlichkeitsprofile, und sie waren entschlossen, keine Unterstützung abzulehnen. Die Polizei von Rowlett wollte diesen Fall schnell aufklären und sagte sich, daß sie eine Chance hatte. Streifenbeamte leisteten eine normale Acht-Stunden-Schicht, zeigten Präsenz in der Stadt und wirkten beruhigend auf die Leute. Dann fuhren sie heim, machten sich frisch und kehrten zum Eagle Drive zurück, um weiterhin am Tatort zu arbeiten.

Jimmy Pattersons Untersuchung und sein Gespräch mit Cron hatten ihm eine Reihe von Dingen klargemacht. Einer der Punkte, der ihn gestört hatte, war Darlies Aussage, daß sie auf der Couch geschlafen hätte, aber es gab keine Blutflecken an den Stellen, an denen ihr Kopf und ihre Schultern geruht haben mußten. Wie war das möglich, wenn sie an Hals und Armen verletzt worden war? Und der Weg, den der angebliche Angreifer genommen haben sollte? Es war kein Blut in der Garage zu sehen und keines am weißen Zaun oder am Tor. Der Angreifer war angeblich durch den Schlitz im Fliegenfenster geflüchtet, aber auf der Fensterbank lag eine dicke Staubschicht. Auf der Erde der Blumenbeete im Hof waren keine Fußspuren entdeckt worden. Und – äußerst wichtig – Cron war bereits zu dem Schluß gelangt, daß es überhaupt keinen Eindringling gegeben hatte. Patterson kehrte ins Krankenhaus zurück, um Darlie noch einmal an diesem Nachmittag zu befragen, und Beamte überprüften sorgfältig die bisherigen Aussagen von Darin und Darlie und verglichen sie miteinander. Sie fanden Widersprüche.

Eine dieser Aussagen befand sich auf der Tonbandaufzeichnung des Notrufs, die Sergeant Poos in einer Pressekonferenz am Freitag den Medienvertretern vorspielen wollte. Zwei Stunden vor dem Termin wurde die Pressekonferenz abgesagt.

Als offizielle Kommentare der Polizei später untersucht wurden, wurde klar, daß die Teile in diesem Puzzle für sie nicht zueinander paßten. Nur wenige Leute ohne Polizeimarke wußten zu diesem Zeitpunkt, was Cron und Patterson herausgefunden hatten, und Sergeant Poos dachte nicht daran, den Reportern zuviel auf die Nase zu binden. »Jeder ist verdächtig. Niemand wird ausgeschlossen«, sagte er am Freitagabend.

Zwei Fakten wurden der Öffentlichkeit nicht vorenthalten. Poos sagte, daß es kein zufälliges Verbrechen und kein Einbruch war. »Es war kein Wahnsinniger, der durch die Gasse ging, links abbog und die Routiers angriff«, sagte er. Da kein Bargeld oder Wertgegenstände wie zum Beispiel Schmuck, der offen sichtbar dagelegen hatte, entwendet worden war, kam Einbruchdiebstahl als Motiv kaum in Frage.

Als Medienvertreter wieder nach dem Tonband fragten, das die Reporter unbedingt hören wollten, wich Poos erneut aus. Abermals sagte er, es könnte ›entscheidende Beweise enthalten, die nur der Täter wissen kann‹.

RAUB SCHEIDET ALS MOTIV FÜR ROWLETT-MORDE AUS
OPFER WURDEN LAUT POLIZEI GEZIELT GETÖTET

Die Schlagzeilen über der Routier-Story der *Dallas Morning News* begrüßten die Leser am Samstag, dem 8. Juni. Im nachhinein betrachtet scheinen sie fast mit anklagendem Finger auf die Eltern der ermordeten Kinder zu zeigen. Den restlichen Bewohnern von Rowlett wurde verkündet, daß sie sicher waren. Während Polizeibeamte hart am Tatort arbeiteten und nach den kleinsten Hinweisen suchten, übermittelten sie ihren Angehörigen die Botschaft, daß ihnen keinerlei Gefahr drohte. Die Polizisten durften es nicht in der Öffentlichkeit sagen, aber sie konnten die Familien beruhigen. Entspannt euch. Es gibt keinen geistesgestörten Killer, der durch die Stadt streift, flüsterten sie in privatem Kreis. Andere in Rowlett mochten noch nervös sein, aber die Frauen der Cops schliefen gut.

Dr. Santos untersuchte Darlie am frühen Samstag morgen und stellte abermals eine beträchtliche Besserung ihres Zustandes fest. Er hielt es für das beste, sie noch etwas länger im Krankenhaus zu behalten, aber er stieß auf den vereinten Widerstand der Familie, die ihre Entlassung verlangte. Der Arzt würde sich später daran erinnern, daß sich besonders Darin für ihre Entlassung einsetzte. Beide Elternteile wollten an diesem Abend an dem privaten Trauergottesdienst für ihre Kinder teilnehmen. Nicht nur das, sondern um Darlie aufzuheitern, hatte die Familie ein besonderes Ereignis geplant. Devon wäre am 14. Juni, also in nur sechs Tagen, sieben geworden, und eine Geburtstagsfeier wurde geplant. Santos gab nach und unterschrieb die Entlassungspapiere. Darlie verließ das Krankenhaus am Mittag.

Sie konnte nicht heimkehren, weil das Haus zum Tatort erklärt und das unbefugte Betreten polizeilich verboten war. Die Besitzer des Hauses besaßen keine Dienstmarke und waren deshalb Unbefugte. Sie waren ebenfalls inoffiziell Tatverdächtige.

Anstatt also in ihr Haus zurückzukehren, taten Darin und Darlie jetzt etwas, was sie in den folgenden Monaten noch bereuen sollten. Sie kooperierten mit den Ermittlern und fuhren vom Krankenhaus geradewegs zum Polizeipräsidium, um offizielle Aussagen zu machen. Es würde ihnen schließlich irgendwann dämmern, daß sie statt dessen besser sofort zu einem Anwalt hätten fahren sollen.

Die Polizei begrüßte sie jedenfalls mit offenen Armen. Sie unterschrieben bereitwillig Dokumente und bestätigten, ihre verfassungsmäßig garantierten Rechte zu kennen, sie fertigten Skizzen an und gaben ihre Aussagen zu Protokoll. Es war, als hätten Darlie und Darin der Polizei von Rowlett einen Goldschatz für die weiteren Ermittlungen geliefert. Jetzt konnten die neuen Aussagen Wort für Wort mit dem verglichen werden, was Darlie bei dem auf Band aufgezeichneten Notruf und bei ihren Aussagen im Haus und im Krankenhaus von sich gegeben hatte. Eine richtige Ermittlungsbibel wurde geschrieben, und die für den Polizeichef Verdächtigen führten die Feder.

Alle kamen prima miteinander aus, und als es für Darin und Darlie an der Zeit war, zum Trauergottesdienst auf dem Friedhof *Rest Haven Memorial Park* zu fahren, boten die Detectives Jimmy Patterson und Chris Frosch an, sie zu fahren. »Klar«, sagte Darlie. »Danke.«

Die kurze Zeit allein mit den ermordeten Kindern war erschütternd. Die trauernden Eltern, Verwandten und Freunde legten Geschenke in den Sarg, wie einst die Ägypter ihren verstorbenen Königen goldenen Schmuck und die alten Chinesen den verstorbenen Herrschern Nahrung, Wein und Sklaven mit ins Jenseits gegeben hatten. Anstatt mit Gold wurden die Routier-Jungs mit Kindersachen ins Jenseits begleitet – mit Taschenmessern, Spielkarten, ausgestopften Tieren. Ein Geistlicher, David Rogers, hielt einen kurzen Gottesdienst ab, bei dem jeder die Hände auf den Sarg legte, während sie um göttliche Gnade und ewigen Frieden für die Kinder beteten. Und als der Gottesdienst vorüber war, fuhren Darlie und Darin nach Plano und zogen vorübergehend zu Darlies Mutter Darlie Kee. In der Abenddämmerung reagierte Darlie verängstigt. Sie fürchtete sich vor der Dunkelheit. Sie wollte nicht einmal allein ins Badezimmer gehen. Mama Darlie wies darauf hin, wie sicher das Haus war – es war von einem hohen Zaun umgeben, hatte eine Alarmanlage, war außen von Scheinwerfern beleuchtet und hatte Nachbarn –, aber das änderte nichts. Darlie kuschelte sich im hell beleuchteten Wohnzimmer an ihren Mann, blieb jedoch bis zur Morgendämmerung wach.

Darlie Kee, eine attraktive Frau, groß und mit offener Art, wurde in dieser Zeit zu einer Art Bärenmutter, die für ihren Wurf Junge sorgt. Die Familie brauchte eine Sprecherin, und das war sie. Mama Darlie war nie um Worte verlegen. Gerüchte und Spekulationen, daß vielleicht Darlie und Darin das Verbrechen begangen hatten, nahmen überhand, und Mama Darlie stellte sich eilig dieser Herausforderung.

»Wir müssen diesen Kerl finden, bevor er Ihren Sohn oder Ihre Tochter umbringt«, erklärte sie Reportern. »Der Täter läuft frei herum. Jemand, der sehr, sehr krank ist. Er ist ein Satan.«

Mama Darlie löste einige Alarmsirenen bei der Polizei von Rowlett aus, bei der Chief Posey alles daransetzte, um der Bevölkerung die Angst vor einem Killer zu nehmen. Ein *Satan*? Die Polizei kündigte an, mehr Beamte auf den Straßen einzusetzen. »Bürger sind besorgt, und wir wollen auf diese Ängste reagieren«, sagte Sergeant David Nabors. »Ich habe das Gefühl, daß wir diese Nuß knacken«, sagte Dean Poos dem Reporter der Zeitung *Morning News*.

Über vierhundert Leute nahmen am Sonntag an der Beerdigung der beiden kleinen Jungen auf dem Friedhof in der Rockwall County teil. Darlie hielt entweder ihren Sohn Drake auf dem Arm oder gab ihn anderen Familienmitgliedern, wenn er ihr zu schwer wurde, um statt dessen Teddybären auf den Arm zu nehmen. Auf einem gedruckten Programm stand: ›Devon und Damon gingen Hand in Hand durch das Leben und in den Himmel. Jetzt sind sie Engel, die zusammen spielen und auf Drake aufpassen.‹

»Dies ist ein Anlaß zum Feiern«, sagte Pastor Rogers den Trauernden, obwohl die meisten über den Verlust der beiden Jungen weinten. »Wissen Sie, als Christen feiern wir, wenn jemand heimgeht. Devon und Damon erfreuen sich auf den Straßen des Himmels ohne Traurigkeit und Kummer.«

Randy Reagan, ein Cousin von Darin, war an diesem Tag der Sprecher der Familie. »Darlie möchte die Öffentlichkeit daran erinnern, daß es jedes ihrer Kinder hätte treffen können. Die Familie hofft, daß die Polizei den Täter stellt.«

Reagan schmetterte die blühenden Spekulationen ab, daß die Eltern irgendwie in die Tat verwickelt waren. »Darin und Darlie haben hundertprozentig mit der Polizei zusammengearbeitet, sie haben nichts zu verbergen«, sagte er Reportern, und er fügte hinzu, daß Darlie völlig von Darins Unschuld überzeugt sei. Reagan erwähnte ebenfalls, daß dies nicht die letzte Gedenkfeier sein würde. Eine Geburtstagsfeier für Devon sei geplant.

Reagan hatte unwissentlich den Ball für die Öffentlichkeitsarbeit wieder auf das Spielfeld der Polizei zurückgespielt. ›*Darlie möchte die Öffentlichkeit daran erinnern, daß es jedes ihrer Kinder hätte treffen können.*‹ Das Schreckgespenst war wieder aus dem Kasten, und Dean Poos mußte es dorthin zurückstopfen. Der Polizeisprecher hatte bereits seinen Tagesablauf geändert, und sein Telefon klingelte so oft, daß er nicht einmal Zeit für sein tägliches Joggen fand, das er unbedingt brauchte, um sich vom Streß zu entspannen. Er wußte, daß sich vieles abspielte, aber er ignorierte absichtlich weitere Informationen, um sich nicht mit noch mehr Wissen zu belasten. Poos hatte sogar aufgehört, einige sachdienliche Besprechungen zu besuchen, so daß dem Polizeisprecher bei der besonders listigen Frage eines Reporters keine Lüge zu dem einfiel, was bei dem Treffen bekannt geworden war. Er wußte einfach nichts. Sein Job erforderte augenblicklich wieder, den Bürgern zu versichern, daß sie sicher waren.

Bis auf weiteres mußte er den Leuten die Angst nehmen. Diesmal erzählte er den Medien, daß das Verbrechen nicht die Bedeutung eines ›Psycho‹ oder eines blutrünstigen ›Charles Manson‹ hatte, ›der durch die Straßen läuft‹.

Als er nach den Aussagen gefragt wurde, die von den Routiers am Vortag bei der Polizei gemacht worden waren, wich er aus. Die Aussagen unterschieden sich nicht viel von dem, was sie früher bei Polizeibeamten gesagt hatten, erwiderte er. Bei den Sitzungen, die Poos nicht besuchte, wurden die Aussagen allerdings auseinandergenommen wie ein Truthahn am Thanksgiving Day.

In Rowlett verwandelte eine Welle von Mitgefühl das Haus am Eagle Drive zu einem Wallfahrtsort. Leute, denen die Familie Routier völlig unbekannt war, tauchten mit Luftballons und symbolischen Geschenken auf und baten die Polizisten vom Dienst an dem gelben Trassierband, sie dem ständigen Strom von Dingen hinzuzufügen, die sich um den großen Springbrunnen auf dem Rasen ansammelten. Ballons wurden an eine schmiedeeiserne Bank gebunden, ein Spruchband mit den Namen der Kinder wurde am Springbrunnen befestigt, und auf einer großen Geburtstagskarte an einer Holztafel stand: ›Lieber Devon, Du bist jemand zu Besonderes, um Dich jemals zu vergessen. Wir wünschen Dir das Beste zum Geburtstag.‹

Im nahen Richardson wurde ein weiterer Gedenkfonds zur Hilfe für die schwergeprüfte Familie gegründet. Und ein Mann, den die Nachbarn nicht kannten, duckte sich unter dem Trassierband hindurch und bahnte sich einen Weg zum Haus. Es war ein großer Mann mit scharfgeschnittenem Gesicht. Er hieß Greg Davis, und er war einer der Spitzen-Ankläger vom Büro des Staatsanwalts der Dallas County. Wenn es schließlich eine Festnahme geben würde, dann würde er der Ankläger der beschuldigten Person sein.

Forensische Experten hatten ein allgemeines Bild zusammengesetzt und waren zu dem Schluß gelangt, daß Darlie für das Verbrechen verantwortlich war. Es war jedoch zu früh für eine offizielle Festnahme, denn es fehlte noch ein wichtiges Teil des Puzzles. Wenn die Mutter tatsächlich ihre Kinder getötet hatte, dann würde den Geschworenen die große Frage – WARUM? – beantwortet werden müssen. Und im Augenblick hatten die Ermittler einfach keine Antwort darauf.

Am Montag, dem 10. Juni, wurde Darlie von der Polizei abgeholt und aufs Präsidium gebracht. Man fotografierte sie gründlich, widmete besondere Aufmerksamkeit den Blutergüssen auf ihren Armen und nahm Abdrücke von ihren Fingern und Füßen.

Im Präsidium, wenn Beamte über den Fall redeten, konzentrierten sich die Spekulationen darauf, wie Darin reagieren würde, wenn man seine Frau verhaftete. Würde er zu seiner Frau halten oder sie zum Teufel wünschen und sich dem Staat als Zeuge zur Verfügung stellen? Man hatte allgemein das Gefühl, daß der junge Mann keine Chance auf einen Sieg haben würde. Man hatte stundenlang mit ihm geredet, aber sie kannten Darin Routier nicht sehr gut.

Eines späten Abends, als sich die Schlinge um die Hauptverdächtige fest zusammenzog, geriet eine Fernsehreporterin auf der Suche nach einer Informationsquelle zufällig in die Polizeiwache. Als der Hausmeister eine Tür öffnete, um die Kripo zu betreten, folgte die Reporterin ihm, heraus aus dem öffentlichen Bereich der Polizeiwache und hinein in das private Heiligtum, in dem die Cops ihre Entscheidungen trafen, ihren Verdacht und ihre Vermutungen aufschrieben und den nächsten Schritt bei der laufenden Ermittlung planten. Auf einem Schreibtisch, unbewacht in dem verlassenen Raum, lag eine Akte über die Ermordung der beiden kleinen Routier-Jungen.

Ein vorbeigehender Cop sah die Reporterin im Bereich, zu dem der Zutritt verboten war, und scheuchte sie hinaus. Aber allein das Auftauchen einer Reporterin bei der Akte des Falles war alarmierend, und die Beamten wurden zusammengetrommelt, um zu überprüfen, ob etwas von ihren Schreibtischen fehlte oder aus den Akten abhanden gekommen war.

Bei der Polizei stockte allen der Atem, als die Reporterin um 22 Uhr den Zuschauern in den Spätnachrichten eine neue Information über Rowletts berühmten Mordfall ankündigte. Eine Information, die dem Fall eine sensationelle Wendung gab: Im Haus am Eagle Drive war Kokain gefunden worden!

Sergeant Poos hatte sich in T-Shirt und Shorts zu Hause entspannt, als die Reporterin an seiner Tür klingelte und eine Bestätigung für ihren Knüller suchte. Er sagte, er wisse nichts von einem Kokainfund, aber als er sie gerade abgewimmelt hatte, begann sein Telefon zu klingeln und andere Sender und Journalisten, die die Vorankündigung im Fernsehen gesehen hatten, wollten einen Kommentar haben. Er hatte keinen. In Wirklichkeit hatte die Polizei etwas Marihuana gefunden, kein Kokain. Die Reporterin hatte die falsche Droge genannt. Während die Story von Poos abgeschmettert wurde, spielte das Marihuana Monate später eine weitere dramatische Rolle und die Meldung schlug wie eine Bombe ein – wie die Reporterin prophezeit hatte.

Die Ermittler traten inzwischen auf der Stelle, und die Polizei traf deswegen eine heikle Entscheidung. Inzwischen hatte sich herumgesprochen, daß eine Feier von Devons Geburtstag auf dem Friedhof geplant war und in ein paar Tagen stattfinden sollte. Ermittler, die ›Was-wärewenn-Szenarios‹ entwarfen, sagten sich, daß vielleicht jemand ein Geständnis ablegte, wenn er in einem gefühlsbetonten und verletzlichen Moment am Grab etwas sagte. ›*Was wäre, wenn wir das auf Band aufnehmen?*‹ fragten sich die Ermittler. So wurde ein Team von Beamten mit elektronischer Ausrüstung vor dem Ereignis zum Friedhof geschickt. Die Männer installierten eine Videokamera mit Teleobjektiv weit entfernt von dem Gebäude, das auf dem Friedhof Büroräume und zugleich die Kapelle beherbergte, und sie entfernten sorgfältig einige der Luftballons und Karten, die das Grab bedeckten. Es war noch kein Grabstein gekauft worden, aber das Grab war mit einem kleinen Holzkreuz markiert. Die Polizei versteckte ein winziges Mikrophon darunter, um jedes Wort mitzuhören, das am Grab gesagt wurde.

Niemals, nicht in den wildesten Phantasien, konnten die Ermittler ahnen, was geschehen würde. Bald würde sich die wichtigste Entwicklung in dem Fall ergeben.

6

Freitag, der 14. Juni, wurde zu einem bemerkenswerten und denkwürdigen Ereignis. Bei der Lösung des Geheimnisses, wie Damon und Devon gestorben waren, führte der Tag die Ermittlungen einen großen Schritt voran. Der Trauergottesdienst hatte bereits stattgefunden, doch als die Sonne heiß auf den *Rest Haven Memorial Garden* schien, trafen Freunde und Familienmitglieder der kleinen Opfer gegen 13 Uhr 45 in einem Konvoi für einen besonderen ›Gottesdienst‹ ein. Während die Polizei von einem Versteck aus beobachtete und aufzeichnete, fand auf dem Friedhof ein Fest statt.

Der Anlaß war eine nach dem Tode stattfindende Geburtstagsfeier für Devon, der an diesem Tag sieben Jahre geworden wäre. Darlie hatte an diesem Morgen das

Haus etwas widerstrebend verlassen; sie war seelisch so angegriffen gewesen, daß sie einmal den Kopf auf den Schoß ihrer Mutter gelegt und hemmungslos geweint hatte. Aber sie wußte, daß sie sich zusammennehmen mußte. Die Cops wollten mit ihr und Darin wieder einmal reden, bevor sie zum Friedhof fuhren. Sie fuhren vom Polizeipräsidium in Rowlett aus dorthin, und sie hatten einige Neuigkeiten erfahren, die sie für gut hielten. Als Darlie am Grab eintraf, war sie gut gelaunt und erzählte den Leuten strahlend, daß die Polizei der Lösung des Falls ganz nahe sei und sogar von einer Festnahme sprach. Das Martyrium war fast vorüber!

Es gab fast keinen Schatten auf dem langen, sanft ansteigenden Hang, auf dem sich die kleine Gruppe versammelte. Der kurzgemähte Rasen vertrocknete zu bräunlichem Grün zwischen dem einzigen dürren Baum und einer niedrigen Hecke beim Grab. Aber die öde Umgebung stand in starkem Kontrast zu der Grabstätte, die mit bunten Luftballons, mit Spielzeug, Geschenken, Flaggen, Blumen, Fotos, Comics und Büchern bedeckt war.

›Alles Gute zum siebten Geburtstag‹, stand auf einem weißen Schild. Auf einer großen Tafel, grün, gelb und purpurfarben umrandet, hieß es: ›Alles Gute zum Geburtstag, Devon, wir lieben dich.‹ Darunter standen die Namen von Onkel Kevin und Tante Dana. Dana Stahl, eine von Darlies jüngeren Schwestern, war mit dem festen Vorsatz zum Friedhof gekommen, die Feier zu einem glücklichen Ereignis zu machen. Sie wußte, wie sehr Devon Überraschungen geliebt hatte, und vor der Abfahrt hatte sie einige seiner Lieblingssachen, Überraschungseier und Gummibärchen mitgenommen. Sie war überzeugt davon, daß Devon diese Dinge ein letztes Mal genießen konnte.

Ebenfalls lag das Buch ›Das Ausreißer-Häschen‹ von Margaret Wise Brown auf dem Grab, und auf dem Umschlag stand: ›Wir lieben dich, PJ und Ashley.‹ Eine Miniaturflotte von Rennautos in den Farben des Regenbogens stand unter zwei kleinen Sternenbannern. Ein Band mit Gruselpostkarten des Autors R. L. Stine lag neben einem zerfledderten Comic. Ein kleiner Springbrunnen aus Plastik mit einem Engel an der Seite, ein roter Frosch mit einem Kristall in einer muschelförmigen Schale standen neben einem kleinen eingetopften Kaktus. An einigen kleinen Geschenken klebten noch die Preisschilder. Ein gelber Smiley-Button lag auf dem Gras neben einem Teddybären. Luftballons jeder Art und Farbe schufen eine Atmosphäre der Fröhlichkeit, obwohl die vielen Blumen offenbar ernster Friedhofsatmosphäre dienten.

Man konzentrierte sich stark auf Engel, auf zwei gute kleine Jungs, die aus dem Jenseits, in dem nur Seelen wohnen, auf die Erde zurückkehren. Ein Kind hielt eine Zeichnung, die drei Gestalten mit Flügeln zwischen den Wolken zeigte, und nannte sie ›Damon, Devon und Gott‹. Die Gestalten der Zeichnung hatten starke Ähnlichkeit mit Ninja-Kriegern. ›Ruhe in Frieden‹, hatte eine unbekannte Frau auf eine Beileidskarte geschrieben. ›Ich weiß, daß ihr beide jetzt Engel seid. Ich liebe euch.‹ Und eine Postkarte, noch in Plastikfolie und mit dem Preisaufkleber versehen, zeigte zwei Engelchen und ein Gedicht, in dem es hieß, ›Engel sind überall, um ihre himmlische Weisheit der sterblichen Welt kundzutun‹.

Die Feier zog natürlich das Interesse der Medien an. Nur wenig war sicher nicht in allen Einzelheiten von Zeitungsreportern und Fernsehteams ausgeschlachtet worden, und einige waren bei der Versammlung anwesend. Die Leute von Texas teilten die Trauer der Familie Routier, und weil die Presse sie nett behandelt hatte, warum sollten sie dann deren Vertreter nicht als Beobachter der ungewöhnlichen Feier zulassen? Vielleicht half eine Fernsehsendung der Polizei, den Mörder zu schnappen, dachte man.

Zuerst fand ein stiller Trauergottesdienst in kleinem Kreis statt, bei dem nur Erwachsene anwesend waren und ein Geistlicher feierlich Bittgebete sprach. Danach sagte Mama Darlie ihrer Tochter, wenn sie nicht endlich mit dem Heulen aufhören würde, jage sie den eintreffenden Kindern Angst ein, und die Kinderparty, die so lange vorher angekündigt worden war, begann.

Einige Lieder wurden vom Tonband abgespielt, angefangen mit den Lieblingsliedern der ermordeten Kinder, ein Rap-Hit von Coolio namens ›Gangsta's Paradise‹ und Whitney Houstons schönes ›I Will Always Love You‹. Darlie machte bei ihren Familienmitgliedern und Freunden die Runde. Sie war glücklich, weil sie aus dem Krankenhaus heraus und im Sonnenschein war. Sie hielt das Baby, Drake, eine Zeitlang und übergab es dann anderen, wenn es ihr zu schwer wurde. Sie lächelte und lachte und umarmte. Wie jeder sonst. Es hatte den Anschein, daß jeder dieses Fest genoß, das als eine Feier des Lebens betrachtet wurde, nicht als eine des Todes. Einige mochten sogar sagen, daß sie ein klassisches Verdrängen war; die Eltern weigerten sich, zuzugeben, daß Devon und Damon tot waren.

Reporter Joe Munoz von Dallas Channel 5 – KXAS-TV – hatte hart für die Story gearbeitet. Er hatte an diesem Morgen mit Darlie Kee telefoniert, um routinemäßig auf dem laufenden zu bleiben. Das war der Teil seines Job als Nachrichtensammler, den er am wenigsten mochte. »Diese Leute haben Schreckliches durchgemacht, und jetzt stehen wir alle um sie herum und drängen ›Reden Sie mit mir, reden Sie mit mir‹.« Munoz erlebte an diesem Tag eine Überraschung. Darlie Kee bestätigte ihm nicht nur, daß die Feier am Grab immer noch geplant war, sie lud ihn auch dazu ein, und als er höflich fragte, ob er Aufnahmen machen dürfte, erlaubte ihm Mama Darlie sogar, einen Kameramann mitzubringen.

Als er am Schauplatz ankam, überraschten die trauernden Eltern Munoz, indem sie ihm ein Exklusivinterview gewährten. Der Reporter erkannte eine seltene Chance und stellte Fragen, bevor sich Darlie und Darin anders besinnen konnten. Sie weigerten sich nur selten, Antwort auf eine Frage zu geben. Eine Dreiviertelstunde erlaubten Darlie und Darin Munoz und einigen Zeitungsreportern, sie zu interviewen. Zum ersten Mal seit der schrecklichen Mordnacht vor acht Tagen konnte Darlie Kommentare in der Öffentlichkeit abgeben. Die Leute in der Umgebung von Dallas gierten nach ihrem Bericht, der ungefiltert durch die ungewöhnlich vorsichtigen Dosierungen von offizieller Information war.

Darlie und Darin strengten sich besonders an, der Polizei von Rowlett Beifall zu zollen, zu sagen, daß sie nichts zu verbergen hatten, und die Cops zu drängen, den Mörder zu finden. »Dieser Mann läuft noch frei herum. Ich möchte ihn nicht mal als Mann bezeichnen – er ist ein Feigling!« sagte Darlie. »Das einzige, was mich durchhalten läßt, ist die Hoffnung, daß diese Person gefaßt wird.«

Sie trug Shorts aus Jeansstoff und eine Bluse, deren Kragen weit genug offenstand, um einen Blick auf die rote Narbe und die häßlichen Male der Naht an ihrem Hals zu gewähren. Ein kleines silbernes Kreuz war an den Kragen geheftet, und sie trug kleine Ohrringe.

»Er ging zuerst zu zwei wehrlosen Kindern und dann zu mir«, sagte Darlie. »Ich weiß nicht, warum Gott mich verschonte.« Die Stimmung der jungen Mutter besserte sich, sie lächelte leicht, nahm eine Spraydose, die Kinder zum Spielen benutzen, und drückte darauf. Weißer Schaum zischte in langen, dünnen, gekräuselten Linien heraus, als sie die Spraydose über den Luftballons schwenkte. Die Partyteilnehmer sangen ›Happy Birthday‹, und Darlie ging lächelnd von einer Person zur nächsten und umarmte jeden. Die Fernsehkameras liefen. Eine versteckte Kamera der Polizei zeichnete auf. Einmal hielt Darlie ihr einziges noch lebendes Kind, den acht Monate alten Drake, auf Armlänge von sich vor ein gerahmtes Bild seiner Brüder, das von Darin gehalten wurde. Was sie für eine rührende Szene hielten, war für Zuschauer abstoßend.

Darlie Kee sagte, ihre Tochter sei unglaublich nervös gewesen. Darin erzählte Reportern, daß er den brutalen Angriff immer noch nicht begreifen könne. »Wir waren eine glückliche Familie. Wir alle lieben uns. Wir haben keine Probleme. Wir haben uns nie unsicher gefühlt. Aber wenn man sich nicht bedroht fühlt, trifft man keine Vorsichtsmaßregeln.« Er trug ebenfalls Shorts und dazu ein leichtes gestreiftes Hemd.

Darlie stimmte völlig mit ihm überein. »Wir haben keine Eheprobleme. Wir haben kein Drogenproblem. Wir haben keinerlei Problem in unserem Haus.«

»Es waren gute Kinder, und wir haben versucht, sie richtig zu erziehen«, sagte Darin. »Sie haben nichts Böses gesehen. Sie glaubten noch an alles, was auch uns in der Kindheit heilig war.«

»Für sie waren alle Menschen gleich«, fügte Darlie hinzu, bevor Darin zu Ende geprochen hatte. »Sie glaubten nicht, daß jemand mit anderer Hautfarbe anders als sie ist. Sie sahen nicht die Grausamkeit der Welt wie Erwachsene sie sehen. Sie sahen die Welt als: ›Okay, ich bin wie du, und du bist wie ich.‹ So waren sie wirklich.«

Darin wies auf den großen Besitz der Familie hin. »Sie wußten, daß wir mehr Glück hatten als andere Leute«, sagte er.

»Sie gaben gern etwas ab.« Darlie nickte. »Sie teilten sehr gern.«

Darin erinnerte sich an ein Weihnachtsfest, als er mit der Familie ein Heim besucht hatte, das zur Waisenhausgesellschaft von Rowlett gehörte. Damon und Devon hatten eilig zu ihrem eigenen Haus zurückgewollt, um den weniger glücklichen Kindern ihr altes Spielzeug und sogar einiges neue zu schenken, das ihre großzügigen Eltern gekauft hatten. »Sie waren einfach freigebig. Das haben sie von uns gelernt.«

Munoz bat sie, ihre liebsten Erinnerungen an die Jungen zu beschreiben, und Darlie scherzte heiter, es gäbe so viele liebste Erinnerungen, daß der Reporter vermutlich bei ihnen ins Haus ›einziehen‹ müsse, wenn er all die Geschichten hören wolle.

Sie entschlossen sich, die Geschichte vom ›Glückshaus-Haus‹ zu erzählen.

»Als wir dieses Haus kauften – oh, das ist so traurig,

aber es ist süß, weil sie einfach so waren. Als wir also dieses Haus kauften, kam der Film *Glückshaus* heraus. Sie hielten ihn für den besten Film aller Zeiten. Und sie nannten unser Haus das Glückshaus-Haus. Das erzählten sie jedem: ›Dies ist unser Glückshaus-Haus. Dies ist unser Glückshaus-Haus.‹ Und sie sagten: ›Mommy, wenn wir in das Glückshaus-Haus einziehen, wollen wir einen Schlitten haben und damit die Treppe runterfahren, wie sie es im *Glückshaus* machen.‹ Und ich war entsetzt. ›O nein, das könnt ihr nicht tun, das könnt ihr nicht tun!‹« Darlie legte eine Pause ein, und ihre Freude schlug in Traurigkeit um. »Wenn sie jetzt hier wären, würde ich es ihnen erlauben«, fügte sie mit einem leisen Schluchzen hinzu.

Darin nahm den Gesprächsfaden auf und erzählte, daß die Jungen nicht mit einem Schlitten die Treppe hinunterfuhren, sondern es auf einem Kissen versuchten. »Sie nahmen sich ein Kissen, setzten sich darauf und rutschten mit der weichen Unterlage unter dem Po die Treppenstufen hinunter.«

»Sie wollten einen Schlitten«, beharrte Darlie.

»Ja, sie wollten einen Schlitten ... aber den konnte man bei unserer Treppe nicht benutzen.« Darin wurde verlegen, als vergleiche er sein Haus mit der Prachtvilla in dem Film. »Unser Haus war nicht so groß wie das *Glückshaus*, aber so nannten sie es.«

Munoz konnte nicht widerstehen, Fragen wegen der sonderbaren Kulisse für dieses Interview – das Grab der Kinder – zu stellen. Warum die Luftballons? Warum die Geburtstagslieder?

Darlie antwortete, wieder etwas fröhlicher: »Nun, wir sind zwar traurig, weil Devon und Damon nicht hier sind, aber wir versuchen uns an die Vergangenheit zu klammern, damit wir diese schlimme Zeit überstehen. Und wenn Sie Devon und Damon gekannt hätten, dann wüßten Sie, daß sie im Himmel sind und dort oben die größte Geburtstagsparty feiern, die wir uns jemals vorstellen können. Sie möchten nicht, daß wir hier unten traurig sind, daß uns sogar das Herz bricht. Ich weiß, daß Devon und Damon uns glücklich sehen wollen. Sie wollen nicht, daß wir weinen und unglücklich sind. Sie wollen, daß wir feiern, als wären wir bei ihnen, und in gewisser Weise sind sie bei uns, denn sie werden immer bei uns sein, ganz gleich was wir tun oder was wir denken. Sie werden immer ein Teil von uns allen sein, und nicht nur von Darin und mir, sondern von vielen Leuten.«

Der Korrespondent von Channel 5 forschte weiter. Er fragte die Eltern, wie sie sich fühlten. Der äußere Anschein – sie wirkten entspannt, vergnügt und ziemlich gelassen – unterschied sich stark von Darlies Antwort.

»Wir sind sehr traurig. Wir weinen viel. Wir fühlen uns krank. Und wir sind sehr zornig, weil dieser Killer immer noch frei herumläuft und tun kann, was er will, während wir uns wie verurteilt fühlen, wie in der Luft hängend. Wir wissen nicht, ob wir kommen oder gehen, verstehen Sie? Und er ist frei und kann tun, was er will. Aber ich weiß, daß er nicht mehr lange frei sein wird. Ich fühle es. Ich spüre die Unterstützung, und die harte Arbeit, die diese Kriminalbeamten und die Cops leisten, ist einfach unglaublich, phantastisch. Ich meine …«

Darin unterbrach sie mit eigenem überschwenglichem Lob für die Polizei. »Sie benutzen einiges hochtechnische Zeug bei dieser Ermittlung, Dinge, die kaum zu glauben sind und die ich noch nicht einmal in Filmen gesehen habe. Sie geben ihr Bestes, und sie werden diese Person finden!«

Seine Frau stimmte überzeugt zu. »Sie werden ihn finden. Wir haben überall Gruppen, die dafür beten. Jeder betet. Ich habe schon gesagt, Gottes Hotline muß …«

»… ständig besetzt sein«, warf Darin ein, und die Worte des Paares ergänzten sich, Gedankenströme vereinigten sich zu einer einzigen Flut.

»Blockiert«, fügte Darlie hinzu, ohne eine Sekunde zu verlieren. »Weil alle überall beten. Und wir können es spüren.«

Es folgte eine kurze Pause, während Munoz versuchte,

eine Formulierung zu finden, um das Paar zu bitten, sich an jene Nacht – die Mordnacht – zu erinnern. »Was haben Sie in Erinnerung?«

Darin antwortete sofort: »Angst.« Und Darlie pflichtete ihm bei, und sie führten die Gedanken und Worte des anderen zu Ende.

»Angst und Schmerz«, sagte Darlie. »Aber wissen Sie, selbst bei dem, was mit mir geschah, spürte ich nichts, weil ich unter Schock stand. Aber ich dachte nicht an mich. Ich hatte nur einen Gedanken: Ich muß versuchen, die Kleinen zu retten. Ich meine, Darin und ich versuchten, die Kleinen zu retten, aber (eine Pause, ein Seufzen, ein Schluchzen) es war zu spät. Sie waren tot. Aber wir haben es versucht, haben alles versucht und wir müssen für immer damit leben.«

Darin: »Wir müssen damit leben, was wir sahen, was wir in ihren Augen sahen ...«

Darlie: »Keiner kann sich das jemals vorstellen ...«

Darin: »Und es geschah so schnell, daß keiner schneller hätte handeln können, um zu versuchen, sie zu retten. Man denkt immer wieder darüber nach und fragt sich ›Was wäre gewesen, wenn ...?‹ Wenn ich das oder jenes getan hätte, aber wenn man niemals in Angst gelebt hat, dann denkt man nicht an diese Dinge.«

Darlie: »Man denkt einfach nie an diese Dinge.«

Der Korrespondent fragte, was sie von den Gerüchten hielten, daß Darin vielleicht ein Mordverdächtiger sei. Darin hielt sich zurück, enthielt sich einer Antwort, aber Darlie stürzte sich darauf wie ein Hund auf den Knochen und stellte sich schützend vor ihren Mann. »Leute können übel sein«, sagte sie und: »Klatsch ist das größte Übel auf der Welt. Leider kann man nichts tun, um Gerüchte zu unterbinden, und wir werden kein Thema daraus machen, weil jeder, der uns kennt, weiß, wie wir sind, wie wir lebten. Diese Leute kennen die Geschichte, und wir brauchen uns vor keinem von ihnen zu rechtfertigen.«

Darin brauste auf. »Und wen juckt es, was die anderen denken? Es ist uns gleichgültig, was sie denken, wenn sie uns nicht kennen. Sie können nicht mehr Schaden anrichten als schon angerichtet ist.«

Munoz fragte, was sie dem geheimnisvollen Angreifer sagen würden, wenn er schließlich festgenommen werden würde. Abermals wollte Darin das Thema herunterspielen, aber Darlie platzte heraus: »Ich finde, er ist ein Feigling, weil er unschuldige und wehrlose Kinder ermordet hat und es erst dann bei mir versuchte. Aber er mußte zuerst die Kinder töten. Das ist für mich eine solche Feigheit!«

Während andere gefragt hatten, warum ein Angreifer nicht zuerst die erwachsene Person im Zimmer, die eher ein Problem hätte sein können, angegriffen hatte, sah Darin das anders. Für ihn war der Mann ›wie ein Tier, das auf ein schwaches Schaf losgeht, das schläft und keinerlei Gefahr bedeutet. Deshalb hat er die schwächste Person im Zimmer zuerst angegriffen‹.

Als sich das lange Interview dem Ende näherte, kam Darin zurück auf den Besitz und den luxuriösen Lebensstil. Neben dem Grab der Jungen sprach er von Geld und sich. Aber er hätte genausogut mit den Armen fuchteln können, um ein Motiv für das schreckliche Verbrechen zu finden. »Ich habe gehofft und gebetet, daß dieser Kerl etwas aus meinem Haus geraubt hat«, sagte Darin. »Daß er mich und meine Familie ausgesucht hat, weil ich etwas mehr als einige Leute oder mehr als diese Person besitze. So könnte ich in meinem Herzen denken, daß es uns wegen unseres hohen Lebensstandards treffen wollte.«

»Und jetzt wissen Sie nicht, warum es Sie getroffen hat«, sagte Munoz.

»Jetzt wissen wir es nicht. Jetzt wissen wir, daß der Täter eine kranke Person ist, die absolut nichts aus unserem Haus mitgenommen hat. Aber das ist nicht wahr. Er nahm uns die beiden wichtigsten Dinge. Das ist etwas, das wir nicht verstehen und vielleicht nie verstehen werden. Unser Lebensziel besteht jetzt darin, gottgefällig zu leben, damit wir wieder mit unseren Jungen vereint werden und sie immer noch fünf und sieben sind und miteinander spielen und rangeln.«

Darlie fügte später hinzu, daß die Kinder im Himmel darum kämpften, wer welchen Luftballon haben sollte.

Ohne es zu diesem Zeitpunkt zu wissen, hatte Munoz eine Sensation eingefangen. Er wußte, daß er ein gutes Interview hatte, sogar ein besonderes, die Art, die selten zustande kommt, aber er wußte nicht, daß das weitschweifige Gespräch sehr wichtig werden und daß er zu einem Teil der Story werden würde, über die er berichtete.

Eine Weile würde sein erstes Publikum aus Zuschauern aus Dallas und Umgebung bestehen, aus Leuten, deren Interesse durch diesen brutalen Fall bereits geweckt war. Aber ein noch interessierteres Publikum gab es im Polizeipräsidium von Rowlett. Keiner war überraschter über die ausführlichen Äußerungen als das Ermittlungsteam und die Cops, die aus ihrem Versteck die Feier beobachtet und heimlich aufgezeichnet hatten, in der Hoffnung, ein Geständnis von ihren Verdächtigen zu hören. Darin und Darlie hatten öffentlich die Bemühungen der Polizei gelobt, und weil das Interview im Fernsehen gesendet wurde, brauchten sich die Cops keine Sorgen mehr wegen der Legalität ihres eigenen Abhörens zu machen. Es war jetzt für die Öffentlichkeit bestimmt. Nur die Polizei wußte zu diesem Zeitpunkt, daß Mikrophone beim Grab versteckt gewesen waren, und obwohl vieles aufgezeichnet worden war, gab es dabei kein Geständnis.

Die Versammlung löste sich auf. Für Familienmitglieder und Freunde fand eine privatere Feier von Devons Geburtstag im Haus von Darlie Kee statt. Als die Polizei ihre Videoaufnahmen betrachtete, entdeckten die Beamten, daß einige Reporter zurückblieben und ein paar Dinge vom Grab stahlen. Das war überhaupt nicht überraschend für sie, denn diese Cops hielten Reporter ohnehin für wenig mehr als Grabschänder.

Als Munoz' Sendung ausgestrahlt wurde, konnten viele Leute einfach nicht glauben, was sie sahen und hörten.

»Jeder, mit dem ich sprach, ob Journalisten oder andere Leute, war genervt von dieser bizarren Geburtstagsfeier zwischen den Grabsteinen«, sagte Reporter Mike Glenn von den *Garland News.* Einige der Polizisten bezeichneten es als das Merkwürdigste, das sie jemals gesehen hatten, und es war völlig unvereinbar mit einer Mutter, die ihre beiden Kinder durch einen Mörder verloren hatte.

Greg Davis, der Staatsanwalt, der schließlich die Anklage vertreten würde, sagte Reportern, beim ersten Betrachten des Videos sei ihm schlecht geworden. Vielleicht stimmte das. Ebenso wahrscheinlich machte es ihn zum glücklichsten Mann im Büro des District Attorney der Dallas County. Er sah sich schon die PLAY-Taste in einem Gerichtssaal drücken, um das Videoband vor den Geschworenen abzuspielen.

7

Die Spannung stieg am Dienstag, dem 18. Juni, stetig an. Die Ermittlungen hatten zwölf Tage angedauert, und man spürte, daß die Polizei jetzt jeden Augenblick handeln würde. Darlie Routier hatte dem Fernsehjournalisten Joe Munoz an diesem Nachmittag gesagt: »Sie sind nahe daran, etwas zu erreichen.« Munoz hatte auch den Eindruck, daß ein Durchbruch bevorstand, und so fuhr er von Dallas nach Rowlett und ließ von seinen Technikern den Übertragungswagen auf dem Parkplatz des Polizeipräsidiums aufstellen. Er war fünf Tage lang auf diesem heißen Asphalt gewesen und bereit, die Story und die Dreharbeiten zu beenden, damit er sich endlich einen kühleren Fleck zum Arbeiten suchen konnte.

Es gab einen Hinweis auf die Richtung, die dieser Fall nehmen sollte. Die Polizei hatte das Band mit Darlies Notruf immer noch nicht freigegeben und deutlich darauf hingewiesen, daß der Anruf Informationen enthielt, die nur der Täter kennen könne. Da das Telefonat zwischen Darlie und der Polizistin in der Notrufzentrale stattgefunden hatte, bedeutete dies, daß Darlie zumindest eine Verdächtige war. Vielleicht aber auch mehr.

Darlie Routier und ihre Mutter hatten gegen sieben Uhr eine kurze Unterhaltung in Plano, bevor Mama Darlie zur Arbeit fuhr. Die Mutter fand, daß ihre Tochter so gut klang, wie es die Lage erlaubte. Beide waren noch aufgeregt über die Reaktion auf die Fernsehsendung von Munoz. Es gab Kommentare über die Art, wie die verletzte Darlie vor vier Tagen auf einer Geburtstagsparty auf dem Friedhof ziemlich frivol und herzlos gewirkt hatte. Jeder sprach über das Versprühen von Spielschaum am Grab, und keiner erinnerte sich daran, daß es zuvor einen ernsten Trauergottesdienst gegeben und daß Darlie gesagt hatte: »Wir haben nichts zu verbergen. Wir haben alles frei und offen dargelegt.« Mama Darlie fand, daß ihr kleines Mädchen mit dem Streß so gut fertig wurde, wie man es in dieser Situation erwarten konnte.

Am späten Nachmittag fuhren Darin und Darlie wieder zur Polizeiwache, denn Kriminalbeamte hatten sie gebeten, zu einer weiteren Befragung vorbeizukommen. Einmal dort, blieben sie drinnen. Immer länger. In Plano erzählte jemand Darlie Kee von den jüngsten Gerüchten: Die Polizei hatte einen Tatverdächtigen. Gut, dachte Darlie Kee. Darin und Darlie sind hinbestellt worden, um den Kerl zu identifizieren.

In Wirklichkeit wurden Darin und Darlie getrennt. Patterson und Frosch baten Darin, mit ihnen zum Eagle Drive zu fahren und noch einmal durchs Haus zu gehen. »Vielleicht fällt Ihnen irgend etwas auf, das eine Erinnerung auslöst«, sagten sie. »Vielleicht ist uns etwas entgangen, auf das Sie uns hinweisen können. Es wird nicht lange dauern.«

Munoz arbeitete fieberhaft, um herauszufinden, was sich im Polizeipräsidium abspielte, doch die Antworten, die man ihm gab, waren ausweichend. Er konnte noch im Nachrichtenmagazin um 22 Uhr gesendet werden, und wenn er bis dahin nichts vorzuweisen hatte, war alles vorüber für die Nacht. Die erste Berichterstattung über das, was sich dort zusammenbraute, kam dann nicht mehr in die Spätnachrichten, und der Knüller war an die Morgenzeitungen verloren. Er war wild entschlossen, den Morgenzeitungen zuvorzukommen, und er befragte noch weitere seiner Quellen.

Als Channel 5 um 22 Uhr mit dem Nachrichtenmagazin begann, blieb Munoz vorsichtig und sendete routinemäßig den neuesten Stand der Geschichte. Dann ging er nicht nach Hause, sondern arbeitete weiter, grub nach Fakten, und schließlich hatte er Erfolg. Eine Nachrichtenquelle gab ihm eine vage Antwort, die zwar genauer hätte sein können, doch der Reporter hatte das Gefühl, grünes Licht zu bekommen. Er war entschlossen, aufs Ganze zu gehen. Entweder würde er zum Helden oder zum Versager, aber er hatte für diese Story zu hart und lange gearbeitet – einschließlich tagelanges Herumstehen in der Hitze –, um sie sich jetzt von irgend jemandem wegnehmen zu lassen. Munoz holte tief Luft und ging auf Sendung.

Er kündigte an, daß die Polizei von Rowlett Darlie Routier wegen der Ermordung ihrer beiden kleinen Kinder verhaftet hatte. »Eine gewagte Story«, bemerkte Sergeant Poos, der die Sendung im Polizeipräsidium sah.

Darin und die beiden Beamten hatten die Besichtigung des Hauses beendet, die Darin für sinnlos hielt. Die Kriminalbeamten waren überhaupt nicht bei der Sache und vergeudeten, so fand Darin, nur Zeit, indem sie hier und dort lustlos herumtrödelten. Er war froh, sich endlich wieder auf den Rücksitz ihres Wagens setzen zu können, damit sie zur Wache zurückkehren konnten. Darin wollte zu seiner Frau und mit ihr nach Plano zurückkehren. Sein Handy piepte.

Mama Darlie rief an. Sie war aufgeregt und sprach fast zusammenhanglos. Was sie sagte, konnte nicht sein! Sie mußte sich irren. Seine Schwiegermutter behauptete, die Polizei von Rowlett habe soeben Darlie verhaftet! Darin lachte nervös, schüttelte den Kopf und blickte zu den beiden Detectives im Wagen. »Du machst dich über mich lustig«, antwortete er. »Ich bin hier mit der Polizei zusammen. Nichts dergleichen ist passiert.«

»Nein, es stimmt!« erwiderte Mama Darlie. »Ich sehe es im Fernsehen!«

Er beendete die Verbindung. Patterson und Frosch bestätigten den Fernsehbericht. Monate später würde Darin sagen, daß er in diesem Augenblick wie betäubt und sprachlos gewesen sei. Er glaubte es nicht, auch nicht als die beiden Polizeibeamten bestätigten, daß Mama Darlie die Wahrheit gesagt hatte. Darlie war im Polizeipräsidium in Haft. Sie fuhren sofort dorthin.

In den nächsten Stunden versuchte die Polizei Darin zu überzeugen, daß Darlie ihre Jungen ermordet hatte. Er glaubte kein Wort von dem, was sie sagten. Kein einziges Wort.

Die Nachricht verbreitete sich schnell, und etliche Wagen trafen am Polizeipräsidium ein und fuhren auf den Parkplatz, wo sich auch die Reporter versammelt hatten. Normale Bürger, neugierige Männer und Frauen aus der ganzen Gemeinde schauten vorbei, um genau mitzubekommen, was los war. Dies war das kleine Rowlett, nicht Dallas! So etwas geschah hier nicht! Wußte jemand genau, was passiert war? Mensch, das war ja genauso wie der Fall Susan Smith drüben in South Carolina! Andere Reporter ärgerten sich, weil ihnen niemand Fragen beantwortete, und Munoz schwitzte, weil er sich gefährlich vorgewagt hatte. Keiner sonst hatte von Darlies Verhaftung berichtet. Exklusiv über eine solch dramatische Entwicklung zu berichteten, bedeutete auch Unbehagen.

Zwanzig Minuten später konnte Munoz tief durchatmen. Es wurde offiziell verkündet, daß Darlie festgenommen und zum Amtsgericht zu Richter Owen Lokken gebracht worden war. Der Richter hatte keine Kaution genehmigt, was bedeutete, daß Darlie ins Gefängnis kommen würde. Es würde ihr letzter Tag in Freiheit sein.

Sie wurde in einem Transporter zum Lew Sterret Justice Center gefahren, wie das Gefängnis der Dallas County offiziell genannt wird, das sich im Frank Crowley Gerichtsgebäude an der Ecke Commerce und Industrial in der Innenstadt von Dallas befindet. Es ist nur einen Steinwurf vom Dealey Plaza entfernt, der Stätte, wo Lee Harvey Oswald die Schüsse abfeuerte, die Präsident John F. Kennedy töteten.

Eine Menschenmenge hatte sich auf dem dunklen Parkplatz in Rowlett versammelt, als die Kleinstadt von Aufregung über das dramatische Ereignis erfüllt war. Die Leute waren nicht feindselig, nur erstaunt. Es war die Mutter, sagten sie. Die Mutter ist verhaftet worden!

Darin, der Mittelpunkt von so vielen Spekulationen gewesen war, wurde nicht verhaftet, aber er fühlte sich, als hätte er einen Schlag mit einem Vorschlaghammer erhalten. Er war wie betäubt, und ihm schlotterten die Knie, als er seine Eltern im fernen Lubbock anrief, um ihnen zu sagen, was geschehen war. An einem Ende der Leitung war er in Tränen aufgelöst, und am anderen Ende weinte sein Vater Leonard. »Dies ist verrückt«, sagte seine Mutter, Sarilda Routier ärgerlich zu Reportern, die anriefen. »Das stimmt nicht. So wahr ich lebe. Ich habe nie einen Menschen gekannt, der seine Kinder so geliebt hat wie diese Mutter.«

In Plano schaute sich Darlie Kee die Nachrichten mit unglaublichem Zorn an. Sie sah, wie ihre Tochter in Handschellen abgeführt wurde! »Ich bin total ausgeflippt«, sagte Darlie Kee. Sie legte sofort eine Position fest, von der sie und die Familie danach nie auch nur einen einzigen Moment abwichen. »Wir werden dagegen kämpfen. Dies ist ein unglaublicher Alptraum«, sagte sie. Ihre Tochter war unschuldig! Ohne Frage! Die Polizei, sagte sie, hätte sich geirrt und Darlie festgenommen, ›weil sie sonst keinen haben‹. Und sie teilte vertraulich mit, daß genau das Gegenteil dessen eingetreten war, was sie zuerst über den Fall gedacht hatte. Ursprünglich hatte sie angenommen, die Polizei würde vielleicht Darin verhaften. »Ich hätte nie gedacht, daß man Darlie festnehmen würde. Meine Tochter ist keine Mörderin.«

Eine Stunde vor Mitternacht trat der erschöpfte Sergeant Dean Poos vor die Reporter, die sich in einem Konferenzraum im zweiten Stock des Polizeipräsidiums von Rowlett versammelt hatten. Seine knappen Kommentare gab er wie üblich mit ruhiger Stimme ab, aber er hielt die explosive Nachricht zurück und walzte das bereits Bekannte aus. Er las eine Presseverlautbarung vor, und die Reporter schrieben hastig mit.

»Am Morgen des 6. Juni 1996 begann eine Ermittlung im Fall der ermordeten Kinder Damon und Devon Routier«, las Poos vor. »Jetzt hat sich Entscheidendes in dieser sehr intensiven Ermittlung ergeben.

Um ungefähr 22 Uhr 20 an diesem Abend nahmen Ermittler des Rowlett Police Department Darlie Routier (weiß, weiblich, Alter sechsundzwanzig) fest. Mrs. Routier wird zweier Kapitalverbrechen beschuldigt, des Erstechens ihrer Söhne Damon (5) und Devon (6). Diese Festnahme ist das Ergebnis der intensivsten und anstrengendsten Ermittlung, die von der Polizei von Rowlett jemals durchgeführt wurde.

Darlie Routier wurde im Rowlett Police Department verhaftet. Sie wurde ins Rowlett City Jail gebracht und zur Anklage von Richter Owen Lokken vernommen. Richter

Lokken verfügte, Mrs. Routier in Haft zu halten und lehnte die Stellung einer Kaution ab. Mrs. Routier wurde dann zum Lew Sterret Justice Center überführt, wo sie eine Einzelzelle erhielt und rund um die Uhr unter Beobachtung steht, weil sie als selbstmordgefährdet gilt.

Ich kann keine Kommentare über die Einzelheiten dieser Ermittlung abgeben, sondern nur sagen, daß wir der Meinung sind, der weiße männliche Verdächtige, der von Darlie Routier als der Mann beschrieben wurde, der sie angriff und ihre beiden Kinder ermordete, hat nie existiert. Wir glauben ebenfalls, daß sich Darlie Routier die Verletzungen selbst zugefügt hat. Was den Vater Darin Routier anbetrifft, so bezweifeln wir zu diesem Zeitpunkt eine Beteiligung an den Morden.

Der richtige Zeitpunkt und Ort, die Einzelheiten dieser Ermittlung mitzuteilen, ist der Zeitpunkt des Prozesses und in einem Gerichtssaal. Zu dieser Zeit wird die ganze Geschichte aufgedeckt werden. Alle weiteren Fragen sollten an das Büro der Staatsanwaltschaft der Dallas County gerichtet werden.«

Chief Posey lobte seine Polizisten für ihre harte Arbeit. »Jeder hat in dem einen oder anderen Maße an diesem Fall mitgearbeitet«, sagte er. »Wir hatten einige Berater von außerhalb und Unterstützung von mehreren anderen Dienststellen. Diese Ermittlung wird immer noch fortgesetzt. Sie ist nicht abgeschlossen.

Der Tatort erzählt eine Geschichte. Leider ist sie anders als die Version der Angeklagten.«

Poos stimmte zu. »Einerseits hatten wir eine Gemeinde, die dachte, ein psychopathischer Killer streife des Nachts durch die Gassen«, sagte er. »Andererseits hatten wir einen Tatort, der uns sagte, daß nichts von dem geschah, was uns Mrs. Routier erzählt hat.«

Die Polizei-Version der Geschichte wurde in Einzelheiten des Haftbefehls dargelegt, der für die Medien freigegeben wurde. Widersprüche in Darlies Version waren das

Hauptmerkmal. Ihre Aussagen paßten nicht zu ihrer körperlichen Verfassung in den vergangenen beiden Wochen. Der Haftbefehl war ein langes und vernichtendes Dokument.

BEEIDETE ERKLÄRUNG ZUM HAFTBEFEHL

STAAT TEXAS COUNTY DALLAS

IN MEINEM BEISEIN, DEM UNTERZEICHNER, UNTERSCHRIEB DER ANTRAGSTELLER PERSÖNLICH NACH VEREIDIGUNG DURCH MICH FOLGENDE EIDESSTATTLICHE ERKLÄRUNG:

MEIN NAME IST JIMMY PATTERSON, UND ICH BIN POLIZEIBEAMTER VON ROWLETT, DALLAS COUNTY, TEXAS. ICH, DER ANTRAGSTELLER DES HAFTBEFEHLS, HABE GUTEN GRUND ZU DER ANNAHME, DASS AM ODER UM DEN 6. JUNI 1996 EINE

Darlie Lynn Routier, weiß, weiblich, 26, geb. 1.4.70, 1,68 m, 65 kg, blondes Haar, nußbraune Augen, IN DER STADT ROWLETT, DALLAS COUNTY, TEXAS, DIE STRAFTAT ›Mord‹ BEGANGEN HAT. EIN VERSTOSS GEGEN PARAGRAPH 19.03 DES STRAFGESETZBUCHS VON TEXAS, EIN KAPITALVERBRECHEN. DER ANTRAGSSTELLER GLAUBT DIES AUFGRUND DER FOLGENDEN FAKTEN UND INFORMATIONEN, DIE ER ERHIELT VON:

DURCH PERSÖNLICHE ERMITTLUNG DES ANTRAGSSTELLERS IN DER ZUR LAST GELEGTEN STRAFTAT.

Begründung:

Mein Name ist Jimmy Patterson, und ich bin Polizeibeamter des Staates Texas. Ich bin seit siebzehn Jahren Polizist. Gegenwärtig bin ich Detective bei der Kripo Rowlett, und ich bin seit sieben Jahren Kriminalbeamter.

Am 6. Juni 1996, ungefähr um 2 Uhr 31, rief Darlie Routier über den Notruf 911 bei der Polizei von Rowlett an und meldete, daß ›sie‹ soeben eingebrochen und ›mich und meine Kinder‹ in ihrem Haus am Eagle Drive 5801,

Rowlett, Texas, Dallas County, ›niedergestochen‹ hätten. Der Polizeibeamte D. Waddell aus Rowlett traf als erster beim Tatort ein. Darlie telefonierte über fünf Minuten mit der Telefonistin der Notrufzentrale, bis andere Beamte am Tatort eintrafen. Ich habe die Bandaufzeichnung des Notrufs abgehört und mit Waddell und den anderen Beamten und den Sanitätern, die am Tatort waren, über das gesprochen, was sie gesehen und erfahren haben. Ich traf ungefähr eine Stunde nach dem Notruf am Tatort ein.

Nach dem Abhören der 911-Tonbandaufzeichnung und meinen Gesprächen mit Darlie, ihrem Mann Darin Routier und Polizeibeamten kann ich folgendes feststellen:

Beamte und Sanitäter, die am Tatort eintrafen, fanden Darlie Routier, Darin Routier und ihre Söhne Devon Routier (6 Jahre alt) und Damon Routier (5 Jahre alt) im Erdgeschoß im Bereich des Wohnzimmers in der Südwestecke des Hauses. Devon hatte zahlreiche Stichwunden, einschließlich schwerer Stichverletzungen in der Brust. Damon hatte zahlreiche Stichwunden, einschließlich ungefähr fünf schwerer Stichverletzungen im Rücken. Darlie hatte eine Schnittwunde am Hals, eine unbedeutende Stichwunde an der linken Schulter, leichte Schnittwunden im Bereich der letzten Knöchel an der Handfläche der linken Hand, einen leichten Schnitt oder Kratzer an der linken Seite ihres Kinns und eine Schnittwunde auf dem rechten Unterarm.

Zu Beginn des Notrufs bezeichnete Darlie den Angreifer als ›sie‹, obwohl sie Sergeant Walling, dem zweiten Beamten am Tatort, sagte, der Angreifer sei eine einzige weiße, männliche Person gewesen, die vermutlich eine dunkle Baseballkappe, Bluejeans und ein schwarzes Hemd getragen habe. Später sagte mir Darlie, ungefähr kurz nach sechs an diesem Morgen, der Angreifer sei ein Mann gewesen, vermutlich weiß, mit schulterlangem Haar, einer schwarzen Baseballkappe mit dem Schirm nach vorn, mit schwarzem Pullover, schwarzem T-Shirt und Bluejeans bekleidet.

Darlie sagte zur Telefonistin: ›Meine kleinen Jungs sterben‹, und später ›meine Babys sterben‹, obwohl sie wußte, daß einer der Jungen oder beide noch lebten, versuchte sie – so Waddell – niemals, die Blutung zu stoppen, sie zu berühren oder Erste Hilfe zu leisten. Bevor Waddell zur Garage ging, wies er sie zweimal an, mit dem Tuch, das sie hielt, einen Druckverband bei den Wunden des jüngeren Kindes anzulegen, das Stichwunden im Rücken hatte, doch sie ging nie zu dem Kind und versuchte niemals, ihm zu helfen (obwohl sie später in einer schriftlichen Aussage erklärte, sie habe vor dem Eintreffen der Polizei ein Handtuch auf den Rücken des Kindes gelegt). Waddell bemerkte, daß Darlie sich statt dessen mit der Verletzung an ihrem Hals beschäftigte und das Tuch darauf preßte.

Darlie berichtete Waddell bei dessen Ankunft, der Angreifer sei durch den Abstellraum in die Garage und durch die Garage aus dem Haus geflüchtet. Waddell ging in den Abstellraum und in die Garage und hielt Ausschau nach dem Angreifer. Er sah niemanden in der Garage. Während sich Waddell und Walling in der Garage aufhielten, sahen sie, daß eines der Garagenfenster, das zum Hinterhof führte, offenstand und das Fliegengitter aufgeschlitzt war.

Darlie sagte zuerst den Beamten am Tatort und dann mir am selben Morgen im Krankenhaus, sie habe im Wohnzimmer – das sich parallel zur Westwand des Hauses befindet – auf der Couch geschlafen, und als sie erwacht sei, habe der Angreifer mit einem Messer in der Hand vor ihr gestanden. Sie habe mit ihm gekämpft, und dann sei er durch die Küche in den Abstellraum und durch die Garage (die an den Abstellraum grenzt) hinaus aus dem Haus geflüchtet; bei dieser Geschichte erzählte uns Darlie, sie habe gesehen, daß der Angreifer das Messer im Abstellraum fallen gelassen habe. Darlie erzählte den Beamten am Tatort, sie sei niedergestochen worden, während sie auf der Couch gelegen habe. Mir erzählte sie, sie sei erst niedergestochen worden, nachdem sie das Messer gefunden habe. Als sie mir zwei Tage später, am 8. Juni, eine schriftliche Aussage gab, änderte sie ihre Geschichte und erklärte, sie sei durch Damon, das jüngere Kind, aufgewacht, weil es an ihrer Schulter gerüttelt habe, und der Angreifer ›stand‹ am Fußende der Couch und ›wich‹ von ihr fort. In der schriftlichen Aussage erklärte Darlie, sie sei ihm ›gefolgt und hörte Glas splittern‹. In der schriftlichen Aussage erwähnte Darlie das Messser erst, als sie erklärte: »Mir wurde klar, daß ein großes Messer mit weißem Griff im Abstellraum auf dem Boden lag.« Sie fand das Messer, als sie dem Angreifer von der Küche aus dorthin folgte. In der schriftlichen Aussage behauptet Darlie, sie habe das Messer aufgehoben, ›denn ich dachte, er ist in der Garage‹.

Als Darlie später für mich den Grundriß des Hauses aufzeichnete, der als Anlage A dieser eidesstattlichen Erklärung beigefügt ist, sagte sie mir, der Angreifer ›rannte fort‹ und sie ›rannte‹ hinter ihm her in die Küche. Zu diesem Zeitpunkt erzählte Darlie, sie habe das Messer auf dem Boden des Abstellraums erst gesehen, als sie zur Tür der Küche neben dem Wohnzimmer zurückgekehrt sei, um das Licht einzuschalten; da habe sie über das Küchenelement hinweg zum Abstellraum geblickt und das Messer gesehen. Als ich den Tatort untersuchte, nachdem ich ihre Version gehört hatte, konnte ich den Abstellraum nicht aus der Nähe des Lichtschalters sehen, weil mir das Küchenelement die Sicht darauf versperrte, und ich bin größer als Darlie.

Während des Notrufs, ungefähr vier Minuten nach dem Eintreffen des ersten Beamten am Tatort, sagte Darlie: »Schauen Sie in die Garage. Sie haben ein Messer liegengelassen ...« Die Telefonistin in der Notrufzentrale sagte: »Rühren Sie nichts an«, und Darlie erwiderte: »Ich habe es bereits berührt und aufgehoben.« Darlie erzählte der Telefonistin später noch einmal, fünf Minuten nach Beginn des Anrufs und während ihre sterbenden Kinder noch auf dem Boden vor ihr lagen, sie habe das Messer berührt und ›vielleicht hätten wir Fingerabdrücke abnehmen können‹.

Während des Notrufs war 43 Sekunden lang nichts von

Darin (Darlies Ehemann) zu hören. Erst nach 43 Sekunden ertönt zum ersten Mal eine männliche Stimme. Darlie sagte der Telefonistin: »Mein Mann … rennt gerade die Treppe herunter«, aber sie erwähnt während des Anrufs niemals ihr Baby, das mit Darin zum Zeitpunkt des Angriffs im Oberschoß geschlafen hatte, wie Darlie und Darin uns später erzählten.

Ich weiß durch Gespräche mit den betreffenden Beamten und durch die Lektüre ihrer Berichte, daß Streifenbeamte der Polizei von Rowlett den Tatort sicherten und bewachten, bis Spurensicherungsbeamte dort zwei oder drei Stunden nach demNotruf eintrafen. Sergeant Nabors, Leiter der Spurensicherungsabteilung der Polizei von Rowlett, besichtigte persönlich den Tatort und schrieb einen vorläufigen Bericht, den ich gelesen habe. Nabors forderte ebenfalls die Unterstützung des pensionierten Lieutenants James Cron vom Büro des Dallas County Sheriffs an, damit er bei der Untersuchung des Tatorts half, denn Cron hat umfassende Erfahrung bei der Untersuchung von Tatorten nach Morden. Cron hat einige vorläufige Berichte geschrieben, die ich gelesen habe. Wir haben außerdem Unterstützung von Jeff Craig, dem Leiter der Spurensicherung der Polizei von Richardson, erhalten, der half, zur Beweisaufnahme Blut aus der Küche und anderen Bereichen sicherzustellen. Nach meiner eigenen Ermittlung am Tatort, nach meinen Gesprächen mit Sergeant Nabors, Lieutenant Cron, Mr. Craig und der Lektüre ihrer Berichte, habe ich festgestellt, daß die folgenden Fakten im Widerspruch zu den Aussagen von Darlie Routier stehen, die sie uns gegenüber gemacht hat:

Obwohl Darlie unbeirrbar behauptete, der Angreifer sei durch die Garage aus dem Haus geflüchtet, wurde kein Blut in der Garage, auf deren Fenster oder auf dem weißen Zaun oder Tor des Hinterhofs gefunden, den der Angreifer über den Zaun oder durch das Tor hätte verlassen müssen. Das Garagentor, der einzige Ausweg aus der Garage abgesehen von den Fenstern, war beim Eintreffen der Polizei verschlossen und von innen verriegelt, und Darlie hat uns nie gesagt, daß sie ein Öffnen oder Schließen gehört hat. Auf der Fensterbank lag eine unberührte Staubschicht. Auf der Erde der Blumenbeete zwischen Garage und Tor des Hinterhofs, die von Cron in den Morgenstunden nach der Tat untersucht wurde, gab es keinerlei Spuren.

Obwohl Darlie uns erzählte, sie sei dem Angreifer durch die Küche gefolgt und habe vor sich das Splittern von Glas gehört, wurden nur Scherben von einem zerbrochenen Weinglas auf dem Küchenboden gefunden. Blutige Fußabdrücke wurden auf dem Küchenboden entdeckt und von den Spurensicherern fotografiert. Diese Fußabdrücke stammen alle von einem einzigen Paar nackter Füße. Darlie war barfuß, als Beamte am Tatort eintrafen. Das zerbrochene Weinglas lag auf einem der blutigen Fußabdrücke – der Fußabdruck war anscheinend auf dem Boden hinterlassen worden, bevor das Glas darauf zerbrach. Wir untersuchten Darlies Füße und nahmen mit ihrem Einverständnis am 10. Juni davon Abdrücke. Obwohl das zerbrochene Glas nahe bei und auf den Abdrücken auf dem Boden war, hatte Darlie vier Tage nach dem Angriff keine Verletzungen an den Fußsohlen. Darin hatte ebenfalls keine Fußverletzungen, und seine Füße sind viel größer als die von Darlie. All die blutigen Fußabdrücke auf dem Boden der Küche führen vom Bereich der Spüle zum Wohnzimmer, wo der Angriff stattfand. Es gibt keine blutigen Fußabdrücke, die in den Abstellraum führen, wohin sie angeblich den Angreifer verfolgte. Es gab sogar einen umgefallenen Staubsauger mit Blut am Griff in der Küche – es hätte den Anschein haben können, der Staubsauger sei bei einem Kampf oder zufällig umgefallen, doch er war auf Blutflecken gefallen, und die blutigen Abdrücke nackter Füße führten zurück ins Wohnzimmer.

Obwohl Darlie einige Male bei uns ausgesagt hat, sie habe das Messer im Abstellraum gefunden, hat Cron den Boden untersucht und mir gesagt, daß er keine Blutflecke oder andere Anzeichen fand, die mit der Aussage übereinstimmen, daß die blutige Mordwaffe auf diesen Boden fallen gelassen wurde.

Obwohl Darlie bei uns nie erwähnt hat, daß sie in der Nähe der Spüle gewesen war, die sich an der Westwand der Küche befindet, haben die Spurensicherer diesen Bereich untersucht und festgestellt, daß wesentliche Mengen von Blut direkt vor der Küchenspüle vergossen wurden. Es war versucht worden, die Arbeitsplatte und die Spüle zu säubern, doch Tests mit Luminol verrieten Blut auf der Arbeitsplatte gegenüber der Küchenspüle.

Nabors, Cron, andere Beamte und ich haben die Couch untersucht, auf der Darlie ihrer Aussage nach geschlafen hat, als sie angegriffen wurde; obwohl es große Mengen Blut im Zimmer und bei den Jungen gab, wurde kein nennenswertes Blut auf der Couch gefunden, wo sich Darlies Kopf, Hals und Schultern zu dem Zeitpunkt befunden haben müssen, an dem sie laut Aussage von dem Angreifer niedergestochen wurde. Cron zieht aus den Blutspuren den Schluß, daß sich Darlie ihre Verletzung selbst zufügte, während sie am Spülstein in der Küche stand.

Die Mordwaffe, ein hölzerner Messerblock aus der Küche, das aufgeschnittene und das unversehrte Fliegengitter an den Garagenfenstern und andere Dinge wurden am Tatort von Beamten der Polizei Rowlett sichergestellt und Charlie Linch, dem forensischen Analytiker des ›Southwest Institute of Forensic Sciences‹ in Dallas übergeben. Mr. Linch führte Tests mit dem unbeschädigten Fliegengitter aus der Garage durch und verglich Rückstände dieses Gitters mit denen, die auf einem der Messer aus der Küche gefunden wurden. Er als Experte hält für möglich, daß das Fliegengitter, welches die Polizei von Rowlett aufgeschnitten vorfand und durch das der Angreifer angeblich das Haus verlassen und/oder betreten hat, von außen mit einem Messer aus Darlies Küche aufgeschnitten wurde, mit einem Messer, das nach der Tat wieder in den hölzernen Messerblock geschoben wurde. Linch hat mir ebenfalls gesagt, daß die Mordwaffe zu dem

Set paßte, das der Messerblock enthielt, der aus der Küche genommen wurde, und die Mordwaffe mit den Schlitzen des Messerblocks übereinstimmte, aus dem ein Messer fehlte, als die Polizei den Block sicherstellte.

Obwohl Darlie uns zuerst erzählte, sie habe mit dem Angreifer ›gekämpft‹, sind die Blutflecken im Wohnzimmer nach Crons Expertenmeinung unvereinbar mit einem heftigen Kampf.

Darlie hat uns einige Male erzählt, sie habe den Angreifer durch die Küche gejagt, doch den Blutflecken in der Küche mangelt es an Spritzern, die zu einem ›schnellen Muster‹ passen, das jemand hinterläßt, der durch den Bereich rennt.

Ich sprach heute mit Mike Bosillo, einem Ermittler des Büros des District Attorneys von Dallas. Dieser wiederum hat heute mit Dr. McClain vom Büro des Leichenbeschauers der Dallas County eine Unterredung geführt. Borsillo berichtete mir, daß Dr. McClain die Autopsie des älteren Kindes, Devon, durchgeführt hatte. Die größere der Wunden, die oberhalb der rechten Brustwarze des Kindes begann und 5,08 cm lang abwärts führte, hatte eine maximale Tiefe von 12,7 cm und trat am rechten Brustkorb auf dem Rücken des Kindes aus. Die Wunde durchdrang den Brustkorb des Kindes und brach ihm die Rippen.

Auf meine Bitte hin untersuchte Dr. Townsend-Parchman vom Büro des Leichenbeschauers der Dallas County Darlies Verletzungen am 6. Juni, und sie teilte mir mit, die Verletzungen könnte die Patientin sich selbst zugefügt haben.

Aufgrund dieser Information, die ich von ermittelnden Beamten, durch meine eigene Ermittlung und durch Dr. McClain und Dr. Townsend-Parchman erhielt, glaube ich, daß Darlies Verletzungen von völlig anderer Art und Schwere sind als diejenigen ihrer Söhne. Keine ihrer Wunden war tief oder durchdrang lebenswichtige Bereiche ihres Körpers wie die Wunden ihrer Söhne.

Aus diesen Fakten schließe ich, daß jemand aus dem

Haus ein Messer aus der Küche nahm, das Fliegengitter des Garagenfensters von außen vor der Tat aufschnitt und dann das Messer wieder in den Holzblock in der Küche stellte. Weiterhin glaube ich, daß Darlie Routiers Aussagen bei der Polizei von Rowlett in sich widersprüchlich und unvereinbar mit allen Indizienbeweisen am Tatort sind. Ich glaube, daß ihre wiederholten Erklärungen an die Telefonistin in der Notrufzentrale über ihre Fingerabdrücke am Messer, der Mangel an Sorge und an Versuchen, ihrem sterbenden Sohn zu helfen, und der Mangel an Sorge um ihr Baby, das während des Angriffs im Obergeschoß war und dessen Verfassung Darlie während des Telefonats unbekannt war, Anzeichen auf ihre Schuld und ein Widerspruch zu ihrer Version sind, nach der sie nach dem heftigen Angriff auf ihre beiden Söhne und nach ihrer Verwundung aufwachte. Ich glaube weiterhin, daß ihre Geschichte, nach der sie nur ein paar Schritte entfernt geschlafen haben soll, während ihre Söhne niedergestochen wurden und sie selbst mehrere Schnittwunden erlitt, unglaubwürdig ist.

Auf Grund der genannten Fakten bin ich davon überzeugt, daß Darlie Routier die Morde an Damon und Devon Routier in der Dallas County, Texas, am oder um den 6. Juni 1996 begangen hat.

(unterzeichnet) Jimmy Patterson

AUS DEN GENANNTEN GRÜNDEN ERSUCHT DER UNTERZEICHNER UM DIE AUSSTELLUNG EINES HAFTBEFEHLS FÜR DIE OBEN GENANNTE BESCHULDIGTE IN ÜBEREINSTIMMUNG MIT DEM GESETZ. UNTERSCHRIEBEN UND BEEIDIGT IN MEINER ANWESENHEIT AM 18. JUNI 1996.
(unterzeichnet) Janice Warden
RICHTERIN IN DER UND FÜR DIE DALLAS COUNTY.

RICHTERLICHER BESCHLUSS BEZÜGLICH EINES HINREICHENDEN VERDACHTS

AN DIESEM 18. JUNI 1996 ERKLÄRE ICH HIERMIT, DASS ICH DIE VORSTEHENDE BEEIDIGTE ERKLÄRUNG GEPRÜFT UND ENTSCHIEDEN HABE, DASS EIN HINREICHENDER VERDACHT FÜR DIE AUSSTELLUNG EINES HAFTBEFEHLS GEGEN DIE VORGENANNTE PERSON BESTEHT.
(unterzeichnet) JANICE WARDEN
RICHTERIN, DALLAS COUNTY, TEXAS

Mit der Festnahme von Darlie erforderte eine andere wichtige Sache eine sofortige Lösung – die Betreuung des dritten Sohns, Drake Anthony Routier, der acht Monate alte Säugling und Bruder der beiden ermordeten Kinder. Bei einem anderen Sachverhalt wäre er normalerweise automatisch in der Obhut seines Vaters geblieben; schließlich legte man Darin nichts zur Last.

Aber nichts in diesem Fall war normal, und als die Polizei die Mutter beschuldigte, zwei ihrer Kinder ermordet zu haben, schritt das Jugendamt der Dallas County ein. Vor den Morden war kein Kindesmißbrauch in der Familie aktenkundig geworden, aber das änderte nichts für die staatliche Behörde. Die Dinge wurden noch dadurch kompliziert, daß Darin von der Unschuld seiner Frau überzeugt war. Was war, wenn er eine Million Dollar Kaution auftreiben und die Mutter aus dem Gefängnis holen konnte? Konnte man Darin das Baby anvertrauen? Würde er es beschützen? Die übrige Familie, einschließlich der Großeltern, sah die Sache wie Darin: Sie hielten Darlie für unschuldig. Würde Drake vor ihnen sicher sein?

So nahm das Jugendamt das Baby vorübergehend in Gewahrsam, bis ein Gericht eine Lösung fand, stellte es unter Vormundschaft und erklärte das als reines Routineverfahren. Drake Routier hatte binnen weniger Wochen seine Brüder, seine Mutter, sein Elternhaus und – wenigstens bis auf weiteres – seinen Vater verloren. Er war in der Obhut von Fremden.

8

Der Fall Susan Smith ist das makabre Vorbild, an dem Mütter, die ihre Kinder umgebracht haben, in diesem Land gemessen werden, nicht unbedingt von Rechts wegen, aber von der Öffentlichkeit und den Medien. Als die hübsche junge Frau mit den braunen Augen am 22. Juli 1995 für schuldig befunden wurde, ihre beiden kleinen Kinder ermordet zu haben, fand eine faszinierte Nation das Urteil richtig. Man war sich nur nicht einig, ob sie lebenslänglich hinter Gittern verbringen oder hingerichtet werden sollte. Das Gericht verurteilte die Dreiundzwanzigjährige schließlich zu einer lebenslänglichen Freiheitsstrafe im Frauengefängnis in Columbia, South Carolina.

In der Nacht des 27. Oktober 1994 löste Susan Smith die Feststellbremse ihres Autos und ließ es in den John-D.-Long- See außerhalb des kleinen Ortes Union, South Carolina, rollen. Als der Wagen im Wasser des Sees versank, saßen noch angeschnallt auf ihren Kindersitzen Susans beide Söhne, der dreijährige Michael und der vierzehnmonatige Alex. »Sie schrien und weinten und kreischten nach ihrem Vater, während die Frau, die sie in diese Lage gebracht hatte, den Hügel hinaufrannte und sich die Ohren zuhielt«, behauptete der Ankläger Tommy Pope, der Anwalt des 16. Bezirks der York County.

Aber die Dramatik des Gerichtssaals war weit entfernt, als der Wagen versank und Michael und Alex in den Tod riß. Dann dachte sich Susan Smith eine ungeheuerliche Lüge aus. Sie behauptete, ein Schwarzer sei bei einer roten Ampel in ihren Wagen gesprungen, habe ihr eine Waffe an die Schläfe gehalten, sie zum Aussteigen gezwungen und mit dem Wagen die Kinder entführt. Die Story zog die Tragödie ins Scheinwerferlicht der Medien, und tagelang gierten die Leute nach Informationen über die vermißten Kinder.

Als Polizei und Nachbarn erfolglos nach dem verschwundenen Wagen und den Kindern suchten, strömten die Medien nach Union, und Susan Smith erfüllte ihnen tränenreich jeden Wunsch. Sie wiederholte ständig ihre Geschichte, die Fernsehkameras zeichneten sie auf, und die schockierte Nation sah die Sendungen im Fernsehen. Rassistische Gerüchte machten die Runde. Ein schwarzer Mann hatte eine weiße Frau überfallen und ihre Kinder geraubt! Es war eine sehr angespannte Zeit, als Leser und Zuschauer begierig auf eine Nachricht warteten, was mit den beiden kleinen Jungen geschehen war, deren lächelnde Gesichter allgemein von den Fotos bekannt waren, die von der Familie freigegeben worden waren.

Zu den wenigen Skeptikern gehörten einige der örtlichen Polizisten, die das Gebiet und die Bewohner kannten. Sie fanden, diese Geschichte passe zu Los Angeles oder New York, aber nicht zu Union, einer Stadt mit nur zehntausend Einwohnern, wo jeder jeden kannte. Die Cops befragten Susan noch einmal, um Widersprüche in ihrer Geschichte aufzudecken. Sie sagten den Medien nur, daß die bisher fruchtlose Suche weitergehe. Hinter den Kulissen, in ihren Büros, konzentrierte sich der Verdacht der Polizei ganz auf die Mutter der toten Kinder.

Am 3. November legte sie ein Geständnis ab, nachdem sie die Nation neun Tage lang in die Irre geführt hatte. »Ich bin tief gesunken, indem ich zuließ, daß meine Kinder ohne mich ins Wasser gingen«, sagte sie. Ihre Verhaftung und das Geständnis halfen etwas, das Rassenproblem zu entschärfen, doch schwarze Führer fragten sich laut, ob die Geschichte für solche Schlagzeilen gesorgt hätte, wenn Susan Smith einen Weißen beschuldigt hätte.

Die Jungen wurden ertrunken aufgefunden, noch angeschnallt, als der Mazda Protege aus dem schlammigen See gezogen wurde.

Der Prozeß, der ein paar Monate später im Gericht der Union County stattfand, brachte die Medienvertreter in Strömen zurück, als weitere grauenhafte Einzelheiten des Falls bekannt wurden. Im Verlauf des Prozesses bezeichneten die Anwälte der Verteidigung, David Bruck und Judy Clarke, Susan Smith selbst als Opfer, als ein Mensch, der trotz der Ermordung der Kinder Mitleid verdiene. Sie impften den Geschworenen ein, daß fast jeder, der mit Susan Smith eine Verbindung gehabt hatte, Verantwortung an der Tragödie teilte.

Zeugen sagten aus, daß Susan als Kind geträumt habe, bei ihrem Vater im Himmel zu sein, nachdem er Selbstmord begangen hatte. Andere sagten aus, daß sich ihr Stiefvater, ein prominenter religiöser Führer mit starken Beziehungen zur Republikanischen Partei, in ihr Schlafzimmer geschlichen und sie zu Sex gezwungen habe, woraus sich eine schmutzige Beziehung entwickelt habe. Nach den Aussagen anderer Zeugen fürchtete Susan das Alleinsein so sehr, daß sie ihre sexuelle Gunst wahllos Männern schenkte, um sie in ihrem Leben zu halten. Die Anwälte behaupteten, der Inzest und andere Probleme hätten eine geistig kranke Frau in eine schicksalhafte Depression getrieben, die zwanghafte Selbstmordabsichten und ein verzweifeltes Verlangen nach Zuneigung eingeschlossen hätte. Bei dem Fall, so die Verteidigung, ginge es überhaupt nicht um Mord, sondern um ›Verzweiflung und Tragik‹.

Blödsinn, erwiderte der Ankläger, der die Vorstellung lächerlich machte, Susan sei suizidgefährdet gewesen. Während der ganzen quälenden Suche nach den Kindern hatte sie nie erwähnt, daß sie sich das Leben nehmen wollte. Susan Smith hatte laut Ankläger Pope ihre Kinder eiskalt ermordet, weil sie ihr im Weg gewesen waren, denn sie wollte sich von ihrem Mann scheiden lassen, um einen reichen Mann zu heiraten, dessen Vater der Besitzer der Mühle war, bei der Susan Smith arbeitete.

Der düstere Prozeß nahm schließlich eine überraschende Wende, als der Rundreiserichter des Bezirks, William Howard, den Geschworenen mitteilte, sie könnten fahrlässige Tötung in Betracht ziehen. Das konnte heißen, daß die Jungen durch einen Unfall starben, nachdem sich ihre Mutter anders besann und sich nicht selbst umbrachte, um sie mit in den Tod zu nehmen. Es war fast beispiellos, daß ein Richter in einem Mordprozeß weniger als die Todesstrafe auch nur in Erwägung zog, besonders in einem Fall mit solch abscheulichen Merkmalen. Die Vorstellung, daß Susan Smith vielleicht eine maximale Freiheitsstrafe von fünf Jahren bekommen könnte, bestürzte die Zuschauer im Gerichtssaal.

Der Ankläger Pope wandte sich in seinem Schlußplädoyer leidenschaftlich an die Geschworenen: »Dieser Fall schreit – wie Michael und Alex geschrien haben – nach einer Verurteilung wegen Mordes. Bitte sorgen Sie alle dafür.« Das taten sie. Nach nur zweieinhalb Stunden sprach die Jury die junge Mutter des Mordes in zwei Fällen schuldig.

Zwei Jahre später erinnerte sich die Polizei in Rowlett, Texas, deutlich an den Fall Susan Smith, während sie Darlie Routiers Behauptung überprüfte, ein Einbrecher habe ihre beiden Söhne getötet. Es gab viele Ähnlichkeiten, aber die Cops waren dankbar für einen entscheidenden Unterschied. »Gott sei Dank hat sie nicht gesagt, daß es ein schwarzer Täter gewesen ist«, bemerkte ein Polizeibeamter.

Es begann nicht erst mit Susan Smith. Vor dreiundzwanzig Jahrhunderten schrieb der griechische Dichter Euripides *Medea,* die klassische Tragödie einer Frau, die ihr Land und ihre Familie verließ und sogar ihren Bruder tötete, um bei dem geliebten Mann zu sein. Sie flüchtete mit ihrem Geliebten Jason und seinen Argonauten nach Griechenland.

Statt das ersehnte Glück zu finden, wurde Medea grausam verschmäht. Jason verließ sie und ihre beiden Kinder, um die schöne Tochter eines Königs zu heiraten, und der Monarch verbannte Medea und ihre Söhne ins Exil. Der König, die Prinzessin und Jason begingen alle einen Fehler, denn Medea entwickelte Rachegelüste, einen brennenden Haß, der grenzenlos war.

Während sie Jason Bereitschaft zur Versöhnung vortäuschte, schlug sie ihm vor, den König und seine zukünftige Braut zu bitten, die Kinder bei sich zu behalten. Dann fertigte sie ein tödliches Zaubergewand und eine Krone aus Gold für die Prinzessin an, ein Outfit, mit dem die Braut bei lebendigem Leibe verbrannte. Als der König seine Tochter zu retten versuchte, starb er ebenfalls qualvoll.

Ein Bote überbrachte die Nachricht, und Medea dankte ihm als einem ›Freund‹, weil er ihr solch gute Kunde brachte. Um Jason weiter zu strafen, plante sie das letzte Verbrechen, die Ermordung ihrer Söhne. In der Tragödie fragt ein schockierter griechischer Chor Medea: ›Aber kannst du es übers Herz bringen, dein eigen Fleisch und Blut zu töten?‹ Sie antwortet: ›Ja, denn es ist die beste Möglichkeit, meinen Ehemann zu treffen.‹

Medea erstach brutal ihre beiden Söhne, während der griechische Chor mahnte: ›Dein Herz muß aus Stein oder Eisen sein, wenn du mit eigner Hand die Frucht deines Leibes töten kannst.‹ Als Jason von den Morden erfuhr, verdammte er sie mit einem Fluch:

> ›Du hassenswertes Ding, du Frau mußt verabscheut
> werden von den Göttern und mir und
> allen Rassen der Menschheit.‹

Noch bevor die alten Griechen Tragödien schrieben, war in mündlich überlieferten epischen Werken die Rede von sonderbarem Verhalten der Götter. Nur wenige Themen haben im Lauf der Geschichte so fasziniert wie die Ermordung von Kindern, besonders durch ihre Mütter.

Aber während es solche Fälle stets gegeben hat, haben sich in unserem Leben und Gesellschaft die Rollen des Kindes und der Mutter verändert. Steve Gushee, ein Verfasser von religiösen Kolumnen in der *Palm Beach Post,* schrieb in einem aufsehenerregenden Artikel über die Geschichte von Kindesmißbrauch und -vernachlässigung: ›Kinder haben erst seit relativ kurzer Zeit, nur seit etwas über 100 Jahren, einen besonderen Platz in unseren Herzen und unserer Kultur. Die Kindheit selbst ist ein kurzes und romantisches Experiment.‹

In Zeiten, in denen Frauen nicht nur den Haushalt führen, sondern auch hart an der Seite ihres Mannes auf den Feldern arbeiten mußten, hatten sie keine Zeit für eine wahrhaft liebevolle Mutterrolle. Die Zeiten waren hart, und die Lebenserwartung für Kleinkinder war gering, und nicht viel besser war sie für Erwachsene. Kleine Kinder wurden wie auf der untersten Stufe der Evolution stehend behandelt und waren für das Überleben der Familie und der Erwachsenen zweitrangig.

Es war nicht ungewöhnlich, daß neugeborene Babys, besonders weibliche, zum Sterben weggeworfen wurden, einfach weil man sie als eine Last für die Zukunft betrachtete. Es ist schockierend, daß dies in einigen Ländern, wo das Leben hart ist und nicht viel gilt, noch heute der Fall ist.

Laut Geraldine Youcha, Autorin von *Kinderfürsorge in Amerika von der Kolonialzeit bis zur Gegenwart*, berichten alle geschichtlichen Aufzeichnungen von Fällen, in denen Kinder mißbraucht, als Leibeigene behandelt und ohne Reue getötet wurden. Um die große Sterblichkeitsziffer von Säuglingen auszugleichen, hatten Frauen mehr Kinder und hofften, daß die stärksten überleben würden. Im 18. Jahrhundert gebar eine Ehefrau durchschnittlich sieben Kinder und erwartete niemals, daß sie alle am Leben blieben.

Es war keine Zeit für Schwächlinge, und es wurden wenig Gefühle in die Kleinen investiert. Steve Gushee betont, daß ›in der Mitte des 19. Jahrhunderts in Philadelphia an jedem Tag ein Neugeborenes in einer Mülltonne gefunden wurde. Ein Kind auf dem Land war eine Arbeitskraft. Ein Kind in der Stadt war ein Esser mehr. Nichts weiter.‹

Noch vor hundert Jahren wurden Kinder, die die ersten Jahre überlebt hatten, als Arbeitskräfte eingesetzt. Wenn sie sieben waren, von der römisch-katholischen Kirche als mündig betrachtet, konnten für sie Eheverträge abgeschlossen oder sie konnten Lehrling eines Handwerkers werden. Alleinlebende Frauen und Witwen waren nicht in der Lage, ihre Kinder zu ernähren. So setzten sie viele aus. Waisenheime nahmen einige elternlose Kinder auf, aber viele andere mußten auf der Straße ums Überleben kämpfen. Der Mißbrauch und die Ermordung von Kindern war so alltäglich, daß nicht einmal Akten über solche Fälle angelegt wurden.

Die Vereinigten Staaten gab es bereits seit ungefähr einem Jahrhundert, bevor der allererste Fall von Kindesmißbrauch aktenkundig wurde. Es war nicht der erste, sondern der erste *aufgezeichnete* Fall. Behörden in New York City durchsuchten eine schmutzige Mietwohnung und fanden ein junges Mädchen, das fast verhungert und an ein Bett angekettet war. Dennoch wurde nichts unternommen, bis die äußerst aggressiven und stark konkurrierenden Zeitungen sich der schrecklichen Geschichte der kleinen ›Mary Ellen‹ annahmen. Es gab keine Paragraphen in den Gesetzesbüchern, die sich mit Kindesmißbrauch und -mißhandlung befaßten, und es existierte kein Amt für die Bekämpfung. Als jedoch der öffentliche Druck wuchs und in der Sensationspresse Riesenschlagzeilen erschienen, entschied die Stadt als einzig logische Antwort darauf, Mary Ellen wenigstens so gut zu behandeln wie man einen Hund behandelt, denn zu den Gesetzen der Stadt zählten Tierschutzvorschriften. So nahm sich die ›Gesellschaft zur Verhinderung von Grausamkeiten gegenüber Tieren‹ Mary Ellen an, und New York gründete eine vergleichbare ›Gesellschaft zur Verhinderung von Grausamkeiten gegenüber Kindern‹.

Während der industriellen Revolution stand Kinderarbeit auf der Tagesordnung, denn Arbeitgeber stellten fest, daß die Arbeit der Kleinen die billigste nach der Sklavenarbeit war.

Nach der industriellen Revolution veränderte sich die Gesellschaft, und die Entwicklung der Wirtschaft führte zu einem Rollenwechsel innerhalb der Familie. Männer erhielten bessere Arbeitsstellen, und immer mehr Frauen blieben zu Hause, um die Kinder aufzuziehen. Ungefähr zu dieser Zeit entstand in Amerika das Bild der Frau als treusorgende Mutter und das des Kindes als etwas, das gehegt und gepflegt werden mußte. Der medizinische Fortschritt half, die Säuglingssterblichkeitsziffer zu senken, und die Familienbande wurden stärker. Es entstand ein idyllisches Familienbild: die Väter stets hart arbeitend und liebevoll, die Mütter eine Quelle uneingeschränkter Liebe und Kinder, immer unschuldig, gehorsam und perfekt.

In der modernen Zeit haben sich die Dinge dramatisch verändert, als sich das Rad der Zeit fast zurückdrehte zu den Tagen, an denen die Frauen sich auf den Feldern abschufteten, anstatt sich um ihre Kinder zu kümmern. Zu einer Zeit, in der die Medizin die Sterblichkeitsrate von Neugeborenen beträchtlich gesenkt hat, stehen Familien und Mütter unter Streß wie nie, und das Ergebnis ist, daß Kinder zu einem Hauptziel von Gewalt geworden sind.

Kinderschutzgruppen schätzen, daß jedes Jahr allein in Amerika über 1200 Kinder von ihren Eltern oder anderen nahen Verwandten getötet werden, und in ungefähr der Hälfte der Fälle haben Jugendämter herausgefunden, daß die Opfer schon zuvor Probleme gehabt hatten.

An jedem Tag sterben in den Vereinigten Staaten laut ›Nationalem Komitee zur Verhinderung von Kindesmißbrauch‹ drei Kinder durch Mißhandlung oder Vernachlässigung. 1985 starben 810 Kinder durch Mißhandlung oder Vernachlässigung, und 1994, nur neun Jahre später, ist die Zahl um 57 Prozent auf über 1270 Opfer gestiegen.

Kinder, die von ihren Eltern mißhandelt und vernachlässigt werden, sind laut Justizministerium 3,5 Prozent der Mordopfer landesweit. Eines von drei Kindern, die von einem Familienmitglied getötet wurden, starb durch die Hand der Mutter.

In dieser wirren Welt ist bei Kindermorden oftmals ein Liebesverhältnis der Mutter im Spiel, die glaubt, das Kind stehe ihrem persönlichen Glück im Weg. Das war auch einer der Punkte im Fall Susan Smith, den die Geschworenen abzuwägen hatten.

Fälle mit der brutalen Ermordung von Kindern ereignen sich mit schrecklicher Regelmäßigkeit. Viele Bücher sind über sensationelle Fälle geschrieben worden, während andere Kindermorde nur in kurzen Schlagzeilen erscheinen, die dann verschwinden. Aber es gibt sie reichlich. Ungefähr während des gleichen Zeitraums, in dem sich der Routier-Fall abspielte, fanden diese Fälle statt:

New Brunswick, Kanada: Lorelie Turner und ihr Ehemann wurden wegen Totschlags an ihrem dreijährigen Sohn verurteilt.

New York: Awilda Lopez bekannte sich des Totschlags an ihrer sechsjährigen Tochter Eliza Izquierdo schuldig. Laut Polizei schlug sie das Kind, das sie Satan nannte, seit Monaten und fügte ihm Brandwunden zu. Der Fall führte zu einer gründlichen Überprüfung der Jugendfürsorge, die von den ständigen Mißhandlungen wußte und nicht einschritt.

Fort Lauderdale, Florida: Pauline Zile erzählte der Polizei tränenreich, ihre siebenjährige Tochter Christina sei auf einem Flohmarkt aus der Toilette entführt worden. Pauline und ihr Mann – Christinas Stiefvater – wurden schließlich als Mörder ihres Kindes angeklagt.

Dayton, Ohio: Die Leiche der vierjährigen Samantha Ritchie wurde in einer mit Wasser gefüllten Grube gefunden. Ihre Mutter, Theressa Jolynn Ritchie, wurde des Mordes angeklagt.

Front Royal, Virginia: Die nackte Leiche von Valerie Linrose Smelser, 12 Jahre alt und nur 51 Pfund schwer, wurde in einem Graben neben dem Shenandoah-Fluß gefunden. Die Mutter, Wanda A. Smelser, und ihr Lebensgefährte, Norman Hoverter, wurden des Mordes angeklagt. Behörden sagten, Valerie und ihre vier Geschwister wurden ständig geschlagen und ohne Nahrung in einem Zimmer eingesperrt.

Tony Grasha, Psychologieprofessor an der University of Cincinnati, sagte dem *Cincinnati Enquirer*, ›daß Mütter ihre Kinder lieben, umsorgen und sich für sie aufopfern, hängt von vielen Dingen ab: wie gut sich Mama fühlt, wie gut ihre finanzielle Lage ist, ob sie sich auf einen anderen Menschen verlassen kann, ob sich die Kinder entwickeln, wie Mama es wünscht‹.

Die mörderische Entwicklung ist noch längst nicht vorüber, und es können starke Argumente angeführt werden, daß die Dinge noch schlimmer werden, trotz einiger Hoffnung auf die Empörung der Gesellschaft bei der häßlichen Tatsache, daß Kinder und Säuglinge die Hauptleidtragenden sind, wenn Dinge im Familienleben schiefgehen.

Ein Punkt, in dem sich die Morde an Darlie Routiers kleinen Jungen von den anderen Verbrechen unterschieden, von denen die Berichtslisten der Polizei voll waren, war einfach die schockierende Tatsache, daß die mutmaßliche Mörderin gegen einige Klischees verstieß. Darlie war keine Mutter aus einem Ghetto. Sie war eine schöne weiße Frau einer Familie der Mittelklasse und lebte in einem wunderschönen Haus, hatte einen liebevollen Ehemann, trug Designer-Kleidung und liebte ihre Kinder, wenigstens dem äußeren Anschein nach.

Die Gesellschaft hat sich so sehr daran gewöhnt, von Verbrechern zu lesen und zu hören, daß es schon der teuflischen Prominenz eines Jeffrey Dahmer oder Ted Bundy bedarf, um sich aus der Masse der Mörder und Räuber abzuheben, die täglich in diesem Land verhaftet werden. Aber wenn eine Frau eines sensationellen Doppelmords angeklagt ist, zollen ihr die Medien große Aufmerksamkeit.

Dies scheint sich allerdings zu ändern. Heutige Statistiken zeigen, daß etwa zehn bis zwölf Prozent der Verbrechen in den Vereinigten Staaten von Frauen begangen werden. Für gewöhnlich kennen sie bei Mordfällen ihre Opfer, es handelt sich um Familienmitglieder oder Freunde.

»Die viktorianische Ansicht, daß Frauen ›Engel des Hauses‹ und des Tötens nicht fähig sind, ist größtenteils verschwunden, so wie Petticoats und Damenhauben«, bemerkte Liz Warwick vom *Calgary Herald* in Kanada.

Kanada, eine ziemlich ruhige Nation im Vergleich zu der Verbrechensrate in den Vereinigten Staaten, liefert die interessante Erkenntnis, daß nicht allein die USA einen Anstieg weiblicher Kriminalität zu verzeichnen hat. Warwick berichtete, daß das ›Kanadische Zentrum für juristische Statistiken‹ 1986 7,6 Prozent weiblicher Täter bei allen Gewaltverbrechen aufwies. 1993, nur sieben Jahre später, hat sich die Zahl auf 13,3 Prozent erhöht und somit fast verdoppelt.

Was auch immer der Grund für die zunehmende Tendenz weiblicher Beteiligung an Verbrechen ist: Die Ermordung von Kindern durch ihre Mütter verblüfft immer noch die Experten. Joan Reckseit, Psychologin an einer Klinik, sagte dem *Cincinatti Enquirer:* »Ich kann dies selbst im Zusammenhang mit den psychologischen und gesellschaftlichen Fakten nur sehr schwer verstehen.« Sie glaubt, wie auch andere Experten, daß eine Geistesstörung solch ein Ereignis bei einer Mutter auslösen könnte. Die Unfähigkeit, Streß zu bewältigen, ein Gefühl von Hilflosigkeit und eine persönliche Vorgeschichte von Mißbrauch in der Kindheit sind andere Faktoren, die manchmal dazu beitragen, daß eine Frau ›durchdreht‹.

Viele Eltern oder Elternteile, die ihre Kinder töten, handeln allerdings ohne Vorsatz. Sie verlieren nach Meinung einiger Experten in ihrem Jähzorn einfach die Selbstkontrolle.

Mit der Anklage wegen zweifachen Mordes fiel Darlie Routier automatisch in die seltene Kategorie von Leuten, die für die Todesstrafe in Frage kommen. In Texas würde sie vielleicht nur die siebente Frau in einer Todeszelle sein, verglichen mit 397 Männern, die auf ihre Hinrichtung warten. Diese ungleichen Statistikwerte treffen auf nationaler Ebene der USA zu. Über 2960 Männer sind in den Vereinigen Staaten zum Tode verurteilt wurden, während nur 49 Frauen in Todeszellen auf die Hinrichtung warten.

Selten wird eine Frau wegen eines Verbrechens hingerichtet, und nur ein einziges Todesurteil ist seit dem Moratorium des Bundes über die Todesstrafe im Jahre 1976 vollstreckt worden. Margie Velma Barfield wurde im November 1984 in North Carolina wegen der Ermordung ihres Freundes hingerichtet. Während des gleichen Zeitraums wurde bei 288 Männern die Todesstrafe vollstreckt.

Der Grund für eine solch gewaltige Differenz in den Zahlen besteht zum Teil darin, daß nicht alle Morde vor dem Auge des Gesetzes gleich sind. Ein Mord, der besonders gewalttätig und/oder grausam und in Zusammenhang mit anderen Verbrechen wie zum Beispiel Kidnapping begangen wurde, fällt für gewöhnlich in das Gebiet Todesstrafe. Das Argument, daß die verurteilte Person lebend weiterhin eine Bedrohung für die Gesellschaft ist, spielt gleichfalls eine Rolle.

Frauen fallen für gewöhnlich nicht in diese Kategorie, denn bei ihren Morden spielen meistens Leidenschaft und Gefühle mit, was bedeutet, daß die Taten wahrscheinlich nicht sorgfältig geplant oder juristisch formuliert ›nicht vorsätzlich‹ sind. Außerdem ist es bei Frauen wahrscheinlicher, daß sie vor einem ›Mord aus Leidenschaft‹ keine Vorstrafen haben und die Geschworenen sie oftmals voller Reue auf der Anklagebank weinen sehen. Beide Punkte wiegen schwer bei der Erwägung, ob eine Todesstrafe in Betracht kommt oder nicht.

9

Am 16. Juni, dem Sonntag vor Darlie Routiers Festnahme, hatte die auflagenstarke *Dallas Morning News* kein Wort über den Fall gebracht. Die Ermittlung dauerte an, aber der Platz für die Schlagzeilen wurde für andere Dinge gebraucht.

Im Lokalteil wurde über Gruppen berichtet, die den neuen Billigtarif des *Dallas Area Rapid Transit System* benutzten, darüber, daß zweihundert ältere chinesische Bürger die amerikanische Staatsbürgerschaft erhielten und die Afroamerikaner von Plano bis Oak Cliff an der Feier des Jahrestages teilnahmen, an dem die texanischen Sklaven von ihrer Befreiung erfahren hatten. Der Kolumnist Jerome Weeks bemerkte, ›es gibt zunehmend Mord dort draußen‹, aber er schrieb über Kriminalromane. Unterdessen wurde der wahre Fall in Rowlett in der Zeitung nicht erwähnt. Das schreckliche Verbrechen war begangen worden, und nach letzten Berichten suchte die Polizei immer noch nach dem Fremden, der in das Haus der Routiers eingebrochen hatte. Die redseligen Talk-Show-Moderatoren hatten ihr Publikum bereits auf interessantere Themen eingestimmt, zum Beispiel, daß Behörden in Arlington John Dosher verboten hatten, in seinem Haus Klavierstunden zu geben, weil er damit gegen eine amtliche Verordnung der Stadt verstieß.

Aber am Dienstag, dem 18. Juni, endete die vorübergehende Flaute in der Berichterstattung über den Fall von Rowlett in dem Augenblick, als Darlie Handschellen angelegt wurden. Zwölf Tage waren seit den Morden vergangen. Jetzt waren das Nachrichten, die weit über den Stadtrand von Dallas hinausreichten. Die Fotos der Opfer und der mutmaßlichen Mörderin erschienen in jeder Nachrichtensendung.

Am nächsten Tag brachte Dan Rather in den *CBS Evening News* einen kurzen Bericht über die Festnahme von Darlie Routier, und ebenfalls die Morgensendung *Today* von NBC, aber die erste landesweite Fernsehberichterstattung kam über einen Kabelsender. Bei CNBC mit der Zentrale bei New York fand man, daß der Fall in Texas genug schockierende Ähnlichkeit mit der berüchtigten Susan-Smith-Episode hatte, um eine umfangreiche Sendung zu rechtfertigen.

Dieser Zusammenhang wurde sofort vom CNBC-Moderator erkannt, der bei seinen einleitenden Worten die Smith-Tragödie erwähnte und hinzufügte, daß ›anscheinend etwas Ähnliches‹ passiert war, ›diesmal in einer Kleinstadt in Texas‹.

Korrespondent Rick Davis berichtete vom Schauplatz in Rowlett, das er als ›eine kleine Stadt an der Straße von Dallas‹ beschrieb. Die Aufmerksamkeit des Ortes richte sich, so Davis, auf ein einziges Haus in einer Gegend, wo wegen der Festnahme von Darlie Routier ›Trauer zu Schock‹ geworden sei. Zwei ihrer drei Söhne solle sie brutal ermordet haben. »Ihre Geschichte ist eine Lüge«, folgerte Rick Davis aus den polizeilichen Ermittlungen, und er fügte hinzu, Darlies Festnahme sei zwar schockierend für die Gemeinde, bringe aber auch Erleichterung, weil man nicht mehr die Angst haben mußte, daß ein wahnsinniger Killer auf den Straßen herumlief.

Das Problem mit der Geschichte für ein visuelles Medium wie das Fernsehen war der Mangel an Quellen, die darüber diskutieren würden. Von offizieller Seite konnte nur der belagerte Sergeant Poos Kommentare geben, und die CNBC-Show bildete da keine Ausnahme. Die Polizei von Rowlett mied Kameras und Reporter, um in der Öffentlichkeit nichts sagen zu müssen, was im Prozeß von der Verteidigung ausgeschlachtet werden konnte. Nur Poos würde reden, und während sein Verhalten freundlich und offen war, wog er jede Äußerung sorgfältig vorher ab.

»Zuerst hatten wir eine Gemeinde am Rande der Panik, weil alle glaubten, ein psychopatischer Killer treibe sein Unwesen in den Gassen. Es hat hier bisher sehr wenige Gewalttaten gegeben, und dies war ein echter Schock für die Gemeinde«, bestätigte Poos dem Reporter von CNBC. Später sagte er bei dem Interview: »Die Cops befürchteten, daß sich Nachbarn gegenseitig erschossen, weil sie sich irrtümlich für nächtliche Einbrecher hielten. Wir versuchten, dies im Griff zu behalten.«

Es wäre möglich gewesen, die Ängste der Bewohner zu zerstreuen, indem die Polizei von ihrem wachsenden Verdacht gegen Darlie Routier berichtet hätte, doch in den ersten Tagen hatte man noch zuwenig Beweise. Mit anderen Worten, man konnte nach den Morden nicht einfach sagen, daß wahrscheinlich die Mutter, nicht irgendein satanischer Fremder, angeklagt werden würde. Wenn die Polizei das getan hätte, wäre der Schlaf der Nachbarn vielleicht besser gewesen, aber das Sammeln von Indizienbeweisen für einen Prozeß wäre gestört worden. »Wir waren in einer sehr unangenehmen Lage«, sagte Poos.

Der Korrespondent interviewte auch ein paar Nachbarn der Familie Routier. Ein Vater mit zwei jungen Söhnen im Alter der Routier-Jungen sagte: »Nach der Verhaftung von Darlie fühle ich mich besser, doch ich habe immer noch ein mulmiges Gefühl, wenn ich über die Schulter blicke.« Und eine Nachbarin fügte hinzu: »Es ist gut zu wissen, daß dort draußen keine wahnsinnige Person herumläuft, obwohl es tatsächlich eine gab.« Der Fernsehkorrespondent stimmte zu, daß man ›sogar in einem Ort, in dem jeder jeden zu kennen glaubt, nie alles über seine Nachbarn weiß‹.

CNBC befragte wieder Poos, der die Story ausschmückte, ohne wirklich etwas preiszugeben. Er wurde gefragt, seit wann die Polizei Darlie Routier in Verdacht gehabt hätte. Poos wich der Antwort aus, indem er mit ein paar Floskeln auf das Recht einer Angeklagten nach dem Mirandagesetz verwies.

»Dies war ein sehr heikler Fall«, führte Poos dann fort. »Von dem Moment an, in dem der erste Beamte und Sanitäter am Tatort eintrafen, paßten die Dinge nicht zusammen. Die Geschichte, die Darlie Routier den Polizeibeamten erzählte und nach der ein Einbrecher dies getan haben sollte, wurde einfach nicht durch Beweise am Tatort und durch die Wahrnehmungen der Beamten zu Beginn des Falles erhärtet.«

Poos wurde gefragt, ob die Gemeinde die Geburtstagsfeier auf dem Friedhof merkwürdig fand. »Zweifellos. Es war ziemlich schockierend für uns alle, als wir das sahen. Es war ein weiteres Teil des Puzzles, das keinen Sinn ergab. Dies half uns, die Ermittlungen in die Richtung zu konzentrieren, die schließlich ausschlaggebend war.«

Als Poos bedrängt wurde, Einzelheiten über die Ermittlung preiszugeben, wich er erneut mit allgemeinen Äußerungen aus. »Ein Tatort kann mit Ihnen reden«, sagte er. »Wenn Sie zu einem Tatort gehen und sich umschauen, gibt es Dinge, die zu Ihnen ›sprechen‹. Sie sehen diese Dinge. Beweise wurden zurückgelassen, Möbel wurden verschoben. All das sollte erhärten, was der Zeuge Ihnen sagt. Das war hier nicht der Fall. Darlie Routier erzählte, jemand sei ins Haus eingebrochen, habe ein schreckliches Verbrechen begangen und sei dann aus dem Haus geflüchtet, doch die Indizien am Tatort erzählten eine ganz andere Geschichte.«

Keiner seiner Kommentare war neu, doch der Korrespondent fragte nach einem Beispiel, wie die Geschichte nicht mit Beweisen zusammenpaßte. Poos antwortete: »Es wurde kein Blut gefunden, wo es nach ihrer Version hätte sein müssen. Und laut Aussagen der Beamten verhielt sie sich nicht wie eine Frau, die soeben ihre beiden Kinder verloren hat oder heftig angegriffen wurde.«

»Sie wollte nicht in die Nähe der Leichen gehen?«

»Das ist richtig. Einer der Polizeibeamten forderte sie auf, Erste Hilfe zu leisten oder zu versuchen, die Blutung zu stoppen, und sie weigerte sich, die Kinder auch nur zu berühren.«

»War eines der Kinder noch am Leben, als die Polizei eintraf?«

»Sanitäter dachten, es gebe bei einem der Kinder vielleicht Anzeichen auf Leben, und sie gingen in einer solchen Situation natürlich kein Risiko ein. So wurden die Frau und das Kind zum Krankenhaus transportiert.«

Schließlich fragte der Korrespondent nach dem Messer, das in der Küche gefunden und mit dem angeblich das

Fliegengitter des Garagenfensters durchgeschnitten worden war. »Davon habe ich gehört«, sagte Poos, »aber mir sind keine genauen Einzelheiten bekannt.« Er weigerte sich, weitere Kommentare über den Tatort abzugeben.

Poos räumte ein: »Es haben hier viele Gerüchte die Runde gemacht. Einmal hieß es, einem der beiden Kinder sei der Bauch aufgeschlitzt worden, und das war nicht der Fall. Wir mußten viele Dinge zurückhalten, nicht im Sinne von verheimlichen, sondern einfach, um Gerüchte zu unterbinden. Die Fakten waren schlimm genug, ohne daß sie noch durch Gerüchte ausgeschmückt werden mußten.«

CNBC spielte dann die merkwürdige Botschaft ab, die Darin am 7. Juni auf seinen Anrufbeantworter gesprochen hatte, sieben Tage nach den Morden, aber zwei Wochen vor Darlies Festnahme. Landesweit hörten die Leute seine erstickt klingende Stimme. ›Hier spricht Darin. Etwas Schreckliches ist geschehen. Darlie ist okay. Sie ist jetzt auf der Intensivstation. Wir wollen all unsere Freunde und Verwandten wissen lassen, daß Darlie okay ist, aber Devon und Damon sind erstochen worden.‹

Poos sagte, der Ehemann sei wegen der Widerspruchsfreiheit seiner Geschichte, die er der Polizei immer wieder erzählt habe, kein Tatverdächtiger mehr. Um ein anderes Gerücht auszuräumen, gab Poos zu: »Er war ein Verdächtiger, jeder war zu Beginn des Falls verdächtig, weil wir noch nicht wußten, was wir hatten. Wir wußten, daß wir Probleme hatten und Dinge nicht zusammenpaßten. Wir verdächtigten jeden und schlossen nie eine Akte darüber bis zu der eigentlichen Festnahme.«

Als Poos gefragt wurde, ob Darlie nach ihrer Entlassung aus dem Krankenhaus jemals wieder zum Haus zurückkehrte, kam Poos zum ersten Mal bei dem Interview ins Stottern: »Nein, ich … äh … ich glaube nicht, daß sie überhaupt ins Haus zurückkehrten.«

Der Familie blieb nichts anderes übrig, als dem Haus fernzubleiben, denn die Polizei hatte erst vor kurzem den Tatort freigegeben. »Wir wollten sicherstellen, daß wir dort alles herausholten, was wir brauchten. Wenn man einen Tatort freigibt, kann man nicht dorthin zurückkehren. Man hat einen Versuch und muß ihn richtig ausnutzen.« Es war eines der wenigen Male, an denen sich Poos irrte. Die Routiers kehrten kurz in ihr Haus zurück, und Behördenvertreter mußten mit einem neuen Durchsuchungsbefehl zurückkehren, um weiteres Beweismaterial zu holen.

Der Kabelsender schaltete dann zu Becky Sebastian, der Redakteurin der *Rowlett Times*, um die Reaktion der Gemeinde einzufangen. Sebastian, die viele Jahre Zeitungsreporterin gewesen war und Rowlett so gut kannte wie jeder Bewohner, erklärte, die Brutalität des Verbrechens erschüttere die kleine Stadt, weil man solche Dinge eher in einer Großstadt wie Dallas erwarte, aber nicht in Rowlett. Sie beschrieb das peinliche Verhalten einiger Leute, ›die ihren Gefühlen Luft machten‹, indem sie des Nachts beim Haus am Eagle Drive vorbeifuhren und Obszönitäten schrien.

Auf die Frage des Interviewers, ob Medienvertreter angenommen hätten, ein Familienmitglied könne in die Morde verwickelt sein, bestätigte Becky Sebastian: »Ja, es gab von Anfang an einen gewissen Verdacht, daß vielleicht der Vater irgendwie darin verwickelt sein könnte.« Aber die örtlichen Medien hatten Darlies Geschichte überwiegend akzeptiert. Reporter und Bewohner aus Nachbarorten hatten geglaubt, der Täter habe das Haus vielleicht gekannt, wertvolle Dinge herumliegen sehen und es sich für einen Einbruch ausgesucht.

Als Becky Sebastian über die Reaktionen der Freunde und Nachbarn der Routiers befragt wurde, brauchte sie nicht so vorsichtig mit ihren Antworten zu sein wie Poos als Polizeisprecher, und sie gab einige neue Informationen preis. Sie berichtete wie die Polizei über den Schock, der die Nachbarschaft getroffen hatte. »Ein Nachbar sagte, ›wir hätten bis zur Festnahme nie auch nur im Traum daran gedacht, daß sie es getan haben könnte‹.« Aber dann schilderte Becky Sebastian ihr Treffen mit einer engen Freundin von Darlie. Als das Paar kurz nach Hause zurückkehrte, hatte sie sich mit den beiden getroffen. »Als ich Darin umarmte, konnte ich sein Entsetzen und seinen Schmerz spüren, während ich Darlie umarmte, nahm ich jedoch keine Gefühle wahr.« Die Freundin sagte: »Darlie ging durch das Haus und interessierte sich anscheinend mehr für dessen Aussehen als für den Tatort, an dem ihre Kinder gestorben waren.«

CNBC beendete die Berichterstattung über den Fall mit einem Interview der Autorin Maria Eftimiades in New York, die einen Bestseller über den Fall Susan Smith geschrieben hatte und die beiden Ereignisse miteinander vergleichen konnte. »Eines war klar«, sagte sie. »Genau wie die Polizei von Rowlett Darlie nicht glaubte, hatten die Cops in South Carolina Susan nicht geglaubt. In beiden Fällen hatten Dinge nicht zusammengepaßt.«

MUTTER ALS MÖRDERIN VERHAFTET
STADT IN TEXAS KANN ES NICHT GLAUBEN

Selbst die angesehene *New York Times* nahm sich der Story an und gab ihr so einen Stempel der Legitimität. In ihrer Sonntagsausgabe vom 23. Juni 1996 brachte die Zeitung auf Seite vierzehn einen vierspaltigen Artikel. Dazu erschien ein Foto von Darlie und ein herzzerreißendes neues Foto der ermordeten Brüder Damon und Devon. Sie trugen kleine weiße Jacketts und schwarze Fliegen und neigten sich einander zu, so daß sie sich mit der Stirn berührten.

Am selben Tag veröffentlichte eine viel kleinere Zeitung, die *Garland News*, ein zweiwöchentliches Blatt im Nachbarort von Rowlett, auf der Titelseite die Schlagzeile:

WIDERSPRÜCHE BEI DER ROUTIER-STORY
BEWEISE PASSEN NICHT DAZU

Der Artikel berichtete über die Verhaftung und die Informationen der Polizei im Haftbefehl, aber von gleichem Interesse in der Zeitung von Garland war der Leitartikel.

STADT EIN UNSCHULDIGES
OPFER EINER TRAGÖDIE

Um den Bürgerstolz zu verteidigen, warnte der Leitartikel, daß die Tragödie ›nationale Medien‹ zum Eagle Drive gebracht hatte und mit ›weitreichenden Auswirkungen‹ für die östliche Dallas County und Texas zu rechnen war. Rowlett würde vielleicht bald in einem Atemzug mit anderen berüchtigten Städten wie ›Waco, Killeen und Union City, South Carolina‹, genannt werden.

Im folgenden wurde die jüngere Geschichte von Rowlett geschildert, ›keine Stadt mit Familien in der dritten Generation und lebenslangen Freundschaften‹. In dem Leitartikel stand: ›Trotz der nachbarschaftlichen Nähe fahren wir jetzt nach der Arbeit auf getrennten Wegen und benutzen das Telefon, um die Entfernung zu Freunden zu überbrücken. Die Vorstädte sind zu einem Symbol für die zunehmende Mobilität geworden. Wir haben wenig Bindung an eine Nachbarschaft.‹

Der Leitartikel erklärte, daß moderne Kids ein ähnliches Problem mit Beziehungen haben, und warnte davor, daß ›alle in Rowlett durch die Tragödie am Eagle Drive gebrandmarkt‹ wurden. ›Die Leute wollen wissen und sich daran erinnern, wo sich ein makabres Ereignis abgespielt hat. Das Wo ist so wichtig für die Neugier wie jede andere Information.‹

Weiter hieß es in dem Leitartikel: ›Die negative Bloßstellung trifft zwangsläufig die Bürgerinnen und Bürger von Rowlett, die plötzlich unschuldige Opfer sind – eine Stadt, die sich einfach zur falschen Zeit an der falschen Stelle befunden hat.‹

Es waren jedoch nicht die fernen Medienzentren, von denen die Geschichte aufgriffen wurde. Nach der ersten Berichterstattung sagten sich Verleger und Chefredakteure, daß der texanische Fall zwar Berichterstattung verdiente, jedoch nicht so ausgeschlachtet werden sollte wie das Verbrechen von South Carolina, das einen Präzedenzfall geschaffen hatte. »Susan Smith tat es zuerst und besser«, sagte ein zynischer alter Hase der Medien.

Am Dienstag, dem 25. Juni, waren es die Medien von Dallas und Rowlett, von denen die Kommentare eröffnet wurden. »Wie gut kennen wir wirklich unsere Nachbarn?« fragte die *Dallas Morning News*-Kolumnistin Marlyn Schwartz. Sie schrieb, Freunde wären stets geschockt, wenn jemand, mit dem man zusammen im Urlaub gewesen sei, Fahrgemeinschaften gebildet und an Grillpartys teilgenommen habe, eines Verbrechens beschuldigt werde. Das würde auf die Nachbarn am Eagle Drive in Rowlett zutreffen, wenn Darlie angeklagt werden würde, erklärte Marlyn Schwartz.

»Viele weigern sich zu glauben, daß es wahr ist. Andere schauen immer noch jeden in der Nähe ungläubig an. Diese Mörderin ist jemand aus ihrer Mitte, und sie hätten geschworen, sie gut zu kennen. Wenn man ihr nicht trauen konnte, wem dann? Und noch wichtiger, wie gut kennen wir wirklich jemanden?« fragte die Kolumnistin.

»Nicht gut«, folgerte sie. Wegen der flüchtigen Natur unserer Gesellschaft, ›sind viele unserer engsten Freunde Leute, die wir erst fünf oder sechs Jahre lang kennen‹, deren Eltern oder Leute aus ihrer Vergangenheit wir nie kennengelernt haben.

Auf derselben Seite sprach die Journalistin Leslie Barker mit Psychologen, um Rat für die Leser zu erhalten: »Nach Rowlett, was soll man da den Kindern sagen?« Ein Psychologe schlug Eltern vor, ihren Kleinen zu sagen, daß ›jede Mutter, die so etwas tut, geistig sehr gestört sein muß, und normale Mütter nicht so sind. Eine Mama kann ärgerlich werden, aber sie ist nicht zu einem Mord fähig.‹

Ein Psychologe hatte einen anderen Rat. Er schlug vor, Kindern zu sagen, die Mama, um die es ging, sei ›wirklich krank‹, anstatt zu sagen, sie sei wirklich geistesgestört. »Sagen Sie nur nicht ›eine Mama verlor den Verstand und tötete ihre Kinder, und ich werde dich nicht töten‹.«

Bei der *Lakeshore Times* hatten es Greg Lynch und Becky Sebastian leid, sich dauernd am Telefon zu melden und mit Spinnern zu sprechen. Ein Anrufer behauptete, das Geheimnis der Morde liege im Datum 6. Juni 1996, an dem sie begangen worden waren. Er erklärte, das sei die gefürchtete 6-6-6, die Zahl des Satans. Nicht nur das, der Anrufer wies darauf hin, daß jeder im Haus einen Vornamen mit dem Buchstaben D hatte – Darlie, Darin, Devon, Damon und Drake. War es mehr als ein Zufall, überlegte der Anrufer, daß der Buchstabe D ebenfalls der Anfangsbuchstabe von Devil – also Teufel – war?

Am 3. Juli 1996 versammelten sich Millionen Amerikaner am Abend vor dem Unabhängigkeitstag vor dem Fernseher und hörten Stone Phillips, den Moderator von *Dateline NBC*, den ersten Bericht des Abends ankündigen. »Es gibt Verbrechen, die uns schockieren, und Verbrechen, die uns das Herz brechen«, sagte Phillips. »Dies ist die Geschichte eines Mordes, bei dem beides der Fall ist. Es geschah in einer kleinen Stadt in Texas. Zwei kleine Jungen wurden in ihrem Elternhaus ermordet. Die Polizei fahndete nach einem Fremden, der in der Nacht ins Haus gekommen war, wie die Mutter der beiden Kleinen sagte. Dann kam eine verblüffende Bekanntgabe der Polizei: Die Jungen wurden nicht von einem Fremden ermordet!«

Der Korrespondent Len Cannon des TV-Nachrichtenmagazins übernahm. Auf dem Bildschirm war Darlie in Großaufnahme zu sehen. Sie sprühte ›Spielschaum‹ für Kinder aus einer Spraydose neben das mit Luftballons bedeckte Doppelgrab und sang dabei. Es wurde nichts von dem Trauergottesdienst erwähnt, der vor der Party stattgefunden hatte.

»Es war ein ungewöhnlicher Anblick. Eine Geburtstagsfeier auf einem Friedhof«, sagte Cannon. »Nur acht Tage nach Devon und Damon Routiers brutaler Ermordung versammelten sich Verwandte und Freunde an ihrem Grab, um den Tag zu feiern, der Devons siebenter Geburtstag gewesen wäre.«

Großaufnahme von Darlie. Sie strich blondes Haar zur Seite, und die rote Narbe an ihrem Hals oberhalb des offenstehenden Kragens war deutlich zu sehen. Sie spricht in die Kamera: »Wenn Sie Devon und Damon gekannt hätten, wüßten Sie, daß sie im Himmel sind und die größte Geburtstagsparty feiern, die wir uns jemals vorstellen können.« Ihre Stimme klingt angenehm und heiter an diesem Sommertag, und das Publikum beginnt sich über das Verhalten einer Frau zu wundern, die erst vor einer Woche und einem Tag ihre beiden Kinder verloren hat. »Und sie würden nicht wollen, daß wir hier unten traurig sind, auch nicht, wenn unsere Herzen brechen.« Für diejenigen, die nicht mit diesem Fall vertraut waren, hatte die Szene etwas Sonderbares – milde gesagt.

»Es war ein schlimmes Verbrechen in einer ruhigen Kleinstadt bei Dallas«, sagte Cannon. Er schilderte Darlies Aussage, daß sie im Erdgeschoß bei den Jungen und ihr Mann oben beim Baby geschlafen habe, als ein mörderischer Einbrecher im Haus aufgetaucht sei.

Darlie sagte mit sachlicher Stimme: »Ich hatte nur einen Gedanken, nämlich zu versuchen, die Babys zu retten. Ich meine, Darin und ich versuchten, die Babys zu retten …« Schließlich brach ihre Stimme, die einzige Gefühlsregung in der Show. »Aber es war zu spät, meine Babys waren tot.« Plötzlich füllten sich ihre Augen mit Tränen, und sie wandte den Blick ab.

Schnitt. Ein Telefon klingelt in der Polizeiwache, und eine Polizistin spielt die Ereignisse vom 2 Uhr 31 am 6. Juni für *Dateline NBC* nach. »Rowlett 911. Was ist Ihr Notfall?« Als eine Sirene im Hintergrund heult, schildert der Korrespondent, daß Darlie Routier schrie: »Sie haben mich und meine Kinder niedergestochen!«

Sergeant Dean Poos erklärt: »Als ein Polizeibeamter das Haus betrat, sah er Darlie Routier mit einem Handy telefonieren und ein Handtuch mit etwas Blut darauf auf ihren Hals halten. Darin Routier, der Vater, versuchte eines der Kinder wiederzubeleben, das auf dem Boden lag.«

Darin Routier wird in Anzug, weißem Hemd und Krawatte gezeigt. Er sitzt bequem da und spricht ruhig über die blutigen Ereignisse, als erzähle er von einem Geschäft, das schlecht gelaufen war. Der schwarze Bart ist perfekt gestutzt. In den Augen hinter den Brillengläsern ist kein Gefühl zu sehen. Fotos der ermordeten Jungen stehen auf einem Schrank hinter ihm.

»Sie schreit – Darin, Darin, Darin, Darin, Darin – ich meine, einfach traumatisch. Als ich runterrenne, sehe ich als erstes die Jungen auf dem Boden liegen, reglos, verstehen Sie, wie tot. Ich meine, völlig reglos. Und er (Devon) hat diese großen Stiche in der Brust und überall Blut, o mein Gott! Und dann wurde mir klar, als ich seinen Puls überprüfte, daß ich keine Luft in seinen Körper bekommen konnte. Als ich seinen Puls fühlte … wußte ich, daß er tot war.«

Der Korrespondent läßt Poos Darlies verschiedene Versionen des Geschehens beschreiben und, wie sie ›den Mann aus dem Haus gejagt hat‹. Die Mordwaffe war ein Schlachtermesser aus der Küche. Ein Cop stellte fest, daß bei einem Fenster in der Garage das Fliegengitter aufgeschnitten war. Die Polizei suchte die Nachbarschaft ab, fand jedoch nichts Verdächtiges.

Die Szene wechselt zu der Party am Grab, die acht Tage später stattfand. Eine neue Aufnahme von Darlie, die lobend über die gute Arbeit der Polizei spricht. »Wissen Sie, die Unterstützung und die gute Arbeit, die diese Kriminalbeamten und Polizisten leisteten, ist einfach unglaublich«, sagt sie.

Cannon spricht darüber, daß die Routiers der Polizei kompletten Zugang zu ihrem Heim und ihrem Leben gewährt und Fotos, Videos und persönlichen Besitz übergeben haben.

Zwölf Tage nach dem Mord, fährt er fort, waren die Routiers wieder im Polizeipräsidium und wurden ungefähr sechs Stunden lang befragt. Dann machten die Behörden spät in dieser Nacht eine verblüffende Ankündigung.

Poos erscheint auf dem Bildschirm, als er bei der Pressekonferenz vorliest: ›Um ungefähr 10 Uhr 20 an diesem Abend wurde Darlie Routier von Ermittlern des Rowlett Police Department verhaftet. Mrs. Routier wird beschuldigt, ihre beiden Söhne, Damon, fünf, und Devon, sechs, ermordet zu haben.‹

Der Grund für die Festnahme war laut Korrespondent, daß die Polizei Darlies Geschichte ›widersprüchlich‹ fand, zum Beispiel den Notruf, als Darlie davon sprach, daß sie das Messer aufgehoben und vielleicht Fingerabdrücke des Einbrechers zerstört hätte. »Dies löste bei uns einige Alarmglocken aus«, sagte Poos. »Diese Frau, die soeben erlebt hatte, wie ihre beiden Kinder von einem Einbrecher erstochen worden waren, machte sich Sorgen wegen der Fingerabdrücke.«

Als der Beamte am Tatort sie aufforderte, einem der Kinder Erste Hilfe zu leisten, wirkte sie bestürzt. Sie rührte die Kinder nicht an. Sie wollte nicht in ihre Nähe.«

Der Korrespondent und der Polizist sprachen darüber, wie sich Darlies Geschichte im Laufe der Zeit immer wieder veränderte. Zuerst behauptete sie: »Ich wachte auf, und der Fremde stand vor mir und griff mich an.«

»Später sagte Mrs. Routier, Damon sei zu ihr an die Couch gekommen und habe sie geweckt, was völlig widersprüchlich zu ihren ursprünglichen Geschichten und Äußerungen steht.«

Am ganzen Tatort war Blut, aber die einzigen blutigen Fußabdrücke, die gefunden wurden, stammten von Darlie. In der Küchenspüle war Blut weggespült worden. Die Polizei fand ein zweites Messer und nahm an, es war zum Aufschneiden des Garagenfensters benutzt und dann in die Küche zurückgelegt worden. Nichts war aus dem

Haus entwendet worden, und es gab keine Anzeichen, die auf einen Kampf hindeuteten. »Es gab keine Beweise, die erhärtet hätten, daß jemand sonst in diesem Haus war«, stellte Poos fest. Das führte die Polizei zu der Annahme, daß sich Darlie Routier die Verletzungen selbst zugefügt haben mußte.

Der Korrespondent bat Darin zu schildern, was er gedacht hatte, als seine Frau verhaftet worden war. »Ich hielt das für einen schlechten Scherz. Ich dachte, sie scherzen«, erwiderte er. Cannon erklärte: »Darin und Darlie waren schon auf der High-School Freunde und kennen sich seit elf Jahren. Sie war achtzehn, und er war zwanzig, als sie heirateten.« Es wurde ein Hochzeitsfoto von Darlie und Darin gezeigt. Darlies blondes Haar war toupiert, und ihre üppige Figur wurde durch einen an der Seite aufgeschlitzten Rock und ein tief ausgeschnittenes Top betont.

»Sie wurde eine Vollzeit-Mutter«, sagte Cannon, und dann wurden Darlies Mutter und Schwester eingeblendet, die sie eisern verteidigten. »Sie war sehr liebevoll mit den Kindern. Sie liebte sie aus ganzem Herzen«, sagte Darlie Kee, die mit Dana, einer ihrer anderen Töchter, auf einem Sofa saß.

»Sie würde unmöglich so etwas jemals diesen kleinen Jungen antun. Diese Jungs waren ihre Welt. Sie bedeuteten ihr alles«, beteuerte Dana.

Nach Ansicht des Reporters glaube die Familie, die Polizei urteile übereilt und sei ›voreingenommen‹ wegen des sensationellen Falls Susan Smith.

Dann stellte der Korrespondent Dr. Kenneth Decal vor, einen Professor der Psychiatrie beim Southwestern Medical Center in Dallas, und bat ihn, einige der Gründe zu erklären, weshalb über sechshundert Kinder jedes Jahr von ihren Müttern ermordet werden.

»Meistens ist das eine rationale Handlung, eine kaltblütige, aber sehr verzerrte und gestörte, die durch eine sehr ernste Geisteskrankheit gefiltert wird, die das Denken und das Weltbild der Kranken verändert«, sagte der Professor.

Das führte den Korrespondenten auf relativ neues Gebiet. Er fragte Darlie Kee, ob ihre Tochter aufgeregt und depressiv gewesen sei. »Nein«, antwortete Mama Darlie. »Ich weiß, daß sie nicht unglücklich war.« Einige andere Fragen dieser Art führten nur zu weiteren negativen Antworten. »Aber nach Ansicht der Sozialarbeiterin, die Darlie Routier im Gefängnis befragt hatte, war sie nach der Geburt ihres dritten Sohnes depressiv und selbstmordgefährdet«, sagte der Korrespondent. »Sie hatte das Gefühl, mit drei Kindern nicht zurechtzukommen, überfordert zu sein. Und ihr Mann fand einmal einen Abschiedsbrief, mit dem sie Selbstmord ankündigte.«

Nach Bekanntgabe dieses Abschiedsbriefes rückte die Mutter von ihren zuvor gemachten Äußerungen etwas ab. Sie räumte ein, daß es vielleicht Momente gegeben hatte, in denen Darlie nicht hundertprozentig glücklich und heiter gewesen war. »Ich weiß, sie machte eine schwere Zeit durch. Nach der Geburt des dritten Babys fühlte sie sich oft deprimiert. Aber ich garantiere Ihnen, daß sie niemals Selbstmord begangen hätte und niemals diesen Kindern etwas angetan hätte«, beharrte Darlie Kee.

Und Darlies widersprüchliche Geschichten?

Ihre Mutter beantwortete diese Frage sarkastisch. »Wenn man Ihnen in den Hals gestochen und Sie fast getötet hätte, und Sie hätten zwei kleine Kinder verloren, wieviel Sinn hätten Ihre Geschichten ergeben? Hätten Sie nicht unter Schock gestanden?«

Die Kamera ist wieder auf Sergeant Poos gerichtet, der zugibt, daß es in dem Fall keine Zeugen und kein Geständnis gibt, die Behörden jedoch überzeugt seien, die Täterin in Gewahrsam zu haben. »Man beschuldigt niemanden des Mordes, wenn man nicht absolut sicher ist.«

Zum letzten Mal wird Darin gezeigt, ebenso überzeugt vom Gegenteil. »Ich habe keinen Zweifel, nicht den geringsten, daß jemand ins Haus kam, meine Kinder tötete, auf meine Frau einstach und flüchtete, bevor ich irgend etwas dagegen unternehmen konnte.«

Es wurde nach New York zurückgeschaltet, und Stone

Phillips schmückte den Bericht mit dem Hinweis aus, daß texanische Behörden den kleinen Drake Routier in Obhut genommen hätten, ›weil das Leben des Kindes in Gefahr sein könnte, wenn Darlie Routier auf Kaution freigelassen werden würde‹.Der Bericht endete mit der Bemerkung: »Sie hat sich nicht schuldig bekannt.«

Die Fernsehsendung löste keine Empörung im Land aus wie die frühere massive Berichterstattung über den Fall Susan Smith. Der kleine Fernsehbericht über den Fall war allenfalls ein Kratzer an der Oberfläche eines komplexen Themas, aber es brachte die Routier-Story in Millionen von Wohnzimmer, in denen man noch nie etwas davon gehört hatte.

Genau wie die Lokalpresse, die Nachrichtenagentur *Associated Press* und die *New York Times* hatte *Dateline NBC* sachlich und mit Fakten über die Sache berichtet. Dann zog zwangsläufig der *National Enquirer* nach, und die Geschichte wurde von der Boulevardpresse augeschlachtet. Am 9. Juli, sechs Tage nach dem Bericht von *Dateline NBC*, erschien der *Enquire*, der sich mit der größten Auflage aller Zeitungen in Amerika brüstet, in Ständern an den Kassen von Lebensmittelgeschäften mit schreienden blutroten, gelben und schwarzen Schlagzeilen auf der Titelseite:

WIEDER KILLER-MOM
WARUM SIE DURCHDREHTE
DIE WAHRE GESCHICHTE

Das Skandalblatt brachte verschiedene Farbfotos von Darlie, die mit Darin lächelte und weinte, Aufnahmen von Devon und Damon und einen ›Sonderbericht‹ über zwei Seiten.

›PERFEKTE MAMA TÖTET IHRE KINDER‹, schrie eine rot unterlegte Schlagzeile über dem Bericht, und die Unterzeile lautete: ›... Cops klagen an‹. In der Schlagzeile wurde Darlie Routier praktisch schon verurteilt, obwohl ihr Prozeß so weit in der Zukunft stattfinden würde, daß nicht einmal ein Datum feststand. Die versprochene

›wahre Geschichte‹ war ein allgemeiner Aufguß von Dingen, die bereits sonstwo erschienen waren, plus einiger Kommentare von einem Nachbarn.

Die Veröffentlichung bedeutete, daß die Tragödie vom Eagle Drive die erste Runde um die Rennbahn der Medien vollendet hatte. Die Lokalpresse und Fernsehsender hatten das Thema zuerst aufgegriffen, dann die größte nationale Zeitung, eine weltweite Nachrichtenagentur, das Kabelfernsehen, anschließend das Magazin eines privaten Fernsehsenders und schließlich die Boulevardpresse.

Die Story war jedoch kein Dauerbrenner, und das nationale Interesse ließ bald nach. Es fehlten einfach Verdächtige. Darin bestätigte, daß kein Filmstudio und kein Fernsehproduzent Kontakt mit ihm aufgenommen hätte. Einen Monat nach den Morden, als es keine neuen Informationen in dem Fall mehr gab, wandten sich die Medien von Darlie Routier ab.

So blieb trotz der umfangreichen Berichterstattung, trotz der Fotos und Interviews eine Hauptfrage unbeantwortet. Wer waren diese Leute? Inzwischen hatten sich die Familie Routier, Verwandte und enge Freunde, gekränkt durch gefühllose Behandlung durch die Medien und der verdammenden Anklage der Polizei, in einem verständlichen, verbitterten Verhalten ›Wir gegen alle‹ zusammengeschlossen.

Darin und Darlie blieben Geheimnisse.

10

Es war leicht für Darlie und Darin, sich den Geburtstag des anderen zu merken, denn ihr Altersunterschied betrug auf den Tag fast genau zwei Jahre. Darin war am 1. Januar 1968 und Darlie am 4. Januar 1970 geboren. Sie waren sich von Anfang an nahe, bevor sie einander kennenlernten.

Der Llano Estacado bildet den südlichsten Punkt der Great Plains, Amerikas Grüngürtel, und in dieser vom Wind gepeitschten Weite, die sich bis zum Fuß des texanischen Panhandle ausbreitet, liegt Lubbock, eine Stadt mit ungefähr 130 000 Einwohnern. Es war von seiner Gründung im Jahre 1891 an eine ›Rinderstadt‹, bis in den zwanziger Jahren eine Metropole der South Plains daraus wurde.

Wie sich Sarilda Routier erinnert, war sie erst vierzehn und in der neunten Klasse der Cooper High-School in Lubbock, als ihre Kusine, die nicht viel älter war, sie bat, sie hinüber nach New Mexico zu fahren, damit sie einen Flieger auf der *Clovis Air Force Base* treffen konnte, mit dem sie ging. Sie erzählte Sarilda, daß eine Verabredung für sie arrangiert worden war, und sie bat Sarilda, ihr diesen großen Gefallen zu tun. Sarilda stimmte zu. Dann rief die Kusine ihren Freund an und sagte, er müsse jemand für ihre Gefährtin auftreiben, und zwar schnell. Das Mädchen, das sie mitbringe, sei in der obersten Klasse der High-School. Und auf der Fahrt nach Lubbock paukte sie der jungen Sarilda die grundlegenen Dinge ein, die man vom Verhalten und Wissen eines Mädchens mit dieser Schulbildung erwarten konnte.

Sarildas neuer Bekannter erwies sich als ruhiger, zurückhaltender junger Mann namens Leonard Routier. Er war bei der Air Force Mechaniker gewesen, und nach dem Militärdienst war er nach Lubbock zurückgekehrt und hatte ein eigenes Geschäft eröffnet. Drei Jahre nach der ersten Begegnung, als Sarilda tatsächlich die oberste Klasse der High-School besuchte, heirateten die beiden jungen Leute und stürzten den Schuldirektor in helle Aufregung. Eine verheiratete Frau unter den Teenagern! Das konnte einfach nicht gutgehen! Sarilda wurde vom Sportunterricht verbannt, weil man befürchtete, sie könnte auf die anderen Mädchen einen schlechten Einfluß haben, und der Direktor gab ihr einen Befehl: »Wenn du schwanger wirst, sag es sofort mir, noch bevor du es deinem Mann erzählst!« »Das ist albern«, erwiderte sie und ignorierte ihn. Sie war von harter Pionier-Art und hatte ihren Namen von zwei Schwestern, Sarilda und Arenda, geerbt, die beide im Alten Westen an Scharlach gestorben waren.

Darin wurde am Neujahrstag 1968 geboren, nur ein paar Monate nach dem Schulabschluß seiner Mutter. Was der Schuldirektor nicht wußte, machte ihm auch nichts mehr aus. Ein anderer Junge, Deon, folgte 1970, und ein Mädchen, das sie Arenda nannte, um die Geschichte am Leben zu halten, wurde 1975 geboren, in dem Jahr, nach dem Sarilda und Leonard von Lubbock zu einer neuen Parzelle namens *Lakeside Heights* umgezogen waren. Das Land war inmitten von Baumwollfeldern neben einem See erschlossen worden, der eigentlich nur die Größe eines Teichs hatte. Darin wurde in die dritte Klasse der Cooper High-School versetzt, wo er bis zum High-School-Abschluß bleiben konnte.

Wie sein Vater war Darins Wesen von ruhiger Art, ein Junge, der keine Konfrontation mochte, obwohl er kräftig war. Sein kleiner Bruder, der zwei Jahre jüngere, aber lebhaftere Deon, hackte auf ihm herum, als sie klein waren, und Darin war derjenige, der nachgab. Eines Tages, als Darin dreizehn war, änderte sich das jedoch, und als Deon schubste, wehrte sich Darin. Er begehrte gegen seinen kleinen Bruder auf, der schnell erkannte, daß er sich nicht mehr so frech benehmen konnte, wie er es so viele Jahre lang gemacht hatte. Respekt ersetzte die Fäuste bei ihren Streitereien, aber Darin blieb weiterhin beherrscht und ruhig.

Seine Mutter erinnerte sich an einen Tag, als er dreizehn war und sie Darin und seinen besten Freund irgendwohin fuhr, wo die Jungen mit VW-Käfer-Modellen spielten. Das Spiel bestand darin, den Freund mit einem Ruf zu warnen, wenn eines der Spielzeugautos ihn zu ›überfahren‹ drohte. Der Freund rammte Darin immer wieder, während Sarilda frustriert zuschaute. Darin versuchte nicht einmal zu gewinnen. »Ramm ihn zurück!« forderte sie ihn auf. Statt dessen ballte Darin die Hand zur Faust und schlug gegen das Spielzeugauto, wobei er sich einen

Knöchel brach. Als ihn seine Mutter fragte, warum er das getan hatte, erklärte Darin: »Wenn ich ihn (den Freund) geschlagen hätte, dann hätte ich ihn verletzt.« Darin ließ sich eher schlagen, als daß er jemanden verletzte.

Er wuchs in einem idyllischen Heim von Kirchgängern auf. Die Kinder erinnerten sich an nur einen großen Ehekrach der Eltern, und der ging darum, daß Leonard schlechte Laune hatte, als Sarilda von ihm verlangte, in einem Zimmer Staub zu saugen. Verärgert über seinen unerwarteten Widerstand, sagte sie, wenn er nicht gerne mit anpacke, brauche er überhaupt nicht zu helfen. Und sie zog den Stecker aus der Steckdose. Leonard steckte ihn wieder hinein, und Sarilda zog ihn heraus und schnitt das Kabel mit einem Messer durch und verließ das Haus. Dann saß sie stundenlang mit einer Freundin zusammen und beklagte sich über ihren Mann. Sie fuhr schließlich um halb zwei Uhr nach Hause und fand das Licht eingeschaltet. Statt ins Haus zu gehen, setzte sie sich in den Wagen, bis sie fast erfror. Schließlich klopfte sie an die Tür, zu einer Entschuldigung bereit, und ihr besorgter Mann öffnete; er hatte in der Zwischenzeit eifrig im Haus saubergemacht. Diese Episode galt im Haus der Routiers als großer Ehekrach.

Darins Leben begann sich zu verändern, als er auf die Cooper-High-School ging, und seine Entschlossenheit, erfolgreich zu sein, brachte ihn in einige außergewöhnliche Situationen. Mit seiner Größe, er war über ein Meter achtzig groß, verdiente er sich in Cooper Siegerurkunden in Leichtathletik, Basketball und Football, wo man bei letzterer Disziplin hart sein mußte, denn für das elfköpfige Football-Team gab es nur zwölf Anwärter. Darin spielte alles von Lineman bis Fullback, ruinierte sich dabei die Knie und lernte eine Lektion über Vertrauen. Ärzte operierten beide Knie, betäubten jedoch nur ein Bein. Er vergaß nie die Qualen, die er durch sogenannte ärztliche Experten erlitt.

Aber sein Erfolg auf den Sportplätzen hatte einen Vorteil, der die Knieprobleme fast wettmachte. Weil er ein gutaussehender, erfolgreicher Sportler war, gefiel er hübschen Mädchen, was für Darin ein angenehmer Nebeneffekt war.

Zur gleichen Zeit erkannte er, daß er ein Auto brauchte, um junge Ladys zu Teenager-Treffs beim Llano Estacado herumzukutschieren. Für ein Auto benötigte er Geld, und das bedeutete, daß er auch einen Job brauchte. Mit vierzehn bewarb er sich um Arbeit in einem nahen Restaurant, Western Sizzle, wurde jedoch als zu jung abgewiesen. Ein paar Tage später ging er zum selben Restaurant, log mit der Behauptung, sechzehn zu sein, und wurde als Spüler angestellt. Darin war der erste Junge in seiner Klasse, der ein eigenes Scheckbuch hatte, und sein Schicksal war die Handelswelt. Bei der Graduierung von der High-School im Jahre 1986 arbeitete er als Vollzeitkraft im Nahrungsmittelgeschäft und war aus dem Elternhaus ausgezogen, um mit einigen Freunden in einem Haus zu wohnen, das seinen Großeltern gehörte. Obwohl er immer noch ein Kind war, wollte er selbständig und unabhängig sein.

Das Jahr 1970 war ereignisreich und zeigte offen die Distanz zwischen der Generation des Zweiten Weltkriegs und der Generation des Aufbruchs. Die Beatles, die populärste Musikgruppe der Geschichte, hatten bereits den Höhepunkt ihrer Karriere überschritten und trennten sich in diesem Jahr. Den Vereinigten Staaten und der Sowjetunion schlossen sich beim Wettlauf um die Eroberung des Weltraums Japan und China mit Satellitenstarts an. Die gefühlsduselige *Love Story* von Erich Segal wurde verfilmt, glich jedoch nicht den Unterschied zu der veränderten öffentlichen Meinung gegen solche Stimmen wie die des satirischen Comicstrips *Doonesbury* und des Films M*A*S*H mit Donald Sutherland und Eliott Gould aus.

Der Vietnamkrieg beherrschte noch das Leben der Amerikaner. Mitglieder der Nationalgarde eröffneten das Feuer auf tausend Protestierende in Kent State und töteten vier, und die Friedensgespräche begannen endlich in

Paris. Amerikanische Truppen waren immer noch auf vietnamesischem Boden, und darunter war ein junges Mitglied des Naval Construction Battalion, des berühmten CBs, genannt SeaBees. Larry Peck war fern seiner Heimat Altoona, Pennsylvania, und freute sich über Post so sehr wie über ein kühles Bier an einem schwülheißen Tag in Vietnam. Vier Tage nach Neujahr erhielt Peck die Nachricht, auf die er gewartet hatte: Seine schöne blonde Frau mit der er jetzt ein Jahr verheiratet war, Darlie Paulette, hatte eine Tochter zur Welt gebracht. Er war Vater geworden!

Es gab für ihn keinen Zweifel, wie das Kind heißen würde. Seine Frau war die dritte in ihrer Familie, die diesen seltenen Namen trug, angefangen bei ihrer Urgroßmutter Darlie Goodman. Darlie Paulettes Mutter war Martha Darlie genannt worden. Das Baby wurde Darlie Lynn genannt, und sie wurde unsterblich gemacht, als ihr Vater bei Da Nang auf einen Bulldozer sprang, den Motor anließ und ihren Namen mit der Baggerschaufel in großen Lettern in den Hang eines Berges ritzte.

Larry Peck konnte dreizehn Musikinstrumente spielen, alles von Violine über Banjo bis Trompete, und er zog seine Tochter mit Liebe zur Musik auf, aber es bedurfte mehr als Banjomusik, um in den wilden Siebzigerjahren eine Familie zusammenzuhalten. Er und Darlie wurden bereits nach sieben Jahren geschieden, und während dieser Zeit wohnten sie nur kurz in Lubbock. Dann zog Darlie nach Pennsylvania, um ein neues Leben mit einem neuen Ehemann, Dennis Stahl, zu beginnen, den sie 1978 heiratete. Sie wohnten in einer Reihe texanischer Städte und zogen dann 1987 nach Lubbock, wo sie ihm eine weitere Tochter, Dana, schenkte. Darlie Lynn blieb jedoch mit ihrem Vater und einer Großfamilie von Verwandten, einschließlich der beiden Schwestern ihrer Mutter und einem Bruder, in Pennsylvania. Mit dreizehn Jahren zog Darlie Lynn Peck wieder nach Texas, um bei ihrer Mutter zu leben und in Lubbock in die Schule zu gehen. Es war 1984, und sie wurde an der Monterrey High-School in Lubbock angemeldet. Später wechselte sie auf die technische Berufsschule Dunbar.

Darin erhielt eine verantwortliche Position im Restaurant Western Sizzle in Lubbock. Er hatte sich vom Spüljungen zum Lageristen bis zum Chefkoch hochgearbeitet und wurde jetzt stellvertretender Geschäftsführer. Die Arbeit gefiel ihm, aber die Bezahlung war nicht gerade großartig. Sogar die Kellnerinnen verdienten mit dem Trinkgeld mehr als er. Eine der Kellnerinnen, Darlie Stahl, die seit 1983 dort arbeitete, fand, daß der junge Boß reif für sein Alter war, gut aussah und gesund war. Sie hatte eine Idee, und sowohl daheim als auch bei der Arbeit machte sie Andeutungen, daß Darin ihre Tochter kennenlernen sollte, die gerade erst aus Pennsylvania nach Lubbock gekommen war. Darin erklärte, bereits eine feste Freundin zu haben, eine schöne texanische Studentin, die mit einundzwanzig älter als er mit seinen siebzehn Jahren war. Warum sollte er irgendeinen Teenager kennenlernen? Warte, dachte Darlie. Warte nur, bis du sie siehst.

Es geschah am Muttertag 1985. Durch die Tür des Western Sizzle tänzelte die junge Darlie Lynn Peck, eine kleine Blondine mit einem atemberaubenden Lächeln und einer Figur, die heiß genug war, um den Kopfsalat auf der Salatbar verwelken zu lassen. ›Gut entwickelt für ihr Alter‹, würden die Leute sagen, ganz gleich, wie alt sie war. Andere Teenie-Mädchen konnten beim Anblick dieses blonden Haars, der großen Brüste, die unter einem T-Shirt wippten, und des knackigen Pos, der die Jeans fast sprengte, nur fragen: »Und was wird aus mir?« Ihre Schwiegermutter, Sarilda Routier, würde eines Tages bemerken: »Darlie hat einen so niedlichen Körper, daß sie allzeit nackt herumlaufen sollte.« Männer machten ihr ständig Augen und starrten ihr nach.

Bei der ersten Begegnung, auf den ersten Blick sozusagen, verknallte sich Darin in sie und vergaß die texanische Studentin auf der Stelle. »Seine Augen leuchteten auf, und er starrte und starrte«, erinnerte sich Darlies Mutter. »Die Funken flogen.« Darin und Darlie verabredeten sich zum ersten Mal für denselben Abend. »Er sah gut aus und hatte viele tolle Freundinnen«, erinnerte sich Deon, sein Bruder. »Aber er war hingerissen von Darlie. Er sagte stets: ›So schön wie sie ist, wie kann ich ihr gefallen?‹«

Ein paar Monate nach dem Bekanntmachen der beiden jungen Leute hielt es Mama Darlie für höchste Zeit, mit den beiden ein ernstes Gespräch über seine Pläne hinsichtlich ihrer Tochter zu führen. Sie zog Darin in das Büro des Restaurants, und der junge Mann überraschte sie. »Sie wollen wissen, ob ich mit Ihrer Tochter schlafe«, sagte er. »Die Antwort lautet *ja.*« Zu Hause stellte sie Darlie zur Rede, und sie druckste ein bißchen herum, bis sie es zugab. Aber als Mama Darlie Bescheid wußte, konnte sie nichts dagegen tun. »Es gefiel mir nicht.« Das war alles, was sie darüber sagen konnte.

Aber sie waren einfach so verdammt *jung!* Darin war erst siebzehn und Darlie erst fünfzehn, doch das Alter zählte einfach nicht für sie. Deons Frau, Dana, die kurze Zeit mit Darlie gemeinsam auf die Schule ging, sagte, das neue Paar wurde sofort Gesprächsthema und war ›einfach albern verliebt‹.

Darin war wirklich verliebt, sowohl in seine neue Freundin als auch in die vielversprechende Geschäftswelt. Er wußte einfach, daß mit ihm und Darlie alles in Ordnung sein würde, wenn er das finanzielle Fundament schaffte, und daß der Weg zum Erfolg nicht durch die Küche irgendeines Restaurants führte. In einem Anfall von ›*Wie, zum Teufel, kann ich Karriere machen?*‹ füllte er die Anzeige einer Elektronik-Schule in Dallas aus und schickte sie per Postkarte hin. Aus heiterem Himmel rief ein Vertreter an und wollte mit ihm sprechen, und der Besucher setzte sich dann mit dem ehrgeizigen jungen Mann und seiner Mutter auf die Veranda des Hauses in Lubbock und sprach mit ihnen.

Bald darauf war Darin auf dem Weg nach Dallas zum Video Technology Institute, bei dem er die Grundlagen der Elektronik lernen würde. Überraschend stellte sich heraus, daß es eine umfassende Ausbildung war, die zur Hälfte aus theoretischem Unterricht und zur Hälfte aus praktischer Arbeit in der Werkstatt bestand. Seine High-School-Ausbildung mit einem einzigen Kurs in Trigonometrie hatte ihm nicht das nötige mathematische Wissen übermittelt, aber er klemmte sich dahinter zu lernen, als er erlebte, daß viele seiner Mitschüler an dem schwierigen Stoff scheiterten. Aber während er sechs Stunden pro Tag außerhalb des Klassenzimmers paukte, geriet sein Privatleben durcheinander. Weit von zu Hause entfernt und zum ersten Mal allein, fehlten ihm die engen Familienbande und besonders Darlie, die immer noch in Lubbock war. Ihre Mutter erinnert sich, daß Darlie ein verantwortungsbewußtes Mädchen war, das anscheinend begierig darauf war, zu beweisen, daß es zum Erwachsensein fähig war. Mit sechzehn arbeitete Darlie bei McDonald's und überredete ihre Mutter, eine Party im Haus zu geben, während Mama Darlie nach Las Vegas reiste. Es war ein Test und eine Frage des Vertrauens. Die junge Darlie klebte Einladungen zur Party an Wagen rings um die Schule, bestellte und bezahlte die Speisen und Getränke und heuerte sogar einen Rausschmeißer an, um Ruhe und Frieden zu wahren, und einen Babysitter, der auf ihre kleinen Schwestern aufpaßte. Als ihre Mutter zurückkehrte, war alles tadellos aufgeräumt und in Ordnung. Darlie hatte den Test bestanden.

Darin lebte fast von der Hand in den Mund, und sein Stolz verbot es ihm, um finanzielle Hilfe zu bitten. So übernahm er Teilzeitjobs, bei denen er kaum den Mindestlohn erhielt. Er nahm ab, gab nur einen Dollar pro Tag fürs Essen aus und aß vier Monate lang zu Abend Nudeln. Schließlich aber ging sein Plan auf. Er bestand das Studium am VTI im Oktober 1987, und nur ein paar Dutzend Leute von ursprünglich 172 bestanden die Abschlußprüfung des schwierigen Studiums. Jetzt reiste sein Liebling Darlie von Lubbock zu ihm nach Dallas. Den Familien gefiel das nicht, aber sie erkannten, daß sie es nicht verhindern konnten. Die beiden konnten einfach nicht getrennt werden, und die Beziehung war wegen der weiten Entfernung ein Problem, denn Darlie konnte nicht Auto fahren und war für die lange Fahrt nach Dallas auf Freunde als Fahrer angewiesen. Sie erhielt schließlich mit achtzehn den Führerschein.

Das Leben war zuerst nicht leicht, als sie in einem Apartment wohnten, das 237 Dollar pro Monat kostete. »Wenn wir Eßbares stehenließen, stürzten sich die Küchenschaben darauf«, erinnerte sich Darin. Spinnen mit der Größe von Golfbällen krochen über die schadhafte Tapete. Aber jetzt nach dem Studium und praktischer Ausbildung fand Darin einen guten Job. Er arbeitete für eine Elektronikfirma namens CuPlex, und auf einem Skiausflug nach Purgatory, Colorado, als sie nebeneinander mit einem Lift zum verschneiten Gipfel hinauffuhren, fragte Darin Darlie, ob sie ihn heiraten möchte. Es war eine wirklich dumme Frage, denn keiner hatte den geringsten Zweifel, daß sie ja sagen würde.

Die große Suche nach dem Hochzeitskleid begann. Darlie war vernarrt in eines, das sie in einem Katalog ›Alles für die Braut‹ entdeckt hatte, aber es kam wohl nicht in Frage. Es war ein Designer-Hochzeitskleid, ein Original, das 1650 Dollar kostete. Aber Darlie wußte einzukaufen, und sie spürte dieses Kleid auf wie ein Bluthund ein Kaninchen und fand es schließlich im Schlußverkauf in einem Geschäft ausgestellt. Es kostete nur 850 Dollar – ein Schnäppchen, aber immer noch zu teuer für ihr Budget. Weiteres Suchen. Das Kleid tauchte in einem Geschäft für Brautkleidung auf und kostete jetzt nur noch 425 Dollar. Das war schon erschwinglicher. Die Weihnachtsferien kamen und vergingen, und es war die Zeit des Winterschlußverkaufs in Kaufhäusern, Darlies bevorzugte Jagdzeit. Sie studierte die Inserate. Da war es! DAS KLEID! Sie schnappte sich aufgeregt ihre zukünftige Schwiegermutter, damit sie von ihr zu dem Geschäft gefahren wurde und noch rechtzeitig das Schnäppchen ergattern konnte, bevor ihr jemand ihren Traum vor der Nase wegschnappen konnte. Sie traf dort ein und fand das phantastische Hochzeitskleid von St. Laurent vor, dessen Preis bis auf etwas über 200 Dollar reduziert worden war. Der Sieg war süß.

Die Trauung fand am 27. August 1988 im Haus der Routiers in Lubbock statt, und die Braut strahlte in einem wunderschönen weißen Hochzeitskleid. Nur ein paar Freunde der Familie waren eingeladen. Der Trauzeuge des Bräutigams war der ehemalige Junge, den Darin bei dem Spiel mit den Autos nicht hatte schlagen wollen, der jetzt erwachsen und Trommler in einer Rock-and-Roll-Band war. Die erste Brautjungfer war Barbara Jovell, eine Freundin, die mit Darin bei CuPlex arbeitete. Barbara Jovell würde später einen anderen sehr wichtigen Moment in Darlies Leben teilen, wenn sie mit unverhohlenem Neid und voller Verachtung beim Mordprozeß im Zeugenstand gegen ihre frühere Freundin aussagen würde.

11

Kurz nach der Hochzeit und den Flitterwochen auf Jamaika brachte Sarildas neue Schwiegertochter ein verletztes junges Kaninchen ins Haus. Darlie war schrecklich aufgeregt und entschlossen, das Tier zu retten. So rief sie einen Veterinär an, der nach der Länge des Fells des Kaninchens fragte, um das ungefähre Alter zu bestimmen. Darlie beschrieb die Verletzung und schätzte die Länge des Fells. Tut mir leid, sagte der Tierarzt, dieses Kaninchen wird sterben. Vergeuden Sie nicht Ihre Zeit mit dem Versuch, es zu retten, riet er. Darlie knallte wütend den Hörer auf die Gabel. Der Veterinär mußte sich irren. Sie konnte es schaffen! Sarilda beobachtete erstaunt, wie Darlie alles daransetzte, um das Kaninchen zu retten. Sie kaufte besondere Milch und fütterte das Tier mit einem Fläschchen, nahm es des Abends mit in ihr Bett und blieb wach und sprach mit dem verletzten Tier. Als es starb, weinte Darlie, und Sarilda sah, daß ihre Schwiegertochter todunglücklich war. ›Welch ein liebenswürdiger Mensch ist dieses Mädchen‹, dachte ihre Schwiegermutter.

Laut Deon war sein Bruder Darin der geborene Unternehmer. Selbst als er in dem Restaurant arbeitete, gab es keinen Zweifel daran, daß Darin eines Tages sein eigener Chef sein würde. Während Deon zu Texas Tech ging und Elektroingenieur wurde, zog Darin die praktische Arbeit dem Studium vor. Das Video Technology Institute mit dem theoretischen Unterricht hatte ihm gereicht, und er war begierig darauf, Geld zu verdienen.

Beim ersten Versuch scheiterte er, obwohl er sich gut vorbereitet hatte. Nach einem knappen Jahr Arbeit bei der Firma CuPlex, die Chips für Computer und elektronisches Zubehör herstellte, schlug er der Firmenleitung vor, der Firma Transistoren zu einem niedrigeren Preis als ihr gegenwärtiger Zulieferer zu verkaufen. Als er den Auftrag erhielt, kehrte er mit einer Aktentasche voller Geschäftspläne, Kalkulationen und Daten nach Lubbock zurück, um einen Kredit von 7000 Dollar aufzunehmen und damit die Maschine zu kaufen, die seine geschäftliche Arbeit erledigen würde. Der Bankier hörte höflich zu und gab Darin den Kredit, brachte ihn jedoch auf den Boden der Realität zurück, indem er ihm sagte, er gewähre den Kredit nicht wegen seiner blendenden Vorbereitung, sondern weil seine Eltern gute Kunden mit perfekter Kreditwürdigkeit bei der Bank seien. Darin kaufte die Maschine, die nicht richtig arbeitete, und scheiterte schnell bei seinem ersten Versuch als Privatunternehmer. Er geriet jedoch nie mit einer Rate für den Kredit in Verzug, sondern bezahlte ihn voll zurück, um sich einen eigenen Kreditrahmen zu schaffen.

Er verlor nie seine Begeisterung für ein eigenes Geschäft. ›Ich kann das‹, war anscheinend sein Motto, und er suchte immer bei CuPlex nach einer Marktnische, wo er mit billigeren Preisen Fuß fassen konnte, um für sich und Darlie einen eigenen Betrieb aufzubauen. Darlie arbeitete ebenfalls ungefähr acht Monate bei CuPlex und lernte die Chip-Herstellung, und außerhalb der Firma waren sie und ihr Mann Partner, die an seinen Traum vom Erfolg glaubten. Beim nächsten Anlauf zur Selbständigkeit würde er sich auf sie beide verlassen, anstatt auf irgendeine dumme Maschine.

Darin und Darlie setzten ebenfalls eine höhere Priorität. Sie wollten eine Familie, und bevor sie Kinder in die Welt setzten, wollten sie ein eigenes Haus haben. 1989 erhielten sie beides, als er dreiundzwanzig und sie nur einundzwanzig war. Sie wollten ein Haus in einem Vorort, nicht in einem Stadtzentrum, in irgendeiner ruhigen Gegend, wo sie Kinder aufziehen konnten. Der Sitz von CuPlex befand sich in Garland, gleich außerhalb von Dallas, und an Garland grenzte ein netter kleiner Ort, wo man günstig bauen konnte. Sie begannen Rowlett als neue Heimat zu betrachten.

Ein Historiker nannte Rowlett ›die einzige Stadt in Texas mit zwei Gesichtern‹. Die erste Eisenbahnlinie durch das Gebiet, die 1886 erbaut wurde, verlief parallel zur Main Street, die sich an der Südseite der Schienen erstreckte. Gebäude wurden an dieser Hauptverkehrsstraße mit Blick nach Norden errichtet, zur Eisenbahnlinie und den Passagieren hin. Dann wurde der Texas State Highway 1 (auch bekannt als Bankhead Highway) weiter südlich der Main Street gebaut, und die Gebäude erhielten ›zweite‹ Gesichter, um Fassaden längs des neuen Highways zu haben, welcher der wachsenden Zahl von Autos diente. Eines Tages würde sich die Autobahn von Washington, D. C., bis nach San Diego, California, erstrecken.

Heute hat sich Rowlett in eine andere Phase der zwei

Gesichter eingewöhnt. Eines ist die Gemeinde selbst, und das andere ist die Vorstadt zu den gigantischen Nachbarn oder dem, was die lokalen Medien als ›Metroplex‹ bezeichnen. Das ist die Ausbreitung des Stadtgebiets, die stattfand, als Dallas und Fort Worth zusammenwuchsen und die umliegenden Gemeinden verschlangen, die zu Schlafstädten für die Zehntausende Texaner wurden, die in den beiden Städten arbeiten.

Ursprünglich hatte das Gebiet keinen Namen, denn es gab nur ein paar Hütten in weiten Streifen von Prärie, Dickicht und Wald, in dem es von Wild wimmelte. Früher waren die Straßen nur gewundene, unbefestigte Pfade. Ein früher Siedler, der mit seinem Profit durch die Eisenbahn Land in diesem Gebiet aufkaufte, riskierte allerhand, denn er konnte nicht wissen, daß hier in der Zukunft eine Stadt entstehen würde. Sie wurde die Pleasant-Valley-Gemeinde genannt, als die Missouri, Kansas & Texas Railroad – bekannt als K. T. oder ›Katy‹ hier Schienen verlegte. Das Dorf erhielt seinen ersten offiziellen Namen, Morristown, von Austin Morris, der 1889 der erste Postamtsvorsteher wurde. Als die Entwicklung längs der Bahnlinie fortschritt, wurde eine weitere Haltestelle Morris genannt, und so änderte Morristown seinen Namen, um nicht verwechselt zu werden. Fortan hieß der Ort Rowlett, nach dem Namen des texanischen Siedlers und Landmessers Daniel Owen Rowlett, dem Anführer einer Schar von Immigranten, die aus Kentucky in Texas einwanderten, nachdem man ihnen für den Dienst in der Texanischen Revolution große Grundstücke übertragen hatte. Durch diesen Besitz floß ein großer Fluß, einer der Hauptnebenflüsse des Trinity, und obwohl Rowlett nie in der Nähe der Wasserquelle gelebt hatte, erhielt sie ebenfalls seinen Namen.

Geschäfte und Lokale breiteten sich um die neue Siedlung und Eisenbahnlinie aus, die die kleine landwirtschaftliche Gemeinde mit dem Handelszentrum Dallas verband, nur 40 staubtrockene Kilometer Bahnfahrt entfernt. Ungefähr zehn Jahre nach der Jahrhundertwende gab es in Rowlett zwei Ärzte, eine Baumwoll-Entkörnungsmaschine, drei Kaufläden, einen Barbierladen, einen Schmied, zwei Kirchen, den Bahnhof und das Postamt. Bald folgten eine Bank, ein Fernsprechamt, ein Haushaltswarengeschäft und eine Zeitung, und der Ort mit 300 Bewohnern konsolidierte sich.

Wasser und Beton betimmten schließlich Rowletts Schicksal. 1921 brachte der Bankhead Highway, der durch den Ort führte, Wohlstand, und die Bürger entschlossen sich 1952, den Ort amtlich als Stadt Rowlett eintragen zu lassen. Bald darauf, in den 60er Jahren, wurde die Interstate 30 fertiggestellt, doch die zwischenstaatliche Autobahn führte um Rowlett herum und die Händler und Einwohner konnten nicht mehr auf Geschäfte durch den Verkehrsstrom des Bankhead Highway zählen. Anstatt ›ein Messer im Herzen‹ zu werden, wie es das Interstate-System für viele kleine Gemeinden im ganzen Land war, erlaubte die I-30 Rowlett, ruhig im Schatten des Wildwuchses von Dallas zu gedeihen.

Das lag daran, daß Rowlett etwas hatte, was das wachsende ›Metroplex‹-Gebiet zum Überleben dringend brauchen würde. 1971, als Rowlett nur 2400 Bewohner zählte, stellten die Stadt Dallas und das Wasserwerk ›Water Utilities‹ ein gewaltiges Wasserreservoir direkt an Rowletts Türschwelle fertig. Plötzlich hatte die kleine Gemeinde in der Mitte des staubigen Texas direkten Zugang zu einem See, der 22,5 km lang und 22 745 Morgen groß war und an dem vieles der attraktivsten Küstenlinie innerhalb der Stadtgrenzen von Rowlett lag. Die Bewohner konnten während der Woche in Dallas arbeiten und an freien Tagen mit der Familie an den Strand gehen. Anstatt zurückzufallen, erblühte die Stadt zu ungeahntem Wohlstand, und im ersten Jahrzehnt der Existenz des Sees mit dem Namen Ray Hubbard verdreifachte sich die Einwohnerzahl des kleinen Rowlett.

1994 gab es 30 250 Bewohner, überwiegend junge und aufwärtsstrebende mobile Leute, die eine gute Wohngegend für ihre Familie haben und zugleich ihren Lebensunterhalt verdienen wollten. Das Durchschnittsalter beträgt nur 29,8 Jahre, und die durchschnittliche Kaufkraft für eine Familie in Rowlett beträgt jährlich 64 140 Dollar.

Dallas hatte natürlich all die Probleme einer Großstadt. Die Polizei von Dallas hat 217 Morde im Jahre 1996 gemeldet, eine erfreuliche Verbesserung gegenüber 276 im Vorjahr. Die Aufklärungsrate lag jedoch nur bei 71 Prozent; ungefähr einer von vier Mördern wurde also nicht geschnappt.

Der Prozentsatz der festgenommenen Mörder sieht jedoch gut aus, wenn man eine andere Statistik betrachtet. Die Polizei von Dallas gab bekannt, daß nur 12 Prozent der 17 960 Einbrüche in der Stadt und ungefähr 10 Prozent der 17 143 Autodiebstähle aufgeklärt wurden. Es gab 740 Vergewaltigungen, von denen 56 Prozent aufgeklärt wurden; 6122 Raubüberfälle mit einer Aufklärungsrate von 24 Prozent und 9201 schwere tätliche Bedrohungen, die zu 58 Prozent aufgeklärt wurden. Insgesamt gab es 100 401 Straftaten, die schwerwiegend genug waren, um 1996 in Dallas gemeldet zu werden, und weniger als 25 Prozent davon wurden aufgeklärt. Es war kein großes Wunder, daß die Leute Sicherheit in den Vorstädten suchten.

Was auch immer in Dallas geschah, in Rowlett und Umgebung war die Aufregung für gewöhnlich gering. Aufzeichnungen zeigen, daß 1845 ›ein Junge namens Rice am Rowlett's Creek erschossen und skalpiert‹ wurde, 1910 bei einem Feuer zwei der größten Gebäude im Ortskern niederbrannten und 1928 ein entlaufener Zirkuslöwe unter einer Eisenbahnbrücke auf Joe Burkhardts Farmgelände erschossen wurde. Vor der Ermordung der Routier-Jungen hatten einige Polizisten von Rowlett nur an einem anderen Mordfall der jüngeren Zeit gearbeitet. Jemand war an einem anderen Ort ermordet, und die Leiche war innerhalb der Stadtgrenzen Rowletts abgelegt worden. Dallas war an Verbrechen gewöhnt, Rowlett nicht.

Texas zählte zu den Staaten, die am schlimmsten von den ökonomisch harten Zeiten der 80er Jahre betroffen waren, und als Finanzhaie landesweit die Lockerung der Regierungsvorschriften nutzten, um die Spar- und Kreditindustrie zu plündern, litten viele Sparten der Wirtschaft, auch der Immobilienmarkt. Überall standen Häuser zum Verkauf, deren Besitzer die Kredite nicht tilgen konnten. Eines davon war ein Bungalow in der Bond Street 4016 in Rowlett. Es war eine noble Gegend in der Stadt.

Darin und Darlie kauften das kleine Backsteinhaus mit einer Hypothek von 68 923 Dollar. Und gerade noch rechtzeitig. Zwei Tage nach dem Einzug, am 14. Juni 1989, gebar Darlie ihr erstes Kind, Devon.

Anstatt einer kleinen Wohnung, wie es für ein frischvermähltes Paar üblich ist, hatten sie jetzt ein eigenes Heim, ein Kind und Darlies Katze namens Smoke. Es gab einen Kamin im Wohnzimmer, ein Eßzimmer, das Darin und sein Vater tapezierten, ein kleines Zimmer, das als Büro diente, eine Küche, ein schönes Elternschlafzimmer und ein Gästezimmer. In einem Alter, in dem die meisten Gleichaltrigen noch in den Tag hineinlebten, wurden Darin und Darlie Hausbesitzer.

Das Haus in der Bond Street wurde nicht nur ihr Heim, sondern auch ihre Zentrale, als Darin ein anderes Unternehmen begann, das er zum Erfolg ausbaute. Er arbeitete tagsüber bei CuPlex, wo er ein geschätzter Angestellter war, und am Abend widmete er sich seinem eigenen Geschäft. Er hatte bei CuPlex sorgfältig die Produktionsmethoden beobachtet und war auf die Idee gekommen, Zulieferer von Transistoren zu werden, die besonders auf die Bedürfnisse dieser Firma abgestimmt waren. Die Teile waren einzeln billig genug, aber die nötige Aufrüstung, um sie benutzbar zu machen, trieb die Preise in die Höhe. Darin sagte sich, daß er billiger sein konnte. Mit einer Tasche voller Transistoren und einer Spule Draht verbrachten er und seine Frau ihre Abende, indem sie Draht auf die richtige Länge schnitten, den Gummiüberzug abstreiften, die Enden zurechtbogen und bearbeiteten und das zusammengesetzte Produkt in einen Karton legten. An einem Abend konnten sie tausend Stück schaffen und dabei fernsehen, und am nächsten Tag verkaufte Darin sie an CuPlex und erhielt Bargeld. »Wir konnten gar nicht schnell genug für Nachschub sorgen«, sagte Darin. Das Haus wurde zur Firmenzentrale. Ein Neonzeichen im kleinen Büro leuchtete mit dem Firmennamen, Testnec, der mit einem kleinen französischen Akzent ausgesprochen wurde. Es war ihr erfundenes Wort, und sie konnten es betonen, wie sie wollten. Darlie, die junge Mutter und Hausfrau und Transistorenbauerin sagte nie ›Hallo‹, wenn sie sich an Telefon meldete. Statt dessen wurde ein Anrufer mit einem munteren ›*Test-nique*‹ begrüßt. Ihre Produkte wurden verpackt und erhielten einen ordentlichen Aufkleber, und Darlie verschickte Rechnungen mit Summen, auf die größere Firmen neidisch gewesen wären. Die Kunden sahen diese Firma namens Testnec niemals, und was man nicht weiß, macht einen nicht heiß. Die Kunden wußten nur, daß sie diese Transistoren jetzt für 25 Cent pro Stück statt für 35 kauften. Sie hatten keine Ahnung davon, daß Darin und Darlie die Dinger für ein paar Penny pro Stück zusammenbauten. Bald arbeitete Darin bei CuPlex nur noch wegen der sozialen Leistungen, die von der größeren Firma geboten wurden. In Wirklichkeit verdiente er 80 Prozent seines Geldes mit 20 Prozent seiner Zeit. Seine Tüchtigkeit sprach sich herum, und er begann Teile für andere Firmen zusammenzubauen, von denen einige versuchten, ihn einzustellen.

Und sie verdienten viel Geld, sehr viel für ein junges Paar, Geld, das ihnen erlaubte, Besitz von guter Qualität anzusammeln. Sowohl Darin als auch Darlie bevorzugten hochwertige Dinge. »Warum dreihundert Dollar für einen Schreibtisch ausgeben, wenn man eigentlich den Schreibtisch für sechshundert Dollar haben will?« fragte Darin. »Schließlich nimmst du doch den größeren und teureren Schreibtisch und mußt den billigeren für fünfundsiebzig auf dem Trödelmarkt verkaufen. Es ist besser, ein bißchen länger zu sparen und sich dann zu leisten, was man sich wünscht. Qualität hält länger.«

Diese Philosophie, gepaart mit Darlies hartnäckiger

Entschlossenheit, in jedem Geschäft in Dallas und Umgebung die Preise zu vergleichen und Schnäppchen zu machen, führte bei ihrem Besitz zu einem hohen Niveau von Kleidung, Möbeln, Schmucksachen und Spielzeugen. »Bei einigen Auktionen hörten die Leute einfach zu bieten auf, wenn sie erkannten, daß Darlie an etwas interessiert war«, sagte ein Verwandter. Sie liebte Schlußverkäufe, und am Tag nach Weihnachten pflegten Darlie und Sarilda im Morgengrauen loszufahren, um bei der Eröffnung des Winterschlußverkaufs Geschenke für das nächste Jahr zu kaufen. Darlie ergatterte einen Pelzmantel, der ursprünglich 700 Dollar gekostet hatte, bei einem Räumungsverkauf in Pennsylvania für 160 Dollar.

Darin wollte keinen normalen Wagen, und so schaute er sich um, bis er einen gebrauchten Jaguar, eine 86er Limousine, fand. Der Motor hatte zwölf Zylinder, und die Sitze waren mit echtem Leder bezogen, nicht mit Plastik. Er zahlte bar und auf der Stelle.

Nach Angabe des Verkäufers sollte der Jaguar 260 km/h erreichen, und eines Abends gab Darin auf einem verlassenen Stück der Autobahn Vollgas, und der Jaguar beschleunigte … über die Geschwindigkeitsbegrenzung hinaus … bis über 200 und weiter … »O Mann, da ist noch jede Menge Spielraum, welch eine Rakete!« Und dann erinnerte er sich daran, daß er Familie hatte, nahm den Fuß vom Gas und fuhr in vernünftigem Tempo heim, glücklich über seinen Kauf.

Die Philosophie, nur die besten Dinge günstig zu kaufen, hatte auch Auswirkungen auf die Familienmitglieder. Der kleine Devon wurde mit Kleidung von Nobelmarken ausgestattet, und wenn er herausgewachsen war, wurde alles gereinigt und weggepackt, bis es von ihren anderen Kindern getragen werden konnte. »Besser so, als billigen Kram zu kaufen, der so verschleißt, daß man alles noch einmal kaufen muß«, sagte Darin und fügte hinzu, daß Darlie mit dem Haushaltsgeld knapp gehalten werden mußte, denn ›sie kann mich mit ihren Käufen von Schnäppchen glatt ins Grab sparen‹. Ihre Begleiterin beim

Einkaufen war oftmals ihre Schwiegermutter, und Sarilda war entzückt darüber, daß ihr Sohn Darlie geheiratet hatte. »Darlie erlaubt Darin, mich zu lieben, und mir, Darin zu lieben«, sagte sie einmal. »Es gibt keine Eifersucht zwischen uns.«

Darlie war ein auffallendes Mädchen. Ihre mädchenhafte Schönheit reifte, und sie hielt ihre Figur, liebte es, sich schön zu kleiden und zu frisieren und sich von ihrem großen, gutaussehenden Mann begleiten zu lassen. Einige Nachbarn erinnerten sich an Zeiten in der Bond Street, an denen Darlie bei einem Trödelmarkt nur mit einem pinkfarbenen Lederbikini auftauchte und den Autoverkehr zum Erliegen brachte, mit dem gleichen knappen Bikini, mit dem man sie sah, wenn sie den Rasen mähte. Ein späterer Bewohner des Hauses würde sich über die pinkfarbenen Wände im Hauptbadezimmer und die cremefarbene Decke im Elternschlafzimmer wundern, wo große Kristallspiegel schwarze Wände schmückten.

Das Geschäft florierte, und Darin war schließlich finanziell genug abgesichert, um CuPlex nach vierjähriger Mitarbeit zu verlassen und sich selbständig zu machen. Er verlegte die Geschäfte aus dem Wohnzimmer in ein eigenes Gebäude in Rowlett, nicht weit von der Polizeiwache entfernt. So sollte die Firma sicher sein, scherzte er. Er brachte eine Angestellte mit, Barbara Jovell, ›Basia‹, die Freundin von CuPlex, die bei der Hochzeit erste Brautjungfer gewesen war. Er und Basia erledigten hinten im Gebäude die elektronische Arbeit, während Darlie vorne die Bücher führte.

Ihr zweiter Sohn, Damon, wurde am 19. Februar 1991 geboren, und das junge Paar war überglücklich. Dennoch gab es ein Problem. Die Geburten hatten körperlichen Tribut von Darlie gefordert. Die Muskeln ihrer großen Brüste waren erschlafft, und sie hingen fast bis zur Hüfte hinab. Das war für Darin und Darlie einfach unannehmbar, und sie informierten sich über ärztliche Möglichkeiten. Ärzte sagten, ein Routine-Liften der Brüste würde bedeuten, sie fast an die ursprünglichen Stellen heranzubringen, und das würde einen Verlust der Empfindlichkeit der Brustspitzen zur Folge haben. Das war ebenfalls unakzeptabel. Die Alternative war laut Arzt, ihr Implantate zu geben, was ihre Brüste sogar noch größer machen würde! Sie stimmten zu, und die Operation wurde ausgeführt. Darlie war noch nicht ganz mit ihrem Körper zufrieden. Sie ließ sich schließlich das Bild einer Blume auf ihrer rechten Hüfte tätowieren, wo sie gesehen werden konnte, und ließ sich den Nabel für einen Ring piercen. Jeder in der Familie wußte von den Veränderungen, und keiner sagte etwas Schlechtes über ihr Selbstverschönerungsprojekt. »Das gehörte alles zu der Brustvergrößerung«, würde sich Sarilda später erinnern. Darin wollte, daß die Brüste seiner Frau so groß wie möglich waren, na und?

Zwei Jahre nach der Geburt von Damon brauchte das Paar mehr Wohnraum. Darin war erst fünfundzwanzig, hatte jedoch eine solide finanzielle Basis geschaffen. Er und Darlie wünschten sich ein nagelneues Haus, irgendwo in einer schönen Wohngegend, sicher und mit guten Schulen in der Nähe, eine Gegend, in der die Jungen unbeschwert aufwachsen konnten. Die Gegend um die Bond Street hatte schon bessere Tage gesehen, und sie waren dort nie wirklich zufrieden gewesen, nachdem Hochwasser das Haus fast einen Meter unter Wasser gesetzt hatte und sie gezwungen gewesen waren, eine Zeitlang in einem Motel zu wohnen. Am Rand von Rowlett erbaute die Paris Construction Company die Häuser auf dem Dalrock Heights Areal. 1993 verkauften die Routiers das Haus in der Bond Street, nahmen einen Kredit von 122 300 Dollar auf und kauften ein schönes Eckhaus. Die Adresse war Eagle Drive 5801.

12

Es war eine Blütezeit für das Computergeschäft. Jeder, der sich in Elektronik auskannte, war der allgemeinen Bevölkerung einen Schritt voraus. Als sich die Wirtschaft mit einem High-Tech-Boom erholte, war Testnec zur richtigen Zeit am richtigen Platz. Das Geschäft, das damit begonnen hatte, daß ein ehrgeiziger Teenager auf ein Zeitungsinserat geantwortet hatte, wuchs rapide, und der Besitzer konnte sich selbst ein schönes Gehalt zahlen. Für 1995 meldete Darin dem Finanzamt ein Bruttoeinkommen der Firma von über 264 000 Dollar und zahlte sich selbst ungefähr 100 000 als Gehalt.

Das Leben war gut.

Darin machte zweimal im Jahr Urlaub, einmal mit seiner schönen Frau an ihrem Hochzeitstag und einen zweiten mit den Kindern. Das junge Paar sah Inseln in der Karibik und Ferienorte in Mexiko. Weil Darin nie seinen Gefallen an Sport verloren hatte und ein großer Fan der Dallas Cowboys war, begann er teure Liebhaberstücke zu sammeln, angefangen vom signierten Boxhandschuh von Mohammed Ali bis zu einem Trikot mit dem Autogramm des früheren Quarterback Roger Staubach von den Dallas Cowboys. Darlie verwandelte das neue Haus in einen Schmuckkasten, ließ einen verzierten Springbrunnen mitten auf dem vorderen Rasen und einen Rondell mit schönem Ausblick und einer Quelle hinter dem Haus bauen. Die Backsteinfassade des Hauses ragte zwei Geschosse hoch auf, und innen führte eine gewundene Treppe ins Obergeschoß. Die Vorhänge waren aus Samt, das Kristall war von Waterford. Das Eßzimmer mit seinen Möbeln aus Rosenholz wurde von einem Kristallüster dominiert, und in ihrem Schlafzimmer stand ein übergroßes Himmelbett. Leder- und Pelzkleidung hing in ihrem begehbaren Schrank neben Kaschmirpullovern und Designer-Kleidung. Die Kinderzimmer und ein Spielzimmer waren mit elektronischem Spielzeug für die Jungen gefüllt. Nintendo für die Kinder und eine Karaoke-Anlage mit besten Lautsprechern, damit Darlies schöne Sopranstimme voll zur Geltung kam.

Vielleicht war das Leben von Darin und Darlie Routier zu gut. Sie waren einfach so verdammt *jung*, um sich all dies leisten zu können, meinten einige Leute. Nach Ansicht dieser Leute mußten die Routiers einfach über ihre Verhältnisse leben. Die Kritiker wußten nicht, daß die meisten der Luxusdinge gebrauchte Artikel waren, die Darlie bei ihrer Schnäppchenjagd ergattert hatte.

Das Geschäft lief einfach glänzend, nicht zuletzt wegen einer neuen computergesteuerten Maschine, die mit Hochgeschwindigkeit Chips überprüfte. Die Kunden machten gern Geschäfte mit dem freundlichen jungen Mann, der sogar Käufer aus Asien gewann. Er war zweifellos ein geschäftliches Genie. Und die Routiers hatten noch mehr Ideen, wie Geld zu verdienen war.

Darlie wollte Angorakatzen züchten, fünf der teuren Tiere zur Zucht kaufen und von Darin Käfige bauen lassen. Sie liebte Katzen, und sie war untröstlich, als der alte Smoke im Alter von achtzehn Jahren während eines Waschtags verschied. Er hatte sich irgendwie zum falschen Zeitpunkt im Wäschetrockner versteckt. Darlie liebte ihn so sehr, daß sie Literatur über eine erstklassige Bestattung und einen Grabstein auf dem Tierfriedhof sammelte. Zur Familie zählte auch ein kleiner weißer Spitz namens Domain.

Darin arbeitete an einem praktischeren Projekt. Ein neun Meter langer Kabinenkreuzer mit Plüschsitzen, Fernsehanlage, geräumigem Innenraum und großer Leistungsfähigkeit war auf dem Markt. Er kaufte das gebrauchte Boot für 24 000 Dollar, um es von Grund auf zu überholen. Er hatte bereits Anzeigen in der Lokalzeitung aufgegeben, in denen er romantische Nachtfahrten für Jubiläumspaare auf dem See anbot. Nach seinen Kalkulationen würde sich das Boot schließlich selbst bezahlen. Es hieß *Collette*, aber sie wollten den Namen in *Dalene* ändern, denselben Namen, den sie ihrer Tochter geben wollten, wenn sie jemals eine haben würden.

Es gab auch kritische Stimmen. Habt ihr die pikante Geschichte gehört, daß Darlie ein Hotelzimmer in Dallas gemietet und mit einer Clique von Freundinnen ein Lokal mit Männerstrip besucht hat? Es war eine Muttertagsfeier für Mama Darlie, aber ich muß schon sagen! Immerhin hat sie den Strip-Tänzer nicht geküßt, tuschelte man. Die aufreizende Art, wie sie in diesen knappen Shorts herumtänzelte! Jeder Mann im Einkaufszentrum bekam Stielaugen, und sie wußte das.

Da war dann noch die Sache mit der entfernten Kusine, einem niedlichen Teenager, der zu Besuch kam, um eine Weile bei ihnen zu wohnen. Sie verknallte sich in Darin. Das Mädchen schrieb ihm einen Liebesbrief, zerriß ihn jedoch und warf ihn in einen Abfalleimer, wo Darlie ihn zufällig beim Saubermachen fand. Sie klebte die Schnipsel zusammen, las den Liebesbrief und ging an die Decke. Sie las dem Mädchen die Leviten und schickte es heim. Darin, der den Liebesbrief niemals sah und nie mit dem Mädchen flirtete, bekannte sich nicht schuldig.

Zwei energiegeladene kleine Jungen aufzuziehen, kann eine schwierige Aufgabe sein. Devon war absolut furchtlos und liebte es, mit einem Hechtsprung ins heiße Badewasser einzutauchen. Er war ein bezaubernder Junge mit einem guten Mundwerk und Charme, und er konnte einen zwölfjährigen Freund überreden, zu tun, was immer er wollte. Schmächtig und mit Hühnerbrust war er dennoch ein Führer. Devon setzte alles daran, seinen Vater zu beschwatzen, ihm ein Schweizer Armeemesser mit mehreren Klingen zu kaufen, aber Darin kannte seinen Sohn zu gut. Ein Messer wäre zu gefährlich für ihn. »Kommt nicht in Frage«, sagte er. »Vielleicht, wenn du älter bist.«

In Devons Schatten stand der schüchterne kleine Bruder, Damon, der ein Sprachproblem hatte und sich des Abends nur oben ins Zimmer wagte, wenn das Licht brannte und ein Erwachsener ihn an der Hand hielt. Er hatte zwar sein eigenes Schlafzimmer, zog es jedoch vor, im roten Etagenbett im Zimmer seines Bruders zu schlafen, in dem all die glücklichen Disney-Figuren auf der Tapete tollten. Damon mochte es nicht, allein zu sein, und er hing sehr an Devon. Das hieß nicht, daß Damon bereit war, sich von seinem Bruder schikanieren zu lassen. Ja, da gab es einen Zwischenfall. Devon fesselte Damon mit einem Strick und stieß ihn die Treppe hinunter, aber Damon rappelte sich wütend auf und schlug auf seinen Bruder ein, bis Devon klein beigab. Es war fast eine Wiederholung der Beziehung zwischen Darin und seinem Bruder in der Kinderzeit.

Sie waren aufgeweckt und raffiniert. Es war ihnen beispielsweise verboten, mit nassen Füßen nach dem Baden durch das Haus zu laufen, um in die Küche zu gelangen, und so fanden die Jungen heraus, wie das Gitter eines Garagenfensters mit einem Messer aufgestemmt wurde. Dann stiegen sie in der Nähe des Kühlschranks ein und stibitzten an einem Sommertag ein Eis am Stiel.

Andere Kinder kamen zu Besuch und verbrachten Stunden oben im Spielzimmer, das sie ›Nintendo House‹ nannten. Ein Klubhaus auf dem Hof war geplant, und die Brüder fuhren im heißen Sommer mit ihren Fahrrädern durch die Gegend und suchten nach einer Möglichkeit, im Pool eines Nachbarn zu schwimmen.

Darlie wurde zum dritten Mal schwanger, doch es wurde eine Fehlgeburt. Ein paar Monate später, 1995, wurde sie abermals schwanger, und sie und Darin wünschten sich diesmal ein Mädchen. Dalene würde ein Ausgleich zu den beiden wilden Jungen sein. Doch es sollte nicht sein, denn am 28. Oktober wurden sie Eltern eines dritten Sohnes, dem sie den Namen Drake gaben.

Devon war bereits sechs geworden und besuchte die erste Klasse in der nahen Keeley-Grundschule. Darlie engagierte sich in der Schülerbetreuung, wurde eine ›Klassenmutter‹ und unterstützte den Lehrer bei der Beaufsichtigung der Erstkläßler. Zu Halloween und Ostern half sie beim Dekorieren für die Feiern, und dann konnte sie ihre Kauflust nicht unterdrücken und kaufte am nächsten Tag Dekorationsmaterial zu herabgesetzten Preisen für die gleichen Feiern im nächsten Jahr.

Damon war vier und noch zu Hause. Darlie heuerte Haushaltshilfen an und verbrachte nicht mehr viel Zeit im Büro. Statt dessen nahmen sie und Darin viel von ihren Schreibarbeiten vom Büro mit nach Hause und planten den Kauf eines großen Aktenschranks für all den Papierkram. Sie waren peinlich genau und konservativ, und die Schreibarbeit war beträchtlich. Jedesmal wenn sie in Urlaub fuhren, brachten sie ihre Testamente auf den neuesten Stand und hinterließen genaue Anweisungen, wer sich nach ihrem Tod um die Jungen kümmern und wie ihr Besitz verteilt werden sollte. Sie waren auch freigebig und kauften stillschweigend Weihnachtsgeschenke für die Kinder einiger Freunde, denen es finanziell schlechtging.

Sarilda hatte eine größere Meinungsverschiedenheit mit Darin und Darlie. Die Routiers waren eine Familie von Kirchgängern, und das junge Paar war aus der Kirche ausgetreten und besuchte nur noch sporadisch ein Gotteshaus. Sarilda betonte, daß das Thema nicht nur sie betraf, denn sie waren Eltern von drei Kindern, und Eltern haben Verpflichtungen. Devon und Damon, sagte sie, stellten einige heikle Fragen über Jesus und den Teufel, über Himmel und Hölle. »Wenn ihr sie nicht zur Sonntagsschule schickt, komme ich und tue es selbst«, kündigte sie an. Ganz gleich, wieviel Liebe im Spiel ist, es gibt eine Grenze für die Geduld von Schwiegermüttern, und Darin versprach, die Kinder vielleicht in die Sonntagsschule zu schicken.

Später würde sich Sarilda traurig an eine Unterhaltung über Religion zwischen ihrem Sohn und ihren Enkeln nach dem Tod der Familienkatze Smoke erinnern. Devon fragte: »Wohin geht man, wenn man stirbt? Tut es weh?« Darin gab eine lange Erklärung. »Der Tod ist nicht wie ein Besuch«, sagte er, »weil man nicht zurückkommen kann.« »Nun«, erwiderte Devon nach einigem Nachdenken.

»Dann will ich nicht sterben.« Damon war sich da nicht so sicher. Er hatte diese Katze geliebt. Und er hatte seinen Urgroßvater geliebt, der ebenfalls gestorben war. Vielleicht war der Tod nicht so schlimm, wenn er wieder bei ihnen sein konnte. »Ich schon. Ich glaube, ich möchte sterben«, sagte er den erstaunten Eltern.

Darlie spielte ebenfalls mit Todesgedanken. Nach der Geburt von Drake hatte sie schlimme Depressionen, und dem schönen Mädchen wurde klar, daß es nun eine Frau geworden war. Sie hatte das Gefühl, alt zu sein, und ihre Monatsblutung war unregelmäßig. Niedergeschlagen vertraute sie ihrem Tagebuch an, daß sie nahe daran gewesen war, sich das Leben zu nehmen, aber an dem Tag im Mai, an dem sie fast Selbstmord begangen hätte, rief sie Darin an und sagte ihm, wie sie sich fühlte. Darin kam sofort nach Hause, küßte die Depression fort und überhäufte Darlie mit Liebe. Als ihre Periode dann wieder einsetzte, fühlte Darlie sich fast normal. Sie war nur fünf Pfund von ihrem Normalgewicht von 63 Kilo entfernt, und sie konnte wieder an den Bikini, das Boot und den Ausflug nach Cancún denken, den sie mit einer Freundin unternehmen wollte.

Es gab auch andere Dinge, auf die sie sich freuen konnte. In zwei Jahren würden sie und Darin ihren zehnten Hochzeitstag feiern. Und ihre jüngere Schwester Dana wollte am selben Tag heiraten. Es sollte ein großes Fest werden. Darlie hatte in Sherman ein Geschäft für Brautkleidung gefunden, in dem wunderschöne Hochzeitskleider, die 700 Dollar gekostet hatten, auf 200 Dollar reduziert worden waren. Sie kaufte zwei, eines für sich und eines für Dana. Sie würde bei der Zeremonie singen, und sie kaufte kleine Samtkissen, auf denen Devon und Damon die Ringe tragen würden. Die Jungen waren aufgeregt und sprachen begeistert davon, Reis auf Mommy und Daddy zu werfen.

Es war ein Sommerausflug nach Pennsylvania geplant,

der in einer Woche stattfinden sollte, und ein Klassentreffen mit Darins Schulkameraden in Lubbock. Weil er kein Geld mehr mit seiner VISA Card abheben wollte, kaufte Darin die Flugtickets, die 2000 Dollar kosteten, mit der American-Express-Karte, überzog seinen Kreditrahmen ein wenig zu sehr und mußte einen Teil dieser Kosten zurückzahlen. American Express rechnet monatlich ab, und man schickte ihm Mahnungen, die er in den Papierkorb warf. Darlie führte normalerweise die Bücher, und weil sie jetzt mehr Zeit zu Hause mit den Kindern verbrachte, mußte Darin die Buchführung übernehmen. Bargeld war im Moment knapp auf seinem Privatkonto, aber er hatte 7000 Dollar auf dem Geschäftskonto und über 20 000 Dollar Außenstände. Er plante, das American-Express-Konto im nächsten Monat auszugleichen.

Für Darin war Dienstag, der 5. Juni 1996, ein Tag wie jeder andere. Sein Hauptproblem bestand darin, daß der Jaguar eine Panne hatte und der Mechaniker in der Werkstatt meinte, das Problem könne entweder mit einer Gummidichtung für drei Dollar oder einem Ersatzteil für 800 Dollar gelöst werden. Das würde sich erst bei der Reparatur herausstellen. Das erinnerte Darin an den alten Witz über Jaguarbesitzer: ›Ich bin so reich, daß ich 60 Riesen für einen Wagen bezahlen kann, der an 280 Tagen im Jahr in der Werkstatt steht.‹ Natürlich hatte er nicht annähernd soviel für seinen gebrauchten Jaguar bezahlt, aber Pannen waren mitgekauft. Seiner Meinung nach war das Problem nicht die englische Qualitätsarbeit, sondern es lag an den Teilen von General Motors.

Darin hatte bis zum Nachmittag mit Basia und Darlies junger Schwester Dana gearbeitet und im Elektronikgeschäft geholfen. Basia war mürrisch wie stets und beklagte, daß eine neuere Ausrüstung fehlen würde, obwohl sie in Wirklichkeit nur eine Gehaltserhöhung haben wollte. Zehn Dollar pro Stunde waren ihrer Meinung nach zuwenig, doch Darin wußte, daß es der höchste Lohn war, den sie jemals erhalten hatte. Darin hatte das Gefühl, daß Basia ihre technischen Fähigkeiten für gleichwertig mit den seinen hielt und deshalb genauso bezahlt werden wollte. Dabei vergaß sie, daß er der Besitzer der Firma war und sie dort nur arbeitete. Sie ärgerte sich darüber, daß Darlie und er dicke Goldringe trugen und sich ein Boot, das große Haus und die teure Kleidung leisteten. Basia meinte, das Geld sollte ins Geschäft gesteckt werden!

Weitere Reibereien gab es, weil Darlie und Darin zugestimmt hatten, Basias Mutter als Haushaltshilfe im Haus am Eagle Drive anzustellen, und das einfach nicht klappte. Die Frau, eine polnische Einwanderin, mißbilligte, wie sich Darlie kleidete, wie sie sprach und sich verhielt und besonders, wie sie sich um das Baby kümmerte. Halena Czaban war erst vor zwei Monaten nach Dallas gezogen, um näher bei ihrer Tochter zu sein. Sie war in Polen staatlich geprüfte Krankenschwester gewesen, in Amerika 15 Jahre lang Fabrikarbeiterin, und jetzt erledigte sie Hausarbeiten und wusch anderer Leute Kleidung. Sie hatte am Dienstag den Job bei Darlie begonnen und wollte keinen zweiten Tag wiederkommen, doch sie erschien zur Arbeit. Die beiden Frauen zankten sich bereits.

Von besonderem Interesse war, daß Halena Czaban an beiden Tagen einen verdächtigen schwarzen Sportwagen in der Nähe des Hauses herumfahren sah. Einmal war er in der Gasse, und irgendein unbekannter Mann starrte in die offene Garage. Am nächsten Tag, als Basia sie nach der Arbeit bei Testnec abholte, tauchte der Wagen ungefähr zur gleichen Zeit wieder auf und fuhr dann mit überhöhter Geschwindigkeit davon. Halena erzählte ihrer Tochter, sie habe den Wagen schon einmal gesehen, nicht nur in der Gasse, sondern im April, kurz nach ihrer Ankunft in Dallas, als sie von den Routiers zum Abendessen in deren Haus eingeladen worden war. Es handelte sich anscheinend um denselben Wagen, sagte sie.

Der Jaguar war in der Werkstatt, der Nissan Pathfinder wurde am 5. Juni von Darlie benutzt, und so nahm Basia

Darin und Dana im Wagen mit, setzte sie zu Hause ab und holte ihre Mutter ab, um sie zu ihrer Wohnung im benachbarten Garland zu fahren. Sie trafen um 15 Uhr 15 am Eagle Drive ein, und Basia ging ins Haus und rief: »Hey, alles sieht schön und blitzblank aus!« Frisch gebügelte Kleidung lag aufgestapelt da und wartete nur darauf, nach oben getragen zu werden. Basia trank ein Bier und stellte fest, daß sowohl Darlie als auch ihre Mutter schlechte Laune hatten, und so verabschiedeten sie und ihre Mutter sich schnell. Als Basia fortfuhr, winkte sie Darin und Dana zu, mußte jedoch sofort das Lenkrad wieder festhalten, als ein dunkler Wagen mit getönten Scheiben an ihr vorbeisauste.

Kurze Zeit später aßen die Familie Routier und Dana Nudelsuppe mit Huhn und Darlies selbstgebackenes Brot zu Abend, und Darin spielte bis 21 Uhr 30 mit den Jungen im Abenteuerzimmer, wie das Wohnzimmer der Familie im Erdgeschoß genannt wurde, und dann brachte er Dana zu ihrer Wohnung in den Duck Creek Apartments. Die Hin- und Rückfahrt dauerte ungefähr eine Viertelstunde. Sie scherzten die Fahrt über. Er mußte sie herumkutschieren, weil sie kein eigenes Fahrzeug besaß. So ein Pech, neckte Darin sie. Mama Darlie hatte ihn gebeten, einen Bankkredit von 5000 Dollar für Dana aufzunehmen, damit sie einen Gebrauchtwagen kaufen konnte. Sie war zu jung, um selbst einen Kredit zu erhalten. Es brach ihm nicht das Herz, als der Kredit nicht gewährt wurde, denn er war zu konservativ, um sich mit der Vorstellung anzufreunden, daß sein Name auf dem Kreditantrag einer anderen Person stand.

Als Darin heimkehrte, lag Darlie bereits mit ihrem langärmeligen Nachthemd ›Victoria's Secret‹ und Slip auf der Couch im Wohnzimmer und sah fern, und das Baby lag schlafend auf ihrem Bauch. Devon schlief ebenfalls, und Damon lag zusammengerollt da und begann einzudösen. Darin streckte sich neben Darlie aus und ergriff ihre Hand. Sie sprachen über das Transportproblem, und Darlie fand, es erinnerte an ihre High-School-Zeit, als sie auf andere Leute angewiesen gewesen war, um eine Fahrgelegenheit zu haben. Wenn Darin mit dem Pathfinder zur Arbeit fuhr, würde Darlie zum Nichtstun verurteilt sein, und sie wollte den Aktenschrank kaufen und den kleinen Drake zum Fotostudio bringen, bei dem es eine Sonderaktion gab, wobei man kleine Kinder vor einem Bild fotografierte, wonach es aussah, als hätten sie Engelflügel.

Und sie sprachen über den Kabinenkreuzer. Sie hatten feststellen müssen, daß an dem alten Sprichwort etwas dran war, nach dem ein Boot ein Loch im Wasser war, in das man sein Geld warf. Sie beschlossen, es loszuwerden. Darin war Elektronikunternehmer, kein Kapitän.

»Gehen wir nach oben«, schlug Darin vor. Seine Frau lehnte das ab; sie sei zu müde und das Baby halte sie manchmal wach. Sie wollte diese Nacht einfach hier unten bleiben.

Darin brachte ihr ein Kissen und eine Decke. Dann nahm er das Baby und gab seiner Frau einen Gutenachtkuß. Mit dem Baby auf der Schulter holte er eine Flasche Milch aus der Küche und ging die lange Treppe hinauf. Er schaltete seinen großen neuen Fernseher im Spielzimmer an und schaute sich die Basketball-Play-offs an, während er Drake fütterte. Dann legte er das Baby ins Kinderbettchen im Elternschlafzimmer, ging allein in das Himmelbett und schlief ein.

Ein paar Stunden später, im dunkelsten Teil der Nacht, war die Hölle los.

13

Darlie verbrachte ihre erste Nacht im *Lew Sterrett Justice Center* nackt und weinend und versuchte auf der Matratze zu schlafen, die am Boden der winzigen, kahlen Zelle befestigt war. Wärter beobachteten sie, um sicherzustellen, daß sie keinen Selbstmord beging, selbst nachdem man ihr die

Kleidung abgenommen hatte, um zu verhindern, daß sie sich eine Schlinge machte. Sie war nur ein paar Kilometer von Rowlett entfernt, aber sie hätte ebensogut Millionen Kilometer von ihrem schönen Haus voller Besitz entfernt sein können, einem Haus, das die Früchte des Erfolgs zeigte, das Heim einer Familie, die zerstört worden war. Die Polizei hatte Darin vier Studen lang in dieser Nacht von der Schuld seiner Frau zu überzeugen versucht, ihm von einigen der Indizien erzählt wie von dem unberührten Mulch im Blumenbeet außerhalb des Garagenfensters, durch das der Einbrecher angeblich geflüchtet war. Darin blieb die Spucke weg. Welcher Mulch? Es gab kein Blumenbeet unter diesem Fenster! Darin stand völlig auf Darlies Seite. »Nun«, sagte die Polizei, »wir fanden diese Papiere, die zeigen, daß Darlie einen Grabstein suchte.« Der war für ihre Katze bestimmt! wollte Darin schreien. »Sie hat nicht versucht, den verletzten Kindern zu helfen«, sagte die Polizei. »Doch, das hat sie«, entgegnete er. »Ich habe es gesehen. Ich war dort, Sie nicht! Darlie und ich haben nur die Schuld, aufgewacht zu sein«, erklärte Darin. In den nächsten Tagen sagte Darin den Leuten, einschließlich den Reportern, daß er all seinen Besitz verkaufen würde, um den Namen seiner Frau reinzuwaschen. »Man hat keine Beweise, daß sie es tatsächlich getan hat. Sie wird zu Unrecht beschuldigt.«

Und jetzt kam Mama Darlie ins Spiel, die Löwin, die ihr Junges verteidigte, nachdem sie erkannt hatte, daß sie keinen Herzanfall bekam; der Schmerz, der sie erfüllte, war nur seelisch bedingt. Doch sie mußte sich Gewißheit verschaffen. Bei ihrem ersten Besuch im Gefängnis schaute sie ihrer Tochter offen in die Augen und stellte die schreckliche Frage, denn wenn stimmte, was die Polizei behauptete, brauchte ihr Kind ernsthafte psychiatrische Hilfe. »Mama«, lautete Darlies Antwort, ruhig und aufrichtig und direkt, »ich habe meine Kinder nicht getötet. Ein Mann kam ins Haus.« Das reichte. Mama Darlie glaubte ihr und würde sich wie Darin in diesem Punkt niemals beirren lassen. Wenn die Polizei irgendwelche

Informationen aus dem Kreis der Familie erhoffte, die sie nicht bereits während der zahlreichen Befragungen vor Darlies Festnahme gesammelt hatte, so konnte sie das vergessen.

Das Hauptanliegen auf der Tagesordnung der Justizbehörden war, Darlie hinter Gittern zu behalten. Das bedeutete eine Reihe juristischer Schritte, die sorgfältig unternommen werden mußten, um das Fundament für den Prozeß zu legen.

Sie wurde nicht länger nur mit ihrem Namen bezeichnet, sondern auch mit einer Reihe von Zahlen. Darlie Routier war Insassin Nummer 010470 und wurde als Fall Nummer F-9639972 geführt. Das F stand für ›Felony‹ – Verbrechen. Die Akte wurde offiziell am Freitag, dem 21. Juni, von der Polizei Rowlett zum Staatsanwalt der Dallas County geschickt, am selben Tag, an dem Darlie in ihrer kleinen Zelle Besuch bekam. Jamie Johnson vom Jugendamt kam, um eine Befragung durchzuführen, die – in der Theorie – viel mit der Zukunft von Darlies jüngstem Sohn Drake zu tun hatte. Das Kind war nach den Morden in Fürsorge genommen worden, bis in einer ruhigen Atmosphäre Entscheidungen getroffen werden konnten.

Es war kein unvoreingenommenes Treffen, denn Jamie Johnson würde später als Zeugin aussagen, daß sie vor dem Besuch im Gefängnis zu der Überzeugung gelangt war, daß Darlie eine zu große Gefahr für den Säugling darstellte, um sie in seine Nähe zu lassen.

Das zweieinhalbstündige Gespräch ging völlig daneben. Und Darlie machte eine weitere Reihe von Fehlern, weil sie ihre Gefühle und Äußerungen nicht unterdrücken konnte. Zuerst hatte sie sich häufig mit den Ermittlern der Polizei getroffen. Jetzt sprach Darlie offen und freimütig mit Jamie Johnson und sagte Dinge, die sie bei zukünftigen Anhörungen im Gericht verfolgen würden. Als Mutter versuchte sie, ihr Bestes für Drake zu tun. Als Häftling lieferte sie den Anklägern eine Fülle von möglichen Indizienbeweisen und Hinweisen. Jeder Anwalt im Land hätte ihr geraten, den Mund zu halten.

In wenigen Monaten würde der berühmte Mordprozeß stattfinden, der sich um die sechsjährige schöne Prinzessin JonBenét Ramsey in Boulder, Colorado, drehte, und der Wert eines Familienmitglieds, das schnell einen Anwalt beauftragte, zeigte sich deutlich darin, wie eine polizeiliche Ermittlung juristisch monatelang gelähmt werden konnte. Bei Darlies Prozeß würde ein Anwalt sagen: »Wenn sie sich sofort einen Anwalt genommen hätte, würde sie vermutlich heute nicht in diesem Gerichtssaal sitzen.«

Als Jamie Johnson fortging, um ihre Notizen abzuschreiben, hatte Darlie darüber gesprochen, daß sie nach der Geburt von Drake so depressiv gewesen war, daß sie an Selbstmord gedacht hatte. Sie hatte sich beklagt, daß sie und ihr Mann unter finanziellem Druck gestanden hatten und wie stressig es war, sich um drei kleine Jungen zu kümmern. Sie hatte ebenfalls über den Inhalt ihres Tagebuchs gesprochen, das die Polizei gefunden hatte, und bestätigt, daß sie ihre Gedanken an Selbstmord niedergeschrieben hatte.

Dies war nicht das Bild von geistiger Stabilität einer Mutter. Das Jugendamt entschied sich zu der Empfehlung, Darlie nicht in die Nähe von Drake zu lassen.

Einige der besten Verteidiger in Dallas wurden gebeten, Darlie Routier juristisch zu vertreten. Am Abend der Festnahme traf sich ihr Mann Darin mit Peter Lesser, einem der besten Juristen in Texas. Lesser, gebürtig in den Washington Heights von New York und nach Texas ausgewandert, hatte in Dallas als Fernsehreporter gearbeitet, bevor er eine erfolgreiche Anwaltskanzlei als Verteidiger eröffnete. Ein Freund hatte die Zusammenkunft arrangiert, damit der verwirrte Darin eine allgemeine Vorstellung von der juristischen Landschaft bekommen konnte, in die er und seine Frau reisen würden, und Lesser beschrieb den Weg. Darin gefiel nicht, was er hörte, aber er mußte zugeben, daß Peter Lesser viel mehr über das Strafrecht wußte als er. Nach Lessers grausigem Szenario würde sich der Fall bis zum Prozeß über sechs oder sieben Monate hinziehen, und unterdessen würde Darlie für eine Freilassung auf Kaution unter einer Million Dollar nicht in Frage kommen. Man mußte ihr beibringen, daß sie bis zum Prozeß hinter Gittern bleiben mußte, ganz gleich, was man vielleicht hinsichtlich einer Reduzierung der Kaution von einer Million Dollar sagen würde. Darin schloß daraus, die Stellung einer Kaution sei nur eine Formsache. Eine Anklage wegen zweifachen Mordes an ihren Jungen bedeutete, daß Darlie keine Chance hatte, vom Moment ihrer Festnahme an die Nächte woanders als in einer Zelle zu verbringen. Nicht die geringste.

Aber Lesser war fasziniert von dem Fall und bereit, sein Honorar zu reduzieren, um die junge Mutter juristisch zu vertreten. Wenn Darin 100 000 Dollar zahlen könnte, würde er den Fall übernehmen. Leider mußte Darin zu diesem Zeitpunkt zugeben, daß die verfügbaren Konten und das geschäftliche Scheckbuch ziemlich leergeräumt waren. Hunderttausend!

Wenn Darin die 100 000 Dollar auftreiben konnte, würde er die Wahl haben, entweder einen Spitzenanwalt zu engagieren oder das Geld als zehn Prozent Anzahlung für die Million Dollar Kaution zu hinterlegen, mit der Darlie vielleicht aus dem Gefängnis herauskommen würde. Da er jedoch das Bargeld im Augenblick nicht hatte, blieb ihm diese Wahl nicht.

Andere Anwälte lächelten, als sie von dem ermäßigten Honorarpreis hörten. Sie wußten, daß Lesser viel mehr für diesen Fall berechnen konnte und einen Spottpreis anbot. Einige schätzten, daß die Verteidigung von Darlie 150 000 Dollar oder mehr kosten würde, und das nur für einen einigermaßen guten Anwalt. Aber nicht für einen der besten, einen von der crème de la crème, eine Kanone, ein Staranwalt, der fast eine Viertelmillion für die Verteidigung in einem Mordfall berechnete. So einer war Doug Mulder.

Schließlich mußte geprüft werden, ob es möglich war, genügend Geld durch ein Buch oder den Verkauf der Filmrechte oder durch einen Fernsehvertrag aufzutreiben. In den folgenden Wochen nahmen 19 Leute, die ein Buch über den Fall veröffentlichen wollten, mit Darin Kontakt auf, aber keiner konnte Geld auf den Tisch legen. Die Idee einer Buchveröffentlichung wurde aufgegeben. Das hieß nicht, daß Hollywood völlig desinteressiert war, und nach den Nachrichten von Darlies Festnahme gab es Anfragen von einigen unabhängigen Produzenten. Sie waren bereit, einen Vertrag mit der Familie abzuschließen, aber sie schickten keine Schecks.

Ein paar Tage nach der Festnahme sagte Tom Colbert, ein Insider in Los Angeles von Industry R & D, einer Agentur, die Ideen an Fernsehsender und andere Medien verkauft, daß es in seinem Büro keine Anrufe von interessierten Produzenten gegeben hatte. »Dieser Fall ist so deprimierend«, sagte Colbert. »Es ist einfach kein Reißer. Nach Susan Smith meldete sich ebenfalls kein echter Interessent an dem Fall.« Für die Großen der Unterhaltungsindustrie war Darlie, so Colbert, eine ›zweite Geige‹ in der Kategorie von interessanten weiblichen Kriminellen. Hollywood liebt Happy-Ends.

In der Tat wurde Darlie nach ihrer Verhaftung als böse und unbarmherzige Killerin geschildert, kaum geeignet für die sympathische Frauenrolle, die in TV-Serien so beliebt ist. Produzenten hätten vielleicht etwas mit einer verbitterten Frau der Mittelklasse anfangen können, wenn sie ihren Mann umgebracht hätte, nachdem er sie gegen eine jüngere eingetauscht hatte. Doch wie sollte man ein Drehbuch um eine junge Frau aufbauen, die beschuldigt wurde, ihre eigenen Kinder umgebracht zu haben? Das war eine zu schwierige Aufgabe, selbst für ›Dokudramen‹ im Fernsehen, die mit den Fakten Schindluder trieben.

Darin hatte in einem urheberrechtlich geschützten Interview mit der Zeitung *Dallas Morning News* versprochen, seinen gesamten Besitz zu verkaufen, aber würde das überhaupt reichen? »Mein ganzes Leben ist zu verkaufen: mein Geschäft, mein Haus, mein persönlicher Besitz. Ich werde alles verkaufen müssen, was ich besitze, um ihre (Darlies) Unschuld zu beweisen«, erklärte Darin, während er bereits seine Wertgegenstände zu Bargeld zu veräußern begann. Einige Freunde nahmen Antiquitäten fast auf Leasing-Basis und versprachen, sie Darlie und Darin nach dem Prozeß zurückzugeben. Ein Freund kaufte den Jaguar mit dem Versprechen, daß es nur vorübergehend war und Darin ihn jederzeit für denselben Preis zurückkaufen konnte. Aber das Geld reichte immer noch nicht. Nicht annähernd.

In den Justizkreisen der größten Stadt in Texas konnten sich Darlie und Darin den Preis für einen finanziell unabhängigen Top-Verteidiger nicht leisten. Deshalb mußten sie ihr Schicksal in die Hände von Anwälten legen, die vom Gericht bestellt wurden – Pflichtverteidiger.

Eigentlich zogen sie ein ziemlich gutes Los, als ihr Fall Wayne Huff und Doug Parks übertragen wurde, zwei erfahrenen Anwälten, die genau wußten, wie das System arbeitet. Pflichtverteidiger, die vom Staat bezahlt werden wie die Anwälte der Staatsanwaltschaft. Nur weil jemand für den Staat arbeitet, heißt das nicht, daß seine Mandanten ohne Hilfsquellen sind.

Schon vor dem Verfahren, das bei der Vorbereitung eines Strafprozesses Verhör genannt wird und bei dem ein Richter entscheidet, ob ein hinreichender Verdacht besteht, hatten die neuen Anwälte ein Problem. Die Polizei hatte die Initiative von den Medien übernommen und verunglimpfte eifrig den Namen der Verdächtigen.

14

Am selben Tag, an dem Darins Interview von den *Morning News* veröffentlicht wurde, brachen offizielle Nachrichtenquellen ihr Schweigen, um Darlies Tagebuch ins Spiel zu bringen. Die Polizei sagte, es werde als Beweisstück verwendet und erhalte sowohl das Bekenntnis von Selbstmordabsichten als auch eine Entschuldigung im voraus für etwas, das sie geplant habe. Die Polizei von Rowlett deutete an, daß die Saat eines Motivs in diesem kleinen Buch enthalten sei, blieb jedoch vage und sagte nicht genau, was es sein könnte.

Als ein Kopfbild Darlies für das Verbrecheralbum an die Medien verteilt wurde, sagte Lieutenant Grant Jack von der Polizei Rowlett, der Leiter der Ermittlungsabteilung der Kripo, daß die Behörden trotz des Mangels an Zeugen und einem Geständnis einen guten Stand in diesem Fall hätten. »Wir haben kein wichtiges Beweisstück oder große Indizien – es ist eine Kombination all der Beweise, von der die Geschichte erzählt wird.«

Die Theorie, die von Jimmy Patterson im Haftbefehl dargelegt worden war, wurde zu einer Art Bibel für die Anklage, denn ganz gleich, wie sie es sah, sie hatte ein zweifelhaftes Motiv und kein Geständnis. Sie setzten auf die Ansammlung von Blut und auf Indizienbeweise, die – von Gutachtern interpretiert – zeigen würden, daß die Morde sich nicht so abgespielt hatten, wie Darlie ausgesagt hatte. Sie würden die alte Sherlock-Holmes-Theorie anwenden: Wenn man alle anderen Möglichkeiten ausschließt, muß das, was übrigbleibt, ganz gleich wie unwahrscheinlich es ist, die Wahrheit sein. Sie konnten nicht beweisen, wer die Tat begangen hatte, aber darlegen, daß kein anderer als Darlie sie begangen haben konnte.

Nach Wochen des Schweigens war die Polizei plötzlich bereit zu reden, als ob sie sich rühmen wollte, ein tödliches

Rätsel gelöst zu haben. Der Anwalt der Verteidigung, Wayne Huff, ärgerte sich über die plötzliche Fülle von Kommentaren der Polizei und fuhr Reporter an: »Wenn Sie undichte Stellen finden wollen, dann sollten Sie beim Rowlett Police Department suchen.«

Am 26. Juni fand in Dallas unter Vorsitz von Richter Phil Barker die Beweiserhebung statt, und er hörte von den Anwälten des Staatsanwalts der Dallas County, daß ein hinreichender Verdacht bestand, um Darlie Routier den Prozeß zu machen. Woanders in diesem Gericht würde an diesem Tag eine Anklagejury ähnliche Informationen hören, um zu entscheiden, ob ein Anklagebeschluß gegen die Frau aus Rowlett ergehen sollte oder nicht.

Dennoch war Darlie nicht die größte Nachrichtenstory des Tages. Terroristen hatten ein Apartmenthaus in Saudi-Arabien in die Luft gesprengt und neunzehn amerikanische Militärangehörige getötet. Das oberste Bundesgericht urteilte, daß das Virginia Military Institute Frauen zum Militärdienst zulassen mußte. Aber in Dallas, Texas, waren die Scheinwerfer der Medien auf Darlie gerichtet.

Als sie den Gerichtssaal betrat, sah das Objekt aller Aufmerksamkeit nicht wie eine Teufelin aus, die mit einem Schlachtermesser zwei ihrer Kinder abgestochen hatte. Darlie war aus dem Gefängnis und über abgesperrte Flure ins Gericht gebracht worden und soeben eingetroffen. Jedes bißchen Glanz war verschwunden. Ihr Haar war hastig zurückgekämmt und zu einem Ponyschwanz gebunden worden und wirkte wie gebündeltes Stroh, anstatt der perfekt frisierten blonden Haarfülle. Ihr üppiger Körper war unter der weiten, verwaschenen weißen Gefängniskleidung mit dem Stempel DALLAS COUNTY JAIL in schwarzen Blockbuchstaben auf dem Rücken nicht zu sehen. Ihre Lippen waren nur leicht geschminkt, und die normalerweise funkelnden Augen waren groß und blickten fragend. Das Bemerkenswerteste an ihrem Äußeren war der offene Kragen der zu weiten Gefängniskleidung, durch den die lange gezackte Narbe an ihrem Hals sichtbar war, ein Schnitt, der an ihrem rechten Schlüsselbein begann. Die Verletzung war noch nicht verheilt, und rosafarbenes Fleisch umgab eine dunkle Linie von geronnenem Blut. Anstatt wie jemand zum Fürchten, sah Darlie Routier bleich und verloren aus, und ein allgemeines Luftschnappen war vom Zuschauerbereich zu hören, wo Darin und eine weinende Mama Darlie in der ersten Reihe saßen und sich bei den Händen hielten. Darin winkte seiner Frau zu, die unhörbar die Worte ›Ich liebe dich‹ mit den Lippen formte. Sie hatten sich früher an diesem Morgen nicht sehen können.

Dieses Hearing wurde als Probelauf für einen Teil der Anklage gegen Darlie Routier verstanden. Der Staatsanwalt mußte genug Beweise für die Hauptverhandlung darlegen, aber er wollte in diesem Stadium des Verfahrens nicht zu viele Karten aufdecken. Später würde die Verteidigung Zugang zu allen Beweismitteln haben, aber bei den Eröffnungsschachzügen wollte die Anklage soviel wie möglich unter Verschluß halten. Es waren bereits vierhundert Beweismittel von den Behörden gesammelt worden. Keines davon würde heute vorgelegt werden.

Es war Mittwoch, und nur drei Tage waren vergangen, seit die *New York Times* ihren großen Bericht über die Tragödie in Rowlett veröffentlicht hatte. Schließlich sprach die Polizei offen, wenn auch vorsichtig, über ihren Fall Darlie Routier.

Heute würden Lieutenant Jack und Detective Patterson das Ergebnis der Beweisaufnahme zusammenfassen. Jack wurde von den Anklägern durch ein Labyrinth von Fragen geführt, und es wurde klar, daß die Ermittler fast von Anfang an ein großes Problem gehabt hatten, Darlies Version der Ereignisse mit den Beweisen, die im Haus am Eagle Drive gefunden wurden, in Einklang zu bringen.

Das Muster der Antworten wurde früh festgelegt und oftmals wiederholt. Der stellvertretende Staatsanwalt Greg Davis fragte zum Beispiel die Polizisten, wie ein bestimmter Teil von Darlies Geschichte mit einem Indiz übereinstimmte. »Unvereinbar«, antwortete Jack. Eine andere Frage. »Unvereinbar.« Noch eine Frage. »Unvereinbar.« Er war sich seiner Sache völlig sicher.

Die Kriminalbeamten sagten aus, daß Darlie bei ihrem Anruf bei der Polizei behauptet hatte, sie habe das Messer im Abstellraum aufgehoben, aber dort war kein Blut, das darauf hingewiesen hätte, daß jemand dort ein blutiges Messer fallen gelassen oder hingeworfen hatte. Die Polizisten sagten, nur Darlies Fingerabdrücke waren auf dem Messer gefunden worden. Sie behauptete, den Einbrecher aus dem Haus gejagt zu haben, aber die einzigen blutigen Fußabdrücke, die gefunden worden waren, führten von der Spüle in der Küche zurück zu dem Zimmer, in dem die Leichen entdeckt wurden, die entgegengesetzte Richtung von ihrer angeblichen Verfolgung des Mörders. Und die Polizisten sagten natürlich, daß die Jungen tiefe und verstümmelnde Wunden gehabt hatten und die Verletzungen der Mutter im Verglech dazu oberflächliche Schnittwunden gewesen waren. Die Cops sprachen von Darlies merkwürdigen Reaktionen. Wie sie sich Sorgen gemacht hatte, Fingerabdrücke auf dem Messer zu zerstören. Wie sie ihren sterbenden Kindern keine Erste Hilfe geleistet hatte.

Am Tisch der Verteidigung blickte Darlie auf ihren Schoß und schüttelte den Kopf, als könne sie die Schlüsse der Polizisten nicht begreifen. Oder sie starrte die aussagenden Kriminalbeamten mit hartem Blick an. Bisweilen saß sie wie erstarrt da, mit keinerlei Reaktion, dann und wann wiederum zeigte sie Gefühle und biß auf ihre Lippen.

Die Anklage baute sorgfältig einen Indizienprozeß auf. In einer Verhandlungspause hörte ein Reporter der *Dallas Morning News* Richter Barker zu den Polizisten aus Rowlett sagen: »Ihr Jungs habt eure Sache anscheinend gut gemacht.« Aber Beobachter wußten, daß man bisher nur die Version der Polizei gehört hatte.

In der letzten Hälfte des Hearings hatten die vom Gericht ernannten Verteidiger Doug Parks und Wayne Huff

Gelegenheit, die Theorie der Polizei anzugreifen. Sie stellten Fragen zu den wichtigen Punkten und wiesen darauf hin, daß es keine Augenzeugen des Verbrechens gab und Darlie kein ersichtliches Motiv für die Ermordung ihrer Kinder hatte. Nach der allgemeinen Theorie, daß Mord für gewöhnlich aus ›Motiv, Mitteln und Gelegenheit‹ resultiert, sah der Fall für die Anklage vielleicht nicht so sicher aus, wie es zunächst den Anschein hatte.

Gewiß, Darlie hatte Zugang zu dem Messer gehabt, das bei den Morden benutzt worden war, und sie besaß auch die Mittel, um das Verbrechen zu begehen. Gewiß, sie war mit den Kindern allein gewesen und hatte folglich die Gelegenheit gehabt, sie umzubringen. Aber wo, fragten die Verteidiger, war das Motiv?

Detective Patterson schluckte und antwortete: »Ich bin mir jetzt noch nicht sicher, was das Motiv war.« Das war ein großes Eingeständnis.

Die Verteidigung wärmte sich erst auf. Sie ging die Polizeiversion der Ereignisse Schritt für Schritt durch. Und obwohl das nur eine Vorausschau auf den späteren Prozeß war, fanden Huff und Parks wiederholt Löcher in der offiziellen Story und schufen etwas, das einige Geschworene in der Zukunft als berechtigte Zweifel betrachten würden. Für die Zuschauer am 26. Juni wirkten die Beweise der Polizei nicht so stichhaltig wie ursprünglich angenommen.

Darlies Anwälte wollten wissen, ob die Angeklagte ›hysterisch‹ geklungen habe, als sie über die Notrufnummer um Hilfe bat. Patterson antwortete. »Auf dem Tonband ließ sie es klingen, als würde sie weinen.« Da bis jetzt niemand außer den Offiziellen das Tonband gehört hatte, war seine Antwort wenig überzeugend. Sie ließ es klingen, als würde sie weinen? Wie konnte er unterstellen, daß sie nur schauspielerte? Huff hob eine Augenbraue, aber er ging jetzt über diesen Punkt hinweg. Es war jedoch offenkundig etwas, das zu einem späteren Zeitpunkt genau untersucht werden mußte.

Die Verteidigung beschäftigte sich mit einem weiteren

rätselhaften Punkt, nämlich wie Darlie den Einbrecher durch die Garage hinausgejagt haben wollte, wenn man das Tor verschlossen und eine unberührte Staubschicht auf der Fensterbank gefunden hatte. Der Anwalt ließ sich von Lieutenant Jack bestätigen, daß sich das fragliche Fenster ›nur ein paar Zentimeter über dem Boden‹ befand. Er fragte: »Kann jemand über die Fensterbank springen, ohne den Staub überhaupt zu berühren?« »Ja«, antwortete Lieutenant Jack, »das war möglich.«

Zu dem Vorwurf, Darlie hätte den tödlich verwundeten Kindern nicht geholfen, stellten die Verteidiger fest, daß Darlie ein Handtuch aus einem Küchenschrank geholt und es auf den Rücken eines der Kinder gelegt habe.

Ihre Verletzungen waren anders als die der Jungen, sagte der Anwalt der Verteidigung, aber konnte das nicht bei ihrem Kampf mit dem Mörder geschehen sein? Jack räumte ein, daß dies der Grund sein könnte, aber er behauptete, es sei ein falscher Schluß, weil es in dieser Nacht keinen Einbrecher und folglich keinen Kampf gegeben habe.

Hinsichtlich der widersprüchlichen Antworten, die Darlie bei der Polizei gemacht hatte, behauptete Huff, sie sei unter Schock und noch verwirrt von den Betäubungs- und Schmerzmitteln gewesen, als sie von Patterson befragt worden war. Die Cops hatten gewußt, daß sie nach der Operation ›etwas für die Schmerzen‹ bekommen hatte, aber Jack beteuerte, sie sei nicht so sehr unter Drogeneinfluß gewesen, ›daß sie nicht verstanden hätte, wovon wir sprachen‹.

Huff wollte mehr über den Zeitpunkt wissen, an dem die Polizei begann, sich auf Darlie Routier als Täterin zu konzentrieren. »Wann gelangten Sie zu dem Schluß, daß Mrs. Routier Ihre Hauptverdächtige war?« fragte er. Eine falsche Antwort konnte verheerend für die Anklage sein, aber Patterson drückte sich. »Ich weiß es nicht. Fünf oder sechs Tage nach dem Verbrechen.« Die Verteidigung plante, diesen Punkt anzugreifen. Wenn die Cops so früh überzeugt davon waren, daß Darlies Geschichte nicht zu den Fakten paßte, konnte man sich vielleicht auf das Mirandagesetz berufen, nach dem ihre verfassungsmäßigen Rechte durch fortgesetzte intensive polizeiliche Befragungen trotz des Mangels an einer offiziellen Anklage verletzt worden waren.

Huff führte an, daß Darlie selbst ohne juristischen Beistand bei diesen frühen Befragungen unentwegt ihre Unschuld beteuert hatte. Die ganze Sache sei nur Trickserei der Polizei, behauptete er. Die Polizei konnte kein Motiv nennen und mußte zur Kenntnis nehmen, daß Darlie beharrte, nicht die Täterin zu sein und die Tat von einem geheimnisvollen schwarzgekleideten Einbrecher begangen worden war.

Die Anhörung dauerte etwas über eine Stunde, und Richter Barker urteilte, daß es einen hinreichenden Verdacht gab, um Darlie den Prozeß zu machen. Er entschied, daß die Kaution bis zu einem zukünftigen Hearing bei einer Million bleiben würde. Darlie wurde aus dem Gerichtssaal geführt und ins nahe Gefängnis in ihre Einzelzelle gebracht. Bevor sie den Gerichtssaal verließ, drehte sie sich noch einmal zu Darin um und formte unhörbar mit den Lippen die Worte ›Ich liebe dich‹.

Familienmitglieder und Freunde erhielten durch die Fragen der Verteidigung Auftrieb, weil sie zeigten, daß ein Indizienprozeß ernsthafte Schwächen der Anklage aufzeigen würde. Die erste Gelegenheit der Verteidigung zurückzuschlagen war ein Erfolg gewesen. »Die Dinge, die wir die ganze Zeit über für falsch hielten, wurden heute zur Sprache gebracht«, sagte ein Verwandter einem Reporter der *Dallas Morning News*. »Der Verbrecher läuft immer noch frei herum.«

Es hatte im voraus wenig Zweifel an der Entscheidung des Richters gegeben, aber die wenigen Karten, die bei diesem ernsten Spiel gezeigt worden waren, bewiesen, daß der Fall nicht so sicher war, wie es die Anklage gern gehabt hätte.

Es gab große Besorgnis im Büro des Staatsanwalts, wo die Ankläger erkannten, daß bis zum Prozeß noch viel zu tun blieb. Nachdem sie die wackligen Auftritte von Grant Jack und Jimmy Patterson gesehen hatten, mußte ernsthaft überlegt werden, ob die leitenden Ermittler überhaupt als Zeugen für den Prozeß taugten. Wie würden Geschworene reagieren, wenn ein erfahrener Verteidiger Gelegenheit hatte, die beiden Leiter der Ermittlung auseinanderzunehmen? Statt Stärke und Sicherheit zu verkörpern, waren sie wiederholt bei relativ milden Fragen ins Stolpern geraten, und ihre Aussagen standen jetzt im Protokoll. Patterson hatte mit seiner heutigen Antwort, sich bei einem Motiv nicht sicher zu sein, eine große Tür aufgestoßen. Und Grant Jack würde seine Gedanken wiederholen müssen, daß Darlies Verletzungen möglicherweise in einem Kampf entstanden waren und die Polizei gewußt hatte, daß Darlie unter Drogeneinfluß stand, als sie im Krankenhaus befragt wurde. Und dies waren nicht die einzigen Schwachpunkte der Anklage. Aber wie würden die Geschworenen reagieren, wenn die Cops, deren Schlüsse zu Darlies Verhaftung geführt hatten, *nicht* in den Zeugenstand gerufen werden würden? Würde man der Anklage Schwäche unterstellen? Vielleicht wurde dieser Fall nicht so leicht, wie die Ankläger gehofft hatten.

Darin und Mama Darlie mußten sich den Weg durch die Medienvertreter erkämpfen, die sich auf dem Flur des Gerichts drängten. Darin verlangsamte seine Schritte nicht und antwortete trotzig auf Fragen nach den Ereignissen des Tages. »Sie ist absolut unschuldig«, erklärte Darin. »Ich weiß es einfach. Es ist wirklich einfach. Wir wissen es. Wir lieben sie!«

15

Es bestanden nie irgenwelche Zweifel daran, daß Darlie Routier angeklagt werden würde, denn das System der Grand Jury ist ein besonderer Anachronismus der amerikanischen Gesetzgebung, eine Anhörung, bei der die Ankläger alle Karten in den Händen halten. Das einzige ›grand‹ an der Sache ist die Größe der Anklagejury, von einem Dutzend aufwärts bis zu dreiundzwanzig Personen. Das Wort ›grand‹ stammt aus dem Französischen und ist das Gegenteil von ›petit‹ oder klein, einer Jury von nur zwölf Personen, die bei einem Prozeß tatsächlich urteilt.

Der Hauptfaktor bei einer Sitzung der Anklagejury ist völlige Geheimhaltung. Offiziell tagt eine Grand Jury privatim, bewertet Beschuldigungen gegen Leute, denen Verbrechen zur Last gelegt werden, und entscheidet, ob das Ergebnis der Beweisaufnahme eine Anklageschrift rechtfertigt. Ankläger nutzen normalerweise die Präsentation, um die Stärke ihrer Position in dem Fall einzuschätzen, und die Zeugen der Grand Jury werden für gewöhnlich beim Beginn des Prozesses in den Zeugenstand gerufen, um ihre Aussage zu wiederholen. Doch in diesem Stadium der Prozedur arbeiten das Beweismaterial und die Zeugenaussagen zweifellos zugunsten des Staats. Der/die Angeklagte wird nicht angehört, und die Verteidigung ist bei der Sitzung nicht zugelassen. Alles, was vorgebracht wird, findet geheim statt. Eine alternative Form, zur gleichen Entscheidung zu gelangen, gibt es durch eine Vorverhandlung, die im Gericht in der Öffentlichkeit abgehalten wird. Aber ein Ankläger bei einer Vorverhandlung riskiert, der Verteidigung einen guten Einblick in die Strategie der Anklage bei dem Fall zu geben.

Das System der Anklagejury ist tief in unserer Kultur verwurzelt, führt zurück auf die normannische Eroberung durch England im 11. Jahrhundert und ist im Laufe der Jahre gewachsen, um Leute gegen böswillige Anklagen durch die Krone zu schützen. Das System wurzelt in Artikel 5 der ersten zehn Zusatzartikel zur Verfassung der Verinigten Staaten, als eine der Garantien gegen die Verletzung einer gebührenden Prozedur bei Gerichtsverhandlungen. Trotz der ehrenvollen Geschichte ist das Grand-Jury-System in jüngster Zeit in die Kritik geraten, zu einseitig zu sein. Ein guter Staatsanwalt kann für gewöhnlich eine Anklagejury dazu bringen, fast jeden mit fast jeder Beschuldigung anzuklagen und zum Erscheinen bei einem Prozeß zu verpflichten.

Und so folgte die Anklagejury der Dallas County gehorsam den Vorschlägen des Anklägers – ohne ein Geständnis zu hören und ohne Zeugen der Morde in Rowlett anzuhören – und erließ am Freitag nachmittag, dem 28. Juni, einen Anklagebeschluß in zwei Fällen gegen Darlie Routier. Der erste beschuldigte sie der Ermordung eines Kindes unter sechs Jahren. Der juristische Jargon trug nicht dazu bei, das Schreckliche zu bagatellisieren. Da heißt es, daß sie ›ungesetzlich und vorsätzlich und wissentlich den Tod von DAMON CHRISTIAN ROUTIER herbeiführte, nachfolgend genannt ›Verstorbener‹, indem sie besagten DAMON CHRISTIAN ROUTIER mit einem Messer erstach, und der Verstorbene zum Tatzeitpunkt unter sechs Jahre alt war‹.

Der zweite Anklagebeschluß wurde wegen mehrfachen Mordes erlassen. Darin heißt es, daß sie ›ungesetzlich und vorsätzlich und wissentlich den Tod einer Person, nämlich DEVON RUSH ROUTIER mit einem Messer herbeigeführt hat, und während derselben Straftat führte besagte Angeklagte vorsätzlich und wissentlich den Tod einer anderen Person, nämlich DAMON CHRISTIAN ROUTIER herbei, indem sie besagten DAMON CHRISTIAN ROUTIER mit einem Messer erstach.

Des weiteren führte besagte Angeklagte ungesetzlich und vorsätzlich und wissentlich den Tod einer Person herbei, nämlich DEVON RUSH ROUTIER, indem sie besagten DEVON RUSH ROUTIER mit einem Messer erstach, und während einer anderen Straftat führte besagte Angeklagte vorsätzlich und wissentlich den Tod einer anderen Person herbei, nämlich den von DAMON CHRISTIAN ROUTIER, indem sie DAMON CHRISTIAN ROUTIER mit einem Messer erstach‹.

Nach dem Gesetz von Texas brachte die Schwere der Anklagepunkte Darlie in die Gefahr, die Todesstrafe zu erhalten, aber die Behörden schoben es auf, eine solche Entscheidung offiziell zu machen, bis alles Beweismaterial zusammengetragen war. Norm Kinne, der Staatsanwalt der Dallas County, sagte jedoch, daß vermutlich die Todesstrafe beantragt werden würde.

Beide Anklageschriften wurden von John Vance, dem Bevollmächtigten des County Criminal District, und Ray W. Paul senior, dem Obmann der Anklagejury, die seit Januar tagte, unterzeichnet. Der Fall lag ihnen seit dem 21. Juni vor, sofort nach Darlies Verhaftung also.

»Wir haben schlüssige Beweise«, sagte Kinne. »Die Grand Jury hat keine Zeit verschwendet, indem sie den Anklagebeschluß gefaßt hat.«

Von Reportern über die vagen Beweise und Indizien des Falls befragt, antwortete Kinne: »Vielfach sind Indizienbeweise weitaus überzeugender als Zeugenaussagen. Wissenschaftliche Beweise können sehr stark sein und unterliegen keinem Irrtum.«

Darlie blieb im Gefängnis und litt mit den anderen Häftlingen, als die Hitze des Sommers das riesige Backsteingebäude hinter dem Gerichtsgebäude der Dallas County briet. Sie verbrachte die meiste Zeit damit, lange Briefe an Freunde und Verwandte zu schreiben; ihre Gedanken waren frei, auch wenn ihr Körper eingesperrt war. Aus irgendeinem Grund stellte sie selbst Spekulationen über den Fall an und schrieb einigen Leuten, daß sie sogar die Person kannte, die Devon und Damon ermordet hatte. Es war ihr überhaupt nicht klar, daß jedes Wort, das sie schrieb, nicht zuerst vom Empfänger, sondern zuallererst vom Gefängnispersonal gelesen wurde. Von ihren interessanteren Bemerkungen wurden Kopien angefertigt und an den Staatsanwalt weitergeleitet.

Jetzt wurde ein Richter gebraucht, jemand, der während der restlichen Vorverhandlungen und durch den gesamten Prozeß mithalten konnte, und schließlich landete der Fall auf dem Schreibtisch des fünfundsechzigjährigen Mark Tolle, einem großen, schlanken Mann, der am Ende des Jahres pensioniert werden würde. Seine Laufbahn hatte mit der Promovierung von Notre Dame begonnen, der 1955 die Zulassung als plädierender Anwalt gefolgt war. Bei seinem Rücktritt war er ein sogenannter ›Gastrichter‹ geworden, der besondere Aufgaben übernehmen konnte. Tolle war deshalb in der einzigartigen Position, dem verwirrenden Fall Routier fast überallhin zu folgen, und es lag ein deutlicher Geruch in der Luft, daß dieser Prozeß nicht in Dallas stattfinden würde.

Als erstes wollte der Richter die Öffentlichkeit des Verfahrens in den Griff bekommen, bevor die Medien den Fall zu einer Sensation aufbauschen und ein vom Fernsehen übertragener juristischer Zirkus entstehen konnte wie im Fall O. J. Simpson. Tolle würde in seinem Gerichtssaal keine TV-Kameras zulassen. Die Medien konnten die Parallele zum Doppelmord von Susan Smith nicht ignorieren, und die Story hatte bereits reges Interesse und große Verbreitung gefunden. Nicht nur die lokalen Medien, auch *New York Times* und *National Enquirer* hatten Artikel gebracht, und landesweit strahlte das Fernsehen Sendungen über den Fall aus. Das Publikum war sehr groß und konnte leicht potentielle Geschworene einschließen. Im Medienjargon war die Routier-Geschichte ein ›Selbstläufer‹ und erforderte Berichterstattung. Tolle wußte nicht, daß das Interesse an der Story bei den auswärtigen Medien bereits nachließ.

Bei der Lektüre des Materials, das in der Presse veröffentlicht und von den verschiedenen Fernsehsendern ausgestrahlt wurde, konnte man meinen, die Berichte seien nur Variationen eines Themas. Die Polizei und die Ankläger fügten nach ihrem anfänglichen Ausbruch von Stolz neue Fakten zu den von Anfang an bekannten hinzu.

Tolle entschied sich, die ›Informationsflasche mit einem Korken‹ zu verschließen. Ohne Informationsquellen würde es den Medien schwerfallen, die Geschichte von Darlie Routier weiterzuspinnen. Am 28. Juli, nur drei Wochen nach den Morden und an dem Tag, an dem die Grand Jury die öffentliche Anklage von Darlie Routier für Recht befand, verhängte Richter Tolle einen umfassenden ›Maulkorb‹ für den Fall. Der sechs Seiten lange Beschluß behauptete, die Ausweitung solcher Berichterstattung könnte verhindern, daß Darlie einen fairen Prozeß erhielt.

Der Richter verfügte, daß Darlie, jeder Anwalt, der mit dem Fall befaßt war, die Polizei, alle Zeugen und ›potentielle‹ Zeugen fortan nicht mehr mit den Medien sprechen durften. Alle ›potentiellen‹ Zeugen einzuschließen, war ein geschickter Schachzug, damit jeder es sich zweimal überlegte, bevor er mit Reportern sprach. Was bedeutete ›potentiell‹? Jeder – Nachbarn, Freunde, Passanten – der jemals etwas mit der Familie Routier zu tun gehabt hatte oder hatte – war nun gewarnt. Um zu zeigen, daß er es ernst meinte, setzte Tolle das Strafmaß für Zuwiderhandlung auf bis zu 500 Dollar und bis zu sechs Monaten Haft fest. Der Gerichtsbeschluß dämpfte sofort die bereits nachlassende Berichterstattung der Medien.

Eine Person, die sich freute, daß der Fall in der Öffentlichkeit in Vergessenheit geriet, war Sergeant Poos, der während der angespannten Wochen bis zu Darlie Routiers Verhaftung Polizeisprecher gewesen war. Er überließ nun alle Verlautbarungen an die Öffentlichkeit dem Büro des Staatsanwalts, das wenig sagen wollte. Nach einer Weile hörten bei Poos die Anrufe auf.

Die Presse widersetzte sich natürlich dem Maulkorberlaß, und viele Journalisten fanden, daß der Richter überreagierte. »Es war ja nicht so, daß uns das Büro des District Attorneys geheime Dokumente faxte«, sagte ein Reporter später. »Es gab keine nennenswerten undichten Stellen.«

Die Wirkung des richterlichen Beschlusses setzte sofort

ein, und nach einem Hearing wich Darin Fragen von Reportern mit der Bemerkung aus: »Ich habe keine Freikarte bekommen, um nicht ins Gefängnis zu kommen, wenn ich mich zu dem Fall äußere.«

Vor dem Ende des Prozesses würden das Redeverbot und die Strafandrohungen auf eine harte Probe gestellt und kaum des Papiers wert gefunden werden, auf dem es geschrieben stand.

Während Darlie hinter Gittern schmachtete und die Geschichte die Nation nicht aufrüttelte, wie es beim Fall Susan Smith der Fall gewesen war, wandten sich die Medien von der Routier-Saga ab und widmeten sich aktuelleren Fällen. Die Familie Routier entschloß sich, die Aktionen von Polizei und Staatsanwaltschaft zu kontern und der Geschichte damit eine Wende zu geben.

Ende Juli erfuhr Darlie Kee, die Mutter der Angeklagten, daß sie von einem Gerichtsbeamten gesucht wurde, der ihr eine Vorladung unter Strafandrohung zustellen wollte, weil sie gegen den Gerichtsbeschluß verstieß und sich zu dem Fall äußerte. Mama Darlie war sehr aktiv gewesen. Sie hatte sogar an den Gouverneur und den Justizminister geschrieben und sie gedrängt, die Polizei zu zwingen, den ›wahren‹ Killer zu jagen, der nach ihrer Ansicht immer noch frei herumlief. Bevor die juristischen Papiere zugestellt werden konnten, machte Mama Darlie einen dramatischen Versuch, ihre Äußerungen in die Medien zu bekommen, und dabei eröffnete sie eine direkte Herausforderung von Tolles Redeverbot.

Sie telefonierte mit dem *Fort Worth Star Telegram* und anderen Zeitungen und arrangierte einige Radio- und Fernsehinterviews, um zu erklären, daß ihre Tochter unschuldig war. Die Krönung war jedoch ein anderthalbstündiger Auftritt mit Darin in der Rick-Roberts-Talkshow im Radiosender KRLD. Interviews mit Zeitungsreportern waren trocken und objektiv, ohne die Leidenschaft, die Mama Darlie und Darin dem Publikum der Livesendung im Radio übermitteln konnten, und die Zuhörer des Senders aus Dallas waren fasziniert.

Anderthalb Stunden schilderten die Routiers ihre Version der Ereignisse und erklärten wiederholt, daß Darlie unschuldig im Gefängnis war. Darlie Kee widersprach der polizeilichen Erklärung, die Verletzungen, die ihre Tochter davongetragen hatte, seien oberflächlich, sie griff die Ergebnisse der Laboruntersuchungen an und behauptete, die Polizei von Rowlett habe gelogen, um Darlie mit einem Trick hereinzulegen, damit sie ein schriftliches Geständnis ablegte. Artikel der Lokalpresse waren – so Mama Darlie – voreingenommen und sensationell aufgebauscht. Ironischerweise pries sie das von Richter Tolle verfügte Redeverbot über den Fall und sagte, sie wünschte, er hätte es früher erlassen. Es war eine verheerende Breitseite gegen die Anklage. Perfektes Verteidigungsmaterial, denn das Team der Staatsanwaltschaft erhielt nicht die gleiche Sendezeit.

Das hieß nicht, daß Polizei und Anklage nichts von der Show wußten. »Wir setzten uns einfach zurück, hörten uns die Radiosendung an und dachten: ›Mein Gott, was tun diese Leute?‹« bemerkte Sergeant Dean Poos von der Polizei Rowlett.

Polizeichef Randall Posey gab eine eigene Erklärung ab. »Obwohl ich empört bin über die Verletzung von Richter Tolles Gerichtsbeschluß durch die Routiers, wird das Rowlett Police Department den Geist und die Wirkung des Redeverbots befolgen«, sagte er. »Wie wir von Anfang an gesagt haben, wird die Polizei von Rowlett mit keinem über die Einzelheiten dieses Falles sprechen. Wir sind uns unserer Sache sicher, und wir sind überzeugt, daß die Wahrheit am richtigen Ort herauskommen wird, und zwar im Gericht.« Natürlich hat er mit der Bemerkung, daß sich die Polizei ihrer Sache sicher war, ebenfalls gegen das Redeverbot verstoßen.

Der stellvertretende Staatsanwalt Greg Davis reichte eine Klage ein, damit Richter Tolle Darin und Darlie Kee zu einer Anhörung vorlud, weil sie das Redeverbot ignorierten. Tolle war zu diesem Zeitpunkt in Urlaub, so daß im Augenblick nichts unternommen werden konnte. Ein Aufschub war jedoch ganz gut, denn jetzt hatte ein Polizist gegen den richterlichen Beschluß verstoßen, und so konnnte sich der Richter später mit beiden Übertretungen zur gleichen Zeit befassen. Am 11. September sagte der Assistant Chief Deputy Bob Knowles vom Sheriff's Office der Dallas County der Zeitung *Dallas Morning News*, daß Darlie ›anscheinend allein‹ eine Haftstrafe erhalten würde und deswegen wenig Kummer gezeigt habe. Diese Bemerkung über ihre Reaktion war eine Ohrfeige für die Anklage.

Knowles mußte am selben Tag wie Darin und Darlie Kee bei Tolle erscheinen, und der Richter befand sich in einem Dilemma. Er konnte nicht Darin und Darlie bestrafen, ohne Deputy Knowles gleichermaßen zu bestrafen und möglicherweise ebenfalls Polizeichef Posey zu kritisieren. So gab er am 21. Dezember jedem der Beschuldigten einen verbalen Klaps auf die Hand und ermahnte sie, es nicht wieder zu tun. »Macht nicht noch einmal diesen Fehler«, warnte er sie. Jeder stimmte zu.

Darin grinste später, als er über die Wirkung des Redeverbots und die Warnung des Richters sprach. »Jede Information, die ich geben wollte, habe ich gegeben«, sagte er.

Das war nur für die Show. In Wirklichkeit war Darin auf dünnem Eis gegangen, hatte geschwankt zwischen dem Versuch, die Dinge zusammenzuhalten und ihnen einfach freien Lauf zu lassen. Er zerschlug Geschirr, weinte oft und ging auf einen Schießplatz und feuerte auf Pappziele, die in seiner Phantasie bestimmte Gesichter hatten. An manchen Nachmittagen versorgte er sich mit einigen belegen Brötchen und einer Kanne Kaffee und fuhr an dem Haus am Eagle Drive vorbei. Es war von den polizeilichen Ermittlungsarbeiten schwer in Mitleidenschaft gezogen worden. Er plante, es einfach von der Bank übernehmen zu lassen. Darin wußte, daß er nie wieder in diesem Haus wohnen konnte, nicht ohne Darlie. Bei seinen Ausflügen zum Eagle Drive parkte er an der Diamond

Shamrock Tankstelle in der Dalrock Road, nahe dem Eingang zu seiner Nachbarschaft, schaltete den Motor aus und nahm ein Fernglas. Dann beobachtete er das Gebiet stundenlang und hoffte, den mysteriösen schwarzen Wagen zu sehen, der in den Tagen vor der Ermordung seiner Kinder gesehen worden war. Die Polizei war nicht in der Lage gewesen, den geheimnisvollen Wagen zu finden. Vielleicht gelang es ihm.

16

Darin Routier und seine Großfamilie mußten dringend Geld auftreiben. Er hatte immer noch die laufenden Zahlungen für eine Hypothek, Miete, Nebenkosten und Lebensmittel zu zahlen, und jetzt versuchte er zusätzlich das Bargeld aufzutreiben, um die Kaution von einer Million Dollar stellen zu können. Er hatte vorher erklärt: »Mein ganzes Leben steht zum Verkauf. Mein Geschäft, mein Haus, mein persönlicher Besitz.« Ganz gleich, was er auch tat, er würde niemals eine Million Dollar auftreiben können. Im Büro der Staatsanwaltschaft herrschte bei den Anklägern ein wenig Besorgnis. Darin war als einfallsreicher junger Mann bekannt. Und wenn er das Geld doch zusammenkriegen konnte? Sie entschlossen sich im Moment nichts anderes zu unternehmen, als sicherzustellen, daß die Mindestgrenze von einer Million Dollar Kaution nicht gesenkt wurde.

Die Anwälte der Verteidigung hatten eine Idee. Nur eine Woche nach der Beweisaufnahme tagte das Gericht erneut, um über eine Reduzierung der Kaution zu entscheiden. Als Gegenleistung für eine Chance, daß die Kaution herabgesetzt wurde, mußte sich Darin der Peinlichkeit unterziehen, seine Finanzen offenzulegen. Dabei zeigten sich Risse in der bisher so schmucken Fassade des Routier-Haushalts. Das große Haus, der Jaguar, die Yacht, die florierende Elektronikfirma, die teure Kleidung – alles balancierte gefährlich auf der Kippe. Das war in Ordnung gewesen, solange Darin laufend Geld von Kunden erhielt, genug, um die Rechnungen zu bezahlen, aber jetzt gingen die Ereignisse über seine Kräfte, und die Gläubiger verlangten Bares.

Darlies Anwälte stellten Anträge, in denen sie die Kaution von einer Million Dollar als unangemessen hoch bezeichneten und um eine Reduzierung auf nur hunderttausend ersuchten. Bei dieser Summe brauchten für die Angeklagte nur zehn Prozent – also nur 10 000 Dollar – beim Gericht hinterlegt zu werden, um bis zum anhängigen Prozeß auf freien Fuß zu kommen. Eine Million kam nicht in Frage, aber 10 000 Dollar war eine realistische Summe. Wenn der Richter zustimmte.

Darin fuhr mit all seinen Finanzunterlagen, aus denen die zerbrechliche Struktur seines nach außen hin großen Erfolgs ersichtlich war, zum Gericht. Seine Schulden waren erheblich. Darin schätzte sie auf nahezu 200 000 Dollar!

Er sagte dem Gericht, daß er 1995 ein steuerpflichtiges Einkommen von 54 000 Dollar gehabt hatte, nach 35 000 Dollar im Jahr zuvor: ungefähr die Hälfte von dem, was man im allgemeinen für sein Einkommen veranschlagt hatte. Die Summe klang vernünftig für einen bescheidenen kleinstädtischen Lebensstil, aber Darlie und Darins Geschmack war nicht bescheiden, und folglich nahmen die Ausgaben die Ausmaße einer Flut an. Die Polizei spekulierte, daß Streitereien wegen finanzieller Schwierigkeiten vielleicht eine Rolle bei dem Verbrechen gespielt hatten, daß Geldmangel ein Teil des Motivs gewesen war.

Die Schulden schlossen zwei Hypotheken auf das Haus am Eagle Drive ein, insgesamt ungefähr 130 000 Dollar. Darin rechnete mit einem Verlust beim Verkauf des Hauses, denn der Marktpreis betrug nur ungefähr 100 000 Dollar.

Darlie und Darin Routier schuldeten dem Finanzamt etwa 10 000 Dollar überfällige Steuern. Bei Kreditkartenfirmen standen sie mit 12 000 Dollar in der Kreide. Und Darin schuldete 24 000 Dollar für das Boot.

Nach seiner Firma befragt, antwortete Darin, daß Testnec Electronics im vergangenen Jahr ungefähr 260 000 Dollar brutto und etwa das gleiche für das laufende Jahr eingenommen hatte, bis zur Ermordung seiner Söhne. Danach war er nicht mehr in der Lage gewesen zu arbeiten, was sich mächtig auf das Einkommen ausgewirkt hatte. »Ich habe einfach kein Geld mehr verdienen können«, sagte er.

Er versprach Richter Tolle, Darlie wie einen Falken zu beobachten, wenn sie auf Kaution freigelassen werden konnte. Es bestehe kein Grund zu der Befürchtung, daß sie sich ihrem Prozeß durch Flucht entziehen würde. »Ich glaube an Darlie. Sie hat mich nie belogen.« Es änderte nichts. Tolle entschied, daß die Kaution weiterhin eine Million betrug. Darlie mußte im Gefängnis bleiben.

Die Zehn-Prozent-Summe, auf die die Familie gesetzt hatte, war wieder bei 100 000 Dollar. Sie war immer noch ein finanzieller ›Mount Everest‹, der unmöglich erstiegen werden konnte. Mama Darlie fuhr völlig niedergeschmettert heim, brach weinend zusammen, warf mit Kissen und schrie: »Ich möchte bei Devon und Damon sein! Wo sie sind, ist es besser als hier!«

Mit der Verhandlung über die Reduzierung der Kaution überschnitt sich im selben Gebäude eine Verhandlung über den Status des kleinen Drake Routier. Die Frage war, ob das Kind, das seit der Festnahme seiner Mutter in der Obhut von Pflegeeltern war, in die Obhut seines Vaters zurückgegeben werden sollte. Darin und Darlie hatten das Kind seit dem 19. Juni unter strenger Aufsicht zweimal besucht.

Der Ausgang der Verhandlung wurde noch vor deren Beginn entschieden, als das Jugendamt eine eidesstattliche Erklärung vorlegte, in der es erklärte, daß Darin sich in eine prekäre Situation gebracht hatte. ›Er hat gesagt, er will zu seiner Frau stehen und sie unterstützen‹, war dort zu lesen. ›Es ist zu bezweifeln, daß er in der Lage ist, seinen letzten lebenden Sohn, Drake Routier, zu beschützen, und deshalb wäre Drake in beträchtlicher Gefahr, wenn zugelassen wird, daß er in die Obhut seines Vaters gegeben wird.‹

Bei dem offiziellen Standpunkt, das Kind um jeden Preis vor Schaden zu bewahren, gab es wenig Chancen für Darin, seinen verbliebenen Sohn Drake in naher Zukunft in den Schlaf zu wiegen. Diese Verhandlung diente mehr der Entscheidung, wer sich außer den natürlichen Eltern um das Kind kümmern würde.

Von besonderem Interesse für das Jugendamt war, daß der Junge wahrscheinlich bereits eine Mißhandlung erlitten hatte. Gerichtszeitungen stellten die Frage, was es mit dem blauen Auge des Babys auf sich hatte, eine leichte Verletzung, die es sich laut Darin zugezogen hatte, als es unglücklich gefallen und mit dem Kopf an den Couchtisch gestoßen war.

Die vernichtendste Aussage im Kampf um das Sorgerecht für Drake kam von Jamie Johnson vom Kinderschutzbund, die Nachbarn, Freunde und Mitglieder der Familie Routier einschließlich Darlie befragt hatte. Jamie Johnson gab Einzelheiten von ihrem Gespräch mit der Angeklagten im Gefängnis preis.

»Sie war unter Streß«, sagte die Sozialarbeiterin. Sie sagte, sie habe sich immer noch nicht ganz von einer Depression erholt, an der sie nach der Geburt von Drake gelitten hat. Sie war leicht depressiv und überfordert mit der Aufgabe, sich um drei kleine Jungen zu kümmern. Darlie hatte Jamie Johnson erzählt, daß der doppelte Druck durch Geldprobleme und das Aufziehen dreier kleiner Kinder sie an einem Punkt zu der Überlegung getrieben hatte, ob sie sich mit einer Überdosis Tabletten das Leben nehmen sollte.

»Eines Tages war Darin unerwartet nach Hause gekommen und hatte Darlie beim Schreiben eines Selbstmordbriefes vorgefunden«, erzählte die Sozialarbeiterin. Darlie hatte ihn auf der Arbeit angerufen … und sie hatte sehr depressiv geklungen. Sie hatte davon gesprochen, wieviel im Haus zu tun sei und daß sie die Arbeit nicht bewältigen könne. Er sagte ›Bis später‹, und sie erwiderte etwas, das ihn beunruhigte. Etwas wie ›Nun, vielleicht wirst du mich in einem anderen Leben mal wiedersehen‹, und so fuhr er heim.

Detective Jimmy Patterson, dessen unsichere Aussage bei der Vorverhandlung die Ankläger beunruhigt hatte, trat wieder in den Zeugenstand und sagte über die Eintragungen im Tagebuch aus, die auch Selbstmordgedanken enthielten. Er sprach besonders über eine Eintragung, in der Darlie ausdrückte, was seiner Ansicht nach eine Bitte um Verzeihung für etwas war, das sie tun würde. Darlie, am Tisch der Verteidigung, schüttelte ungläubig den Kopf und formte unhörbar mit den Lippen das Wort ›Lügner‹.

Der peinlichste Teil der Verhandlung war Darlies Auftritt im Zeugenstand. Sie stand vor einer nahezu unlösbaren Aufgabe. Sie und ihre Anwälte hatten durch ihr offenes Gespräch mit der Sozialarbeiterin vom Jugendamt eine Lektion gelernt: Worte, die einmal gesagt worden sind, können nicht zurückgenommen werden. Es war längst an der Zeit, daß Darlie den Mund hielt.

Deshalb konnte sie nicht viele Fragen beantworten, die vielleicht beeinflußt hätten, was mit Drake geschehen würde. Wenn sie etwas sagte, würde das vielleicht zu weiteren Indizien für die Ermittler führen. Ihre Anwälte legten Einspruch ein, weil sie überhaupt aussagen mußte, aber das Gericht bestand darauf, sie im Zeugenstand zu vernehmen.

Bevor Fragen gestellt wurden, entfaltete Darlie einen Zettel, der ihr von ihren Anwälten gegeben worden war, und las mit schwacher Stimme: »Ich berufe mich auf mein verfassungsmäßiges Recht der Aussageverweigerung.«

»Lieben Sie Ihren Sohn?«

Darlie, deren Augen sich bei dieser Frage mit Tränen füllten, schluckte und schaute auf den Zettel. »Ich berufe mich auf mein verfassungsmäßiges Recht der Aussageverweigerung.« Sie würde diesen Satz ein dutzendmal wiederholen.

Das Jugendamt war unnachgiebig in seiner Meinung über die hartnäckige Haltung des Ehemanns. ›Darin Routier muß sich darüber klarwerden, daß seine Frau möglicherweise die Mörderin ihrer Söhne ist und deshalb ihr überlebendes Kind nicht versorgen oder besuchen kann‹, stand in einem Bericht, den Sozalarbeiterin Johnson vorlegte. »Um ein verantwortungsbewußter Elternteil zu sein, muß er sich zwischen dem Schutz seines Sohns und der Verteidigung seiner Frau entscheiden.«

Es war eine Entscheidung, die jemandem mit der Weisheit König Salomons schwergefallen wäre, und Darin, der wegen der niederschmetternden Ereignisse im vergangenen Monat am Rande eines seelischen Zusammenbruchs war, fand keinen Weg durch das bürokratische Labyrinth. Wenn er seine Frau verteidigte, verlor er seinen Sohn. Wenn er das Sorgerecht für Drake erhielt, bedeutete dies, seinen Glauben an Darlies Unschuld aufzugeben, und das würde er nicht tun.

Schließlich wurde ein Handel zwischen dem Jugendamt, Drakes vom Gericht ernanntem Anwalt David Cole, der Anwältin Banetta Johnson aus Lubbock – die juristische Vertreterin der Großeltern väterlicherseits – und dem Gericht geschlossen. Drake wurde in die vorübergehende Obhut der Großeltern väterlicherseits gegeben, obwohl Sarilda und Leonard Routier Darlie für unschuldig hielten. Sie würden die Besuche ihres Sohns bei seinem kleinen Sohn beaufsichtigen, und Darlie durfte keinen Kontakt mit Drake bekommen. Das Jugendamt in Lubbock würde die Einhaltung der Vereinbarung überwachen, und ein ausgebildeter und zugelassener Heilpädagoge würde Drakes Entwicklung genau im Auge behalten.

Sarilda erklärte Richter Shannon, sie würde die strikten Auflagen befolgen, aber nicht unbedingt, weil sie vom

Gericht angeordnet wurden. »Ich habe bereits zwei Enkel verloren, und ich will keinen weiteren verlieren«, sagte sie.

Am 4. Juli, dem Unabhängigkeitstag, wurde der kleine Drake Routier nach Lubbock gebracht und in die Obhut seiner Großeltern gegeben.

17

Huff und Parks entschieden sich zu einem dramatischen Schachzug, vielleicht der bedeutendste des ganzen Falls, und Mitte Juli stellten sie den Antrag, den Ort von Darlies Prozeß zu wechseln. Die Dallas County war so gesättigt mit Publicity über den Fall, daß nach Ansicht der Anwälte eine faire Verhandlung gegen Darlie Routier ›entweder unmöglich oder höchst unwahrscheinlich‹ war. Tolle setzte ein Hearing für den September an, wobei er die Argumente abwägen würde.

Die Ankläger stellten ungefähr zur gleichen Zeit ebenfalls einen Antrag, in dem sie versuchten, die Todesstrafe in der Anklageschrift gegen Darlie Routier hinzuzufügen. Selbst in Texas ist die juristische Forderung der Todesstrafe schwierig, mit Ausnahme bei bestimmten Fällen, die besonders dargelegt sind, wie zum Beispiel der Tod eines Polizeibeamten oder Feuerwehrmanns, ein Mord, der während eines Verbrechens begangen wurde, oder mehrfache Morde. Die Legislatur hatte jedoch erst kürzlich der Liste einen anderen Paragraphen hinzugefügt: Die Todesstrafe konnte als Strafmaß in Betracht kommen, wenn das Opfer ein Kind unter sechs Jahren war. Die Ankläger wollten die Anklagen gegen Darlie trennen und erst die Mordanklage hinsichtlich des fünfjährigen Damon verfolgen. Wenn sie verloren, konnten sie Darlie immer noch wegen des Todes von Devon anklagen. Tolle fügte diesen Antrag der wachsenden Liste von Anträgen hinzu, über die er im September entscheiden würde.

Vor dieser wichtigen Vorverhandlung gingen die Ankläger jedoch zu einem besonderen Hearing im August vor Gericht. Die Verteidigung hatte einen weiteren Antrag auf Reduzierung der Kaution gestellt, und die Anklage war besorgt über Berichte, nach denen Darin erfolgreich Gelder gesammelt hatte, besonders nachdem er einem Reporter erzählt hatte, er habe einen Scheck über 100 000 Dollar in der Tasche. Nachdem der Staatsanwalt die Beantragung der Todesstrafe angekündigt hatte, besaß der Staat das notwendige Mittel, das Darlie bis zum Prozeßbeginn in einigen Monaten hinter Gittern halten konnte. In einer zweitägigen Verhandlung wurde um einen Antrag gekämpft, überhaupt keine Kaution für sie zuzulassen!

Greg Davis mußte jedoch mehr Indizienbeweise auf den Tisch legen, um das Gericht zu überzeugen, daß Darlie unbedingt im Gefängnis bleiben mußte. Sein Haupttrumpf war das Abspielen des Tonbands von der Party auf dem Friedhof, und er sagte: »Wir haben es hier mit einer Person zu tun, die keinerlei Reue zeigt. Dieses Video ist eine groteske Szene, in der sie fünf Tage, nachdem sie ihre Kinder abgeschlachtet hat, lacht und mit den Medien scherzt.« Dies war ein wichtiger Punkt, denn er hatte nur die geschnittene und redigierte Nachrichtenversion des Bandes von Joe Munoz benutzt, nicht die längere Version, die von der Polizei mit versteckter Kamera aufgenommen woren war und außerdem die Trauerfeier vor der Party zeigte.

Jimmy Patterson war wegen seiner Rolle als Leiter der Ermittlungen abermals im Zeugenstand und rasselte die Liste der Themen herunter, bei denen die Polizei fand, Darlie habe sich in Widersprüche verwickelt. Patterson machte diesmal seine Sache besser, doch der Verteidiger Wayne Huff setzte den Detective so sehr unter Druck, daß er erklären mußte, Darlies Aussagen ihm gegenüber im Krankenhaus hätten kurz nach ihrer Operation stattgefunden, als sie unter dem Einfluß von Drogen gewesen war.

Der Ankläger rückte mit noch mehr Trümpfen heraus,

indem er Charles Linch aussagen ließ. Linch, ein Spurenanalytiker des Southwestern Institute of Forensic Science (SWIFS) erläuterte einiges von dem forensischen Material, das gesammelt worden war und Spuren von Fiberglas und Gummi an der Klinge eines Messers einschloß, das die Polizei in einem Messerblock in der Küche gefunden hatte. Material, das von dem Fliegengitter stammen konnte, das angeblich von dem Mann aufgeschlitzt worden war, der Darlie angegriffen hatte, wie sie behauptete. Linch sagte ebenfalls aus, das Blut am Tatort stimme nicht mit Darlie Routiers Version der Ereignisse überein, einschließlich Spuren von Blut, die von der Arbeitsplatte in der Küche abgewischt und Blut, das im Spülbecken abgewaschen worden war.

Immer noch in dem Bemühen, ein mögliches Motiv zu nennen, startete Davis einige Versuche. Er konfrontierte Darin Routier als Zeuge mit der Behauptung, daß er und Darlie in der Mordnacht miteinander gekämpft hatten. Darin widersprach kühl und sagte: »Eine Unterhaltung ist kein Kampf.« Der Ankläger deutete an, daß es vielleicht eine Affäre mit ihm und Darlies Schwester Dana gegeben hatte, und das widerlegte Darin ebenfalls. Der dritte Versuchsballon bei der Suche nach einem Motiv war Greg Davis' Hinweis darauf, daß Darlie keine Verletzungen an den Brüsten erlitten hatte, weil sie nicht die Implantate der Operation hatte beschädigen wollen.

Das Team der Verteidigung spielte das Band mit dem Notruf ab, und Darlies Stimme klang laut durch den Gerichtssaal. Ihre Hysterie war nicht zu überhören. Sie und Darin schluchzten, als die Schreie der Panik durch den Raum hallten. Die Verteidigung verzichtete darauf, eigene Zeugen aussagen zu lassen.

Die Entscheidung fiel wiederum gegen Darlie aus. Das Gericht urteilte zugunsten der Anklage. Eine Kaution kam nicht mehr in Frage.

So hatte Darin ungefähr 100 000 Dollar und mußte eine Entscheidung treffen.

Die Routiers waren etwas desillusioniert vom Auftritt

der Pflichtverteidiger geworden, die anscheinend jede Runde verloren. Sie hatten das Gefühl, daß sie ihre Arbeit lustlos verrichteten und das nicht gut genug war, um Darlie zu retten, besonders jetzt nicht mehr, wo es bei dem bevorstehenden Prozeß um ihr Leben ging. Sie schickten einen engen Freund zu einem Botengang um das Gerichtsgebäude der Dallas County, und er fragte fünfundzwanzig Polizisten, Anwälte und Richter: »Wen würden Sie als Verteidiger nehmen, wenn Sie an Darlie Routiers Stelle wären?« Die Antwort war einstimmig: »Ich würde Doug Mulder anheuern.«

Von diesem Augenblick an waren Wayne Huffs und Doug Parks' Tage gezählt. »Sparen Sie Ihr Geld«, riet Huff der Familie. »Sie brauchen ihn nicht.« Bis auf weiteres stieg Mulder als Mama Darlies Berater ein, nicht als Anwalt von Darlie Routier. Während die Familie noch überlegte, ob sie den Anwalt beauftragen sollte, hatten die Pflichtverteidiger noch eine letzte wichtige Aufgabe vor Gericht zu erledigen – den Antrag auf Wechsel des Verhandlungsortes.

Das Geheimnis, ob der Prozeß in Dallas stattfinden würde oder nicht, wurde am Donnerstag, dem 12. September, gelöst. Um neun Uhr versammelte sich eine Menschenmenge, die sich allmählich schon vom Sehen her kannte, wieder einmal auf dem grauen Flur mit Marmorboden im rechten Flügel des fünften Stocks im Gerichtsgebäude von Dallas. Einige Leute wanderten zum fernen Ende des Korridors und schauten aus dem breiten Fenster auf einen asphaltierten Parkplatz, auf dem Besucher des Justice Center den ganzen Tag für zwei Dollar parken konnten. Zur Rechten befand sich das Gefängnis, Darlies Heim seit ihrer Festnahme. Weiter entfernt fuhren unhörbare Wagen über den I-35E Freeway, und jenseits davon erstreckten sich grüne Felder bis zum Horizont.

Das Verhältnis zwischen der Familie Routier und den Medien war inzwischen äußerst frostig geworden; die

Routiers glaubten, von der Presse nicht mehr fair behandelt zu werden. Tolles sechsseitiges Redeverbot über den Fall war an der Tür des Gerichtssaals angeschlagen. Nicht nur Kameras und akustische Aufzeichnungsgeräte waren verboten, auch Reporter durften keine Interviews in der Eingangshalle durchführen. Dies schuf ein Niemandsland, in dem Reporter und Fotografen auf einer Seite der Glastür am Ende der Halle waren, und Darin Routier und seine Familie und Sympathisanten auf der anderen Seite, gerade außerhalb des Gerichtssaals.

Erst vor dem Beginn der Verhandlung mischten sich die beiden Menschenmengen, aber sie sprachen nicht miteinander, als sie in den Gerichtssaal strömten, in dem Tolle auf seiner hohen Bank in einer Ecke den Vorsitz führte, flankiert von Gerichtsangestellten, Marshals und den Flaggen der Vereinigten Staaten und Texas. Leuchtstofflampen tauchten den Saal in kaltes Licht.

Der Fall war in den vergangenen Wochen zunehmend kompliziert geworden, aber Tolle hatte bereits seine Entscheidungen in dem Berg von Anträgen gefällt, die von Anklage und Verteidigung gestellt worden waren. Als Mann, der schnell und entschlossen handelte, wollte Tolle für diese Verhandlung keine Zeit vergeuden. Darlie wurde, fast ungesehen zwischen den größeren Anwälten und Marshals, in den Gerichtssaal gebracht. Sie blickte sich um, entdeckte Darin und lächelte schwach. Sie war sehr blaß.

Tolle eröffnete die Verhandlung pünktlich auf die Minute. Zuerst kündigte der Richter an, daß andere geplante Verhandlungen erst nach der Sache Routier stattfinden würden. Dann las er fast monoton die Liste der Entscheidungen vor, die er zu den verschiedenen Anträgen gefällt hatte. Er erklärte nicht jede einzelne im Detail, denn es waren so viele, sondern überließ diese Arbeit den Anwälten, von denen die Anträge gestellt worden waren. Der Richter las nur die Nummer vor – Römische Ziffern I bis XIV und arabische Ziffern 1 bis 37-E – und gab bekannt, ob er ihnen stattgegeben oder ob er sie abgelehnt hatte. Das meiste davon war juristische Spitzfindigkeit, zum Beispiel der Antrag der Verteidigung, das Gesetz von Texas bezüglich der Todesstrafe nicht anzuwenden, und die Entscheidungen kamen ungefähr so wie erwartet.

Der Hauptpunkt war der Wechsel des Verhandlungsortes, und Tolle kündigte an, daß er diesem Antrag stattgeben werde, hielt jedoch eine offizielle Ankündigung des neuen Ortes zurück. Er beließ es bis auf weiteres auf ›jede Stadt in Texas‹ außer Dallas.

Nachdem er seine Entscheidung gefällt hatte, war der Richter mit der schwierigen Aufgabe beschäftigt gewesen, irgendwo in Texas einen leeren Gerichtssal zu finden, den er für ungefähr einen Monat benutzen konnte. Offenbar waren die Terminkalender für Straf- und Zivilprozesse im zweitgrößten Staat der Vereinigten Staaten ungewöhnlich gefüllt, und es kamen nur drei Countys in Frage – Kerr, Bexar und Harris. Terminprobleme sprachen gegen Bexar und Harris.

Medienvertreter, Anwälte und der Routier-Clan hatten bereits herumtelefoniert und nach möglichen Unterkünften in Kerrville gesucht, und ein Gerichtsangestellter in der Kleinstadt westlich von San Antonio bestätigte, daß Pläne für die Zusammenstellung einer Jury aufgestellt worden waren. Dennoch blieb es inoffiziell, und Tolle gab nichts preis.

Die Ankläger entschieden sich, keinen Einspruch gegen diese Entscheidung einzulegen. Warum sollten sie auch? Der Fall war soeben in einem der politisch und gesellschaftlich konservativsten Gebiete in ganz Texas gelandet. Die letzten drei Mordprozesse in der Kerr County hatten alle mit soliden Verurteilungen und Todesstrafen geendet. Greg Davis schlief gut in dieser Nacht.

18

Schließlich hatte Darin einiges Bargeld zur Verfügung und war nicht länger darauf angewiesen, daß die Steuerzahler für die Verteidigung seiner Frau bezahlten. Um das Netz der Beweise zu durchdringen, in dem sich Darlie verfangen sollte, wollte Darin Routier einen Starverteidiger, sozusagen einen juristischen Revolvermann, der schon bei seinem Erscheinen ein Raunen im Gerichtssaal hervorrief. Als er diesen Mann fand, zögerte er nicht, den Scheck für den Honorarvorschuß auszuschreiben. Im Oktober 1996 übernahm Doug Mulder den Fall, und die Dinge wurden sofort anders. »Er weiß, daß sie unschuldig ist, und er weiß, daß er es beweisen kann«, sagten Familienmitglieder.

Wenn man in Juristenkreisen von Dallas den Namen Mulder erwähnte, sah man stets ein Lächeln, entweder ein peinlich berührtes oder ein neidisches. Andere Anwälte liebten oder haßten ihn – es gab kein Mittelding bezüglich dieses Staranwalts mit dem graumelierten Haar – aber niemand stellte seine Tüchtigkeit in Frage. Er liebte es, die großen Fälle abzuwickeln, und da er genügend in Angriff genommen hatte, um sehr reich zu werden, konnte er sich erlauben, dann und wann einen Fall zu übernehmen, der ihn interessierte. Die Herausforderung, Darlie Routier aus einer Falle von scheinbar unüberwindlichen Beweisen – wenn auch Indizienbeweisen – zu befreien, brachte seinen Stern in ihre Umlaufbahn – das und die Schlagzeilen, die der Prozeß erhielt. Wenn nichts sonst, dann würde Doug Mulder enorme kostenlose Werbung erhalten, denn obwohl der Prozeß nun im fernen Kerrville stattfand, würden die Medien von Dallas umfassend darüber berichten. Wenn er den Prozeß gewann, würde das eine weitere Kerbe in seinem juristischen Revolver sein. Wenn er verlor, würde es ihm nicht schaden.

Mulder, ein Junge aus Iowa, studierte noch Jura an der

Southern Methodist University, als er 1964 einen Brief an den Staatsanwalt der Dallas County schrieb und um einen Job bat. Natürlich war Mulder nicht der einzige Jurastudent, der versuchte, eine Stelle im renommierten Büro des Bevollmächtigten Henry Wade zu ergattern, und dieser war gewiß nicht beeindruckt von dem Bewerbungsschreiben und den Noten, die nur leicht über dem Durchschnitt lagen. Ein persönliches Gespräch änderte Wades Meinung, und er stellte den jungen Mann ein, um seinen Mitarbeiterstab zu verstärken, der zwar groß, jedoch immer noch mit Arbeit überlastet war.

Doug Mulder, der noch nie in seinem Leben über einen Fall vor Gericht verhandelt hatte, begann für den Mann zu arbeiten, der Jack Ruby überführte, Lee Harvey Oswald erschossen zu haben, den Mörder von Präsident Kennedy. Er mußte noch seine ersten kurzen Schriftsätze schreiben, aber er arbeitete in dem Büro, das Geschichte als Verteidigung im aufsehenerregenden Prozeß ›Roe gegen Wade‹ gemacht hatte. ›Wade‹ stand in diesem Fall für Henry Wade. Mulder mochte nur ein kleiner Ankläger in der Abteilung für mindere Delikte sein, aber allein die Tatsache, daß er für Wade arbeitete, verlieh ihm schon früh gesellschaftlich hohes Ansehen.

Als er zum ersten Mal vor einen Richter trat, wußte er, daß der Gerichtssaal seine wahre Heimat war. Leider verlor Mulder seinen ersten Fall. Die beiden nächsten Prozesse gewann er, und dann fuhr er fort, die beste Serie von Verurteilungen zu erreichen, die die Dallas County jemals erlebt hatte. Mit dreißig war Mulder Wades Chef-Assistent und leitete das Büro.

Verteidiger haßten es, mit Mulder als Ankläger in einem ihrer Fälle zusammenzutreffen, denn er war immer genau vorbereitet, taktisch meisterhaft beim Kreuzverhör und beeindruckend für eine Jury. Kollegen unter den Anklägern faßten eine Abneigung gegen die Art, wie der sture junge Mann das Büro des Staatsanwalts leitete. Viele von beiden Gruppen nannten ihn hinter seinem Rücken ›Verrückter Hund‹.

So schlug Mulder nicht viel Sympathie entgegen, als ihm ein großer Fall zufiel. Wie gewöhnlich hatte er zuvor die Verurteilung eines Mörders erreicht, diesmal die von Randall Dale Adams, der angeklagt war, 1976 einen Polizeibeamten von Dallas erschossen zu haben. Die Geschworenen verurteilten Adams zum Tod auf dem elektrischen Stuhl. Damit hatte Mulder, der diesmal die Geschworenen von einem anderen Ankläger hatte auswählen lassen, alle vierundzwanzig Fälle gewonnen, die mit der Todesstrafe geendet hatten.

Drei Jahre später erklärte das oberste Bundesgericht die Auswahl der Jury im Fall Adams als fehlerhaft und hob das Urteil Todesstrafe auf. Der Gouverneur von Texas reduzierte Adams' Strafe dann auf lebenslänglich, wodurch ein neuer Mordprozeß unnötig wurde.

Ein Filmproduzent enthüllte später auf der Suche nach einem Projekt mögliche Fehler der Anklage in diesem Fall, und das Berufungsgericht von Texas hob den Schuldspruch auf, zwölf Jahre nach dem ersten Prozeß. Adams wurde nicht noch einmal angeklagt. Das Berufungsgericht zitierte auch Mulders Arbeit in dem Fall und behauptete, er hätte Beweise unterdrückt und Zeugen erlaubt, meineidig zu werden. Mulder hat die Behauptungen in Abrede gestellt und ist sogar heute noch überzeugt, er könnte über diesen Fall wieder verhandeln und Adams würde immer noch schuldig gesprochen werden. Aber der Fall Adams beschmutzte Mulders hervorragenden Ruf.

Sechzehn Jahre im Stall des Staatsanwalts reichten Doug Mulder, und als Henry Wade in Pension ging, packte Mulder die Gelegenheit beim Schopf und wechselte 1980 die Seiten im Gerichtssaal, als ein des Mordes Angeklagter Mulder 100 000 Dollar für seine Verteidigung bot. Mulder verdiente zu dieser Zeit nur 65 000 Dollar pro Jahr, pflegte jedoch einen teuren Geschmack und nahm das Geld und den Fall, der trotz des fetten Honorarschecks nie zum Prozeß kam.

Extravagante Anwälte sind fast die Regel für Texas, und ein neuer – Mulder – strebte nach vorn. In den kommenden Jahren wuchs sein Können als Verteidiger rapide, und Leute, denen Kapitalverbrechen zur Last gelegt wurden, schätzten sich glücklich, wenn sie Mulder als ihren Anwalt bekommen konnten. Er fand anscheinend Wunder im Schmutz von Verbrechen. Nur weil jemand ein Geständnis unterschrieben hatte oder weil erdrückende Beweise gegen ihn sprachen, hieß das nicht, daß er ins Gefängnis kommen würde – nicht, wenn Doug Mulder der Verteidiger war. Die Leute öffneten ihre Scheckbücher weit, um seine Dienste zu gewinnen.

Den Sprung zum Superstar der texanischen Anwälte schaffte er mit dem Fall Walker Railey, einem Methodisten-Geistlichen, dem versuchter Mord an seiner Frau vorgeworfen wurde, mit dem er eine Liebesaffäre mit der Tochter seines ehemaligen Bischofs vertuschen wollte. Die Frau war so brutal angegriffen worden, daß sie ins Koma fiel, aus dem sie mit bleibenden Hirnschäden erwachte. Mit Mulder als juristischem Beistand wurde Railey von der ersten Anklagejury nicht einmal angeklagt. Eine zweite Anklagejury faßte den Anklagebeschluß, und der Fall kam zum Prozeß. Mulder gewann, und Railey wurde freigesprochen. Einige Geschworene würden später sagen, sie hätten den Angeklagten zwar für schuldig gehalten, wären jedoch von Mulder überzeugt worden, daß die Anklage ihm die Schuld nicht nachgewiesen hatte.

Es gab auch zwei Fälle, die von Bedeutung für den Fall Darlie Routier waren, einen guten und einen schlechten.

Mulder gewann sie nicht beide. Vor zwei Jahren war Mulder der Verteidiger von Joy Davis Aylor gewesen, die für schuldig erklärt wurde, jemanden bezahlt zu haben, damit er die Freundin ihres Mannes tötete. Mit dieser Verurteilung wurde Joy Davis Aylor die sechste Frau in einer Todeszelle in Texas. Sonderbarerweise war Mulder nicht im Gerichtssaal, als das Urteil verkündet wurde. Er sagte, er hätte woanders gearbeitet, als auf schuldig erkannt wurde, und Gerichtsdiener hätten ihn nicht rechtzeitig erreichen können.

Der andere Fall fand 1982 statt, als Mulder engagiert

wurde, um zwei Männer zu verteidigen, die beschuldigt wurden, einen dreifachen Mord in der Nähe der Stadt Brady begangen zu haben. Dies sollte ein großer Sieg für Mulder werden, und das Routier-Team konnte daraus etwas Trost schöpfen. Zum einen hatte der Prozeß in der Kerr County stattgefunden, und eine Jury aus Kerrville war zu dem Urteil gelangt, durch das die Angeklagten freigesprochen worden waren. Noch wichtiger war, daß Mulder in diesem Fall einen Partner gehabt hatte, einen sehr zurückhaltenden Provinz-Anwalt namens Richard Mosty.

Als Mulder den Fall Darlie Routier übernahm, der in Kerrville verhandelt werden würde, engagierte er sofort Mosty zu einer erneuten Zusammenarbeit. Mosty hatte seit zwei Jahrzehnten als Anwalt in der Gegend praktiziert, sowohl als Verteiger als auch als Ankläger der Kerr County. Sein Name war in dem Gebiet allgemein bekannt und sein Ansehen war groß.

Die beiden Männer waren Gegensätze: Mulder der extravagante, dominierende Typ, während der sechsundvierzigjährige Mosty eine Jury mit Freundlichkeit überhäufen und einen gegnerischen Zeugen fast aufspießen konnte. Beide arbeiteten außergewöhnlich lange, und weil sie selbst früher als Ankläger gearbeitet hatten, wußten sie, wie sie die Staatsanwaltschaft wirkungsvoll angreifen konnten. Sie würden ein Team leiten, das einige andere Anwälte und Ermittler einschloß. Mit Mulder und Mosty auf ihrer Seite wuchsen Darlie Routiers Chancen, einer Strafe zu entgehen.

Der stellvertretende Staatsanwalt Greg Davis ist allerdings auch kein Punchingball für ehrgeizige Verteidiger. Wie Mulder vor ihm hatte sich Davis zum besten Prozeßanwalt im Büro der Staatsanwaltschaft der Dallas County hochgearbeitet und viele des Mordes Angeklagte in die Todeszelle geschickt, wo sie auf ihre Hinrichtung durch die Todesspritze warteten. An der Wand in Davis' Büro hängt die Zeichnung einer Spritze zur subkutanen Injektion.

Er ist die Verkörperung des verantwortungsbewußten Anwalts, freundlich und tüchtig, jedoch auch zurückhaltend und auf Distanz bedacht. Für Greg Davis, den großen fünfundvierzigjährigen Anwalt, würde der Fall Routier der bisherige Höhepunkt seiner Karriere sein.

Davis' Vorbereitung war so peinlich genau wie immer, vielleicht noch akribischer, weil er wußte, daß die Verteidigung im Fall Routier stark sein würde. An den Wänden seines Büros hingen Fotos von Devon und Damon, um ihn ständig daran zu erinnern, warum er und sein Mitarbeiterstab diese großen schwarzen Notizbücher zusammentrugen, die Diagramme und Karten, die Kisten mit Beweismaterial, und warum er sogar ein maßstabgetreues Modell des Fensters bauen ließ, durch das der Einbrecher nach Darlies Aussage entkommen war.

Davis hatte das Talent, einen schwachen Punkt in der Verteidigung zu erkennen, wie er zeigte, als er das falsche Geständnis eines Mannes abschmetterte, um Juan Rodriguez Chavez die Ermordung von zwölf Leuten nachzuweisen. Chavez sitzt jetzt in der Todeszelle.

Darlie Routiers Lage würde von Davis' Fähigkeit abhängen, den Geschworenen komplizierte technische Beweise über Blutspritzer und DNS-Analysen zu erklären, ohne sie dabei zu langweilen oder sie unter den Tisch zu reden. Seine Offenheit und sein geradliniges Verhalten würden in Kerrville so weit gehen, daß er wiederholt auf Darlie zeigen und den Geschworenen sagen würde, daß die kleine blonde Frau, die dort saß und so schwach und unschuldig aussah, die kaltblütige Mörderin ihrer eigenen Kinder war.

Für berufliche Prozeßbeobachter war es eine Traumpartie. Hätte der Prozeß in Dallas stattgefunden, hätte das Publikum vermutlich aus Anwälten bestanden, nicht so sehr, um zu sehen, was mit Darlie Routier geschah, sondern um Mulder und Davis zu beobachten. Aber er fand nicht in Dallas statt, sondern in Kerrville, und das gefiel Davis überhaupt nicht.

19

Kerrville im malerischen Hügelland des westlichen Texas liegt rund 110 Kilometer westlich von San Antonio, eingezwängt zwischen der Straße Interstate 10 und dem Fluß Guadalupe. Die Entstehung der Stadt hätte nicht bescheidener sein können.

Joshua Brown, ein fleißiger Zeitgenosse, gründete dort 1840 ein kleines Geschäft und hackte Schindeln aus den Zedern, die in diesem Gebiet wuchsen. Er stiftete vier Morgen Land, und dieser Platz wurde das Herz der neuen Stadt, die zu Ehren des Major James Kerr benannt wurde, einer von Browns Freunden, der Texas geholfen hatte, die Unabhängigkeit von Mexiko zu gewinnen. Es ist nicht bekannt, ob Kerr die Stadt Kerrville jemals besucht hat.

Einer der ersten Arbeitgeber war die Army der Vereinigten Staaten, die in der Nähe Camp Verde errichtete, Menschen und einige Kamele aus Ägypten importierte und dann überlegte, ob sie die Kamele zur Durchquerung der Wüsten des Westens benutzen sollte. Das Experiment endete abrupt mit dem Beginn des Bürgerkrieges. Nach dem Krieg kam ein herkömmlicheres Tier, als Rancher riesige Rinderherden über die Water Street auf die Route zum Chisholm Trail und nördlichere Märkte brachten. Aber weder Kamele noch Longhorns brachten Kerrville auf die Straße zum Erfolg.

Wie Immobilienmakler stolz sagen, ist die Lage entscheidend. In den 20er Jahren dieses Jahrhunderts sprach sich herum, daß die kleine Stadt am Guadalupe-Fluß der ›gesündeste Fleck in der Nation‹ war, und ein Ansturm von Besuchern setzte ein. 505 Meter über dem Meeresspiegel in den bewaldeten Hügeln liegt Kerrville hoch genug, um von der Hitze des texanischen Sommers verschont zu bleiben, aber tief genug für milde Winter. Die Durchnittstemperatur schwankt zwischen 9 Grad Celsius im Januar bis 27 Grad im Juli.

Besucher strömten in dieses Gebiet, und wie die Handelskammer stolz feststellt, ›wurden die Camper vom vorigen Jahr die Bewohner von heute‹. Kerrville wurde ein Ort für Ruheständler, und als Hauptindustrie erblühte deshalb auch die Gesundheitsfürsorge. Es gibt in Kerrville drei große Krankenhäuser, eine Reihe von Arzneimittelfirmen und 74 Kirchen für 18 187 Einwohner, was ungefähr die Hälfte der Gesamtbevölkerung der Kerr County ist. Das *Texas Heritage Music Festival* findet jedes Jahr statt und geht auf Kerrvilles beühmtesten Bürger zurück, auf den Country-Musiker Jimmie Rodgers, der einst in der West Main Street 617 gewohnt hat. Der ›Blues-Jodler‹ ist in der Ruhmeshalle für Country-music, Blues und Rock and Roll verewigt. Schöne große Ranches liegen versteckt jenseits der Stadtgrenzen. Die Besitzer sind Prominente mit viel Geld, die es sich leisten können, auf normale Jobs in Dallas, Houston und San Antonio zu verzichten und mit ihren Privatflugzeugen nach Kerrville zu fliegen, wo sie ihre Stadtkleidung ablegen, Stiefel und Jeans anziehen und sich in Hobby-Rancher verwandeln.

1996 pumpten 1 046 744 Besucher den Umsatz von 106 558 179 Dollar in dieses Gebiet. Für 1997 würde der erste große Besucherstrom weder zur Ausstellung ›World Mohair Extravaganza‹ noch zur Schäferhundeschau von Texas kommen, sondern zum Doppelmord-Prozeß von Darlie Routier.

Trotz seines früheren Sieges in Kerrville wollte Doug Mulder für seine neueste Mandantin von der Stadt nichts wissen. Der kluge Schachzug, den Prozeßort von Dallas zu verlegen, war ins Auge gegangen, und es gab wenig Zweifel daran, daß eine konservative, ausschließlich weiße Jury von Kirchgängern in einem Prozeß, in dem es um den Tod zweier Kinder ging, schwieriger sein würde, als eine Jury aus einer Großstadt, gemischt aus mehreren Rassen, vor der die Verteidiger die Arbeit der Polizei angreifen konnten. Die Frau eines Cowboys mit felsenfestem Glauben an die Politik der Republikaner würde nicht so wohlwollend sein wie eine hispanische Mutter mit niedrigem Einkommen und fünf Kindern, die Probleme mit dem Gesetz hatten.

Gleich als Mulder offiziell die Pflichtverteidiger ablöste, stellte er bei Richter Tolle den Antrag, den Prozeß zurück nach Dallas zu verlegen, wo er begonnen hatte. Er argumentierte, die Gründe für einen Wechsel des Verhandlungsortes – hauptsächlich die Berichterstattung der Presse – hätten sich als nicht so gravierend erwiesen, wie man zuerst gedacht hatte. Der Anwalt behauptete, die Medien hätten ausgewogen über den Fall berichtet, ohne eine Seite zu bevorzugen. Und ein Prozeß in Dallas erspare jedem Beteiligten die Reise nach Kerrville und somit dem Steuerzahler eine geschätzte halbe Million Dollar. »Der Prozeß kann hier stattfinden, und es sollte hier verhandelt werden. Ich sehe keinen Grund, Steuergelder zu verschwenden, wenn wir hier einen fairen Prozeß abwickeln können«, erklärte Mulder und fügte hinzu, daß Darlie jetzt in Dallas vor Gericht gestellt werden wollte.

Der Richter konnte seinen Ärger kaum verbergen. Das war das genaue Gegenteil der Argumente, die das vorherige Verteidigungsteam nur einen Monat zuvor angeführt hatte. Nein, entschied Tolle ohne Zögern. Antrag abgelehnt. Der Prozeß würde in Kerrville bleiben.

Die Taktik scheiterte, aber das Gericht nahm zur Kenntnis, daß Mulder nicht so passiv in seiner Verteidigung sein würde wie die Pflichtverteidiger. Mehrere Beobachter sagten, daß Tolle bei dem Prozeß Stärke zeigen mußte, damit Mulder ihn nicht unter seine Kontrolle bekommen konnte.

Die Auswahl der Geschworenen begann Ende Oktober 1996, viereinhalb Monate nach dem Tod der Routier-Kinder. Ungefähr 180 Bürger, allesamt Bewohner des Verwaltungsbezirkes von Kerr, mußten gesichtet werden, bis die benötigten zwölf plus Stellvertreter gewählt werden konnten. Es waren normale Leute, und ein Verwandter der Routiers sagte zu einem Reporter: »Sie sehen alle nett aus. Solche Leute suchen wir, einfach gute Bürger, die denken können und Ungerechtigkeit erkennen.«

Jeder potentielle Geschworene mußte erst einen Fragebogen von 13 Seiten ausfüllen, der von den Anwälten genau geprüft wurde, um Hinweise auf die Persönlichkeit und Gefühle der Personen zu finden. Für die Verteidigung ist die Auswahl der Jury entscheidend, besonders bei einem Fall, in dem es um die Todesstrafe geht. Der Staat braucht Einstimmigkeit bei einem Schuldspruch, während die Verteidigung nur einen einzigen Geschworenen für sich gewinnen muß, um einen ergebnislosen Prozeß zu erreichen. Ein Geschworener, der irgendwie auf die Liste kommt, jedoch gegen die Todesstrafe ist, kann den ganzen Prozeß gefährden.

Es war eine langwierige Prozedur, für die das Gericht Wochen brauchte, und Tolle achtete genau auf die Einhaltung seines Terminplans. Als die Auswahl der Jury feststand, war es schon November, und es wäre sinnlos gewesen, einen solchen Prozeß vor den langen Ferien zum Thanksgiving Day, Weihnachten und Neujahr zu beginnen. So wurden die Geschworenen ausgewählt und nach Hause geschickt, um zu warten. Sie wurden angewiesen, in den nächsten zwei Monaten nicht an den Fall zu denken, der zu den bedeutendsten von Texas zählte.

Die Jury war theoretisch ein unbeschriebenes Blatt, aber eine Person, die den Anwälten half, solche Gruppen zu analysieren, hielt sie für ein offenes Buch. Der Analytiker faßte zusammen, daß die Jury von Kerrville die sehr konservativen Moralvorstellungen der Gegend widerspiegelte. »Sieben der Geschworenen tragen Cowboystiefel und hassen Killer von Söhnen. Dann sind da fünf Frauen, die Kindermörder hassen. Sie (Darlie) ist erledigt!« Bei solchen Voraussetzungen mußte das Team der Verteidigung beweisen, daß Darlie unschuldig war, nicht der Staat mußte beweisen, daß sie zweifelsfrei schuldig war.

Darlie würde im Januar 1997 der Ermordung ihrer Söhne angeklagt werden. Unterdessen erteilte der Richter die

Genehmigung, daß sich eine Friseuse im Gefängnis um Darlie Routier kümmern konnte, denn ihr einst blondes Haar hatte während der Haft zwei Farbtöne angenommen – ein breiter dunkler Streifen in der Mitte und ein heller an den Enden. Ihre neuen Anwälte waren der Ansicht, wenn die Geschworenen sie so sahen, würden sie daran erinnert, daß sie im Gefängnis gewesen war. Ungepflegtes Haar würde so nachteilig auf die Geschworenen wirken wie ihre Vorführung vor Gericht in Handschellen. Die Verteidigung wollte, daß die Angeklagte wie die Lehrerin einer Sonntagsschule aussah. Na fein, entschied der wütende Richter, sie kann eine Friseuse haben. Dies war nur einer von Mulders raffinierten Schachzügen, und er kümmerte sich auch um Darins Äußeres. So wurden die dicken goldenen Ringe durch einen einzigen goldenen Ehering ersetzt, Ebenso verschwand der Bart, denn die Kerrville County war noch eine Gegend, in der Bärte und langes Haar bei Männern nicht wirklich akzeptiert wurden. Kleine Dinge, die jedoch wichtig sein konnten. Während des Prozesses würden die gegnerischen Parteien an den gesunden Menschenverstand der Geschworenen appellieren. Die Ankläger würden den bloßen Anschein von Dingen angreifen, und die Verteidiger das Bild einer bescheidenen, einfachen Mutter zeichnen, gegen die von wichtigtuerischen Polizisten falsche Beschuldigungen erhoben wurden.

In der Woche, in der die Jury aus sieben Männern und fünf Frauen ausgewählt wurde, sendete die nationale Fernsehshow *Day & Date* eine verdrehte Version der Routier-Saga mit der klaren Tendenz, daß die inhaftierte Darlie unschuldig war. In jüngster Zeit ist es bei kenntnisreichen Unterstützern von Leuten, denen Verbrechen zur Last gelegt werden, beliebt geworden, solche Infotainment-Shows zu nutzen, um die Trommel für ihren Standpunkt zu rühren. Schließlich geht es bei diesen Shows um Unterhaltung, nicht um Tatsachen.

An diesem Tag saß in *Day & Date* die forsche Moderatorin Dana King vor der Kulisse des berühmten South-Fork- Ranchhauses und kündigte ein Wiederaufleben der beliebten Serie *Dallas*, die vierzehnjährige Sängerin LeAnn Rimes und einen Veranstalter an, der Autotouren entlang der Route durchführte, auf der Präsident Kennedy ermordet worden war. In der Sendung würde ebenfalls über den umstrittenen Mordfall Darlie Routier berichtet werden, und mit diesem Beitrag fing die Techno-Pop-Show an.

Als erstes gab es die üblichen Bilder vom Haus, den Jungen und Darin und Darlie, und eine tiefe Männerstimme kommentierte die Fakten des Falles. Es wurde offensichtlich, daß die Kamerateams von *Day & Date* die Erlaubnis erhalten hatten, im Haus zu filmen, und die Aufnahmen wurden gezeigt, während die Stimme aus dem Off die Ereignisse bis zur Beerdigung schilderte. Es wurde eine kurze Aufnahme vom Friedhof eingeblendet, doch dann wechselte der Schauplatz zum Polizeipräsidium, und Sergeant Poos war bei seiner Pressekonferenz vom vergangenen Juni zu sehen.

Für jeden mit dem Fall Vertrauten war die Show ein Schock. Fernsehen ist ein visuelles Medium, und der Fall Routier enthielt einige der erschütterndsten Aufnahmen, die jemals ausgestrahlt worden waren. Zuschauer von Texas wußten, was sich auf dem Friedhof abgespielt hatte, wo Darlie den Geburtstag eines ihrer toten Söhne gefeiert, fröhlich lustigen Schaum versprüht und gelacht hatte. Aber *Day & Date* verzichtete darauf, dieses ungewöhnliche Bildmaterial zu benutzen!

Statt dessen brachte die Show Interviews mit Freunden und Verwandten der Familie Routier, und alle beteuerten, daß Darlie unschuldig war und das abscheuliche Verbrechen niemals begangen haben konnte. »Warum, warum, warum verhaftet man diese junge Frau, die beim Erwachen die grauenvolle Feststellung machen muß, daß ihre Kinder umgebracht wurden und ihr Hals aufgeschlitzt worden ist?« fragte Sandi Aiken, Darlies Tante. Nachbarin Terry Neal sagte, Darlie habe ihre Jungen so sehr geliebt, daß sie ihnen nicht einmal einen Klaps gegeben habe. Darlies Schwiegermutter, Sarilda Routier, sagte kurz und unmißverständlich: »Ich weiß nur, daß Darlie es nicht getan hat.«

Als Ausgleich zeigte die Show nur Poos bei der früheren Erklärung zur Festnahme, daß die Aussagen von Darlie mit den Indizien am Tatort nicht übereinstimmten. Poos' Äußerungen wurden sogar ausgeblendet, als Sandi Aiken einen Brief Darlies aus dem Gefängnis vorlas, in dem sie schrieb, daß sie in ihren Träumen ›mit den Jungen redet und sie liebt‹.

»Ich weiß, was ich gesehen habe, und ich weiß nicht, warum man eine Mutter einer solchen Tat beschuldigt. Die ganze Welt hätte rings um mich einstürzen können, und ich hätte ihnen kein Haar gekrümmt«, las Aiken aus einem der Briefe mit Darlies kühner, ordentlicher Handschrift auf liniertem Papier vor.

Die Show ging in dieser Art weiter, indem Darin die Arbeit übereifriger Polizei verurteilte und Sandi Aiken sagte ›nichts davon ist fair gewesen‹. Der Reporter erklärte, ein von der Familie Routier beauftragter Privatdetektiv habe wichtige Beweise zugunsten von Darlie gefunden – Blutspuren außerhalb des Hauses und nicht identifizierte Fingerabdrücke am Fenster, durch das der Killer Darlies Meinung nach geflüchtet war. Die Show war gut für die Einschaltquoten, aber lausiger Journalismus.

Wer den Fall genauer verfolgte, fragte sich, was aus Tolles ›Maulkorberlaß‹ geworden war; warum die explosiven Szenen auf dem Friedhof nicht gesendet wurden; und ob die Sendung, die landesweit zu sehen war, nicht die Geschworenen beeinflußte, die erst vor kurzem ausgewählt worden waren. Nichts geschah, und die merkwürdige Fernsehshow flimmerte unbeanstandet über die Bildschirme der Öffentlichkeit.

Darlie wurde am ersten Wochenende des neuen Jahres 1997 von Dallas nach Kerrville verlegt. Im Gefängnis der County unterzog man sie einer Leibesvisitation, gab ihr einen Eimer mit Wasser und einen Schrubber und wies sie an, den Boden ihrer neuen Zelle zu schrubben. Die Familie versammelte sich in einem kleinen Bungalow, den sie für alle gemietet hatte, um Hotelkosten zu sparen, Reporter mit Spesengeldern fanden Unterkünfte in den besseren Motels und Hotels, die Teams der Staatsanwaltschaft und Verteidigung quartierten sich im Holiday Inn ein, Anreisende auf eigene Kosten suchten sich billigere Unterkünfte näher beim Highway, und ein paar Leute, die nichts Besseres zu tun hatten, trafen mit Wohnmobilen ein, um für die Dauer des Prozesses zu campen.

Der Ablauf der Ereignisse wurde auf verschiedene Weise gestört. Das sonnige, milde Wochenende vor dem Prozeß wurde von einer arktischen Kaltfront abgelöst, die von Nordwesten heraufzog und Schnee und Graupelschauer versprach. Dies würde keiner von Kerrvilles berühmten milden Wintern sein. Zu der miesen Stimmung in der Stadt trug auch das Footballteam der Dallas Cowboys bei, das sich am Sonntag von den aufstrebenden Carolina Panthers vernichtend schlagen ließ und in den folgenden Tagen damit beschäftigt war, Klagen gegen Spieler einzureichen.

Kerrvilles erstes Gerichtsgebäude war aus Holz und in den letzten anderthalb Jahrhunderten fast ständig mit Stein ausgebaut und renoviert worden. Selbst während des Prozesses wurden Renovierungsarbeiten an einem Flügel im Erdgeschoß durchgeführt. Das Gebäude sieht altmodisch und karg aus, eine texanische Festung aus alten Backsteintrakten und neuen Betonklötzen, und alles in schmucklosem Grau. Aufnahmewagen des Fernsehens fuhren auf dem schmalen Zufahrtsweg in Stellung, die Satellitenschüsseln himmelwärts gerichtet und bereit, einer wartenden Welt jede Nachricht über Darlie Routier zu senden. An den Zweigen kahler Bäume hingen noch Weihnachtslichter und würden während der ersten Woche des Prozesses des Nachts leuchten.

Früh am Montag bildete sich eine Menschenschlange, und zwei freundliche Deputys mit Cowboyhüten, Stiefeln und Revolvergurten ließen die Leute nacheinander durch eine Schleuse von Metalldetektoren gehen. Sie suchten nicht so sehr nach Waffen, sondern sie wollten sicherstellen, daß Richter Tolles Verbot von Kameras und Tonbandgeräten befolgt wurde. Im Gänsemarsch ging es durch die Kontrolle und dann eine kurze Treppe hinauf zu einem kleinen, quadratischen Vorraum. Auf der einen Seite befanden sich Büros der Verwaltung, auf der anderen Seite ein paar Büros von Angestellten des Gerichts. Durch ein einziges Fenster fiel Licht in die Eingangshalle, und gegenüber davon führte eine Doppeltür mit Milchglasscheiben in den Gerichtssaal. Hohe Decke, an den Wänden Porträts von vor langer Zeit verstorbenen Richtern, Reihen von unbequemen hölzernen Klappstühlen. Eine niedrige Barriere mit Tür trennte das Publikum vom Geschäftsbereich des Gerichts ab, wo auf Tischen die Notizblöcke und Akten der Teams von Anklage und Verteidigung lagen. Die Geschworenenbank befand sich an der fernen Seite des Saals, und die erhöhte Richterbank rechts daneben war von Flaggen flankiert. Schwache Leuchtstoffröhren trugen wenig dazu bei, das bißchen Sonnenlicht zu verstärken, das durch alte Jalousien sickerte. Ein Regal mit Gesetzesbüchern stand an der hinteren Wand, und der Boden war mit einem grauen, abgenutzten Teppich bedeckt. Die Heizung funktionierte nicht.

Greg Davis war bereit, die Anklage zu leiten, unterstützt von Toby Shook und Sherri Wallace. Zu ihrer Rechten würde Darlie am Tisch der Verteidigung von Männern mit Anzug und Krawatte umgeben sein, ein beachtliches Aufgebot von Juristen unter der Leitung des beeindruckenden Doug Mulder, dessen Team Richard Mosty, Berufungsspezialist John Hagler, Preston Douglass und Curtis Glover einschloß. Ermittler von beiden Parteien vervollständigten das Personal.

Der Prozeß begann.

20

Montag, der 6. Januar 1997, war kein guter Tag für einen Prozeßbeginn oder für fast alles sonst. Selbst Darins kleiner Hund, Domain, hatte einen harten Start in die Woche, als er bei seinem morgendlichen Gassigehen von einem schwarzen Pudel gejagt wurde. Das Wetter im Süden und in der Mitte von Texas war schlecht geworden, und die Nachttemperaturen stiegen nicht über den Gefrierpunkt. Die Wettervorhersage kündigte Schneeregen oder Graupelschauer an. Der Gerichtssaal selbst würde eine Rolle in dem bevorstehenden Prozeß spielen, denn Geschworene vor drei großen Fenstern mit einfachen Scheiben würden Pullover und dicke Socken brauchen, um den Tag zu überstehen. Die Heizanlage des Gerichtsgebäudes arbeitete auf Hochtouren, als versuche sie, Hitze in das alte Gebäude zu pumpen, und die Geräusche drangen bis in den Saal, in dem es für Darlie Routier um ihr Leben ging.

Sie saß am Tisch der Verteidigung, umgeben von ihren Anwälten. Ihr blondes Haar war bis über die Schultern gewachsen. Sie trug ein dunkelrot gemustertes Kleid mit weißem Kragen und einem pfirsichfarbenen Halstuch, das ihre große Narbe verdeckte. Sie war leichenblaß.

Darin war nicht im Gericht, hielt sich auf Mulders Anweisung hin fern, aber ein Team der Familie versammelte sich im Foyer außerhalb der Tür zum Gerichtssaal. Mama Darlie und Sarilda Routier schauten sich jeden an, der ein und aus ging.

Pünktlich um neun Uhr eröffnete Richter Tolle den Prozeß. Er hörte sich einige Anträge der Verteidigung an, die sich beschwerte, daß es keine Aufzeichnungen oder Kontaktabzüge gab, die zeigten, in welcher Reihenfolge die Fotos der Polizei gemacht worden waren. Die Staatsanwaltschaft sagte, daß sie über so etwas nicht verfügten. Tolle ermahnte sie schließlich zur Ruhe.

»Gentlemen, hören Sie mit dem Gezänk auf«, sagte er, eine Bemerkung, die er in den kommenenden Tagen in unterschiedlicher Formulierung oft machen würde, wenn die Anwälte sich wieder einmal angriffen.

Nach dem einleitenden Geplänkel war der Richter bereit, die Geschworenen aufzurufen, doch da gab es ein Problem. Einer der Geschworenen wurde vermißt, und der Prozeß wurde für eine Weile vertagt, bis die Person gefunden war. Der Mann saß im Publikum. Statt abgesondert zu werden, hatte er die Eröffnung des Prozesses beobachtet, die von der Jury nicht gesehen werden sollte. Alle sieben Männer und fünf Frauen der Jury wurden jetzt vereinigt, und der Prozeß begann um 9 Uhr 55 mit der eröffnenden Darlegung durch Greg Davis für die Anklage.

Eine Viertelstunde lang schilderte er Darlie Routier als schreckliche Person, ›als egozentrische, materialistisch eingestellte Frau, die kaltblütig ihre eigenen Kinder ermordet hat‹. Sie habe, sagte er, sich des Geldes erfreut, das ihr Mann verdiente, Designer-Kleidung, teure Ledermöbel und einen Kabinenkreuzer gekauft. Aber 1996 kamen für die Firma der Familie schwere Zeiten, und Darlie bekam schlimme Depressionen, ›als der Geldstrom versiegte‹. Zugleich war sie nach der Geburt des dritten Sohnes depressiv, hatte das Gefühl, daß ihre natürliche Schönheit nachließ ›und sie nicht länger der blonde Mittelpunkt der Aufmerksamkeit‹ war. Die beiden Jungen, Devon und Damon, erforderten beim Heranwachsen mehr Betreuung, und sie sah ihre ›Freiheit und Zeit für Kauforgien‹ schwinden. Die finanziellen Probleme wurden, so Davis, derart schlimm, daß das junge Paar keine Ersparnisse hatte, keine Altersvorsorge, daß ein Kredit über 5000 Dollar abgelehnt wurde und sie nur noch 2000 Dollar auf dem Girokonto hatten.

In der Mordnacht schickte sie Darin absichtlich mit dem Baby nach oben zum Schlafen, so daß sie mit den Jungen unten im Haus bleiben konnte. Kurze Zeit später ermordete sie ihre beiden Söhne mit einem Küchenmesser mit Achtzollklinge und täuschte einen Überfall vor. Ein Messer, mit dem das Fliegengitter in der Garage aufgeschlitzt worden war, fand die Polizei in einem Messerblock in der Küche, sagte Davis. Dann forderte er die Geschworenen auf, Darlie Routier der Ermordung an ihrem fünfjährigen Sohn Damon schuldig zu sprechen.

Richard Mosty ließ sich Zeit mit seiner eröffnenden Darlegung des Falls für die Verteidigung. Die Jury wußte, daß er aus Kerrville stammte, und er wollte diese Beziehung ausspielen. So wanderte er gelassen zur Mitte des Gerichtssaals, überhaupt nicht bedrohlich und schon gar nicht für die Geschworenen. Er war auf heimatlichem Terrain, und er personifizierte den Fall sofort, indem er von der Angeklagten als ›Darlie‹ sprach, während er seine gut eingeübte, dreißigminütige Rede hielt.

Nach Ansicht von Mosty hatte die Polizei den frühen, verwirrten Äußerungen einer traumatisierten Mutter, die ›erleben mußte, wie ihre Kinder ermordet wurden‹, zuviel Bedeutung beigemessen. Anstatt überwältigt von der Mutterschaft zu sein, würde die Verteidigung beweisen, daß Darlie ›hingebungsvoll alles für diese Kinder getan hat‹.

Dann griff er die größte Schwäche der Anklage an: das Motiv. »Der Staat behauptet, daß diese Dame sich von einem Augenblick zum anderen von einer Mutter, die ihre Kinder abgöttisch liebt, in eine psychopathische Mörderin verwandelt hat.« Das Beweismaterial der Verteidigung würde eine blutige Socke einschließen, die in einiger Entferung vom Haus gefunden wurde, sagte Mosty, und der Staat würde die Geschworenen davon überzeugen müssen, daß Darlie aus dem Haus rannte, während ihr Mann schlief und ihre kleinen Söhne starben, und die Socke 75 Meter von Haus entfernt ablegte, damit sie von der Polizei gefunden wurde.

»Um sechs Uhr (am Morgen nach den Morden), hatte sich die Polizei von Rowlett entschieden, daß Darlie schuldig ist«, fuhr Mosty fort. »Sie zweifelte nie daran und ermittelte nie anders. Man stellte das Fadenkreuz auf Darlie ein und wich niemals davon ab. So war es.«

So blieben nach Mosty viele Dinge ungeklärt, hauptsächlich der Beweis, daß Fremde und ein schwarzer Wagen in der Gegend gesehen wurden, ›was bis heute ein Geheimnis geblieben ist‹.

Mosty resümierte, seit dem vergangenen Juni seien die polizeilichen Ermittlungen ergebnislos gewesen. Frühere Behauptungen seien verändert worden, damit sie besser ins Bild paßten. Blutspuren als Beweismittel ›haben keine Bedeutung‹, weil sie falsch gedeutet wurden, und die Berichte von unberührtem Mulch außerhalb des Fluchtfensters waren lächerlich, denn es gab dort keinen Mulch. »Die Theorie der Staatsanwaltschaft ist immer wieder geändert worden«, sagte Mosty. »Ich bezweifle, daß die hier vorgelegten Indizienbeweise Ihnen jemals erzählen werden, was wirklich geschah.«

Und nur weil die Polizei versagt habe, heiße das nicht, daß die Jury sie retten müsse. »Ihre Aufgabe besteht nicht darin, das Verbrechen aufzuklären«, sagte Mosty. Der Verteidiger schloß mit den Worten, daß die Polizei mit ihrem eingeengten Blickfeld einen fehlerhaften Ring um Darlie gezogen habe, um eine Frau, die nur eine zu Unrecht angeklagte Person, ein liebevoller Elternteil und ›eine amerikanische Mutter wie jede andere‹ sei, die ihre Kinder liebe. »Der wahre Mörder ist noch auf den Straßen«, sagte Mosty zu den Geschworenen.

Die ersten beiden Zeuginnen, die aufgerufen wurden, waren Joanie McClain und Janice Townsend-Parchman, die Ärztinnen, von denen die Autopsien bei den ermordeten Kindern durchgeführt worden waren. McClain beeindruckte die Jury sofort mit ihrer Beschreibung, wie die Leiche von Devon, nur mit einem Slip bekleidet, in einem Leichensack aus Plastik eingetroffen war. Er wog nur 46 Pfund und war 1,17 Meter groß. Er hatte vier ›durch Gewalteinwirkung herbeigeführte‹ Verletzungen der Brust, Stichwunden, die lebenswichtige Arterien beschädigt hatten, wodurch sich die kleine Lunge mit Blut gefüllt hatte, sowie kleinere Schnitte an einem Bein und einem

Arm. Ihrer Meinung nach konnte das Kind mit diesen tiefen Wunden im Brustbereich nur noch ein paar Minuten gelebt haben.

Die Beschreibung der Autopsie von Damon Routier war ebenso plastisch. Der Junge war 1,10 Meter groß gewesen, nur wenig kleiner als sein älterer Bruder, und hatte 40 Pfund gewogen. Sechs große Stichwunden hatten die Lunge und andere lebenswichtige Organe durchdrungen, aber keine Arterien beschädigt. Als Ergebnis war sein Blut einfach in die Lunge gesickert, bis sie damit gefüllt gewesen war, und der Tod mußte binnen weniger Minuten eingetreten sein.

Gräßliche Fotos der Autopsien wurden den Geschworenen vorgelegt, und als Darlie einen Blick darauf erhaschte, verzog sie das Gesicht und blickte fort.

Die Aussage von Townsend-Parchman ging jedoch schnell von der routinemäßigen Schilderung der Autopsie in den Bericht über die Untersuchung von Darlie über, die sie auf die Bitte hin von Detective Patterson durchgeführt hatte. Die Ärztin erklärte, welche Verletzungen Darlie erlitten hatte. Statt eines langsamen Herantastens kam es gleich zum entscheidenden Punkt des Falls, ob die junge Mutter sich selbst die Schnittwunden zugefügt hatte, wie die Anklage behauptete.

Die ärztliche Expertin, eine streng aussehende Frau mit straff zurückgekämmtem schwarzem Haar, das zu einem Pferdeschwanz zusammengebunden war, der auf den Rücken ihres geblümten Kleides hing, ging das Thema sachlich an. Nachdem sie die Bitte der Polizei und die Verletzungen geschildert hatte, die sie bei Darlie an diesem Tag gesehen hatte, wurde sie zu einer Gegenüberstellung mit der Angeklagten aufgefordert. Beide Frauen waren ungefähr gleich groß, und die Spannung zwischen ihnen war deutlich zu spüren.

Darlie erhob sich und zog den weißen Rüschenkragen ihres roten Kleids zurück, und die Geschworenen starrten in gespannter Aufmerksamkeit auf die rote Narbe an ihrem Hals, die sie zum ersten Mal deutlich sahen. Die

Ärztin wies auf die geheilte Naht, beschrieb die Verletzung als ›sehr oberflächlich‹ und wies darauf hin, daß sie keine lebenswichtigen Organe beschädigt hatte und nicht sehr tief gewesen war. Sie sagte, sie habe Darlie zehn Minuten lang untersucht. Dies war eine bedeutsame Aussage, denn laut Townsend-Parchman war Darlies Halsverletzung nicht ernsthaft, und es war ›möglich‹, daß Darlie sie sich selbst zugefügt hatte. Eine Ärztin würde das doch wissen, nicht wahr?

Der Zweck des Kreuzverhörs besteht darin, daß ein Anwalt etwas als unbestrittene Tatsache darstellt und der gegnerische Anwalt sie in einem völlig anderen Licht zeigt. Bevor die Verteidigung mit Dr. Townsend-Parchman fertig war, hatte sie zugegeben, daß sie sich keine Notizen über Darlies Untersuchung gemacht hatte. Sie hatte eingeräumt, daß die Verletzungen ›bei einer Verteidigung‹ entstanden sein konnten, und zugegeben, daß ein Schnitt am Arm bis auf den Knochen der Angeklagten gereicht hatte; daß ›möglicherweise‹ eine andere Person für die Schnittverletzungen verantwortlich sein konnte und daß die meisten selbst zugefügten Wunden, die sie gesehen hatte, nicht so tief gewesen waren wie die Wunden, die Darlie Routier erlitten hatte. Eigentlich blieb von der Aussage der Ärztin nicht mehr, als daß Darlie tatsächlich Schnittwunden erlitten hatte. Alles darüber hinaus war reine Spekulation ihrerseits.

Der dritte und letzte Zeuge des Tages war William Gorsuch, ein rundlicher und bärtiger Nachbar der Routiers. Gorsuch, ein Fernmeldetechniker, der aus Marigold, Missisippi, stammte, beschrieb, wie sein Sohn mit Devon und Damon gespielt hatte. Die Eltern waren jedoch keine engen Freunde. Am Abend des 5. Juni fuhr er gegen 20 Uhr zur Arbeit und stellte beim Wegfahren fest, daß sein Sohn auf dem Grundstück der Routiers spielte und daß Darin den vorderen Rasen mähte.

William Gorsuch ist ein sorgfältiger Mann. Bevor er am folgenden Morgen um 1 Uhr 25 Uhr seine Arbeitsstelle verließ, rief er seine Frau an, um ihr mitzuteilen, daß er sich auf den Heimweg machte. Sie besitzen eine Handfeuerwaffe, erklärte er. »Und sie weiß, wie man damit umgeht.« Als er zu Hause eintraf, parkte er ungefähr zehn Minuten vor zwei vor dem Haus, stieg aus und schaute ein paar Minuten lang zu den Sternen. Dann ging er ins Haus und achtete sorgfältig darauf, daß ihm niemand folgte. Er sah niemanden draußen und auch keine fremden Wagen. »Ich bin kein Schwächling, aber heutzutage muß man vorsichtig sein …« Er erklärte seine besonderen Vorsichtsmaßnahmen. Nachdem er die Haustür abgeschlossen hatte, stellte er die Alarmanlage an, die er selbst installiert hatte, vergewisserte sich, daß alle Fenster geschlossen waren, trank etwas und ging nach oben, um in seinem Wasserbett zu schlafen. Er und seine Frau mochten keine Klimaanlage und schliefen mit offenem Fenster, um eine etwaige Brise vom Eagle Drive zu genießen.

Gorsuch wachte von einem einzigen fernen Schrei auf und war fast wieder eingedöst, als er Darin aus dem Haus laufen und schreien hörte: »Jemand hat meine Kinder und meine Frau niedergestochen!« Ein Streifenwagen traf ein, dann ein zweiter. Gorsuch und seine Frau beobachteten am offenen Fenster, und dann nahm er seine Pistole, ging nach unten, stellte die Alarmanlage aus und stellte sich auf die Veranda, als weitere Fahrzeuge und Männer in Uniformen eintrafen. Schließlich dämmerte es Gorsuch, daß es nicht sehr klug war, mit einer Waffe in der Hand herumzustehen, wenn so viele Polizeibeamte herumliefen, und so ging er ins Haus und legte die Pistole in einen Schrank. Richter Tolle nickte zustimmend bei der Aussage dieses Zeugen.

Gorsuchs Aussage hatte wenig Bedeutung in dem Prozeß. Er konnte nur sagen, daß er keine Fremden auf den Straßen oder Gassen gesehen hatte, als er mitten in der Nacht heimgekehrt war. Natürlich hinterließ er mit seiner Betonung auf Waffen, Alarmsysteme, warnende Telefonate und peinlich genauer Überprüfung der Schlösser den klaren Eindruck, daß er in keiner sicheren Nachbarschaft wohnte.

Am Abend des ersten Prozeßtages versammelten sich die Mitglieder von Darlies Familie in dem gemieteten Bungalow. Sie waren besorgt, aber auch ein wenig zuversichtlich, nachdem der Prozeß endlich begonnen hatte. Man stimmte darin überein, daß Mosty gute Arbeit geleistet hatte und durch die ersten drei Zeugen kein Schaden entstanden war. Und daß Greg Davis ein Satan war.

Darin, der nicht im Gericht gewesen war, wurde über die Aussagen des Tages informiert, und er bestätigte, daß seine Söhne beim Haus der Gorsuchs gespielt hatten, das sie wegen des schwarzen und orangefarbenen Anstrichs ›Halloween-Haus‹ genannt hatten. Sie sagten, Mommy müßte rübergehen und das Haus anders anstreichen, erzählte Darin.

Das Wetter verschlechterte sich, und Darin litt unter Schwermut. Ihm fehlte nicht nur seine inhaftierte Frau. Auch die Behauptung der Staatsanwaltschaft, daß er pleite sei, bewahrheitete sich leider. Er hatte allen Besitz verkauft, um Darlies Verteidigung bezahlen zu können. Er stand neben einem Poolbillardtisch, verschränkte die Arme und faßte seine finanzielle Lage zusammen: »Ich besitze nur noch zweiunddreißig Dollar.«

Die ›Parade der Uniformierten‹ begann am zweiten Tag des Prozesses, der wegen des scheußlichen Wetters im texanischen Hügelland kurz werden würde. Die Straßen waren mit Eis bedeckt, und der eisige Wind stach wie mit Nadeln auf bloße Haut ein. Nur zwei Zeugen wurden an diesem Tag aufgerufen, David Waddell und Matt Walling. Beide hatten in den vergangen acht Monaten die Jobs gewechselt. Waddell hatte die Polizei von Rowlett verlassen, und Walling war dort zum Lieutenant befördert worden. Aber ihre Aktionen am 6. Juni waren der Grund, weshalb sie und andere Mitglieder des Rowlett Police Departments gegenwärtig mit den anderen Zeugen der Staatsanwaltschaft im Holiday Inn straßenabwärts vom Gerichtsgebäude wohnten.

Waddell, jetzt Polizeibeamter in Plano, mit kurzem Haar und tadelloser Uniform, wirkte ziemlich nervös. Seine Aktionen waren bei dem Fall bekannt geworden, weil er der erste Polizeibeamte am Tatort und seine Aussage ein Teil der Grundlagen zu den früheren Hearings gewesen war, aber jetzt mußte er alles noch einmal schildern.

Er erklärte den Anklägern, daß er mitten in einer Nachtschicht gewesen war, als er über Funk die Durchsage der Notrufzentrale gehört hatte und zur Adresse Eagle Drive 5801 gerast war. Er war ein erfahrener Polizist mit Spezialausbildung für Sondereinsätze, aber plötzlich fand er sich allein in einem chaotischen Haus wieder, in dem zwei kleine Kinder verletzt auf dem Boden lagen, eine offensichtlich verletzte Frau mit Handy auf die Polizistin in der Notrufzentrale einschrie und ein verwirrter Mann versuchte, Fragen zu beantworten. Als er fragte: »Wer hat es getan?« wies Darlie nur auf die offene Hintertür und sagte, jemand sei noch in der Garage.

Waddell wies Darin an, Erste Hilfe zu leisten, und der Vater ließ sich auf die Knie nieder und machte Wiederbelebungsversuche bei Devon, sagte jedoch, bei dem Pumpen weiche Luft aus der Brust des verletzten Jungen. Der Beamte sagte aus, er habe Darlie angewiesen, einige Handtücher zu holen und sie auf den Rücken des anderen Kindes zu legen, aber sie habe ihn ignoriert.

Als Doug Mulder an der fernen Wand des Gerichtssaals auf und ab ging, erklärte der Polizist, er habe angenommen, der Angreifer sei noch in der Garage, und er habe sich dort umgesehen, während Darlies Schreie in seinen Ohren widerhallten. Unterdessen hatte sie es geschafft, ihm zu sagen, daß der Angreifer ein dunkles Hemd und eine Baseballkappe getragen habe, sie aber nicht wisse, ob er ein Weißer oder Schwarzer sei. Sie sagte, sie habe mit ihm zwischen dem Wohnzimmer und der Küche gekämpft, als er fortgerannt sei.

Nachdem sich Waddell entschieden hatte, nicht allein in die dunkle Garage zu gehen, nahm er mit gezogener

Waffe eine sichernde Position ein, bis Hilfe eintreffen würde. Einer der Jungen, der auf dem Bauch lag und die Augen geöffnet hatte, keuchte, ›als ob er zu atmen versuchte‹.

Schließlich traf Waddells Sergeant, Walling, ein, und sie durchsuchten die Garage, fanden aber nichts. Sie gingen vorsichtig um Glasscherben und Blut auf dem Küchenboden herum. Während Walling nach draußen ging, um seine Suche fortzusetzen, blieb Waddell bei der Familie und wies Darlie an, sich bei der Glastür hinzusetzen. Dann tauchten zwei Sanitäter auf und begannen mit der Notbehandlung. Waddell ging die Treppe hinauf, um das Obergeschoß zu überprüfen. Er fand den dritten Jungen, ein Baby. Es stand in seinem Kinderbettchen und schaute über das Geländer. Als er wieder hinunterging, war Darlie mit einem Sanitäter auf der vorderen Veranda, und als die verletzten Opfer mit dem Krankenwagen fortgebracht wurden, erhielt Waddell die Anweisung, an der Haustür Wache zu halten, was er tat, bis er um drei Uhr abgelöst wurde.

Doug Mulder begann freundlich und höflich mit dem Kreuzverhör und erklärte, er habe nur ›ein paar Dinge‹ mit dem Beamten zu besprechen. Der Anwalt war sehr konkret, fast pedantisch bei genauen Zeiten, und einmal vergewisserte er sich sogar, ob sie der übereinstimmenden Meinung waren, daß eine Minute sechzig Sekunden hat. Die Antworten wurden dann von dem Anwalt auf ein großes Blatt Papier geschrieben, das an eine Staffelei geheftet worden war. Er stellte einen Zeitplan auf, bei dem Minuten und Sekunden zählen würden.

Dann schloß Mulder das taktische Tor auf, das während des gesamten Prozesses immer wieder aufgestoßen werden würde, und fragte Walling, wie er als Zeuge vorbereitet worden war. Der Polizist erklärte, das Büro des Staatsanwalts der Dallas County habe ihn vor drei Wochen in einen Gerichtssaal bestellt und im Zeugenstand befragt. »Wir gingen meine Aussage durch«, gab er zu, »und andere Zeugen von der Polizei wurden der gleichen Prozedur unterzogen.«

Der Anwalt der Verteidigung wechselte das Thema und sprach wieder über das Geschehen im Haus. Er spottete über die mangelnde Aktivität des Polizeibeamten. »Ich hätte gedacht, Sie ziehen Ihre Waffe und machen sich an eine heiße Verfolgung des Täters.« Der Polizist erwiderte, daß niemand übriggeblieben wäre, um die Familie zu schützen, wenn ihm etwas zugestoßen wäre.

»Wie wäre es gewesen, wenn Sie mehr getan hätten, als die Familie nur zu beschützen? Sie haben gesagt, Darlie hat den Jungen nicht geholfen, aber hätten Sie nicht Erste Hilfe leisten können?«

»Nicht unter den Umständen«, antwortete Waddell, und Mulder warf ihm wieder mangelnden Mut vor.

»Sie wollten die Nase nicht in die Garage stecken«, warf er ihm vor, »und Sie wollten nicht zurückgehen und den Verletzten helfen.« Der Polizist erwiderte, daß er über Funk Hilfe angefordert hatte. Mulders Fragen wurden schärfer.

»Sie haben nichts getan, um diesem Kind zu helfen?«

»Das ist richtig.«

»Waren Sie nervös?«

»Ja.«

»Hatten Sie Angst?«

»Ja.«

Mulder brachte den Polizisten zu dem Eingeständnis, daß er nicht wußte, was Darlie vor seinem Eintreffen getan hatte, ganz gleich wie sie sich bei seiner Anwesenheit am Tatort verhalten hatte.

Zur Mittagszeit war geplant, daß Mama Darlie und ihre Tochter Dana nach New York flogen, um in der Maury Povich Show aufzutreten, doch der Flug wurde wegen schlechten Wetters gestrichen. Nach der Pause spielte die Verteidigung das Tonband des 911-Notrufs als Beweis vor, in ungekürzter Fassung, um der Jury einen Eindruck von dieser schrecklichen Nacht im Haus Eagle Drive 5801 zu verschaffen. Darlies klagende und schrille Schreie erfüllten den Gerichtssaal, und ein Geschworener wischte sich über die Augen, als sie schrie: »Meine Babys sterben!«

Matthew Walling war der fünfte Zeuge und wurde nach dem Abspielen des Tonbandes aufgerufen. Der Veteran mit zehn Dienstjahren bei der Polizei von Rowlett war vor kurzem befördert worden. Seine Aussage war eine nüchterne Darstellung des Sachverhalts. Er hielt sich nur an die Fakten.

Walling traf gleich nach dem ersten Krankenwagen ein, gerade fünf Minuten nach dem Notruf, fand Waddell im Haus und Darin und Darlie hinter dem Polizisten. Er erklärte, wie er die erste umfassende Durchsuchung des Hauses und Grundstückes durchgeführt hatte und beschrieb die Schwierigkeit beim Öffnen des schweren Tors im Hof.

Als er sich das Gespräch mit Darlie während ihrer Behandlung durch einen Sanitäter in Erinnerung rief, fiel ihm eine aufschlußreiche Tatsache auf. Sie hatte bei ihm ausgesagt, sie sei auf der Couch aufgewacht und jemand habe vor ihr gestanden. Das war anders als das, was sie bei Dave Waddell gesagt hatte: Da hatte sie mit dem Eindringling im Bereich der Küche gekämpft.

Als Walling eintreffende Streifenbeamte zu verschiedenen Aufgaben eingeteilt hatte, begleitete er die Nachbarin Karen Neal ins Haus und nach oben, um das Baby Drake und den bellenden kleinen Hund Domain zu holen. Gerade als er erzählen wollte, wie er mit drei anderen Gesetzesvertretern in der Morgendämmerung den Tatort und die Umgebung besichtigt hatte, entschied Richter Tolle, daß es an der Zeit war, für diesen Tag Schluß zu machen. Das Wetter wurde in Kerrville von Stunde zu Stunde schlechter, und er wollte den Geschworenen Gelegenheit geben, früh nach Hause zu kommen. Die Staatsanwaltschaft war fertig mit Walling, und Doug Mulder konnte am nächsten Tag mit seinem Kreuzverhör beginnen.

Nach zwei Tagen hatte die Anklage wenig mehr als die Tatsache bewiesen, daß Darlie Routier am Eagle Drive wohnte und dort in den frühen Morgenstunden des 6. Juni etwas Schreckliches passiert war. Aber es war noch sehr,

sehr früh in einem solchen Prozeß. Zu früh für einen Geschworenen, irgendwelche Erkenntnisse zu gewinnen.

21

Die eisigen Temperaturen hielten unvermindert an, und im Radio wurden lange Listen von Schulen und Behörden verlesen, die an diesem Tag geschlossen blieben. Fast jeder Beteiligte des Mordprozesses gegen Darlie Routier schaffte es, rechtzeitig ins Gericht zu gelangen. Sogar Mama Darlie konnte eine schnelle Mitfahrgelegenheit finden, als ihr Wagen streikte. Aber ein Geschworener hatte Radio gehört und bei der Ankündigung des Sprechers, daß Behörden wegen des Wetters geschlossen blieben, hatte er gedacht, das Gericht würde nicht tagen. Der Geschworene blieb daheim. Es dauerte eine Stunde, bis Richter Tolle die Situation korrigieren konnte. Patzer von Geschworenen, die nicht wußten, wo sie sein mußten, hatten den Prozeß an zwei von drei Tagen verzögert.

Matt Walling kehrte für Doug Mulders Kreuzverhör in den Zeugenstand zurück, und abermals listete der Anwalt der Verteidigung die genauen Zeiten, an denen die Polizei bestimmte Dinge tat, genau auf dem großen Blatt auf. »Walling sah beim ersten Betreten der Küche keinen Staubsauger.« Die Staffelei beherrschte die Mitte des Gerichtssaals und zog die Blicke der Geschworenen an, die spürten, daß Mulder sich so große Mühe nicht grundlos machte. Verfolgte er etwas mit diesen Zeitangaben? Greg Davis am Tisch der Anklage stellte sich die gleiche Frage und ärgerte sich zunehmend über die Schau des Verteidigers.

Die Befragung von Walling ergab wenig neue Informationen, aber Mulder war pedantisch und deckte Widersprüche auf. »Niemand hat eine perfekte Erinnerung«, bemerkte er, als Walling aussagte, daß er nie Blut an Darlies Händen sah, während er bei einer früheren Frage geantwortet hatte, Blut an ihren Händen und Armen gesehen zu haben. Mulder wies ihn milde, aber tadelnd genug, um seine Glaubwürdigkeit zu beschädigen, darauf hin, daß sich seine Geschichte verändert hatte. Der Anwalt erweiterte das zu einer Diskussion darüber, wie die Polizei Dinge ›vergessen‹ hatte, und er verwies auf Wallings ›erste Geschichte‹. Der Polizist gab zu, daß er zu der Zeit, an der er den Bericht geschrieben hatte, über vierundzwanzig Stunden wach gewesen war. Er erklärte den Geschworenen, daß seine Erinnerung vielleicht nicht so scharf war wie die Bügelfalten seiner Uniform.

Als Mulder das Kreuzverhör beendet hatte, führte Greg Davis ein paar Punkte in seiner Erwiderung an, und Walling sagte aus, daß sich automatisch eine Sicherheitslampe angeschaltet hatte, als er den Hinterhof der Routiers betreten hatte, und achtzehn Minuten lang angeblieben war. Wenn also jemand über den Hof geflüchtet war, hätte das Licht beim Eintreffen der Polizei gebrannt. Es bedeutete ebenfalls, wenn Darlie die Socke in die Gasse gelegt hätte, dann hätte sie nach der Ermordung der Kinder das Haus durch die Vordertür verlassen und an der Seite des Hauses in voller Sicht vorbeigehen müssen – ohne gesehen zu werden, nicht einmal von dem wachsamen Nachbarn William Gorsuch –, die Socke ablegen müssen, ins Haus zurückkehren und sich vor dem Notruf die Verletzungen zufügen müssen. Dieses Szenario wirkte unwahrscheinlich.

Sergeant Poos, der im frühen Stadium des Falls geraume Zeit als Polizeisprecher tätig war, war nur zehn Minuten im Zeugenstand, gerade lange genug, um die Prozedur zu beschreiben, wie der Notruf von Darlie im Polizeipräsidium aufgezeichnet worden war. Dann wurde Barry Gene Dickey aufgerufen, der Präsident von Graffiti Productions

Inc., ein Experte, dessen Firma die nötige Ausrüstung besaß, um unwesentliche Geräusche von dem fast unverständlichen Band herauszufiltern und die bereinigte Kopie auf eine CD zu überspielen, die im Gerichtssaal abgespielt werden konnte. Das Ergebnis war eine hochtechnische Demonstration, bei der Darlies Weinen und Stammeln und Schreien zu einem entschlüsselten Text wurde, den die Geschworenen hören konnten und der ihnen auch in Schriftform vorgeführt wurde.

Auf dem großen Bildschirm eines RCA-Fernsehers erschienen Zeilen, die Übersetzung der unverständlichen Wörter. Und selbst ohne die furchtbaren Schreie waren allein die Worte erschreckend, denn Darlie stieß sie außer Atem hervor und keuchte wie ein Hund. Es war quälend, mit oder ohne die Toneffekte, sogar wenn Darlie besondere Äußerungen machte wie: ›Er ist rausgerannt … Sie rannten aus der Garage.‹ Mehrmals benutzte sie die Mehrzahl ›sie‹, während sie andere Male die Einzahl ›er‹ gebrauchte.

Die Anklage entschied sich, das Band für sich selbst sprechen zu lassen, aber Richard Mosty hatte beim Kreuzverhör einige Fragen dazu. Da der gesamte Anruf nicht schriftlich festgehalten worden war, wollte der Verteidiger wissen, wer entschieden hatte, was für die CD verständlich gemacht und was weggelassen wurde. Mosty machte geltend, daß die herausgefilterten Geräusche und der Zusammenschnitt der sieben Teile des Bandes der Jury ein schiefes, ungenaues Bild über dieses wichtige Gespräch übermittelte. Dickey, der Techniker, sagte aus, der Inhalt sei in einer ›Zusammenarbeit‹ zwischen ihm und Greg Davis entschieden worden. Er fügte jedoch hinzu, daß Davis nicht von ihm verlangt hatte, gewisse Dinge auf der neuen Aufnahme wegzulasssen, deren Produktion bis jetzt 10 000 Dollar gekostet hatte, die die Dallas County bezahlen mußte.

Zwischen dem gebürtigen Texaner Mosty und dem gleichfalls mit Südstaatenakzent sprechenden Dickey entwickelte sich eine Diskussion, ob Darlie eine Person oder mehrere Leute mit der Benutzung von ›Y'all‹ wie in ›Y'all go look out in the garage‹ gemeint hatte. Mosty wies darauf hin, daß einige Leute in ihrer Syntax, ihrem Englisch, nachlässig sind. Dickey antwortete, er verstehe die Ausdrucksweise perfekt, weil er in Grand Prairie aufgewachsen sei.

Die Präsentation der CD hatte eine Fülle von Einsprüchen der Verteidigung zur Folge. Richter Tolle lehnte sie ab, und als seine Entscheidung angefochten wurde, blaffte der Richter die Anwälte der Verteidigung mit den Worten an: »Das können Sie bei der Berufung aufgreifen.« Danach wurden die Geschworenen aus dem Saal geführt, und Mosty beantragte hitzig, den Prozeß als fehlerhaft geführt zu erklären, denn die unerwartete Bemerkung des Richters sei für die Geschworenen ein Anzeichen darauf, daß Darlie verurteilt werden würde. Der Richter lehnte den Antrag ab, doch als die Geschworenen zurückkehrten, wies er sie an, seine Äußerung zu ignorieren, ein Vorschlag, der dem Versuch ähnelte, ein entlaufenes Pferd wieder in den Stall zu bringen.

Staatsanwalt Greg Davis begann mit der Vorstellung einiger Angestellter des Baylor Hospital und hoffte, Darlie Routier durch ihre Aussagen als äußerst merkwürdige Patientin darzustellen.

Dr. Alex Santos, der Chirurg, der sie operiert hatte, war der erste auf der Liste, und er gab einen allgemeinen Überblick der Ereignissse in der Notaufnahme in der Nacht des 6. Juni. Die Jury wußte bereits, daß Darlie verletzt gewesen war, und sie mochte sich fragen, aus welchem anderen Grund der Arzt als Zeuge aufgerufen wurde. Santos, mit fünf Jahren Arbeit in der Notaufnahme des Baylor, erklärte mit ruhiger, leidenschaftsloser Stimme die medizinischen Einzelheiten. Für ihn war Darlie nur eine weitere Patientin, eine von Hunderten, die er in seiner Laufbahn gesehen hatte.

Nachdem der Arzt Darlies Weg vom Eintreffen des

Krankenwagens durch den OP bis zur Intensivstation beschrieben hatte, griff Greg Davis schnell ein und brachte Santos zu der Aussage, daß die Art Schnittwunde, die Darlie am Hals davongetragen hatte, ›als oberflächlich bezeichnet werden kann‹. Jeder wußte, daß oberflächlich kaum mehr als ein Kratzer ist.

Dann sammelte Davis schnell weitere Punkte, indem er Santos nach dem Ergebnis einer routinemäßigen Blutprobe befragte, die Darlie in der Notaufnahme abgenommen worden war. Der Arzt antwortete, die Probe habe Amphetamine enthalten, doch er konnte nicht sagen, welcher Art oder wieviel. Der Arzt beantwortete die anschließende Frage mit dem Hinweis darauf, daß Amphetamine oftmals in Diätpillen gefunden werden. Diese Antwort bewirkte zweierlei. Sie erhärtete eine Behauptung der Anklage, nach der Darlie versucht hatte, nach der Geburt von Drake abzunehmen und dabei sogar zu Pillen gegriffen hatte. Und – noch wichtiger – sie stellte indirekt ein Gespenst vor, das eine bedeutende Rolle bei dem Prozeß vor den konservativen Geschworenen spielen würde. Sie dachten plötzlich nicht mehr an Diätpillen, sondern an DROGEN!

Santos wurde dann von der Anklage aufgefordert, seinen Eindruck darüber zu schildern, wie Darlie auf ihre Situation reagiert hatte. Er mußte also über seine Fachkenntnis hinausgehen und eine persönliche Meinung abgeben, die durch keinerlei Fakten belegt wurde. Er tat dies, indem er ihr Verhalten mit dem anderer Leute unter ähnlichen Umständen verglich. Santos hatte gar nicht gewußt, was Darlie vor ihrem Eintreffen im Krankenhaus widerfahren war. Er hatte es erst später erfahren, wie er aussagte. Und als er die Patientin in ihrem Bett gesehen hatte, mit ihrem Ehemann an der Seite und den großen Fotos von zwei Jungen, hatte sie nicht aufgeregt gewirkt und auf seine Fragen mit monotonen und ›stumpfen‹ Reaktionen geantwortet. »Für gewöhnlich werden Mütter hysterisch. Es (der Tod der Kinder) ist sehr schwer für eine Mutter zu akzeptieren, und sie sagen mir im allgemeinen, daß ich mich irren muß. Es gibt (für gewöhnlich unter diesen Umständen) eine Menge Zorn.«

Ihr Verhalten blieb zurückhaltend, fand er, selbst als sie am 8. Juni entlassen wurde. »Ich habe nie zuvor eine derartige Reaktion bei einer Mutter erlebt.« Der Arzt sagte, er hätte es vorgezogen, Darlie länger im Krankenhaus zu behalten, aber die Familie hatte sie so schnell wie möglich heraushaben wollen, damit sie an der Beerdigung der Kinder teilnehmen konnte.

Um einen letzten Punkt für die Anklage zu sammeln, zeigte Davis dem Arzt ein Foto vom 10. Juni, das Darlies rechten Arm zeigte, der von unten bis zur Achsel starke Blutergüsse hatte. Nach Ansicht von Dr. Santos konnten sie von einem ›stumpfen Gegenstand‹ wie zum Beispiel einem Baseballschläger verursacht worden sein. Er hatte keine solchen Blutergüsse gesehen, als sie das Krankenhaus verlassen hatte, und diese Art der Verletzung wies darauf hin, daß sie zwischen 24 und 48 Stunden zuvor beigebracht worden war. Es mußte also nach ihrer Entlassung aus dem Krankenhaus passiert sein.

Greg Davis beendete seine Fragen an Santos um 16 Uhr 28, und er hätte keinen besseren Zeitpunkt wählen können. Bevor die Verteidigung mit dem Kreuzverhör des Arztes beginnen konnte, gab es eine Massenflucht von Reportern aus dem Gerichtssaal, hauptsächlich von Fernsehkorrespondenten. Sie mußten zu den parkenden Aufnahmewagen eilen und sich auf die wichtigen Nachrichtenmagazine des Nachmittags vorbereiten, deren Ausstrahlung nahe bevorstand. Einige Zeitungsreporter eilten ebenfalls zum Ausgang, um ihre Chefredakteure anzurufen. Jeder hatte eine heiße Story. Darlie hatte Amphetamine geschluckt. Darlies Antworten auf Fragen waren ›stumpf‹ und ungewöhnlich für eine Mutter gewesen, deren Kinder ermordet worden waren. Darlies Halsverletzung war nur oberflächlich. Das hatte der hochqualifizierte Arzt des Krankenhauses gesagt. Jedes dieser Themen war sicherlich gutes Material für einen tollen Artikel. Das einzige Problem war, daß die Reporter zu früh gingen und nur die halbe Geschichte nach Dallas meldeten, wo Leute den Routier-Prozeß mit großem Interesse verfolgten. Die Schlagzeilen der Presse trugen zu gefärbten Spekulationen bei.

Als die Reporter fort waren, wurden die Dinge im kalten Gerichtssaal wirklich interessant, denn die Verteidigung nahm die Feststellungen des Arztes jetzt auseinander.

Als erstes die Behauptung, Darlie habe eine ›stumpfe‹ Reaktion auf das schreckliche Ereignis gehabt. Die Krankenakte des Krankenhauses wurde als Beweismaterial präsentiert, und Santos bestätigte, daß Darlies Verfassung darin als ›tränenreich und hysterisch‹ bezeichnet wurde. Eine Krankenschwester hatte zusätzlich notiert, daß sie weinte und sichtlich aufgeregt war. Um sieben Uhr notierte eine andere Schwester, daß Darlie sich ›sehr emotional‹ verhielt, weinte und schluchzend nach ihrer Familie fragte. Hatte Dr. Santos diese Eintragungen gesehen? Nein, antwortete er. Er hatte sie nicht gelesen.

Und wenn Darlies Verhalten ›stumpf‹ und gefühllos gewesen war, warum verschrieb ihr dann der Arzt vor ihrer Entlassung aus dem Krankenhaus den starken Tranquilizer Xanax? Er antwortete, weil sie viel Blut verloren hatte, weil eine postoperative Amnesie diagnostiziert worden war und sie eine sehr schmerzvolle Verletzung erlitten hatte. In den Stunden nach der Vollnarkose der Operation waren ihr sowohl Demerol als auch Xanax gegeben worden. Kein Wunder, daß sie entspannt war. Der Arzt würde bald zugeben, daß er eigentlich erwartet hatte, daß jemand unter solch starkem Drogeneinfluß verwirrt, desorientiert, groggy und vorübergehend ohne Erinnerung sein würde. Und die Polizei begann nur fünf Minuten nach der Injektion von Demerol mit Genehmigung des Arztes mit der Befragung von Darlie! Der Verteidiger fügte hinzu, er würde alles, was jemand in dieser Verfassung sagte, für ›verdächtig‹ halten.

Dann wurde die wichtige Information über die ›oberflächliche‹ Verletzung angegriffen. Binnen Sekunden räumte der Arzt ein, daß dies nur eine fachliche Bezeichnung war. Tatsächlich reichte der Schnitt bis nur zwei Millimeter – eine sehr winzige Distanz – an die Halschlagader heran. Wenn die getroffen worden wäre, dann wäre Darlie, so Dr. Santos, ›binnen zwei oder drei Minuten‹ verblutet. Die Grenze zwischen ›oberflächlich‹ und ›tödlich‹ sei nur sehr dünn.

Die schweren Blutergüsse, auf die von der Anklage so eindringlich hingewiesen worden war, sollten erst nach Darlies Entlassung aus dem Krankenhaus entstanden sein? Santos erweiterte den Zeitrahmen und sagte, sie hätten bis zu vier Tage alt sein können. Da er das Foto am 10. Juni gesehen hatte, konnten die Blutergüsse am 6. Juni entstanden sein, dem Tag des Angriffs.

Die Fragen drehten sich wieder um die ›stumpfen‹ Reaktionen von Darlie. Würde jemand, der depressiv ist, eine ähnliche Reaktion zeigen? Ja, sagte der Arzt. Er konnte nicht ausschließen, daß Darlie auf die Art reagiert hatte, die er beobachtet hatte, weil sie ›tief depressiv und trauernd‹ gewesen war.

Die Sitzung endete an diesem Tag um 17 Uhr 8. Beim Kreuzverhör hatte Dr. Santos fast jede für Darlie schädliche Behauptung zurückgenommen, die er bei seiner ersten Aussage gemacht hatte. Glücklicherweise waren die Geschworenen Zeugen geworden, wie die Verteidigung geschickt und gekonnt die Geschichte auseinandergenommen hatte. Leider war sie den meisten Reportern entgangen, und ihre Artikel über die Ereignisse dieses Prozeßtages würden hart und unfair sein.

Richter Tolle hatte am Mittwoch einen letzten Punkt auf der Tagesordnung. Er wandte sich den Geschworenen zu und machte sich in ernstem Tonfall über sie lustig. Verspätungen würden von jetzt an nicht mehr hingenommen. Er hatte optimistisch geplant, diesen Prozeß in nur zwei Wochen zu beenden, aber der Zeitplan war bereits um mehr als drei Stunden überzogen, ohne daß man beim eigentlichen Kern angelangt war. Durch die Mischung aus den Bemühungen der schwerfälligen Ankläger, der weitschweifigen Verteidiger und des schlechten Wetters würde der Zeitplan des Richters bald völlig über den Haufen geworfen werden, aber er versuchte ein letztes Mal, ihn einzuhalten. »Ganz gleich, was Sie im Radio hören, dieses Gericht wird morgen um neun Uhr beginnen«, erklärte der Richter.

22

In Texas werden Zeugen manchmal vor ihren Aussagen im Zeugenstand von Anwälten in einen Raum gerufen und über den Stand der Dinge informiert und eingewiesen. Im Routier-Prozeß benutzten die Zeugen der Anklage fast identische Wörter und Formulierungen, um Ereignisse zu beschreiben, nachdem man ihnen erlaubt hatte, sich anzuhören, was andere sagen würden. Statt spontan wirkten die Antworten wie eingeübt, und das waren sie tatsächlich. Bei einem gespielten Prozeß sagte ein Polizeibeamter nach dem anderen aus, und Schwestern und Ärzte des Krankenhauses vermischten sich ungehindert in einem Zimmer im Holiday Inn in Kerrville, als die Ankläger sie auf Herz und Nieren prüften, bevor sie tatsächlich im Zeugenstand aussagten.

Der vierte Prozeßtag am Donnerstag, dem 9. Januar, begann mit Assistenzarzt Dr. Patrick Dillawn, dem eine Krankenschwester der Notaufnahme, ein Sicherheitsmann des Krankenhauses, eine andere Krankenschwester, noch eine und noch eine und eine letzte folgten, deren Befragung am Freitag fortgesetzt werden würde. Ihre Aussagen reichten von ihren wenigen ärztlichen Beobachtungen bis hin zu Klatsch. Die für Darlie schädlichsten Bemerkungen kamen von Krankenschwester Paige

Campbell und drehten sich nicht um ärztliche Beweise, sondern waren eine Parodie, wie Darlie Routier, die ›nie ein Kleenex brauchte‹, klang, wenn sie ›weinerlich‹ war.

Mit ihrer Aussage wollte die Anklage zeigen, daß die Angeklagte wegen des Todes ihrer Kinder nicht aufgeregt war und bei den Zeugen und der Polizei Widersprüchliches gesagt hatte.

Wie ein Kreisel drehte sich Paige Campbell immer auf der gleichen Stelle, und ihre Wiederholungen von den Ereignissen des 6. Juni wurden konfus, als die Verteidigung sie zu dem Eingeständnis brachte, daß sie und alle anderen Zeugen des Krankenhauspersonals von Love Field nach Kerrville geflogen waren, im Holiday Inn in einer Zimmerflucht wohnten und sich am Mittwoch alle im Konferenzraum des Hotels getroffen hatten, um wieder Bilder der Angeklagten zu betrachten ›und darüber zu reden, was wir gesehen haben‹, während Anwälte und Ermittler der Anklage den Fall mit ihnen besprochen hatten.

Das Krankenhauspersonal beeindruckte die Geschworenen mit der Wiederholung seiner Beobachtungen, verlor jedoch stets an Boden, wenn die Verteidiger Beispiel um Beispiel anführten, wie sich die Aussagen im Zeugenstand von ihren Notizen und Eintragungen im Krankenhaus unterschieden. Dadurch wurden entweder die Glaubwürdigkeit der Notizen oder die der Schwestern angezweifelt. »Ich glaube, es ist den Geschworenen sehr klar, was geschah«, sagte Doug Mulder am Donnerstag nach der Verhandlung, als er die Aussagen der Ärzte und Schwestern als ›abgestimmt‹ bezeichnete, weil sie aus einer Konferenz im Hotel resultierten.

Dr. Dillawn sagte, Darlie ›war nicht besonders aufgeregt‹, und laut Notaufnahme-Schwester Jody Fitts hörte sie widersprüchliche Äußerungen von der Patientin. Als die Krankenschwester die Notaufnahme betrat, fragte Darlie: »Warum würden sie meine Jungs ermorden?«, aber später änderte sich ihre Äußerung in »Warum würde *er* meine Jungs ermorden?« Chris Wielgosz, der Darlie nur kurz am Morgen ihrer Entlassung aus dem Krankenhaus sah und kurz vor dem Eintreffen der Polizei die Beruhigungsmittel gespritzt hatte, fügte nichts Neues hinzu, nur daß er überrascht war, als die Polizei ihn einen Monat später angerufen und eine Aussage gewollt hatte. »Sie hat geweint«, war alles, was Wielgosz beitragen konnte. Es war nicht klar, warum er im Zeugenstand war. Er sagte, Darlie habe bei ihrer Entlassung kein Blut an den Füßen gehabt.

Die Krankenschwester Jody Cotner, die Darlie Verbände angelegt hatte, fragte die Patientin, was passiert war, und: »Sie sagte mir, Damon, der jüngere der beiden Söhne, habe bei ihr gestanden, ›Mommy‹ gesagt und sie geweckt. Da war Blut, er war verletzt und folgte ihr, und sie befahl ihm, sich hinzulegen.« Cotner sagte, als die Nachbarin Karen Neal das Baby Drake brachte, habe Darlie ihr Gesicht von dem Kind abgewandt. Cotner hatte keinen Bluterguß am Arm gesehen.

Krankenschwester Dianne Holland führte aus: »Ich kann mich nicht erinnern, daß sie sich jemals mit einem Papiertaschentuch das Gesicht abgewischt hat. Sie hat nie geweint«, obwohl sich Darlies Augen mit Tränen gefüllt hatten, als sie das Foto ihrer Kinder berührt hatte. Die Krankenschwester weinte jedoch im Zeugenstand, als sie die Geschichte erzählte, die sie von Darlie gehört hatte und nach der Devon oftmals Blumen gepflückt und ihr geschenkt hatte, wenn sie ärgerlich auf ihn gewesen war.

Die Krankenschwester ging jedoch einen Schritt zu weit mit ihrer emotionalen Aussage und brachte die Sprache auf die Vorstellung der Verteidigung, daß ein verdächtiger Wagen in der Gegend gesehen worden war und die Insassen anscheinend Darlies Haus beobachtet hatten. Dianne Holland – von der Verteidigung zu diesem Punkt befragt – hatte ebenfalls keinen Bluterguß an Darlies rechtem Arm gesehen.

Richard Mosty fragte mit dem näselnden Tonfall eines texanischen Jungen, ob Dianne Holland ihm nicht bei einem Punkt helfen könnte, diese Sache, daß Darlie nie geweint hätte. Warum, fragte er die Zeugin der Anklage, schrieb sie am Mittag ins Krankenblatt: ›Patientin weint weiterhin.‹ Und er wollte wissen, ob alle Patientinnen auf identische Weise auf Trauer wie zum Beispiel den Verlust der Kinder reagieren. »Nein«, erwiderte Dianne Holland, »für gewöhnlich reden sie nicht darüber.«

Als Toby Shook, ein stellvertretender Staatsanwalt, der Greg Davis assistierte, die Chance erhielt, die Zeugin noch einmal zu befragen, sprach er das Gruppentreffen an. »Ich habe nie von Ihnen verlangt, eine Geschichte zu erfinden, oder?« fragte er. »Nein«, sagte die Krankenschwester. Dann wiederholte sie, daß sie nie Tränen auf Darlies Gesicht gesehen hatte.

Der Tag der ›Wischiwaschi-Aussagen‹ endete mit Paige Campbells Schilderung von Darlies ›Weinerlichkeit‹. Damit widersprach sie jedoch ihren eigenen Notizen im Krankenblatt, in dem sie die Verfassung der Patientin als ›sehr tränenreich‹ beschrieben hatte.

Die Geschworenen waren perplex, als sie den Gerichtssaal verließen. Wenn diese Ärzte und Krankenschwestern als Zeugen gebracht worden waren, um eine vereinte Front gegen Darlie zu demonstrieren, dann waren sie gescheitert, trotz der Probe im Holiday Inn vor ihren Aussagen. Sie benutzten oft die gleichen Ausdrücke, stimmten jedoch bei wichtigen Punkten nicht überein, zum Beispiel, wo Darlies Körper Blut aufwies, wie sie sich verhalten hatte und ob sie wegen des Verlustes ihrer Söhne geweint hatte oder nicht.

Eine empörte Mama Darlie hatte an diesem Morgen eine eigene Pressekonferenz in der Halle des Gerichts einberufen, um gegen die einseitige Berichterstattung vom Vortag zu protestieren, als die Reporter vorzeitig das Gericht verlassen hatten. Das löste eine Beschwerde von Greg Davis im Gerichtssaal aus, weil sie gegen das Redeverbot verstieß, aber Richter Tolle wies darauf hin, daß die Verfügung nach dem Beginn des Prozesses nicht mehr in Kraft war. Davis entschloß sich, sein bisheriges Schweigen in dem Fall zu brechen, und das Team der Verteidigung gelangte ebenfalls zu dieser Entscheidung. Fortan würde jede der Parteien am Ende des Prozeßtags vor die Kameras treten und die Geschichte ein wenig ausspinnen. Aber Mama Darlies Zorn bewirkte nichts bei der Presse. Die Schlagzeile des *Houston Chronicle* am nächsten Morgen lautete:

NACH AUSSAGE EINER KRANKENSCHWESTER IST ROUTIERS VERHALTEN UNTYPISCH FÜR EINE TRAUERNDE MUTTER

Freitag, der letzte Tag der ersten Prozeßwoche, begann mit dem Antrag der Verteidigung, den bisherigen Prozeß als fehlerhaft geführt zu erklären. Mulders Team bezeichnete die wie von einem Papagei nachgeplapperten Antworten des Krankenhauspersonals als das Ergebnis eines ›heimlichen Treffens‹, bei dem die Teilnehmer Anweisungen erhalten hatten. Richter Tolle lehnte auch diesen Antrag ab, und es war klar, daß die Krankenschwestern zwar oftmals ähnliche Worte und Sätze benutzten, jedoch ebenfalls bemüht waren, bei ihren Geschichten ehrlich zu bleiben.

Der erste Zeuge des Tages war Dennis Faulk, ein Pfleger des Krankenhauses, der aussagte, daß er Darlie ›weinerlich‹ erlebt hatte und daß er gegen Mitternacht am 6. Juni Blut von ihren Füßen gewaschen hatte. Die Geschworenen hatten Chris Wielgosz' Aussage gehört, nach der Darlie kein Blut an den Füßen gehabt hatte. Die Beobachtungsgabe von Ärzten und Krankenschwestern ist etwas begrenzt, denn sie schauen nach besonderen Dingen. Wielgosz in der Notaufnahme wäre viel mehr an der klaffenden Wunde in Darlies Hals interessiert gewesen als an ihren Füßen. Krankenschwestern, die einen Arm behandeln, konzentrieren sich darauf und achten nicht so sehr auf den anderen Arm. Deshalb mußten ihre Notizen zum Zeitpunkt der Behandlung nicht unbedingt zu all den Erinnerungen passen, die vor Gericht vorgebracht wurden. Statt dessen sagten sie etwas über Darlies geistige Verfassung aus, obwohl keiner der Zeugen Experte auf diesem Gebiet war. Sonderbarerweise hatte die Anklage keinen Psychologen oder Psychiater auf ihrer Zeugenliste.

Faulk schaffte es jedoch, einen bedeutsamen Punkt hinzuzufügen. Er sagte folgendes aus: Während er die Patientin wusch, erzählte Darlie, sie erwachte auf der Couch, als der Einbrecher gegen das Weinregal prallte und ein Glas zerbrach. Sie schaltete das Licht an, sah ihre beiden Jungen auf dem Boden und begann zu schreien. Dies war eine neue Version, die sich von dem unterschied, was sie der Polizei im Haus und in den frühen Befragungen im Krankenhaus gesagt hatte. Darlie hatte Probleme, Einzelheiten auseinanderzuhalten, aber in dieser Hinsicht war sie nicht die einzige. Verteidiger Richard Mosty stürzte sich auf die Aussage der Krankenschwester, und Faulk machte einen Rückzieher. Jetzt behauptete er, Darlie ›wurde völlig wach‹, als das Weinglas zerbrach, und sie wurde ›halbwach‹, als einer der Jungen sie wachrüttelte. Das schwächte den starken Eindruck der abweichenden Version ab, denn diese Krankenschwester hatte wie die anderen ein Problem mit der Folgerichtigkeit.

Faulk sprach auch über das Treffen der Zeugen vom Baylor Hospital, das vom Anwalt der Anklage Toby Shook beaufsichtigt worden war und bei dem Fotos von Darlie auf einen Tisch gelegt worden waren. »Wir schauten uns die Bilder an und sprachen über das, was wir gesehen hatten«, sagte der Krankenpfleger.

Richter Tolle wurde in den außergerichtlichen Streit darüber, wer was den Medien sagte und ob der Verstoß gegen sein Redeverbot abermals ignoriert wurde, mit hineingezogen. Er hatte bereits entschieden, daß die Verfügung nicht mehr in Kraft war und Familienmitglieder und Anwälte gleichermaßen mit den Medien sprechen durften. Aber er hatte etwas anderes im Sinn, als er Mama Darlie und Sarilda Routier vor dem Beginn der Verhandlung am Freitag zu einem kurzen, privaten Gespräch in sein Amtszimmer bat. Er konnte sie nicht am Reden hindern, aber er hoffte, sie in ihrem Zorn zu besänftigen. Der Richter tätschelte freundlich den Arm der Mutter der Angeklagten und sagte ihr, daß Doug Mulder, Richard Mosty und das Team der Verteidigung zu den besten Anwälten der Vereinigten Staaten zählten. Sie sollte glauben, daß sie Darlie nach ihren besten Kräften verteidigten. Mama Darlie legte später dieses Treffen so aus, wie der Richter ihr gesagt hatte: »Alles wird gut werden.«

Greg Davis hörte mit der Litanei der Krankenschwestern auf und kehrte zu seinem Aufgebot von Polizisten zurück, angefangen mit Sergeant Tom Dean Ward, einem dicklichen und kahlköpfigen Veteranen mit fünfundzwanzig Dienstjahren und drei goldenen Streifen auf den Ärmeln. Seine Stärke war die Erfahrung, die sich allerdings als seine Schwäche erweisen würde.

Ward schilderte, daß er am Morgen des 6. Juni durch einen Anruf vom Präsidium geweckt wurde, zum Tatort Eagle Drive fuhr und dem Team von Beamten zugeteilt wurde, die eine Durchsuchung der Gasse hinter dem Haus durchführten.

Zu dieser Zeit suchten sie nach Beweisen. »Wir erwarteten nicht wirklich, einen Verdächtigen zu finden.«

Ward beschrieb, wie sorgfältig die Suche in der Gasse in den Stunden vor der Morgendämmerung gewesen war. Die Beamten hatten jeden Mülleimer durchwühlt, in die Kanalisation geschaut, waren an Zäunen hochgeklettert, um hinüberzuspähen und hatten unter Booten und Wagen nachgeschaut. Er hatte dann hinter dem Haus Eagle Drive 5709 eine weiße Socke mit einem Fleck gefunden, der nach Blut aussah, und dabei Wache gestanden, bis sie von dem Beamten, der das Beweismaterial sammelte, abgeholt worden war. Nach der Suche in der Gasse schloß er sich den anderen Beamten an, die an Türen klopften und mit den Nachbarn sprachen. Als es hell wurde, durchsuchte er die Gasse noch einmal, fand jedoch kein Beweismaterial mehr.

Seine Geschichte war nahtlos – bis dahin. Gegen halb neun an diesem Morgen wurde seine Aufmerksamkeit auf einen Hinterhof gelenkt, bei Willowbrook 5706, und er schaute über eine Hecke zu einem frisch angelegten Blumenbett, das mit einem Gummiband umrandet war. Ward sah auf dem Boden einen Schraubenzieher mit gelbem Griff und ein ›Küchen-Schlachtermesser‹ in der Erde neben der Umrandung des Beets mit Gummiband. Aus seiner Entfernung konnte er kein Blut an der Messerklinge sehen. Greg Davis nahm einen Plastikbeutel mit Beweismaterial und zog ein Messer mit schmutzigem Griff heraus, das der Polizist als dasjenige identifizierte, das er gesehen, aber nicht sichergestellt hatte. »Es war für mich keine Frage, daß sie (Schraubenzieher und Messer) in keinem Zusammenhang mit der Tat standen«, sagte Ward. Seiner Aussage nach versperrte ihm ein Zaun von über 1,80 Metern und mit einer verschlossenen Tür den Zugang zu diesem Hof. Dessen war er sich sicher.

Der Sergeant sprach über die Notizen, die er über seine Arbeit gemacht hatte, und wie das Datum seiner handschriftlichen Version weggelassen wurde und wie er den Beamten, der die Socke einsammelte, falsch identifizierte, bis er eine korrigierte und getippte Version ausfertigte.

Richard Mosty führte das Kreuzverhör durch und begann sofort mit den Notizen, denn er hatte ein Gespür für Schwachpunkte. Und der Polizist gab tatsächlich zu, daß das Original seiner handschriftlichen Notizen verschwunden war, eine Tatsache, die erst an diesem Morgen vor seinem Auftritt im Zeugenstand entdeckt worden war. Dann wurden die Dinge sogar noch verwirrender, denn er fertigte nach dem Abtippen seiner ursprünglichen Notizen eine andere handschriftliche Version an und speicherte eine davon im Computer ab. Diese im Computer gespeicherte Version konnte er dem Gericht als Beweismittel anbieten. Sie war um 9 Uhr 44 von Rowlett nach Kerrville gefaxt worden, und Ward hatte seine Zeugenaussage zehn Minuten später begonnen. Ward gab zu, daß er den Beamten, der das Beweismaterial gesammelt hatte, falsch benannt und das Datum vergessen hatte. »Sie haben einen Fehler begangen, nicht wahr?« fragte Mosty. »Ja«, gab Ward zu, der im weiteren Verlauf wiederholt darauf hinweisen würde, daß er große Erfahrung mit einem Vierteljahrhundert Dienstzeit als Polizist vorweisen könnte. Das fehlende Dokument war so wichtig, weil ein Glied in der Kette von Indizienbeweisen fehlte. Jedesmal wenn ein Beweisstück zur Untersuchung von der Indizienkette entfernt wird, muß jemand für den Empfang unterschreiben. Auf diese Weise existiert eine lückenlose Kette, die beweist, daß das Beweisstück nicht verändert wurde. Ohne die Original-Notizen beruhte Wards Geschichte, was er getan hatte und welche Fehler gemacht wurden, nur auf seiner Erinnerung sechs Monate nach dem Ereignis.

Mosty kam auf die Suche selbst zu sprechen, und der Polizeibeamte bestätigte, daß er eine Socke gefunden und gewußt hatte, ›daß wir zwei Tote mit Messerwunden hatten‹. Trotz der Sorgfältigkeit der ersten Suche hatte er das Messer in der Erde nicht gesehen, fragte Mosty, und Ward bestätigte es. Das Messer wurde deshalb nicht in den verschwundenen Notizen erwähnt und nicht einmal in dem ergänzten offiziellen Bericht. Und als Ward an die Tür des Hauses mit dem neu angelegten Blumenbeet im Hinterhof klopfte, fragte er die Bewohner nicht nach dem Messer. »Das stimmt«, sagte Ward. Er hatte nicht gefragt, weil er dieses Messer erst ein paar Stunden später gesehen hatte.

Der Anwalt der Verteidigung griff dann den gespielten Prozeß, die ›Aussage-Probe‹ für die Zeugen der Polizei an, und Ward sagte aus, er habe im Gerichtsgebäude der Dallas County stattgefunden. Die Ankläger hätten jemanden die Rolle des Richters spielen und Leute im Zeugenstand aussagen lassen, damit die potentiellen Zeugen ihre Aussagen in einer realistischen Kulisse machen konnten. Sie hatten ebenfalls Gelegenheit gehabt, die Geschichten jedes anderen Zeugen anzuhören.

Der einzige wichtige Punkt, zu dem Ward aussagen konnte, war der Fund der blutbefleckten Socke. Aber seine Tüchtigkeit war fraglich, weil er das Messer nicht gefunden und nicht in seinem Bericht erwähnt hatte; es wurde erst später sichergestellt und als potentielle Mordwaffe ausgeschlossen. Wenn man den unerklärlichen Verlust der wichtigen Notizen in einem bedeutenden Mordfall hinzuzählte, klangen Wards Erinnerungen an seine fünfundzwanzigjährige Dienstzeit hohl.

Das war noch nicht das Schlimmste. Der nächste Zeuge war der achtzehnjährige Gustavo Guzman junior, der in Willowbrook 5706 wohnte. Der Student war in der Nacht vor den Morden spät aus gewesen und hatte nach seiner Heimkehr in der Küche ferngesehen, als er einen Streifenwagen mit Blinklicht durch die Gasse hatte fahren sehen. Am nächsten Tag, nach der Befragung der Polizei, ging er in den Hinterhof, besorgt, daß das Messer, mit dem er seiner Mutter bei der Gartenarbeit geholfen hatte, die Mordwaffe sein könnte. Aber das Messer lag genau dort, wo er es zurückgelassen hatte, und er ließ es abermals dort. Als Mosty den jungen Mann ins Kreuzverhör nahm, sagte Guzman aus, bei seiner Heimkehr in der Mordnacht sei er gegen 23 Uhr durch den Hinterhof ins Haus gegangen und habe das Gartentor unverschlossen und einen Spalt geöffnet gelassen. Der erfahrene Sergeant Ward hatte vorher ausgesagt, daß das Tor geschlossen und abgeschlossen gewesen war. Während seiner sorgfältigen Suche hätte er in den offenen Hof gehen und das Messer finden können, das er mehrere Stunden lang nicht sah und das er ignorierte, als er es bemerkte, obwohl er wußte, daß bei dem brutalen Doppelmord im nahen Haus der Routiers ein Messer benutzt worden war. Die Polizei stellte erst einen Monat vor dem Beginn des Prozesses das schmutzige Gartenmesser und andere Gartengeräte sicher.

Der Streifenbeamte Steve Ferrie hatte es leichter im Zeugenstand, denn seine Rolle in dem Drama war unbedeutend. Der blonde Beamte, der achtzehn Dienstjahre hinter sich hatte, half Ward bei der Suche in der Gasse und wurde dann als Wächter beim Tatort eingeteilt. Er stand vor der Haustür und trug die wenigen Leute in ein Verzeichnis ein, die eintreten durften. Später stand er auf Wache am Rand des gelben Trassierbandes, das um den Tatort gezogen war, bis er Dienstschluß hatte. Beim Kreuzverhör sagte er Mulder, daß er ebenfalls an dem gespielten Prozeß der Staatsanwaltschaft teilgenommen hatte.

Solch eine vorbereitende Übung für einen Prozeß war für Mulder ein heikles Thema. Es beeindruckte die Jury, daß die Zeugen sorgfältig vorbereitet worden waren und auf diese Weise vielleicht ihre eigenen Aussagen geändert hatten, nachdem sie andere Zeugen gehört hatten. Aber wie Greg Davis diesen Geschworenen bereits gesagt hatte, war Doug Mulder in seiner Zeit als Ankläger einer der Wegbereiter dieser Taktik gewesen.

Der Freitag und die erste Woche schlossen mit den Aussagen der Sanitäter Jack Colbye, Brian Koschak und Larry Byford ab. Die erzählten beklemmende und detaillierte Geschichten, nämlich wie sie die blutüberströmten Jungen und die verletzte Darlie am diesem schrecklichen Mordtatort vorgefunden hatten. Colbye, ein großer Mann, war erschüttert, als er Damon fand, dessen kleiner Körper mit Stichwunden durchbohrt war. Als er das Kind umgedreht hatte, sah er die Augen brechen und hörte gerade noch den letzten Atemzug. Koschak und Byford beschrieben, wie Darlie behandelt worden war, und Koschak sagte, als er die Wunde am Hals gesehen hatte, dachte er: ›Das ist eine lebensgefährliche Verletzung‹. Aber ihre Reflexe und die Gesichtsfarbe waren gut, sie stand nicht unter Schock und war bei klarem Bewußtsein, als sie verbunden und in den Krankenwagen gebracht wurde. Byford sagte, sie sei auf dem Weg zum Krankenhaus besorgt gewesen und habe wissen wollen, wie lange es noch bis zur Notaufnahme dauerte. Die Sanitäter trugen Dramatik zu dem

Fall bei, aber wenig sonst, weil ihre Rollen so unbedeutend gewesen waren.

Bei jedem Prozeß gibt es Spielregeln, und es ist nicht ungewöhnlich, daß die Anklage einige ihrer schwächsten Zeugen zuerst präsentiert. So vergessen die Geschworenen vielleicht irgendwelche Ungereimtheiten, wenn stärkere Aussagen in der hitzigeren Phase des Prozesses gemacht werden.

In der Eröffnungswoche des Prozesses sagten dreiundzwanzig Zeugen aus, alle hatten jedoch wenig zu bieten, um zu beweisen, daß Darlie Routier ihre Kinder ermordet hatte. Polizisten, Ärzte, Sanitäter und Krankenschwestern sind für gewöhnlich nur Nebendarsteller bei einem solchen Mordprozeß, spielen ihre zugeteilten Rollen und verlassen dann die Bühne.

Der Fall Routier war nur auf Indizienbeweisen aufgebaut, und die Experten, die diese Indizien in einen Zusammenhang bringen konnten, würden noch auftreten. Aber als der Prozeß für das lange, kalte Wochenende vertagt wurde und Greg Davis sich der Presse stellte, drückte er sich vor der Antwort auf die Frage, warum Detective Jimmy Patterson bis jetzt nicht als Zeuge ausgesagt hatte. Man hatte dreiundzwanzig Leute angehört, aber der Polizist, der die Ermittlungen in diesem Fall geleitet hatte, war nicht darunter gewesen. Davis tat die Frage mit einem Achselzucken ab, als sei sie unwichtig. Sie war jedoch äußerst wichtig, und schließlich würde der Auftritt von Jimmy Patterson im Brennpunkt des Prozesses stehen.

23

Das Wetter spielte verrückt. Eisiger Regen, von Sturmböen gepeitscht, ging auf das Hügelland nieder und nahm während des Wochenendes noch zu, bis das Befahren der Straßen zu gefährlich wurde. Die State Police riegelte die Autobahnzufahrten ab, nachdem ein Wagen auf überfrierender Nässe außer Kontrolle geraten war, über den Mittelstreifen geschleudert und in einen Bus gekracht war, wobei es Tote und Verletzte gegeben hatte. Ein ›Wetter-Notstand‹ wurde für das Gebiet ausgerufen. Mama Darlie stürzte, als sie am Sonntag zu Fuß zum Gefängnis gehen wollte, um ihre Tochter zu besuchen. Sie erlitt Schrammen und Blutergüsse im Gesicht, und Deputies eilten herbei, um zu helfen und die Unglücksstelle zu fotografieren, falls die Verunglückte eine Schadenersatz- oder Schmerzensgeldklage einreichen würde. Der Himmel war grau und düster, und weil die Straßen unpassierbar waren, benachrichtigte Richter Tolle alle am Prozeß Beteiligten, daß das Gericht am Montag nicht tagen würde.

Der Prozeß wurde am Dienstag, dem 14. Januar, fortgesetzt, doch das Wetter besserte sich nicht, und das alte Gerichtsgebäude war von eisiger Kälte eingehüllt. Die Hälfte der Heizanlage fiel aus, und die Kälte sickerte durch die hohen Fenster hinter der Geschworenenbank in den Gerichtssaal. Geschworene und Zuschauer fröstelten gleichermaßen unter Pullovern und dicken Jacken, und Richter Tolle ordnete häufig Pausen an, damit sich die Leute irgendwo aufwärmen konnten. Während einer zweistündigen Mittagspause dichteten Arbeiter die großen Fenster mit Isolierplatten und Klebeband ab und installierten ein paar Raumerhitzer.

Wegen der Probleme wurde am sechsten Prozeßtag nur ein Zeuge vernommen, David Mayne von der Polizei Rowlett. Mayne hatte die Aufgabe gehabt, am Tatort Beweise zu sammeln, und nachdem er beschrieben hatte, daß er im Wohnzimmer viele persönliche Schriftstücke gefunden hatte, sprach der Polizist ein Thema an, das tabu war. Bei den Vorverhandlungen hatten sich Anklage und Verteidigung darauf geeinigt, nicht zur Sprache zu bringen, daß Cops eine geringe Menge von Marihuana im Haus gefunden hatten, denn es war fraglich, wem es gehörte, und es gab keinerlei Anzeichen dafür, daß Darlie Marihuana geraucht hatte. Mayne zählte ebenfalls zu den Polizisten, die an dem gespielten Prozeß teilgenommen hatten, den die Anklage durchgeführt hatte, um sich der Aussagen ihrer Zeugen sicher zu sein. Als Greg Davis fragte, ob der Cop irgend etwas anderes als Dokumente sichergestellt hatte, sagte Mayne zur allgemeinen Überraschung: »Ja, ich habe etwas Marihuana sichergestellt.«

»Einspruch!« riefen Mulder und Mosty fast gleichzeitig. Die Jury wurde sofort aus dem Gerichtssaal geführt, und die Verteidiger stellten abermals den Antrag, den Prozeß als fehlerhaft geführt zu erklären. Mulder sagte, die Bemerkung sei kein Versprecher gewesen, sondern ein ›eklatanter Verstoß‹ gegen eine Vereinbarung. »Der Zeuge hätte es besser wissen müssen«, sagte Mosty. Mulder führte an, die ›Prozeßprobe‹ hätte dem Polizeibeamten gewiß klargemacht, daß das Marihuana nicht erwähnt werden sollte. Greg Davis behauptete, die Äußerung sei Mayne nur herausgerutscht, und er habe auf seine Frage ein ›Ja‹ oder ›Nein‹ als Antwort erwartet. Mulder sagte, da jetzt das Thema Marihuana zur Sprache gebracht worden war, wüßten die Geschworenen nicht, ob er über ein paar Kilo oder ein Gramm spreche, und die Verteidigung sei jetzt gezwungen, etwas zu erklären, das nicht hätte erwähnt werden sollen.

Richter Tolle lehnte den erneuten Antrag der Verteidigung, den Prozeß als fehlerhaft geführt zu erklären, ab und wies die Geschworenen an, die Aussage des Polizisten zu ignorieren. Genausogut hätte er sie auffordern können, sich in eine Ecke zu stellen und nicht an Elefanten zu denken. Während der nächsten Verhandlungspause, als sich die Geschworenen einen Weg durch die Menge der Leute bahnten, die im warmen Vorraum warteten, bemerkte ein Cowboy laut: »Sie war also high und killte ihre Kids, wie?« Die Erwähnung des Themas Marihuana vor einer Jury, die aus weißen Geschworenen in mittleren Jahren bestand, war ein vernichtender Schlag für Darlie Routier, ganz gleich, welche Anweisung der Richter den Geschworenen gegeben hatte. Ein Mitglied der Familie Routier würde später sagen, daß Darlie nicht einmal etwas von der Existenz des Marihuanas im Haus gewußt und daß es einem Freund gehört hatte.

Der Rest von Maynes Zeugenaussage, die Art, wie er einige Dinge als Beweismittel auswählte und andere nicht, und die Methode der Anfertigung der Fotos und deren fehlende Numerierung würden bald unerheblich sein, aber im Moment blieb der Eindruck, daß er ein handgeschriebenes Testament, Geburtsurkunden, Anweisungen, an wen das Haus im Fall des Todes von Darlie und Darin verkauft werden sollte, und eine Versicherungspolice unweit der Leiche von Damon gefunden hatte, was nach Greg Davis' Worten ›viel mehr als bloßer Zufall‹ war.

Als Mosty mit dem Kreuzverhör des Zeugen begann, mußte Mayne plötzlich zugeben, daß einige seiner Notizen verschwunden waren. Da Mayne der Beamte war, bei dem die offizielle Aufsicht über die Kette der Indizien begann, war die Tatsache, daß einige seiner Notizen nicht mehr verfügbar waren, von großer Bedeutung.

Nach dem groben Schnitzer mit der Erwähnung des Marihuana und dem Bekenntnis, daß Notizen verschwunden waren, setzten die Verteidiger dem Polizisten natürlich hart zu, und sie bombardierten ihn einige Zeit mit den Vorwürfen, vorgeschriebene Prozeduren mißachtet zu haben und falsch mit dem Beweismaterial umgegangen zu sein. Bald wand sich Mayne unter einem Trommelfeuer von Fragen über seine ›unvorschriftsmäßigen‹ Handlungen, die auf eine schludrige Ermittlung und fehlerhafte Berichte hinwiesen.

Mosty und Mulder bemühten sich zu beweisen, daß solche Dinge wie Damons blutige Jeans und Unterwäsche in den gleichen Plastiksack gesteckt worden waren, anstatt in getrennte Behältnisse, und sich dadurch Blut vermischt hatte. »Ist das gute Polizeiarbeit, zwei Beweisstücke in einem einzigen Plastikbeutel zusammenzuknüllen?« fragte Mosty. »Nein, Sir«, antwortete der Polizist, der darüber hinaus zugeben mußte, daß er die Reihenfolge, in der er die Fotos gemacht hatte, in seinem Bericht falsch aufgelistet hatte. Diese Liste konnte von entscheidender Bedeutung sein, wenn man zu rekonstruieren versuchte, ob ein Gegenstand wie zum Beispiel ein Lampenschirm oder ein Staubsauger während der Ermittlung von der Stelle bewegt worden war. Der verwirrte Polizeibeamte, der den Tatort fotografiert hatte, gab sogar zu, daß er von Kameras überhaupt nicht viel wußte. Er räumte auch ein, keinen besonderen Grund gehabt zu haben, einige der Dokumente sicherzustellen, die alle an derselben Stelle gelegen hatten, und andere Dinge als Beweismittel zu ignorieren.

Richter Tolle legte gnädig eine Pause bei dem Kreuzverhör ein, damit jeder dem kalten Gerichtssaal vorübergehend entkommen und einen besser beheizten Bereich aufsuchen konnte. Darin würde erklären, daß diese persönlichen, von der Polizei beschlagnahmten Papiere seit Jahren im Büro gewesen waren, er und Darlie jedoch beschlossen hatten, sie im Haus aufzubewahren, weil sie jetzt weniger im Büro arbeitete. Zu den Testamenten sagte er, sie hätten vor einer Reise stets ihren Letzten Willen auf den neuesten Stand gebracht, nur für den Fall, daß ihnen etwas zustoßen sollte. Officer Maynes Arbeit hatte sich als ziemlich unzulänglich erwiesen, aber er hatte sich durch die Bemerkung über Marihuana interessant gemacht. Geschworene hörten vielleicht auf der Heimfahrt im Autoradio Nachrichten über den Prozeßtag, denen eine Werbung der Gesellschaft für ein drogenfreies Amerika folgte.

Mayne kehrte am nächsten Tag, Mittwoch, in den Zeugenstand zurück, und Mosty stürzte sich wieder auf ihn. Er brachte den Polizeibeamten zu dem Eingeständnis, ›keine Ahnung‹ zu haben, warum sich einige Dinge von einem seiner Fotos zum anderen an verschiedenen Stellen befanden. Der Verteidiger machte den Polizisten lächerlich, weil er Papiere über ein totes Haustier sichergestellt hatte. »Sie hielten die Beerdigung der Katze also für äußerst wichtig.« Die Bedeutung der Testamente wurde gedämpft, als Mosty einen Brief von einem Anwalt der Routiers präsentierte, in dem ein Termin für die Besprechung eines Immobilienplans vereinbart worden war, der nach der Geburt des Babys in die Tat umgesetzt werden sollte.

Mosty beendete das Kreuzverhör von Mayne, indem er den Cop zu dem Eingeständnis brachte, daß er seine Zeugenaussage nicht weniger als sechsmal mit den Vertretern der Staatsanwaltschaft besprochen hatte. Die Schlußfolgerung war, daß der Polizist nach so vielen Übungen ein besserer Zeuge hätte sein sollen. Es blieb ebenfalls die unausgesprochene Frage, weshalb man einem kleinen Polizeibeamten die wichtigen Entscheidungen überlassen hatte, welche Beweisstücke am Tatort eines solchen Verbrechens gesammelt werden sollten, Beweise, die bei einem Prozeß so entscheidend sein würden.

Charles Hamilton, ein Kriminalbeamter, der Fingerabdruckuntersuchungen machte, war der fünfundzwanzigste Zeuge der Anklage. Im Gegensatz zu dem Bild, das in Detektivromanen und Fernsehshows vermittelt wird, sind Fingerabdrücke ziemlich leicht zu zerstören und in einigen Situationen schwer zu finden. Die Ergebnisse von Hamiltons Arbeit unterschieden sich nicht von denen eines anderen Fingerabdruckspezialisten, der alles von der Arbeitsplatte in der Küche bis zur Tür der Garage untersucht hatte. Die Resultate waren normal, was bedeutete, überwiegend nicht zu identifizieren und deshalb ohne Beweiskraft.

Nach anderthalb Wochen Aussagen von fünfundzwanzig Zeugen war wenig gesagt worden, das darauf hinwies, daß Darlie Routier die Mörderin ihrer beiden Kinder war. Greg Davis würde das mit der nächsten Serie von Zeugen ändern.

Okie Williams, Kreditsachbearbeiterin einer Bank von Rowlett, machte es sich nicht leicht. Sie war eine persönliche Freundin von Darin Routier, doch die Anklage hatte sie als Zeugin gegen ihn aufgeboten. Darin forderte sie auf, einfach die Wahrheit zu sagen und sich deswegen keine Sorgen zu machen.

Williams war die Bankangestellte, bei der er einen Kredit von fünftausend Dollar beantragt hatte, der zweimal ein paar Tage vor dem Verbrechen abgelehnt worden war, und zwar aus verschiedenen Gründen, einschließlich ›übermäßiger Verpflichtungen in Beziehung zum Einkommen‹, wie Okie Williams auf Davis' Frage antwortete. Mulder, der die Zeugin für die Verteidigung befragte, brachte sie zu der Bestätigung, daß der Kredit, der ›für einen Urlaub‹ beantragt worden war, vermutlich bewilligt worden wäre, wenn Darin bereit gewesen wäre, eine Abtretungsbescheinigung von fünftausend Dollar auf Depositen als Sicherheit zu unterschreiben. Da die Kreditgebüren ungefähr zehn Prozent betrugen und die Depositengebühren nur viereinhalb Prozent brachten, wäre das ein gutes Geschäft für die Bank, jedoch nicht für den Kunden gewesen.

Davis bezeichnete die Ablehnung des Kredits als ein Anzeichen darauf, wie knapp das Geld in der Familie gewesen war. Ein Streit um Geld paßte zur jüngsten Vorstellung der Anklage von einem Motiv. Davis hatte erreicht, daß die Kontoauszüge des Paars als Beweismittel zugelassen wurden, und er bezeichnete die finanzielle Situation als ›Teil eines Puzzles‹.

Nach der Verhandlung sagte Davis zu Reportern: »Kinder sind teuer. Kinder erfordern Aufmerksamkeit, sie erfordern Geld. Wenn Sie die Kinder auslöschen, werden Sie diese Forderungen los.« Sarilda Routier, von Reportern mit dieser Äußerung konfrontiert, sagte: »Der Mann (Davis) hat eine Schraube locker.«

Die Geschworenen würden nicht herausfinden, daß der Kredit überhaupt nicht für einen Urlaub beantragt worden war, sondern für einen Wagen für Darlies junge Schwester Dana. Darin war nicht bereit gewesen, fünftausend Dollar als Sicherheit für einen Teenager abzutreten, der einen fahrbaren Untersatz haben wollte. Er sagte, Okie habe ihm erzählt, die Bank würde einen Kredit für einen solchen Zweck nicht bewilligen. Laut seiner Aussage war es Okie Williams Vorschlag gewesen, als Grund für die Kreditaufnahme die Finanzierung eines Urlaubs anzugeben, damit die Kreditvergabe wohlwollender erwogen werden würde.

Es war fast, als wäre jeder Zeuge vor Jim Cron nur ein Vorspiel und jeder nach ihm eine Enttäuschung gewesen. Endlich ging der Vorhang für die richtige Ermittlung auf. Sonderbarerweise hatten die vielen Mitglieder der Polizei von Rowlett, die als Zeugen ausgesagt hatten, das Verbrechen nicht aufklären können. Auswärtige Zeugen würden die stärksten Aussagen machen. Aber es ist lobenswert, wenn eine kleine Polizeitruppe ihre Grenzen kennt und bei einem großen Verbrechen um Hilfe ersucht.

Cron trug keine Polizeiuniform mehr. Er war praktisch nur ein Berater, der Seminare in Tatortermittlungen für Polizeibeamte in Rowlett abgehalten hatte. Aber er war so bekannt auf diesem Gebiet, daß sogar Doug Mulder in seinen Tagen als Ankläger Crons Dienste genutzt hatte. Jetzt bezeichneten ihn zwar einige als ›Tatortprofessor der Schädellehre, der Flöhe husten hört und daraus Schlußfolgerungen zieht‹, aber er war fast der personifizierte Begriff ›Sachverständiger‹, und er erzählte den Geschworenen, daß er in seiner langen Laufbahn an insgesamt einundzwanzigtausend Tatorten gewesen war.

Seine Aussage dauerte fast zwei Tage lang, und seine Behauptungen erhärteten entscheidend die Anklage. Als er der Jury erzählte, daß er am Morgen des 6. Juni nach einer kurzen Besichtigung des Hauses Eagle Drive zu dem Schluß gelangt war, ›kein Einbrecher ist durch dieses Fenster gekommen‹, glaubten ihm die Geschworenen. Von diesem Moment an wurde der Kampf für die Verteidigung mühselig.

Obwohl Cron seine Vorarbeit Schritt für Schritt erklärte und beschrieb, wie er die Wände, Decken und Böden nach irgend etwas abgesucht hatte, das ihm vielleicht ›ungewöhnlich‹ vorgekommen wäre, betonte er, daß kein Objekt oder Umstand zu seinem ursprünglichen Schluß geführt hatte, der sich auch nach neun Stunden am Eagle Drive nicht geändert hatte. »Der ganze Tatort sprach für sich«, sagte er.

Er bemerkte eine unberührte Staubschicht auf der Bank des Fensters, durch das der angebliche Angreifer geflüchtet sein sollte, und es gab kein Blut an dem Fenster.

»Es war unberührt wie frisch gefallener Schnee«, sagte Cron. »Offensichtlich war niemand durch dieses Fenster hinausgestiegen.« Die Verteidigung hatte viel Aufhebens um einen Staubsauger gemacht, der auf den Küchenboden gefallen war und bei einem Kampf umgekippt sein sollte. Für Cron hatte es den Anschein gehabt, der Staubsauger sei durch Blut gerollt worden, das bereits auf dem Boden gewesen war. Er deutete an, daß Darlie den Staubsauger vielleicht selbst umgeworfen hatte, um Ermittler in die Irre zu führen.

Der grauhaarige Cron führte fort, in den Jahrzehnten seines Polizeidienstes hatte er noch nie erlebt, daß ein Verbrecher ein Messer benutzt hatte, um ein Fliegengitter an einem Fenster aufzuschlitzen, und dann mit einem anderen Messer Kinder erstochen hatte. Und wenn ein Mann von einer Frau verfolgt wurde, deren Hals er aufgeschnitten hat, war es unwahrscheinlich, daß er seine Waffe fallen ließ. Der Täter hätte vermutlich blutige Fußabdrücke hinterlassen, doch die einzigen Fußabdrücke, die man gefunden und identifiziert hatte, stammten von Darlie Routier.

Cron fand keine Spuren als Hinweis darauf, daß jemand versucht hatte, den ein Meter achtzig hohen Zaun des Hinterhofs zu überklettern, keine Anzeichen darauf, daß jemand durch Mulch eines Blumenbeets verfolgt worden war, keinen Hinweis auf ein versuchtes Aufbrechen anderer Fenster im Erdgeschoß und keine Spuren im Hinterhof. »Nichts wies auf einen Einbrecher hin.«

Nach einer nur halbstündigen Untersuchung hatte sich so Cron, ein ›Gesamtbild‹ ergeben, basierend auf Erfahrung, nicht auf einem einzigen Objekt oder Umstand. Cron lehnte sich bequem vor, stützte sich auf die Ellenbogen und zählte den Geschworenen die Fakten auf, die sich nicht mit dem deckten, was Darlie Routier der Polizei gesagt hatte, bevor sie mit dem Krankenwagen weggebracht worden war. Cron hatte dann am Tatort der Polizei vorgeschlagen, einen anderen auswärtigen Experten hinzuzuziehen, Charlie Linch vom Southwest Institute of Forensic Science, und zu beginnen, methodisch Blutproben als Beweis zu sammeln, die vielleicht erzählen konnten, was in diesem Haus geschehen war. Worte und Vermutungen sind das eine, Blut ist etwas anderes.

Ein Geschworener erkrankte bei dem schlimmen Wetter und wurde am Donnerstag morgen entlassen und durch einen anderen ersetzt, bevor der Prozeß weiterging und Cron einen Fachkurs über Tatorte gab. Seine langsame, leicht nasale Aussprache flößte Vertrauen ein. Er sagte, die Untersuchung der Fingerabdrücke hatte keine Prints von einem Eindringling in dieser Nacht ergeben, aber er räumte ein, daß Fingerabdrücke meistens einfach ›ein Schuß ins Blaue‹ sind. Die gefundenen Blutstropfen waren Crons Meinung nach von einer ›langsamen Person‹ hinterlassen worden, nicht von jemandem, der schnell von einem Mordtatort geflüchtet war.

Dann wurde eine Nachbildung des Garagenfensters in voller Größe, komplett mit dem großen Schnitt im Fliegengitter, in den Gerichtssaal gebracht. Das Fenster wurde vor den Geschworenen aufgestellt, und sie konnten sich vorstellen, sie wären außerhalb des Hauses und schauten hinein. Es war einen Spalt offen, genauso wie die Polizei es vorgefunden hatte. Um die angebliche Flucht zu veranschaulichen, brachte Greg Davis Detective Chris Frosch von der Polizei Rowlett ins Spiel, der eine schwarze Freizeithose und ein gestärktes weißes Hemd trug, und forderte ihn auf, sich durch das Fenster zu ducken. Selbst Darlie mußte lächeln, als Frosch, ein stämmiger Mann gut über ein Meter achtzig groß, sich wand und sich mit dem Kopf voran durch das offene Fenster schlängelte.

Von besonderem Interesse war die Größe von Frosch, der größer als der Durchschnitt ist. Mulder wies darauf hin, daß der Detective selbst mit dieser Größe die Fensterbank nicht berührte, und deshalb keinerlei Staubschicht darauf zerstört hätte.

Doug Mulder begann das Kreuzverhör seines alten Freundes Jim Cron um Punkt elf Uhr. Er stellte fest, daß ihrer beider Laufbahn 1964 begonnen hatte und sie seither häufig zusammengearbeitet hatten. Das hieß nicht, daß sie heute aufeinander Rücksicht nehmen würden. Mulder wies darauf hin, daß Cron einen Blutflecken auf dem Garagentor verschwiegen hatte, einen Fleck, den der Anwalt für unübersehbar hielt. »Wenn es eine Schlange gewesen wäre, hätte sie mich gebissen«, sagte Mulder. Cron erklärte, natürlich habe er den Fleck gesehen, der sehr deutlich sei. Es handele sich offensichtlich um einen ›verschleppten Fleck‹, der von einem der Polizisten hinterlassen worden war, der durch die Küche gekommen war. »Ich übersehe keine so offenkundigen Dinge«, sagte Cron.

Mulder ließ von Cron bestätigen, daß er keine Verantwortung über den Tatort übernommen hatte, sondern nur als beratende Kapazität fungiert und Vorschläge hinsichtlich nötiger Fotos von besonderen Stellen des Tatorts gemacht hatte. Es wurde ein ernsthafter Indizientanz zwischen dem Anwalt und dem Expolizisten. Mulder versuchte, die Fakten einer Theorie anzupassen, nach der ein

Einbrecher ins Haus hinein- und hinausgelangt war, während Cron sich an die Theorie hielt, daß ein Mörder vom Tatort geflüchtet war.

»Sie sind nicht der Typ, der sagt: ›Ich bin bereits zu meiner Überzeugung gelangt, verwirren Sie mich nicht mit Fakten, oder?‹« stichelte Mulder als Seitenhieb darauf, daß Cron sein Urteil bereits nach einer halbstündigen Besichtigung des Hauses und der Umgebung vor dem Morgengrauen gefällt hatte.

»Nein«, entgegnete Cron. »Ich stellte Dinge fest, die mich in meiner Meinung bestätigten.«

Mulder wies darauf hin, daß Cron versäumt hatte, einen Eiskübel und ein zerbrochenes Glas auf der Arbeitsplatte in der Küche zu untersuchen, und ein Foto zeigte, daß die Scherben offenbar vom Boden in ein Regal ›gesprungen‹ waren, weil jemand ihre Lage verändert hatte. »Sie entschieden sich, diese Dinge zu ignorieren, weil sie nicht zu Ihrer Geschichte paßten, die Sie sich zurechtgelegt hatten«, behauptete der Verteidiger.

Cron stritt das ab und sagte, weitere Ermittlungen gaben ihm keinen Grund, seine ursprünglichen Schlüsse anzuzweifeln.

Als Mulder mit dem Kreuzverhör fertig war, stellte Davis noch ein paar Fragen, und Cron faßte zusammen, welche Schlüsse er gezogen hatte und warum. Dann nahm der Ankläger Platz, zu Recht zufrieden mit seinem besten Zeugen. »Ich hätte es selbst nicht besser sagen können«, bemerkte Davis.

24

Halena Teresa Czaban, die Mutter von Darlies erster Brautjungfer Basia, lenkte den Fall aufs Persönliche. An Stelle von Polizisten, Krankenschwestern und Sachverständigen stand hier eine Frau in mittleren Jahren im Zeugenstand, die der Jury einen Einblick in das Haus am Eagle Drive geben und ein Bild von Darlie geben konnte, das sie mit eigenen Augen gesehen hatte. Noch bevor sie mit ihrer Aussage fertig war, würde Halena Czaban die Frau, die ihr einen Job gegeben hatte, Darlie, als unfähige Mutter abgestempelt haben.

Ein Teil des Konfliktes zwischen den beiden Frauen ist auf ihr äußerst gegensätzliches Leben zurückzuführen. Darlie hatte nur High-School-Bildung, war jedoch vollbusig, sexy, jung und blond und hatte Geld und Familie. Die in Polen geborene Czaban war eine unattraktive, korpulente Frau mit dicker Brille, zu weiten Kleidern und einem grauen Haardutt. In ihrer Heimat war sie staatlich geprüfte Krankenschwester gewesen, doch in Amerika hatte sie fünfzehn Jahre lang in einer Fabrik gearbeitet. Sie teilte jetzt mit ihrer Tochter eine Wohnung und wusch anderer Leute Wäsche. Klagend und weinerlich sagte sie im Gerichtssaal: »Ich bin eine arme Frau!« Sie mochte Darlie nicht. Ihr mißfiel der Lebensstil der jüngeren Frau und die Art ihrer Kindererziehung. Halena Czaban und Darlie Routier lebten in zwei voneinander verschiedenen Welten, und es trug Darin bestimmt keine Sympathien ein, als er Basia bei Testnec feuerte.

Halena Czaban sagte in Polnisch aus, und eine römisch-katholische Nonne übersetzte, daß Frau Czaban 1973 in die Vereinigten Staaten gekommen war und zehn Jahre später die amerikanische Staatsbürgerschaft erhalten hatte. Sie hatte bei Familienmitgliedern in Massachusetts, Michigan und Florida gewohnt, bevor sie am 6. April 1996 nach Dallas gekommen war, genau zwei Monate vor den Morden.

Weil Basia seit Jahren Darlies Freundin gewesen war, dauerte es nicht lange, bis Halena Czaban zum Abendessen ins Haus der Routiers eingeladen wurde, und im Juni bot sie Darlie an, für sie im Haushalt zu arbeiten und sich um die Wäsche zu kümmern. Sie begann mit der Arbeit am 4. Juni. Basia setzte sie am Haus der Routiers ab und fuhr Darin zur Arbeit, weil sein Jaguar defekt war. Ein zwölfjähriges Mädchen namens Rebecca war im Haus als Babysitterin für Drake beschäftigt. Halena, die sich an diesem Tag um die Wäsche kümmerte, sah Devon und Damon zur Mittagszeit nach Hause kommen und hörte, daß Darlie den Jungen ›befahl‹ entweder nach oben oder nach draußen zu gehen. Darlie brachte sie um 17 Uhr nach Hause. Am nächsten Tag, dem 5. Juni, weigerte sich Halena zunächst, weiterhin zur Arbeit zu gehen, weil sie das Gefühl hatte, Darlie und Rebecca hätten sich über sie lustig gemacht. Aber sie fuhr zur Arbeit, und zu ihrer Bestürzung traf sie Darlie und Rebecca wieder zusammen an. Sie saßen mit dem Säugling im Wohnzimmer.

Nach dieser Aussage, die eigentlich sehr wenig sagte, wurden die Geschworenen aus dem Gerichtssaal geführt, damit Richter Tolle überprüfen konnte, was es mit der folgenden Aussage auf sich hatte. An diesem Punkt öffneten sich die Schleusen von Halena Czabans Gehässigkeit, und sie ließ vernichtende Sätze los, daß Darlie eine lieblose Mutter war, die fast versucht hatte, Drake umzubringen!

Halena berichtete, daß Darlie mit einer Decke auf dem Schoß in einem Sessel gesessen hatte. Daraufhin hatte Halena Darlie gefragt, ob sie am Bein verletzt war. Die ältere Frau war entsetzt, als sie feststellte, daß der kleine Drake völlig mit der Decke eingewickelt war. Sie wähnte den Säugling in Gefahr und bat, ihn halten zu dürfen. Darlie gab ihr das Baby fast widerstrebend und ging mit Rebecca nach oben. Als Halena die warme Decke von dem Baby zog, war Drakes Gesicht laut ihrer Aussage sehr rot, seine Lippen waren blau, und er schwitzte stark. Beim Entfernen der Decke bekam er wieder Luft und begann zu schreien.

Später sah sie – laut Aussage – das Baby fast von der Glasplatte des Couchtisches stürzen, während die Mutter und die Babysitterin untätig dabeisaßen. »Ich rief ›O Gott!‹ und fing das Baby auf.« Darlie und Rebecca lachten jedoch nur über sie. Ein anderes Mal fand sie das Baby unbeaufsichtigt auf einem hohen Stuhl, wo es in eine gefährliche Position gerutscht war. Halena rief nach Rebecca und ermahnte das Mädchen, das Kind nie wieder so allein zu lassen. Darlie war oben und kümmerte sich nicht um ihr Baby.

Die Geschworenen hörten nichts von den Beispielen für angebliche Kindesmißhandlung, und Richter Tolle weigerte sich, sie zu den Indizien aufzunehmen. Er erklärte dies alles als nicht zur Sache gehörig. Als die Verhandlung an diesem Tag beendet war, sagte Greg Davis, die Geschichten veranschaulichten ›sehr ungewöhnliches Verhalten‹ von Darlie ihren Kindern gegenüber und konnten ihren Gemütszustand ein paar Stunden vor den Morden zeigen. Mitglieder der Familie Routier würden behaupten, daß die gesamte Episode erfunden war, und darauf hinweisen, daß das Baby stets gern mit einer Decke um den Kopf geschlafen hatte und immer noch tat. Wenn die Verteidigung zeigen wollte, daß Darlie eine liebevolle Mutter war, dann sollte die Anklage Halena noch einmal in den Zeugenstand rufen, damit sie ihre Geschichte vor den Geschworenen wiederholte. Bis zu diesem Zeitpunkt hatte Frau Czaban Darlie jedoch überhaupt keinen Schaden zugefügt, weil die Jury ihre Aussagen nicht gehört hatte. »Ich nehme an, sie will mit Darin und Darlie abrechnen, weil Basia gefeuert wurde«, bemerkte Mama Darlie.

Als die Geschworenen wieder im Gerichtssaal saßen, sagte Halena Czaban aus, Darlie habe ihre Schmuckkassette geholt, ihr die Armreife und Ringe und Halsbänder gezeigt und ihr anvertraut, sie brauche zehntausend Dollar. Ihrer Ansicht nach handelte es sich bei den Schmuckstücken um billige Stücke.

Die Geschworenen hatten also nichts von Halena Czabans Aussagen, Darlie habe das Baby mißhandelt, gehört. Sie bekamen Gelegenheit, die Frau über den geheimnisvollen Wagen sprechen zu hören, der auf dem Eagle Drive und in der Umgebung gesehen worden war. Als Basia sie um 17 Uhr abgeholt habe, sei ein schwarzer Sportwagen von links gekommen, habe gehalten, und eine zweite Person sei vor Darlies Haus eingestiegen; dann sei der Wagen mit überhöhter Geschwindigkeit davongefahren. »Ich habe mich ein wenig erschrocken«, sagte sie. Die Morde an Devon und Damon geschahen über Nacht, und ein paar Tage später überredete Basia ihre Mutter, der Polizei von dem merkwürdigen Wagen zu erzählen. Sie sagte den Polizisten, sie hätte ihn schon zuvor in der Gasse hinter dem Haus gesehen, als sie dort zum Abendessen gewesen war, und gedacht, jemand starre in die Garage. Als Richard Mosty das Kreuzverhör begann, fragte er, ob sie den Wagen verdächtig gefunden hatte, und sie antwortete: »Ja ... vielleicht hat jemand Beobachtungen angestellt.«

Sie redete herum, warum es so lange gedauert hatte, bis sie die Polizei von dem Wagen in Kenntnis setzte. Es sei ihr schließlich klargeworden, daß sie vielleicht Darlie bei einem Alibi helfen könne. Mosty fragte, ob sie Kontakt mit der Polizei aufgenommen hatte, weil der sonderbare Wagen vielleicht eine Rolle bei den Morden gespielt hatte, ›oder wollten Sie eine Verkehrsübertretung melden?‹

»Ich habe einfach gesagt, was ich gesehen habe«, antwortete sie. »Ich habe meiner Tochter gesagt, die Leute hätten nicht so schnell fahren sollen.« Die Zeugin Czaban versuchte, sich von der Erklärung zu distanzieren, der Wagen könnte in irgendeinem Zusammenhang mit dem Verbrechen gestanden haben. »Ich habe es meiner Tochter gesagt, und sie hat es Darin im Krankenhaus erzählt. Wagen sollten nicht so schnell fahren.«

Mosty änderte die Taktik. Halena Czaban erklärte, daß Darlie von Anfang an freundlich zu ihr gewesen sei. Als Halena Czaban nach Texas gekommen war, hatte Darlie sie besucht, und ›die Jungen brachten mir Blumen mit‹.

Der Prozeßtag endete, als Halena Czaban den Zeugenstand verließ und ihre phantastische Geschichte mitnahm. Sie hatte mehr Punkte für die Verteidigung als für die Anklage gemacht, indem sie von der Existenz des geheimnisvollen Wagens gesprochen hatte, denn die Geschworenen waren nicht dabeigewesen, als sie ihre vernichtende Meinung über Darlie geäußert hatte.

Am Freitag morgen lagen auf dem kleinen Tisch im Vorraum Bibeln, aufgeschlagen bei Psalmen und Sprüchen, und Darlies Tanten, die von Pennsylvania eingeflogen waren, lasen und beteten für ihre Nichte. Mama Darlie fühlte sich nach zwei Wochen als Zeugin der Anklage schwer geprüft und vertraute dem Freundeskreis an: »Es ist hart, immer stark zu sein, wenn man weiß, daß es auf der anderen Seite dieser Tür um das Leben der Tochter geht.« Das Wetter wurde etwas milder, aber die Sonne brachte nur wenig Wärme.

Die letzte Zeugin der Woche war die lange erwartete Barbara Jovell, allen bekannt als Basia. Sie war eine kleinere Ausgabe ihrer Mutter, mit schwarzem Haar, Brille und strengem Blick. Basia diente zur Vorstellung verschiedener Beweisstücke, hauptsächlich sollte sie etwas über Darlies Selbstmordgedanken und die Version des Fernsehsenders über die Party auf dem Friedhof aussagen. Dadurch wurde sie die zweitbeste Zeugin der Anklage hinter Jim Cron.

Toby Shook, einer von Greg Davis' Assistenten, und Basia sprachen sofort von Darlies Selbstmordgedanken. Darlie hatte ihr im Mai gesagt, einen Monat vor den Morden, daß sie Schlaftabletten aus der Verpackung genommen und einen Abschiedsbrief geschrieben hatte, beides jedoch versteckt hatte, als Darin unerwartet nach Hause gekommen war. Der Hund, Domain, hatte die Tablettenverpackung unter dem Bett hervorgezogen. Darlie fühlte sich – so Basia – ›wirklich mies‹ und ›sie verstand nicht, warum die Leute soviel von ihr erwarteten‹. Basia sagte ihrer Freundin, daß sie Hilfe brauchte. Die Verteidigung legte Einspruch ein, da der Zwischenfall über einen Monat vor dem Verbrechen geschah und zu weit in der Vergangenheit lag, um zu zählen. Richter Tolle lehnte den Einspruch ab.

Dann sprach Basia kurz über ihren Besuch auf der Friedhofsparty und bahnte damit den Weg für die Aufnahmen von der Party – woraufhin die Verteidigung abermals Einspruch einlegte, weil es eine bearbeitete Version war. Tolle lehnte den Einspruch ab. Da es eine gekürzte Fassung der Ereignisse dieses Tages war, konnte sie laut Verteidigung nachteilig für die Angeklagte sein. Tolle lehnte den Einspruch ab und sagte, die Aufnahmen zeigten ihre Gemütsverfassung.

Basia berichtete nun, wie sie Darin 1987 kennengelernt hatte, als er mit erst neunzehn Jahren den Job bei CuPlex bekam. Ein paar Monate später lernte sie Darlie kennen und wurde erste Brautjungfer bei der Hochzeit. Im Juni 1992 begann sie die Arbeit bei Darins neuer Firma und erledigte elektronische Prüfarbeiten, während Darlie die Bücher führte. Das Geschäft lief laut Basia gut, und Darlie veränderte sich, wurde ›materialistisch‹, bekam Wutanfälle und Depressionen und stritt sich häufig mit Darin über Geld. »Sie liebte schöne Dinge und gutes Aussehen«, vertraute Basia den Geschworenen an. Das Ergebnis war ihrer Meinung nach, ›daß kein Geld an Testnec ging, sondern an Darlie‹. Ihre Freundin hatte einen extravaganten Geschmack und steigerte ihre Käufe, um ihr neues Haus einzurichten, die Schmuckkassette zu füllen und die Kinder teuer zu kleiden.

Das Geschäft lief 1995 schlechter, es gab weniger Aufträge und das Geld wurde knapper, was zu weiteren Streitereien zwischen Darin und Darlie führte, die ›die dominantere Persönlichkeit‹ war und Launen hatte, die im Jähzorn enden konnten. Basia warnte Darin, daß Darlie Probleme hatte. »Siehst du nicht, was los ist? Etwas macht Darlie zu schaffen.« Laut Basia ›wird etwas Schlimmes passieren‹, wenn Darlie nicht bald Hilfe bekommt.

Basia sagte aus, bei einem Besuch im Haus der Routiers vertraute ihr Darlie ihre Gedanken an Selbstmord an und beklagte sich darüber, daß sie soviel bei der Schwangerschaft mit Drake zugenommen hatte. Sie machte sich auch Gedanken, daß ›Sarilda (Routier) die Kinder zu sich nehmen würde, wenn ihr und Darin etwas zustoßen würde‹.

Nachdem die Morde geschehen waren, fuhr Basia zum Krankenhaus und sah Darlie allein auf der Intensivstation, als Darin sich kurz um die Firma kümmern mußte, und Darlie erzählte ihr die Geschichte, wie sie erwacht war, Druck auf ihren Beinen gespürt und einen Mann mit einem Messer gesehen hatte, der damit zum Schnitt auf ihre Kehle ausgeholt hatte. Aber bei anderen Gesprächen im Krankenhaus änderte Darlie die Einzelheiten und sagte, der Mann habe auf ihr gesessen, die Messerklinge an ihr Gesicht gehalten und so ausgesehen, als genieße er das.

Shook ließ Basia das Ereignis vom 14. Juni auf dem Friedhof beschreiben, und während Basia die Ereignisse schilderte, spielte Shook das Band ab. Die Jury hörte zu und sah wie betäubt die Aufzeichnung des Videos, bei der Darlie und Darin fröhlich und umgeben von Luftballons und Blumen waren. Ironischerweise befand sich Munoz im Gerichtssaal, weil er an diesem Tag über den Prozeß berichtete. Auf dem Band lächelte Darlie, lachte, umarmte Leute und versprühte aus einer Spraydose ›Schaum‹, wie eine befleckte Madonna, die keine Trauer um ihre beiden toten Kinder zeigte.

Während einer Verhandlungspause, als die Menge vor dem Gerichtssaal wartete, fragte ein Bewohner von Kerrville: »Wer würde jetzt noch auf einen Freispruch wetten?«

Natürlich war das Kreuzverhör von Basia Jovell brutal, denn Richard Mosty nahm ihre eigene Vorgeschichte auseinander, um ihre Aussage in Mißkredit zu bringen.

Zuerst war Darlie als lieblose Mutter geschildert worden. Jetzt sagte Basia, Darlie hatte Kinder um sich herum gemocht, hatte ihnen Eis und Getränke gegeben und war ›freundlich zu allen Kindern‹ gewesen. Devon und Damon wurden als höfliche und glückliche Jungen bezeichnet, die viel Spielzeug, gutes Essen und teure Kleidung gehabt hatten und sanft diszipliniert worden waren, mit vielleicht einem Klaps auf den Po oder auf eine Wange, wenn sie zurechtgewiesen werden mußten. Darlie hatte sie nie richtig geschlagen. »Kinder liebten sie«, gab Basia zu. »Sie ist eine sehr freundliche Person«, die Zeit und Geld für Wohltätigkeiten und Schulfeste aufgebracht hatte und Basia sogar ihre Kreditkarte anvertraute, um sie damit Einkäufe bezahlen zu lassen. Dies war eine sehr seltsame Aussage von einer Zeugin, die erst Minuten zuvor den klaren Eindruck erweckt hatte, daß Darlie eine verwöhnte und egoistische Frau war, die hauptsächlich an sich und ihren persönlichen Besitz dachte.

Mosty griff Basia wegen der Bemerkungen an, es sei kein Geld in die Firma gesteckt worden, und sie bestätigte, daß Darin viel Geld für eine neue computergesteuerte Prüfmaschine bezahlt hatte, einen Computer für Darlies Buchführung, eine neue Schreibmaschine, Telefone, ein Faxgerät und einen Schreibtisch gekauft hatte. Was die angebliche Geldknappheit anbetraf, so sagte Basia jetzt, sie wisse nichts über die Einnahmen und Ausgaben der Firma und habe ›keine Ahnung‹ über den Kassenzufluß im ersten Halbjahr 1996. Zuvor hatte sie ausgesagt, das Geschäft sei rückläufig gewesen, und jetzt wußte sie nichts über die Finanzen der Firma. Aber nachdem sie das zugegeben hatte, bezichtigte sie Darin, der ihr zehn Dollar pro Stunde bezahlte, Kunden durch überhöhte Rechnungen zu betrügen. Wenn Mosty solche Widersprüche und begrenzten Kenntnisse anprangern konnte, dann würde vielleicht der Rest von Basias Zeugenaussage angezweifelt werden.

Um das zu erreichen, befragte er die Zeugin nach ihren Gesprächen mit der Polizei, der sie ursprünglich erzählt hatte, sie wisse von keinen Problemen zwischen Darlie und Darin, während sie jetzt behauptete, sie hätten sich wegen Geld gestritten. »Ich habe bei der Polizei gelogen«, gab Basia zu. Die Geschworenen mußten sich fragen, welche Version von Basias Geschichte eigentlich die richtige war.

Hinsichtlich der Selbstmordgedanken hatte Darlie laut Basia gesagt: »Ich wollte es tun«, indem sie eine Überdosis Tabletten einnehmen wollte. Mosty baute sorgfältig einige zukünftige Fragen auf, indem er Basia erlaubte, ihre Version dieses Tages ungestört zu schildern.

Er brachte die Sprache auf die Aufnahmen vom Friedhof, und Basia schwächte die Wirkung etwas ab, indem sie den Geschworenen erzählte, daß nicht Darlie die Sprayflasche mit auf den Friedhof gebracht hatte, sondern ihre Schwester Dana. Basia sagte aus, sie sei nicht dort gewesen, als ein Geistlicher der Baptisten einen Trauergottesdienst abgehalten hatte. Mosty sprach dann die verschiedenen Ansichten an, wie Leute den Tod betrachten, und Basia sagte, als polnische Katholikin sei sie an lange Gebete und Kerzen auf dem Grab gewöhnt. Wenn sie irischer Abstammung gewesen wäre, hätte sie sich vielleicht daran gewöhnt, daß sich Trauernde während einer Totenwache für die Verstorbenen betranken. Eine Geburtstagsparty auf einem Friedhof ging gegen ihre kulturellen Vorstellungen.

Dann wurden die Geschworenen wieder einmal aus dem Gerichtssaal geführt, während sich der Anwalt der Verteidigung darauf vorbereitete, Basias Privatleben anzugreifen, in der Hoffnung, von Richter Tolle vielleicht die Genehmigung zu erhalten, die Information vor den Geschworenen wiederholen zu dürfen.

Basias Lebenslauf war erschreckend. Zwei Scheidungen, psychiatrische Behandlung seit dem sechzehnten Lebensjahr, als sie ein ganzes Jahr der Schule fernblieb, zweimaliger Aufenthalt in ›unterschiedlichen psychiatrischen Anstalten‹ und Anfälle von Depressionen. Sie gab zwei Selbstmordversuche zu, als sie depressiv gewesen war, einmal vierzig Pfund zugenommen hatte, Stimmen gehört und Halluzinationen gehabt hatte und ihr Leiden von einem Akupunkteur als ›manische Depression‹ diagnostiziert worden war. Die Krönung dieser Geschichte war Basias Aussage, daß sie einst, als sie depressiv gewesen war, Selbstmord hatte begehen wollen – mit Tabletten. In einem Gespräch mit einem Verteidiger hatte Basia einmal gesagt: »Ich habe Angst, daß ich den Verstand verliere.«

»Dies ist die Quelle der Informationen über die Selbstmordgedanken«, sagte der Anwalt der Verteidigung, John

Hagler. Die Symptome und Handlungen, unter denen Basia selbst gelitten hatte, waren genau die gleichen, die sie Darlie zuschrieb; sie ›übertrug‹ ihr Leiden auf ihre frühere Freundin. »In Wirklichkeit schilderte sie sich selbst.«

Tolle erklärte, diese Information konnte nicht vor den Geschworenen gegeben werden, weil sie nicht relevant für die Wahrheit oder Unwahrheit der Zeugenaussage sei. Die Entscheidung war ein großer Dämpfer für die Verteidigung, denn die Jury hatte gehört, daß Basia – ohne ärztliche Ausbildung – Darlie als an Depressionen leidend diagnostiziert hatte. Hätten die Geschworenen Basias eigenen Lebenslauf gehört, hätte die Geschichte ganz anders geklungen.

Die Jury fuhr zum Wochenende heim und dachte nicht an die geplagte Zeugin Basia, sondern an das Bild von Darlie, die am Grab ihrer Söhne fröhlich gefeiert hatte.

25

Darin hatte zu Beginn des Prozesses bei Kerrville herumgelungert wie Bankos Geist in Shakespeares *Macbeth,* eine traurige Gestalt stets nahe beim Prozeß, doch fast unsichtbar. Er wich Reportern aus und blieb Anklägern und Polizisten fern. Er hatte sich einigen Veränderungen unterzogen, seit Doug Mulder Darlies Verteidigung übernommen hatte. Der Vollbart war verschwunden, und er trug jetzt einen gepflegten Schnurrbart. Die dicken Goldringe waren durch einen einzigen goldenen Ehering und seinen High-School-Ring mit dem grünen Stein ersetzt worden. Verschwunden war auch sein Glauben an das System, ersetzt durch Skepsis und das Gefühl, verraten worden zu sein. Er fand keinen Schlaf, war zum Arbeiten nicht fähig und verbrachte jeden Tag wie in Trance, bis seine Mutter, Mama Darlie und die anderen Familienmitglieder ihm des Abends erzählen konnten, was im Gericht geschehen war.

Er gierte danach, Neues zu erfahren. *Wie hat Darlie ausgesehen? War die Aussage gut oder schlecht? Was wird morgen die Presse berichten?* Darin ließ sich willenlos treiben, als die dritte Prozeßwoche begann. Ungefähr das einzig Gute in seinem Leben war die Wetterbesserung, die ihm erlaubte, einige Zeit mit seinem Sohn Drake im Sonnenschein zu spielen. In der Erinnerung an seine anderen Jungen tippte er auf seine Brust in Höhe des Herzens. »Sie sind nicht dort (auf dem Friedhof) begraben«, sagte er. »Sie sind hier, sie leben genau wie wir.«

Aber der Tribut, den diese schwere Prüfung forderte, war mehr als ein geistiger und körperlicher. Eines Abends vertraute er in einer Hotelhalle Freunden an, daß er pleite war. »Ich besitze nur noch zweiunddreißig Dollar«, sagte er. Fast all seinen Besitz hatte er verkauft, um Geld für die Anwälte aufzutreiben. Er hatte sich jedoch geweigert, sich von einem Helm der Dallas Cowboys zu trennen, den alle Mitglieder der fünfundneunziger Meistermannschaft außer Deion Sanders mit ihrem Autogramm versehen hatten. Darin bewahrte diesen Footballhelm für Drake auf.

Darin klammerte sich an einen Traum, wartete auf den Moment, in dem die Anklage aufhören würde, ihre ›Lügen‹ zu erzählen und Doug Mulder und Richard Mosty endlich die wahre Geschichte preisgeben konnten, die so lange unterdrückt worden war. Darin war überzeugt, daß die Geschworenen die Wahrheit erkennen würden, wenn er und Darlie erst Gelegenheit haben würden, im Zeugenstand auszusagen. »Vielleicht habe ich sie in nur ein paar Tagen wieder«, sagte er sehnsüchtig. Das Gefühl beruhte auf Gegenseitigkeit. Bei einem Privatgespräch im Gefängnis hatte Darlie ihrem Mann gesagt, daß sie ihn immer geliebt habe, jedoch das Gefühl habe, ihm dies vielleicht ein bißchen zu wenig gezeigt zu haben. Das würde sich nach ihrer Freilassung ändern. »Ich werde dich total lieben, wie keine Frau jemals einen Mann geliebt hat«, flüsterte sie.

Als die dritte Woche des Prozesses begann, brachte Greg Davis einen anderen starken Zeugen, Charles Linch, einen Spurenanalytiker vom Southwest Institute of Forensic Science. Wie Jim Cron war er ein Tatortexperte. Der forensische Spezialist verstand es, komplizierte wissenschaftliche Zusammenhänge und Fachbegriffe einfach und für die Geschworenen verständlich zu erklären.

Er hatte seine Dienste freiwillig der Polizei von Rowlett angeboten, nachdem er von den Morden erfahren hatte, und er war kurz nach Mittag am Tatort gewesen, hatte mit Cron und Patterson gesprochen und das Haus besichtigt. Mit seinen Prüfinstrumenten hatte er mit der Untersuchung der Blutflecken begonnen und schnell den Fleck in der Garage ausgeschlossen, der von einem siruphaltigen Stoff wie einem Bonbon oder einem geschmolzenen Eis am Stiel stammen mußte. Ein Fleck auf einem weißen Schild in der Garage, den er untersuchte, erwies sich als Blut.

Linch fand eine ›ungewöhnliche‹ Menge Blut in Bereichen der Küche, in denen er das nicht erwartet hatte. Das Spülbecken war gesäubert worden, ergab jedoch positive Resultate bei komplizierten Proben. Am Wasserhahn war kein Blut zu sehen, doch eingesprüht mit Luminol und unter einer ultravioletten Lampe waren blaugrüne Abdrücke zu erkennen. Blut wurde an den Schrankgriffen und sogar im Schrank gefunden; es konnte nur dorthin gelangt sein, wenn die Schranktüren geöffnet worden waren.

Während der drei Stunden am Tatort gab der Spezialist die Anweisung, einige Dinge zu weiteren Proben einzusammeln, einschließlich einer Schere, Messer, Teile des Teppichs und Teile vom Inhalt des Mülleimers. Linch kehrte am 11. Juni zurück, um noch einmal mit Polizeibeamten von Rowlett das Haus zu untersuchen, diesmal unter Leitung von Greg Davis. Tests zur Suche nach Blut an Stellen auf dem Zufahrtsweg, am Tor und in Bereichen des Innenhofs waren negativ, und er fand nichts Ungewöhnliches um den Pavillon mit der Quelle im Innenhof herum. Linch ließ den Teppich im Wohnzimmer durchschneiden und zu einer genaueren Untersuchung ins Labor bringen. Die Polizei hatte die Stellen, an denen die Kinderleichen auf dem Boden gelegen hatten, mit Spray gekennzeichnet. Und auf einem Teil des Teppichs fand Linch den blutigen Abdruck eines Messers, ein, zwei Schritte von Devons Leiche entfernt.

Darin und Darlie hatten sich an diesem Tag ebenfalls mit ihm getroffen und sich freiwillig Blut- und Haarproben unterziehen lassen, und er sammelte Blutproben von allen drei Kindern. Diese wurden mit den Dingen verglichen, die getestet oder sichergestellt worden waren.

Linch kehrte am 21. November ins Haus zurück, fünfeinhalb Monate nach der Tat, und suchte immer noch nach Hinweisen. Jetzt wurde ein Stück Tapete für Proben abgelöst, Holzteilchen von draußen wurden gesammelt, und er fand zwei weitere Blutflecken unterhalb eines Lichtschalters in der Küche. Seine letzte Suche fand am 26. November statt, als er weitere Teile der Wände testete und ins Labor bringen ließ.

Als er Gelegenheit hatte, die blutbefleckte Socke zu untersuchen, die in einiger Entfernung vom Tatort gefunden wurde, stellte er fest, daß eine der Fasern entweder von Antilope, Hirsch oder Elch stammen mußte, eine Faser, die zu einem Reebok-Tennisschuh paßte. Darüber hinaus bot er keine Klärung an, und die Socke blieb ein Geheimnis, jetzt mit einem verblüffenden Hinweis auf wildlebende Tiere. Linch setzte seine Litanei über positive und negative Tests fort, aber schließlich kam er auf das Messer in dem Messerblock und auf Darlies zerrissenes T-Shirt zu sprechen, Dinge, die er am 8. Juni erhalten hatte.

Der Wissenschaftler verwandelte sich kurz in einen Schneider und stopfte die Löcher in dem T-Shirt, um das Kleidungsstück als Ganzes zu untersuchen. Er fand ›Defekte‹ oder Löcher an fünf Stellen. Ein Stich links vorne, nahe des Kragens; ein anderer Stich rechts vorne und drei ›Defekte, verursacht durch eine blutige Klinge‹ oben auf der rechten Schulter. Dann zog er das T-Shirt im

Geiste dem Opfer, Darlie, an, und er verletzte ihre linke Schulter entsprechend dem Loch im Hemd. Aber er sagte, sie habe keine Verletzungen auf ihrer rechten Schulter gehabt, wo er die drei Löcher gefunden hatte. Greg Davis ging an der Geschworenenbank vorbei und hielt das blutige ›Victoria's-Secret-Hemd‹ zur Betrachtung hoch. Er fragte, ob Darlie das Hemd an den verbleibenden Stellen durchlöchert haben konnte, indem sie es vom Körper fortgezogen hatte, bevor sie es durchstochen hatte.

»Das ist meines Wissens die einzige Möglichkeit, diese Löcher zu verursachen, ohne die Haut zu berühren«, antwortete Linch.

»Das Hemd wurde hochgezogen?«

»Das müßte es, wenn die Angeklagte nicht an der rechten Schulter verletzt war.«

Ein weiterer forensischer Stein war auf die Geschichte geworfen worden, die Darlie der Polizei erzählt hatte. Die Wissenschaft fand Dinge heraus, die von der Polizei nicht herausgefunden worden waren.

Die Tests an einem Messer im Messerblock waren gleichfalls eindrucksvoll, denn Linch sagte, er fand eine Substanz, eine Kombination von Glaspartikeln und Gummistaub auf einer sägeförmig gezackten Schneide eines der Messer im Block. »Haben Sie irgendeinen Unterschied in dem Gummimaterial von dem Fliegengitter und dem Gummistaub festgestellt, den Sie an dem Messer gefunden haben?«

»Nein, Sir, das habe ich nicht«, antwortete Linch. Ein Probeschnitt war an dem Fliegengitter durchgeführt worden und hatte zum gleichen Resultat geführt.

Richard Mosty gelang es beim Kreuzverhör nicht, die harten wissenschaftlichen Fakten, die Linch sorgfältig dargelegt hatte, zu entkräften. Linch trug selbst zur Auflockerung der Stimmung bei, indem er scherzte, daß er seine Hilfe freiwillig angeboten hatte, weil seine Dienste in der Hitze der Ermittlung selten gefragt waren. »Keiner ruft mich jemals. Ich bin wie der Buhmann.« Die Geschworenen mochten diesen netten Kerl.

Mosty betonte nachdrücklich, daß ein blondes Haar im Fliegengitter gefunden worden war und DNS-Proben bewiesen hatten, daß es nicht Darlie gehörte. Linch vertrat die Ansicht, daß das Haar ›mikroskopisch ähnlich‹ dem Haar der Angeklagten war, gab jedoch zu, dieser Schluß könnte leicht unzutreffend sein. »Ich berichte über einen wissenschaftlichen Befund und überlasse es den Anwälten, Schlüsse daraus zu ziehen«, sagte er. Mosty konnte die Aussage des Wissenschaftlers über das blutige T-Shirt oder die Fasern am Messer nicht erschüttern. Es war später Nachmittag, und einige der Geschworenen begannen zu gähnen. Sie waren gelangweilt und wollten endlich Feierabend haben.

Greg Davis beendete die Zeugenaussage, indem er noch einmal das T-Shirt ins Spiel brachte. Linch sagte rundweg: »Meiner Meinung nach sind die Löcher selbst zugefügt worden.« Der Staatsanwalt fragte den erfahrenen Tatortermittler, ob es für einen Erwachsenen üblich war, solch einen schlimmen Angriff auf Kinder zu überleben, wie Darlie den tödlichen Angriff auf ihre Jungen überlebt hatte.

»Ich sehe durchschnittlich sechshundert Morde pro Jahr, und ich habe nie einen Fall erlebt, bei dem ein Erwachsener die Kinder überlebt und so minimale Verletzungen erlitten hat«, sagte Finch. Mosty wies schnell darauf hin, daß die Wunde in Darlies Hals kaum als minimal bezeichnet werden konnte und fast tödlich gewesen wäre, aber Linch ließ sich nicht von seiner Schlußfolgerung abbringen.

Dieser Tag, schwer beladen mit wissenschaftlichen Fakten, war für Darlie kein guter gewesen, und die folgende Sitzung am Dienstag würde nicht viel besser sein, denn noch mehr Männer und Frauen der Mikroskop-, Pinzetten- und Reagenzglas-Brigade wurden in den Zeugenstand gerufen. Die Anklage verließ sich jetzt allein auf die Wissenschaft, um Darlie Routiers Verurteilung zu erreichen. Bemerkenswert war zu diesem Zeitpunkt die Abwesenheit dreier Polizisten. Weder Detective Patterson, der Leiter der Ermittlungen, noch sein Partner, Detective Chris Frosch, noch ihr Chef, Lieutenant Grant Jack, waren als Zeugen erschienen. Die beiden Hauptzeugen waren aus der Kategorie ›Ich miete mir einen Experten‹ – Jim Cron und Charlie Linch. Die drei Cops von der Polizei Rowlett, die mit der Ermittlung am vertrautesten waren, wurden der Jury vorenthalten.

Greg Davis setzte die wissenschaftliche Lektion am Dienstag mit Bob Poole fort, einem Spezialisten für Ballistik und Spuren an Werkzeugen; mit Tom Bevell, einem pensionierten Captain der Polizei von Oklahoma City, der eine eigene forensische Schule leitete; und mit zwei DNS-Analytikerinnen, Carolyn Van Winkle vom SWIFS und Judith Floyd von Gene Screen, einem Labor von Dallas. Obwohl Bevell am Mittwoch mit einer viel beeindruckenderen Aussage in den Zeugenstand zurückkehren würde, war die Verhandlung am Dienstag eine langatmige Präsentation, die weder große Hilfe für die Anklage noch Angriffsflächen für die Verteidigung bot. Kurz gesagt, fast alles, was am Dienstag gesagt wurde, führte nicht weiter.

Poole konnte nur sagen, das blutige Messer, das sichergestellt worden war, hatte ›möglicherweise‹ einige der Verletzungen von Devon verursacht. Aber laut Van Winkle befand sich kein Blut von Devon an dem Messer. Judy Floyds DNS-Probe ergab Blut von Darlie, Devon und Damon an verschiedenen Kleidungsstücken und anderen Dingen, was nicht überraschte, denn alle drei hatten geblutet. Auf die Frage der Verteidigung antwortete die Gutachterin, sie habe bei den Untersuchungen des Bluts vom Tatort ebenfalls unidentifizierte Gesichts- und Schamhaare gefunden. Solche wichtigen Bemerkungen hinterließen nur wenig Eindruck.

Die Hauptentwicklung des Tages erfolgte in einem Tumult außerhalb des Gerichtssaals. Norman Kinne, der Bevollmächtigte des First Districts der Dallas County, war ein regelmäßiger Beobachter des Prozesses gewesen und hatte den Medien von Dalles immer gern ein Interview gegeben. Bei solchen Anlässen reckte er sich und brüstete sich damit, wie toll sich sein Büro bemühte, die Gesellschaft im allgemeinen und Kinder im besonderen zu schützen, offenbar blind gegen die Tatsache, daß er in Kerrville war, weil zwei Kinder nicht geschützt, sondern ermordet worden waren. Kinne trat am Dienstag wieder in einer der Pausen vor die Kameras, um die Entwicklung im Gerichtssaal zu kommentieren, und er sagte, die forensischen Beweise, die gegenwärtig vorgelegt wurden, zeigten deutlich, daß es keinen Einbrecher gegeben hatte.

Von jenseits der Kamera ertönte ein Ruf. »Das ist eine Lüge!« schrie Darlie Kee.

Kinne rümpfte die Nase. Er war es nicht gewohnt, daß seine feierlichen Erklärungen von einfachen Bürgern angezweifelt wurden. Er fragte vor den Kameras, ob er es nötig habe, dort zu stehen und vor ›Wohnwagengesindel‹ interviewt zu werden. Später sagte er: »Mrs. Kee schrie, ich sei ein Lügner, und das hat mir gar nicht gefallen.«

Mama Darlie war schockiert und gekränkt von dem persönlichen Angriff. Wohnwagengesindel? In Texas gibt es nur wenige schlimmere Beleidigungen. Mama Darlie zog sich zurück und sagte, der Mann habe keinen Grund, ordinär zu werden. Aber ihre Tochter Dana mußte zurückgehalten werden, um nicht ›rüpelhaft zu werden‹ und in der gleichen Sprache zu antworten, die Kinne gegen die Familie benutzt hatte. Dana, bekleidet mit einem rotschwarzen, ärmellosen kurzen Kleid und mit bis an die Knie reichenden schwarzen Stiefeln aus Kunstleder, war die hohe Position des Mannes, sein eleganter Anzug und seine Krawatte egal. Sie war bereit, es mit Kinne auszutragen, ein Showdown auf texanische Art, Auge in Auge, sofort: ›Du und ich auf dem Rasen, Opa, und ich trete dir in den Arsch, daß du bis nach Dallas fliegst. Verdammt, du nennst meine Mutter nicht ungestraft Wohnwagengesindel!« Darlie schickte ihre zornige Tochter heim, um die Konfrontation zu vermeiden. Sie wollte nicht noch die andere Tochter im Gefängnis der Kerrville County haben.

In Dallas klingelten beim Sender die Telefone, als sich Zuschauer über Kinnes Entgleisung aufregten. Es war ein öffentliches Fiasko für ein Anklageteam, das hart daran gearbeitet hatte, die tägliche Story zu spinnen. Die Ankläger wollten mit weißer Weste auftreten. Kinne würde sich schließlich auf Sendung so was wie entschuldigen, besonders bei Leuten, die in Wohnwagen lebten, aber die Bemerkung ›Wohnwagengesindel‹ war bezeichnend für das Verhalten, das vom Büro des Staatsanwalts anscheinend gegen Darlie Routier an den Tag gelegt wurde.

26

Bevell hatte seine Aussage am Dienstag begonnen, und sie ging den ganzen Mittwoch über weiter, nachdem er einen energischen Angriff der Verteidigung überstanden hatte, die ihn nicht als Zeuge zulassen wollte. Seine Schlußfolgerungen waren einfach zu dramatisch, um sie so stehenzulassen. Er machte sofort einen Punkt für die Anklage, indem er Greg Davis bestätigte, daß die Blutspur bei der Tür des Abstellraums bemerkenswert dünner wurde, wo Blut dick genug gewesen war, um über den Rand der Türschwelle zu laufen. Wenn der Eindringling so viel Blut an den Händen gehabt hatte, dann hätte es sonstwo gefunden werden müssen, am Fenster oder am Zaun im Hinterhof, und dort war kein Blut gewesen.

Ein paar Minuten später sprach Bevell über die Richtung einiger Blutspritzer von Darlies T-Shirt, die er analysiert hatte, Flecken, die nach besonderen Richtungen weggespritzt waren. Das eröffnete den dramatischsten

Moment, den der Prozeß mit fünfunddreißig Zeugen in dreizehntägigen Aussagen erlebt hatte.

Greg Davis ließ sich mit einem Messer in der Hand auf die Knie sinken und stellte dar, wie Darlie ihre zwei schlafenden Söhne erstach. Er holte aus und stach hinunter, immer wieder. Genau wie erhofft wurden die Geschworenen stark in den Bann gezogen. Sie standen auf und neigten sich über das Geländer, um einen besseren Blick auf dieses ›Perry Masontheater‹ zu erhaschen. Davis hielt das Messer, um zu veranschaulichen, wie Blut von der Klinge tropfte. »Würde dieser Blutfleck mit der knienden Position neben Devon übereinstimmen, wenn sie hinabsticht und dann das Messer zurückzieht?«

»Es kann gewiß übereinstimmen«, antwortete Bevell. Er sagte weiterhin aus, daß er mehrere Male ähnliche Blutflecke auf ähnlicher Kleidung bei Stichbewegungen in einem seiner Vergleichstests erreicht hatte. Davis zeigte der Jury die Hemden, die Bevell bei seinen Tests benutzt hatte, um die Ähnlichkeit mit den Flecken auf Darlies Hemd vorzuführen.

Als die Zahl der Indizienbeweise wuchs, forderte der Streß allmählich seinen Tribut von der Familie. Die kleine Gruppe von Frauen außerhalb der Tür des Gerichtssaals, angeführt von Mama Darlie und Sarilda, fügten zu ihrem Lesen aus der Bibel Gesang hinzu, und die Anwälte konnten während ihrer Arbeit leise Strophen von Kirchenliedern hören.

Richard Mosty befragte Bevell sorgfältig, konnte jedoch nur wenig Boden wettmachen, sogar als er den forensischen Spezialisten mit Sticheleien reizte und ihn fragte: »Sie bilden sich eine Meinung und führen dann einen Test durch, der Ihre Meinung unterstützt?« Mosty deckte auf, daß Bevells Tests nicht die Aufzeichnungen einschloß, die ein echtes wissenschaftliches Experiment begleitet hätten, daß die Fotos vom Tatort, die er bei der Rekonstruktion des Angriffs benutzt hatte, vielleicht unvollständig gewesen waren und daß der Experte ›sich nicht erklären‹ konnte, weshalb die blutbefleckte Socke drei Häuser vom Tatort entfernt gefunden worden war.

Mosty stellte eine Hypothese auf. Angenommen, ein Einbrecher kam ins Haus, fand zwei Socken und benutzte beide als ›Handschuhe‹, um keine Fingerabdrücke zu hinterlassen, und die zweite Socke wurde nicht gefunden. »Sie können weder ausschließen noch zweifelsfrei sagen, daß es nur einen Angreifer gab, oder?«

»Nein, das kann ich nicht ausschließen«, sagte Bevell.

Der Verteidiger kniete sich hin und wollte demonstrieren, wie er auf die Opfer einstach, aber Bevell behauptete, daß es nicht genügend Platz gab, um das Messer hochzuhalten oder damit kurze Stiche auszuführen. Bevell sagte, wenn das Messer benutzt worden war wie von dem Verteidiger, würde es nicht die Wunden verursachen, die diese Leichen hatten. Als Mosty sein peinlich genaues Kreuzverhör fortsetzte und ein Video von Bevell beim Ausüben seiner Experimente zeigte und darüber in allen Einzelheiten sprach, sahen die Geschworenen hoffnungslos gelangweilt aus. Das Gähnen war ansteckend. Als Mosty sich erhob, war er überrascht.

»Ich habe mir in die Hand geschnitten«, sagte er. Nichts klappte.

»Gutes Argument, Sir«, pflichtete Bevell ihm bei und gab dem Verteidiger damit ein Stichwort.

Während er den Schnitt behandelte und die Augen aller Geschworenen auf ihn gerichtet waren, sagte Mosty: »Ja, das ist ein gutes Argument, nicht wahr? Denn bei diesem Szenario, bei dem Mrs. Routier Blut an ihrer Hand hat, wäre ihre Hand abgerutscht und sie hätte sich in die Handfläche geschnitten, nicht wahr?« Es hatte keine solche Verletzung gegeben.

Mosty stellte weitere Fragen und zeigte Alternativen auf. Konnten die Blutflecke, durch die Devons Blut auf Darlies Rücken gelangt war, übereinstimmen mit Blut, das ein Sanitäter von Devon auf Darlie übertragen hatte, als er sie berührt hatte? Hatte vielleicht ein Sanitäter Gummihandschuhe mit Devons Blut darauf abgestreift, als er sich Darlie genähert hatte? Was war mit dem Blut, das aus Devons Brust spritzte, als sein Vater Wiederbelebungsversuche machte und sein ganzer Oberkörper dabei mit Blut bespritzt wurde? Mosty las aus einer Schrift Bevells vor, um zu zeigen, daß der Autor einige bei dieser Ermittlung angewandte Methoden mißbilligte. Dann ließ er von Bevell bestätigen, daß er tausendfünfhundert Dollar pro Tag oder hundertfünfundzwanzig Dollar pro Stunde für seine Zeugenaussage berechnete.

Bevell sagte schließlich aus, daß der Messerabdruck, der auf dem Teppich war, nach Testergebnissen nur so entstanden sein konnte, daß das Messer dort abgelegt worden war. Laut Davis hatte die Mutter das Messer neben das sterbende Kind gelegt, nachdem sie sich selbst Schnitte zugefügt hatte. Dann fragte der Staatsanwalt, ob der Fundort der Socke ›vereinbar mit einem Täter ist, der diese Socke vom Tatort entfernen wollte‹. Bevell bestätigte das. Was war der wahrscheinlichste Grund dafür, daß auf dem Rückenteil von Darlies Hemd Blut von Devon war? »Meiner Meinung nach«, antwortete Bevell, »ist das Blut beim Zurückziehen des Messers über die Schulter auf den Rücken getropft.«

Nach diesem Prozeßtag bestätigte Mosty der Presse, daß die Anklage es nicht geschafft hatte, ›ihr (Darlie) das Messer in die Hand zu drücken‹.

Die Geschworenen allerdings fuhren mit einem einzigen Bild in der Erinnerung nach Hause – Darlie auf den Knien neben ihrem Jungen, wie sie wiederholt mit einem Schlachtermesser auf ihn einsticht und Devons Blut von der Klinge auf ihren Rücken tropft und eine verräterische rote Spur hinterläßt.

Am Donnerstag, dem 23. Januar, war die Anklage bereit, ihren Beweisvortrag mit einem letzten Zeugen abzuschließen. Es war ein weiterer auswärtiger Experte, Allen Brantley vom FBI, ein Spezialist für Täterprofile und

Ermittlungsanalysen. Greg Davis wollte Brantleys Fachkenntnis nutzen, um den Beweisvortrag zusammenzufassen. Wie die meisten FBI-Agenten war der dünne und bebrillte Brantley bestens darin geschult, wie man sich an eine Jury wendet. Sie bleiben stets ruhig und strömen Fachkenntnis aus, schauen bei Fragen den Anwalt direkt an, blicken bei der Antwort jedoch zu den Geschworenen. Es kann ein peinliches Verhalten sein, aber es ist wirkungsvoll.

Doug Mulder und sein Team von Verteidigern kämpften, um Brantleys Aussage zu verhindern, und während die Geschworenen den Gerichtssaal verlassen hatten, lieferte Brantley den Grund, weshalb die Verteidigung ihn als Zeugen ablehnen wollte. »Nach meiner Meinung wurde der Tatort inszeniert und Devon und Damon wurden von einer Person getötet, die sie kannten, von einer Person, die sie sehr gut kannten.« Mulder und seine Kollegen argumentierten, Brantley führe persönliche Schlußfolgerungen an und keine wissenschaftlichen Fakten, er habe vor dem Prozeß keinen Bericht angefertigt und seine Aussage würde die Jury verwirren und irreführen. Aber Richter Tolle hielt die Aussage für relevant und erklärte, ihr Wert sei größer als die Möglichkeit, nachteilig für die Angeklagte zu sein.

Als die Geschworenen wieder auf ihren Plätzen saßen, schilderte Brantley seine Ausbildung und seine beruflichen Qualifikationen. Er war seit über dreizehn Jahren beim FBI und arbeitete gegenwärtig im ›National Center for Analysis‹ als Analytiker für Gewaltverbrechen. Dann erklärte er seine Analysen in diesem Fall. Seine Fakten basierten auf Fotos vom Tatort, Ermittlungsberichten und einem Studium von Viktimologie, dem Teilgebiet der Kriminologie, das die Beziehungen zwischen Täter und Opfer untersucht.

Die Morde fanden in einem Gebiet mit niedriger Kriminalitätsrate statt, das Haus war umgeben von anderen Gebäuden, ein Wagen parkte davor, im Erdgeschoß brannte Licht, die Nachbarschaft war mit einem Fahrzeug oder zu Fuß schwer zu durchqueren, ungekannte Hindernisse würden bei einem Fluchtversuch aufhalten, und ein großer Tierkäfig befand sich in der Garage. All dies würde einen Kriminellen abschrecken, sagte Brantley, und seine Schlüsse basierten auf Befragungen des FBI von Hunderten Straftätern, um zu erfassen, was sie vor, während und nach einem Angriff suchen.

Andere Einzelheiten stimmten laut Brantley nicht mit Verbrechen dieser Art überein. Die Garage mußte in der Dunkelheit überwunden werden, der Angreifer hatte sich auf die Kinder konzentriert, nicht auf die Mutter, Erwachsene werden für gewöhnlich ›beseitigt‹, bevor ein Mörder auf Kinder losgeht. Und es war unwahrscheinlich, daß ein Täter, der soeben zwei Kinder erstochen hat, sich von einer kleinen Frau verjagen oder sie am Leben läßt.

Devon und Damon ›waren vermutlich die Verbrechensopfer mit dem niedrigsten Risiko für den Täter, das es gibt‹, sagte Brantley. Jung, weiß und geschützt, waren sie nicht im Umfeld von Drogenmißbrauch, Raub und Vergewaltigung. Daraus schloß Brantley, daß das Motiv für einen Mord im persönlichen Bereich liegen mußte. Wegen der Schwere ihrer Verletzungen im Vergleich zu denen ihrer Mutter gab es für Brantley keinen Zweifel, daß die Kinder das Ziel des Angriffs gewesen waren.

Der Mangel an Bruchschaden am Tatort wies ebenfalls darauf hin, daß jemand ein ›Besitzerinteresse‹ an den Einrichtungsgegenständen hatte, besonders im Vergleich zu der Schwere des Verbrechens. Der umgekippte Staubsauger war Brantleys Meinung nach absichtlich umgeworfen worden, nicht bei einem Kampf umgestürzt. Es war ›sehr, sehr merkwürdig‹, daß es keine Blutflecken am Zaun oder Tor gab. Nur ein Weinglas war zerbrochen, aus dem Regal, das mit Gläsern und Flaschen gefüllt war, Blutstropfen reichten nicht über den Abstellraum hinaus, und daß das Brotmesser mit Spuren vom Garagenfenster im Messerblock gefunden wurde, war sonderbar. »Warum sollte jemand in das Haus einbrechen, das Messer nehmen, das Fliegengitter des Garagenfensters aufschneiden und das

Messer wieder in den Messerblock stecken? Das ist absurd«, sagte Brantley.

Doug Mulder spielte den Eindruck von Brantleys Know-how herunter, indem er ihn fragte: »Führt ihr Statistiken darüber, wenn ihr euch irrt?« Ja, sagte Brantley, tatsächlich hatten sie vor kurzem mit dem Sammeln solcher Daten begonnen, aber er maß den Erfolg des FBI-Programms an der Zahl der Bitten um Hilfe. »Wer sich an uns wendet, wird zufriedengestellt.«

Mulder begann seine nächste Frage mit der Anrede »Professor ...«

Er behauptete, Brantley habe bei diesem Fall rückwärts gearbeitet, anfangen mit einer Verdachtsperson, die bereits identifiziert gewesen war. Brantley räumte ein, daß er von Darlies Anklage gewußt, jedoch alle verfügbaren Informationen in Betracht gezogen hatte.

Mulder fragte weiter, wie viele Waffen bei dem Verbrechen benutzt worden waren. Brantley gab zu, daß das Brotmesser nie dem FBI zur Untersuchung überlassen worden war, daß Linch und er nicht darüber gesprochen hatten, wo die Partikel des Fliegengitters an dieser Klinge gefunden worden waren, und daß er, Brantley, das Fliegengitter nicht persönlich untersucht hatte.

»Wußten Sie, daß kein Blut von Devon an dem Messer gefunden wurde?« fragte Mulder.

»Meines Wissens nach befanden sich die Blutgruppen beider Jungen an dem Messer«, antwortete der FBI-Agent, überrascht über die DNS-Ergebnisse.

Mulder fragte, ob beide Jungen seiner Ansicht nach mit dem Schlachtermesser umgebracht worden waren, und Brantley bejahte das. Er hatte angenommen, das Blut beider Jungen sei auf der Klinge gefunden worden. Der Wortwechsel schadete der Aussage des FBI-Experten. Wenn er sich mit dieser Annahme irrte, dann vielleicht auch bei einer anderen.

Minuten später kam er beim Thema Socke wieder in

Bedrängnis. »Meiner Meinung nach war diese Socke ein Teil der Inszenierung des Tatorts«, sagte Brantley. »Diese Socke wurde dorthin gelegt, nachdem die Jungen erstochen worden waren.« Aber wie jeder andere Zeuge konnte er nicht sagen, wann und wie.

»Wußten Sie, daß jemand am 5. Juni versucht hat, in die Garage zu gelangen?« fragte Mulder, eine Bezugnahme auf die Aussage von Basias Mutter. Staatsanwalt Davis legte sofort Einspruch ein, dem der Richter stattgab, während der FBI-Experte verwirrt dreinblickte.

Die Geschworenen mußten den Gerichtssaal verlassen, und das Team der Verteidigung versuchte einen letzten Angriff auf die FBI-Windmühle. Richard Mosty führte an, der Agent war nie im Haus der Routiers gewesen und die meisten seiner Schlüsse basierten auf Nachrichtenmeldungen. Er stellte den Antrag, den Prozeß als fehlerhaft geführt zu erklären, doch Tolle sagte, die Aussage des Zeugen basiere auf Beweisstücken, und er lehnte den Antrag ab. Einem anderen Antrag, den Prozeß wegen eines anderen juristischen Punkts als fehlerhaft geführt zu erklären, gab der Richter ebenfalls nicht statt. Die Verteidigung ersuchte um eine Belehrung der Geschworenen vom Richter, daß der Staat bei seinem Beweisvortrag der Angeklagten die Tat nicht nachgewiesen hatte. Auch dieser Antrag wurde abgelehnt.

Um 14 Uhr 55 erklärte Greg Davis den Beweisvortrag der Staatsanwaltschaft als beendet.

Das Spiel war fast vorüber, und Detective Jimmy Patterson stand immer noch an der Seitenlinie.

27

Die Familie war nicht nur bereit, sondern begierig darauf, die Verteidigung von Darlie zu beginnen. Darin kam aus seinem selbstauferlegten Exil und tauchte zum ersten Mal im Gerichtsgebäude auf, wobei er große Aufmerksamkeit der Presse und Zuschauer auf sich lenkte. »Die Lügen haben lange genug gedauert«, sagte er Reportern. »Die Jury hat Leute angehört, die sie (Darlie) nur Minuten oder Stunden kannten. Jetzt werden die Geschworenen Aussagen von Leuten hören, die sie (Darlie) seit Jahren gekannt haben.«

Seine Mutter, Sarilda, blieb ebenfalls der festen Überzeugung, daß ihre Schwiegertochter unschuldig war. »Ich habe nie auch nur einen Moment an ihr gezweifelt, und wenn mir jemand sagt, sie hat es getan, schlage ich ihm ins Gesicht.«

Für Mama Darlie war es an der Zeit, Doug Mulder Gelegenheit zu geben, sich sein teures Honorar zu verdienen. Sie hatte vor kurzem eine weitere Zahlung an Mulder geleistet und dafür einen Aufschub der Tilgung ihrer Hypothek erreichen müssen. Sie hatte ihm gesagt: »Hier ist die Abzahlung meines Hauses. Ich werde bald auf Ihrer Couch schlafen.« Aber sie zweifelte nicht daran, daß das Honorar jeden Penny wert war. »Wenn Doug Mulder von mir verlangen würde, mich mitten auf der Straße vor dem Gerichtsgebäude auszuziehen, würde ich es tun, um Darlie zu helfen.«

Und so begann die Verteidigung langsam und behutsam, kurz nach dem Beweisvortrag der Anklage, indem sie vier Zeugen ankündigte, bevor die Verhandlung am Donnerstag endete. Es war, als spiele Mulder Poker, zeige dem Gegner gerade genug von seinen Karten, um ihn wissen zu lassen, daß er ein gutes Blatt hatte. Drei Wochen lang hatte er den Gerichtssaal beherrscht, ohne viel zu tun, selbst wenn er nur mit aneinandergelegten Händen am Tisch der Verteidigung gesessen hatte. Jede Bewegung hatte er mit den Blicken verfolgt wie ein Raubtier, das nur darauf wartet, sich auf ein Opfer zu stürzen. Sein Ruf eilte ihm voraus, und jeder hatte das Gefühl, der wahre Doug Mulder würde sich entpuppen, erwachen und angreifen. Er ließ andere Mitglieder des Verteidigungsteams mit der Strategie beginnen, das Image von Darlie Routier aufzubessern.

Die erste Zeugin der Verteidigung war Sherry Moses, eine von Darlies Tanten aus Pennsylvania, die keine Zeit verlor, zu beschreiben, welch gute Person und Mutter ihre Nichte war. »Sie war stets so eine liebevolle Mutter, immer sehr geduldig«, sagte Sherry Moses mit bebender Stimme. »Sie hat die Kinder nie geschlagen, sie war immer so freundlich und sanft mit ihnen ... Ihre Geduld war unglaublich. All ihre Kleinen waren etwas Besonderes für sie.«

Der Verteidigungsanwalt Curtis Glover forderte Sherry Moses auf, Darlies Zustand im Krankenhaus zu beschreiben, wo sie ihre Nichte am Tag nach den Morden gegen Mitternacht besucht hatte. Nach Sherry Moses' Aussage saß Darlie im Bett ›wie betäubt (und) einfach leidend‹.

Sherry sah sofort den großen Bluterguß auf ihrem Arm. Als Sherry Moses Darlie dann später in der Leichenhalle des Krankenhauses zur Identifizierung der Toten wiedersah, waren die Blutergüsse noch dunkler geworden, und Darlie hatte noch gefühlsbetonter reagiert. »Ich hörte sie schreien, als sie ihre Jungen sah. Sie verfluchte die Person, die das ihren kleinen Kindern angetan hatte. Es zerriß uns das Herz, ihren Schmerz zu hören.«

Dann wurde die Zeugin wegen der Party am Grab befragt, und sie räumte jede Vorstellung aus, daß es ein ungewöhnliches Ereignis gewesen war. »Für mich war es einfach ein letzter Liebesbeweis für Devon.«

Diese Aussage war eine direkte Anfechtung der Aussagen von Krankenschwestern und anderem Krankenhauspersonal, es habe keine Blutergüsse gegeben und Darlie habe sich gleichgültig und reserviert verhalten. Greg Davis nahm die Zeugin ins Kreuzverhör, verbrachte jedoch nur wenig Zeit damit. Er fragte, weshalb sie nie gefragt hatte, warum das Krankenhauspersonal sich nicht um die Blutergüsse gekümmert hatte und ob sie zustimmen würde, ›daß die Angeklagte sich vielleicht anders gegenüber den Kindern verhielt, wenn Sie nicht dabei waren?‹ Sherry Moses entgegnete: »Nein, da stimme ich Ihnen nicht zu.«

Davis betonte, daß Darlie schöne Dinge liebte und viel Geld in das Haus steckte, und Sherry Moses pflichtete ihm bei. Sie dementierte heftig, einem Ermittler der Anklage gesagt zu haben, Darlie habe ihr erzählt, sie könne einen Angreifer identifizieren. Zum Angriff selbst sagte die Zeugin aus, Darlie könne sich ›an vieles‹ nicht mehr erinnern. »Sie sagte, sie habe geschlafen. Damon rüttelte sie wach, und sie sah den Mann flüchten … Es war ihr nicht bewußt, daß sie verletzt war, bis sie das Licht anschaltete und die Jungen sah.« Darlie hatte Sherry ebenfalls erzählt, sich an das ›Gefühl eines Kampfes‹ zu erinnern.

Der nächste Zeuge war interessanter. Es war David Rogers, der Pastor der ›Shepherd's-Heart-Fellowship‹-Kirche in Mesquite, ein Geistlicher seit ungefähr zwanzig Jahren. Er hatte die Familie Routier nicht gekannt, bevor am 6. Juni ein gemeinsamer Freund Kontakt mit ihm aufgenommen und darum ersucht hatte, für sie zu beten. Rogers fuhr um zehn Uhr zum Krankenhaus und besuchte mit der Familie die Patientin, sprach jedoch nicht mit Darlie. Später würde er sie näher kennenlernen und während ihrer Zeit im Gefängnis einundfünfzigmal mit ihr sprechen.

Er traf die Angeklagte zum ersten Mal bei dem Trauergottesdienst, den er leitete. Darlie traf dort mit Darin und den Detectives Patterson und Frosch ein. Diesmal stellte Preston Douglass die Fragen für das Verteidigungsteam, und er ließ Rogers betätigen, daß er viele Trauergottesdienste geleitet hatte und sehr vertraut mit dem Verhalten trauernder Eltern war. Wie war das bei Darlie gewesen? »Sie trauerte entsprechend«, sagte der Geistliche. »Ich sah eine Mutter voller Schmerz, die todunglücklich und gepeinigt wegen des Verlustes ihrer Kinder war.«

Douglas befragte ihn wegen der Party, und der Pastor erklärte, er habe sie nicht für ›unnormal‹ gehalten. Er sagte ebenfalls aus, er habe die Blutergüsse am Arm ›deutlich‹ gesehen.

Für die Anklage führte Sherri Wallace das Kreuzverhör durch und stichelte, es sei schwierig, mit dem Pastor Kontakt aufzunehmen. Rogers sagte, er habe Bedenken gehabt, mit einem Ermittler zu sprechen. Als die Anwältin andeutete, daß Darlie beim Betreten der Leichenhalle nicht geweint habe, bestritt Rogers das und sagte aus, er habe Tränen auf dem Gesicht der Angeklagten gesehen. »Sie gab sich niemals weinerlich in meiner Anwesenheit«, eine Aussage, die ein direkter Schlag gegen die Krankenschwestern des Baylor Hospitals waren, die wiederholt den Begriff ›weinerlich‹ bei der Beschreibung von Darlies Verfassung benutzt hatten.

Die Anklage griff das Abspielen des Rap-Songs ›Gangsta's Paradise‹ bei der Beerdigung der kleinen Jungen an, aber Rogers tat das mit einem Achselzucken ab und erklärte, er habe von Darin gehört, daß es das Lieblingslied der Kinder gewesen war. Sherri Wallace stellte eine Suggestiv- und Fangfrage, die mehr für die Geschworenen als für eine Antwort bestimmt war. »Hatten Sie das Gefühl, daß die Taschenmesser im Sarg zweier Jungen, die erstochen wurden, passend waren?« Rogers stimmte ihrer versteckten Andeutung nicht zu und sagte, er habe nicht gewußt, daß ebenfalls Tarotkarten in den Sarg gelegt worden waren. Später würde die Anklage das Abspielen von ›Gangsta's Paradise‹ als sonderbare Wahl für eine Beerdigung bezeichnen, selbst wenn es das Lieblingslied der ermordeten Kinder und eine Anti-Drogen-Botschaft war. »Ich habe nie eine Baptistenbeerdigung mit diesem Lied erlebt.«

Die Anklage beschäftige sich mit den Zeugen der Verteidigung nur sehr kurz, denn je eher sie aus dem Zeugenstand verschwanden, desto besser für die Anklage, die drei Wochen lang an Boden gewonnen hatte und ihn nicht durch Tränen und gute Worte für die Angeklagte verlieren wollte.

Die nächste Zeugin war Dana Godfrey, eine Freundin von Darlie seit ungefähr acht Jahren, die sie als ›süße, fürsorgliche, liebevolle Person seit dem Tag, an dem ich sie kennengelernt habe‹ beschrieb. Im Krankenhaus traf Dana Godfrey Darin ›unter Schock‹ an, und Darlie hielt

Fotos der Jungen in den Händen, weinte und wiegte sich auf und ab. Dana Godfrey nahm Darlie die Bilder aus den Händen und forderte sie auf, zu versuchen, sich auszuruhen. »Das war keine Schauspielerei … ich sah die wahre Darlie, und sie war untröstlich.«

Beim Kreuzverhör faßte sich Greg Davis kurz. Dana Godfrey sagte, sie sei bestürzt gewesen, weil noch Blut auf Darlies Händen, Armen und dem Hals gewesen sei. »Es sah aus, als wäre sie nicht sehr gut gesäubert worden.«

Davis wollte wissen, ob sie das einer Krankenschwester gesagt hatte, und Dana Godfrey verneinte das. Sie habe jedoch eine Schwester gebeten, Darlie ein Beruhigungsmittel zu geben.

Die letzte Zeugin des Tages war Cara Byford, bei ihrem Freundeskreis als Jeannie bekannt, eine Bewohnerin von Plano, die mit Mama Darlie Kee im selben Büro arbeitete und Darlie Routier gekannt und gesellschaftlich mit ihr verkehrt hatte und ungefähr im gleichen Alter war. Sie beschrieb die Angeklagte als ›gutherzig, eine der nettesten Personen, die ich jemals kennengelernt habe‹, für gewöhnlich beschwingt und glücklich.

Jeannie besuchte Darlie ebenfalls im Krankenhaus und sah sie Fotos der Kinder in den Händen halten und weinen. »Sie hatte seelische und körperliche Schmerzen. Sie vermißte ihre Babys, wie sie die Jungen nannte.« Die Zeugin bemerkte ebenfalls Blutergüsse an Darlies Armen, hielt es jedoch für unnötig, eine Krankenschwester auf das Problem hinzuweisen. Ihrer Ansicht nach hatte sich Darlie in der Leichenhalle und später bei der Party auf dem Friedhof verhalten, wie es bei einer trauernden Mutter der Fall sein sollte. Als Jeannie die Erlaubnis erhielt, im Gerichtssaal ein ergreifendes Gedicht zu verlesen, das sie Darlie geschenkt hatte, begann nicht nur die Angeklagte zu weinen, sondern verschiedene Geschworene wirkten ebenfalls von Gefühlen überwältigt. Zeigte es Wirkung, die Persönlichkeit von Darlie Routier herauszustellen?

Greg Davis faßte sich bei dieser Zeugin ebenfalls kurz. Der Prozeßtag ging zu Ende, und die Anklage mußte schnell weitermachen, bevor diese rührseligen Aussagen die kalten und wissenschaftlichen Argumente der bezahlten Gutachter untergruben. Aber es war nicht leicht. Als Greg Davis fragte: »Würden Sie mir zustimmen, daß selbst eine gutherzige Person einen Punkt erreichen kann, an dem sie ihre Gutherzigkeit verliert?« antwortete die Zeugin heftig: »Nicht in diesem Fall!«

In dieser Nacht schien ein voller Mond über Texas, und das, zusammen mit dem wärmer werdenden Wetter, schien ein gutes Omen für die Familie Routier zu sein. Vielleicht tauchten endlich bessere Dinge am Horizont auf.

Doch diese Hoffnung wurde am nächsten Morgen zunichte gemacht, als die erste Zeugin in eine verheerende Falle der Anklage geriet. Darlies Freundin Julie Clark aus Rockwall hatte eine Reihe von Briefen von Darlie während deren Haft erhalten, mit ihrer großen und deutlichen Handschrift. Beim Kreuzverhör ließ sich die Anklage von Julie Clark bestätigen, daß dieselbe Handschrift in einem in Leder gebundenen Tagebuch zu sehen war, das von der Polizei im Haus der Routiers beschlagnahmt worden war.

Davis präsentierte das Tagebuch als Beweismittel und las eine erschreckende Passage vor: ›Ich hoffe, Du wirst mir eines Tages verzeihen, was ich tun werde. Mein Leben ist lange Zeit ein so harter Kampf gewesen, daß ich einfach nicht mehr die Kraft finde, weiter zu kämpfen.‹ So lautete die letzte Eintragung mit Datum 3. Mai, etwas über einen Monat vor der Ermordung von Devon und Damon. Der Staatsanwalt verlas ebenfalls eine Passage, in der Darlie Routier sich als ›miserable Person‹ beschrieb und ihre Familie um Verzeihung bat. ›Haßt mich nicht.‹ Laut Davis zeigten die deprimierten Worte Darlies Gemütszustand und erhärteten die frühere Aussage von Basia bezüglich eines Plans von Darlie, Selbstmord zu begehen.

Doug Mulder legte Einspruch ein und argumentierte, die Passagen seien aus dem Zusammenhang gerissen und man müsse den gesamten Inhalt des Tagebuchs berücksichtigen. Ein ›privates‹ Tagebuch, sagte er, sei nie für die Öffentlichkeit bestimmt. Greg Davis sah das völlig anders, und während einer Verhandlungspause zeigte er das Tagebuch Reportern, während Darlie zuschaute und schließlich den Presseleuten sagte: »Ihr müßt das ganze Ding lesen. Da steht viel mehr drin.«

Um das zu beweisen, las Mulder den Reportern einige andere Passagen vor. ›Bald ist es soweit. Bald werden wir noch einen wundervollen Sohn haben‹, lautete die Eintragung vom Oktober 1995, dem Monat, in dem Drake geboren wurde. Und am 21. April: ›Die Zeit ist gekommen und so schnell vorüber. Er ist ein wunderbares Baby. Er ist so lustig – immer glücklich. Er lächelt jeden an. Ich bin eine stolze Mutter von drei wundervollen, prächtigen Jungen.‹ Die Eintragung für diesen Tag endete mit der Verkündung, daß sie und Darin stark sein und auf die Kinder aufpassen und sie beschützen mußten, ›denn sie sind unsere Zukunft‹. Mulder kündigte an, den Geschworenen später im Prozeß weitere Tagebucheintragungen vorzulesen.

Julie Clark sagte in anderen Punkten aus, daß Darlie bei den Depressionen nach der Geburt von Drake ›einige gute und einige schlechte Tage‹ gehabt hatte. Aber sie hatte sich völlig erholt und – nach Julie Clarks Meinung – nie aufgehört, für sich oder ihre Familie zu sorgen. »Nachdem ihre Periode wieder einsetzte, ging es ihr besser, und sie wirkte viel glücklicher. Ich will nicht obszön sein, aber was ihren Sextrieb anbetrifft, so machte das einen gewaltigen Unterschied.«

Julie Clark widersprach ebenfalls der Vorstellung der Staatsanwaltschaft, daß Darlie durchdrehte, weil sie nach der dritten Geburt nicht abnehmen konnte. »Ihr paßten immer noch die Jeans, die sie vor Drakes Geburt trug«, erklärte die Freundin.

LuAnn Black, eine andere von Darlies Tanten aus Pennsylvania, hatte den Prozeß täglich aus dem Zuschauerraum verfolgt und wurde jetzt in den Zeugenstand gerufen, wo sie ebenfalls zugunsten von Darlie aussagte. »Sie liebte ihre Kinder sehr«, versicherte LuAnn Black den Geschworenen.

Die letzte Zeugin der langen Woche der Aussagen der Verteidigung war Karen Neal, die Krankenschwester, Nachbarin und Freundin der Routiers, die am Morgen der Morde erwacht war, als Darin um 2 Uhr 35 an die Tür ihres Hauses gehämmert und geschrien hatte: »Hilfe! Ich brauche eure Hilfe! Jemand hat soeben meine Kinder ermordet.«

Karen hatte Darlie an diesem Morgen nur kurz beim Haus gesehen, als sie von Sanitätern fortgetragen worden war, aber bald darauf hatte sie ihre Freundin im Krankenhaus besucht. »Sie versuchte nach meinen Händen zu greifen und begann zu weinen«, sagte Karen aus. »Sie war sehr aufgeregt.«

Karen hielt Drake auf den Armen, und Darlie bat, ihn halten zu dürfen, konnte ihn jedoch wegen der Verbände und Infusionsschläuche nicht erreichen. So setzte Karen das Baby auf Darlies Bauch, und Darlie hielt es an den Fingern. »War die Liebe zwischen Mutter und Kind offensichtlich?« wurde sie gefragt. »Ja, sehr offensichtlich«, antwortete Karen Neal und fügte hinzu, daß Darlie ›sehr fürsorglich, sehr liebevoll mit ihren Kindern‹ gewesen war und viele Kinder aus der Nachbarschaft regelmäßig im Haus der Routiers gespielt hatten.

Aber vielleicht war der wichtigste Teil ihrer Zeugenaussage, daß sie bei den Geschworenen wieder den geheimnisvollen Wagen zur Sprache brachte. Sie hatte eine Woche vor dem Verbrechen einen ›kleinen schwarzen Wagen‹ gesehen, der in der Straße geparkt hatte, direkt vor ihrem Haus und schräg gegenüber von Darlies Haus auf der anderen Straßenseite. Die Scheiben des Wagens waren getönt. Als Karen sich dem Fahrzeug näherte, fuhr es mit überhöhter Geschwindigkeit davon, wie sie aussagte.

Beim Kreuzverhör durch den stellvertretenden Staatsanwalt Toby Shook beschrieb Karen den Fahrer als männliche Person mit dunklem Haar, konnte jedoch weder die Rasse bestimmen noch sagen, ob er allein gewesen war. Sie hatte denselben Wagen im Laufe des vergangenen Monats mehrmals in der Gegend gesehen. Und sie war sehr besorgt gewesen, ›daß jemand in dem Wagen saß und zum Routier-Haus starrte‹. Als sie schließlich Darin davon erzählte, sei er ebenfalls unruhig gewesen.

Der Richter vertagte am Mittag und erklärte der Jury, daß er so früh an diesem Tag Schluß machen müsse, weil ein Zeuge nicht verfügbar sei, woran jedoch niemand Schuld habe. Das mochte die Geschworenen beschwichtigen, aber es blieb eine offene Frage, weshalb der Zeuge nicht erschienen war.

Mulder hatte geplant, am Freitag mit dem Mann zu beginnen, den die Ankläger nie in den Zeugenstand gerufen hatten – Detective Jimmy Patterson. Als der Verteidiger den Polizisten suchen ließ, erfuhr er, daß der Cop der Polizei Rowlett von der Anklage die Erlaubnis erhalten hatte, nach dem Abschluß des Beweisvortrags am Donnerstag nach Dallas zurückzukehren. Das bedeutete, daß die Verteidigung mit der Liste ihrer Zeugen jonglieren und statt Patterson am Freitag mit Julie Clark beginnen mußte, die in die Falle mit dem Tagebuch stolperte. Es war ein großer taktischer Verlust. Mulder versprach für Montag morgen endlich das Erscheinen des schwer faßbaren Detective Patterson im Zeugenstand. »Ich bezweifle, daß irgend etwas an der Sache faul ist, aber so hat die Anklage Gelegenheit, ihn auf seine Aussagen vorzubereiten«, sagte Mulder. Davis legte Einspruch ein, weil Mulder die Abwesenheit des Detectives vor den Geschworenen erwähnte und bei ihnen den Eindruck erweckte, die Ankläger hätten dafür gesorgt, daß der Leiter der Ermittlungen unerreichbar war, als ob sie etwas zu verbergen hätten. Für Prozeßbeobachter war die Frage, warum Patterson nicht eine weitere Nacht in Kerrville hätte verbringen können, durchaus berechtigt. Jetzt hatten die Ankläger ein ganzes Wochenende Zeit, um ihn auf den Auftritt vorzubereiten, der gewiß heikel werden würde.

28

Jimmy Lee Patterson, seit über siebzehn Jahren Cop und seit acht Jahren Kriminalbeamter, war der erste Zeuge der letzten Prozeßwoche. Doug Mulder hielt Patterson für das schwache Glied in der Kette der Indizienbeweise und brachte den Detective sofort zu dem Eingeständnis, daß er nicht einmal in dem berüchtigten gespielten Prozeß ausgesagt hatte, den die Anklage inszeniert hatte. Bei seinen schwachen Auftritten in früheren Vorverhandlungen ließ sein Fehlen bei der Übungsverhandlung der Anklage darauf schließen, daß er wahrscheinlich nicht als einer ihrer Zeugen aufgerufen werden würde.

»Ich kann mich nicht an alles erinnern«, wich Patterson aus, nachdem er abgestritten hatte, mit Karen Neal über den kleinen schwarzen Wagen in der Nachbarschaft gesprochen zu haben. Aber er sagte, Barbara (Basia) Jovell hatte ihm von einem solchen Wagen erzählt, als er um 3 Uhr 54 am Morgen nach der Mordnacht mit ihr gesprochen hatte.

Nach Notizen über das Gespräch mit Darlie im Krankenhaus befragt, mußte Patterson in das Wartezimmer für die Zeugen zurückkehren, um sie zu holen, und dann stellte sich heraus, daß es gar keine Notizen waren, sondern seine Berichte, von denen einige nicht datiert waren. Er gab zu, daß er keine handschriftlichen Notizen angefertigt hatte, und Mulder stürzte sich darauf. »Oh, Sie haben sich Notizen im Geiste gemacht!«

Nach seiner Aussage besuchte er Darlie um 6 Uhr 11 im Krankenhaus – zum zweiten Mal nannte er eine genaue Zeit, nicht gegen 6 Uhr 10 oder 6 Uhr 15 –, sondern er wußte es auf die Minute genau, wie er sich auch daran erinnern konnte, Punkt 3 Uhr 54 mit Barbara Jovell gesprochen zu haben. Wenn er sich nur im Geist Notizen gemacht hatte, war er sehr präzise mit seinen Angaben. Man sagte ihm, Darlie sei soeben aus dem OP gekommen, aber man wisse nicht, ob sie zu dieser Zeit medikamentös behandelt wurde. »Ich fragte sie, ob sie sich gut genug fühlte, um mit uns zu sprechen«, und Darlie beantwortete ungefähr zwanzig Minuten lang all die Fragen der Polizisten. Frosch machte Notizen, vermerkte jedoch nicht, wann die Befragung durchgeführt wurde. »Sie sagte uns ... sie sei aufgewacht und habe einen Eindringling vor sich gesehen ... er trug eine schwarze Kappe.« Der Angreifer wurde mit schulterlangem, glattem braunem Haar, mit T-Shirt und Bluejeans beschrieben. Er hatte keine besonderen Kennzeichen wie Narben oder Tätowierungen, und Darlie hatte sein Gesicht nicht beschreiben können.

Während einer Verhandlungspause machte sich Patterson auf die Suche nach Froschs handschriftlichen Notizen, berichtete jedoch, daß er sie nicht hatte finden können. »Ich habe sie nicht«, sagte er. Statt dessen griff er auf Froschs ergänzende Notizen zurück. Als er gefragt wurde, ob er die Befragung mit einem Kassettenrecorder aufgezeichnet hatte, erklärte Patterson: »So etwas tun wir nicht‹. Mulder präsentierte dann den Notizblock eines Stenografen. Dieser Block enthielt Froschs handschriftliche Notizen, und Patterson verbrachte fünf Minuten damit, ihn zu überprüfen, bis er aussagte, er sehe diese Notizen zum ersten Mal.

»Sagte sie (die Angeklagte), der Mann sei möglicherweise ein Schwarzer?« fragte Mulder.

»Nein«, antwortete der Detective, und Mulder wollte wissen, warum diese Bemerkung nicht in Froschs Notizen auftauchte. Greg Davis legte Einspruch ein, und der Richter gab ihm statt und erklärte Mulder, er könne Frosch als Zeugen vorladen und ihn wegen dieser Notizen befragen. Mulder kündigte an, das zu tun.

»Sie haben keine handschriftlichen Notizen angefertigt, als Sie mit Darin geredet haben?«

»Nein.«

»Sie haben keine handschriftlichen Notizen angefertigt, als Sie mit Darlie geredet haben?«

»Nein.«

Mulder befragte ihn weiterhin über den geheimnisvollen Wagen, und Patterson stritt sich mit ihm über den Zeitpunkt, wann er betreffende Informationen darüber erhalten hatte, gab jedoch zu, in den ersten Stunden der Ermittlung mit mindestens zwei Leuten über solch ein Fahrzeug gesprochen zu haben. Als der Verteidiger Patterson über seine Beobachtungen im Haus am Eagle Drive zu fragen begann und wieder sarkastische Bemerkungen über den Mangel an Notizen machte, forderte Richter Tolle Mulder auf, das Thema zu wechseln. »Ich glaube, wir haben zur Genüge festgestellt, daß er keine Notizen angefertigt hat.«

Bei einigen Aktionen am Tatort hatte der Leiter der Ermittlungen laut Aussage ›nur getan, was mir James Cron sagte‹, und konnte einige Beobachtungen nicht aus persönlicher Anschauung schildern.

Mulder tastete sich näher an den Punkt heran, den er durch Patterson sammeln wollte, und ließ ihn von neuem das Treffen mit Darlie am 7. Juni im Krankenhaus und dann am 8. Juni auf der Polizeiwache beschreiben, wo ihr ihre Rechte nach dem Mirandagesetz vorgelesen wurden und sie »eine freiwillige schriftliche Aussage« machte, die zehn Seiten lang war. Patterson erinnerte sich nicht, ob Darin ihm die Schlüssel von seinem Haus und Geschäft gegeben hatte, weil ›ein anderer dorthin fuhr und das erledigte‹.

Mulder las einen Auszug aus der Aussage laut vor. Darlie gab damit zu, daß sie und Darin am Abend vor den Morden ›einen Wortwechsel‹ gehabt hatten, Darin ihr jedoch später einen Gutenachtkuß gegeben und ihr seine Liebe beteuert hatte. In der Aussage heißt es, später in der Nacht ›fühlte ich einen Druck auf mir‹. Damon lehnte sich auf ihre rechte Schulter, und ein Mann ging fort. Sie hörte Glas splittern, sah das Messer auf dem Boden und rannte aus dem Wohnzimmer und durch die Küche. Sie sah überall Blut in der Küche und sagte zu Darin: »Er hat sie erstochen« und »Er hat versucht, mich umzubringen.« Laut schriftlicher Aussage hielt sie ein Handtuch auf ihren verletzten Hals und legte ein Handtuch auf Damons Rücken. Sie sah, daß der Couchtisch mit der Glasplatte umgekippt und ein Blumenstrauß umgefallen war. Darin sagte ihr, daß die Jungen tot waren. »Danach erinnere ich mich nur daran, daß ich geschrien und Darin meinen Hals gezeigt habe.«

Ein wichtiger Punkt war, daß Darlie in ihrer schriftlichen Aussage erklärte, sie habe nach ihrem Mann gerufen und die Notrufnummer neun-eins-eins angerufen. Kritiker hatten an früheren Berichten moniert, daß sie nur die Polizei um Hilfe gebeten hatte; die normale erste Reaktion wäre ein Hilferuf an ihren Mann gewesen. Am 8. Juni bei ihrer schriftlichen Aussage erklärte sie, genau das getan zu haben.

Patterson sprach seines Wissens nach nicht mit ihr, während sie die Aussage schrieb, und er leugnete im Zeugenstand, daß Darlie zu diesem Zeitpunkt seine Hauptverdächtige gewesen war. Er sagte ihr, die Polizei hätte ›eine Menge Anhaltspunkte‹, die sie untersuche. Mulder fragte den Detective, ob er persönlich die Sicherheitsbeleuchtung im Hinterhof untersucht hatte. Das war nicht der Fall gewesen, und er wußte nicht, wohin er gehen mußte, damit durch den Bewegungsmelder das Licht anging. Er sagte, er habe keinen Polizeibericht über die Sicherheitsbeleuchtung gelesen, behauptete jedoch später, sie bliebe achtzehn Minuten lang an. Als Mulder ihn wegen dieses Widerspruchs befragte, antwortete Patterson. »Nun, ich habe den Bericht doch gelesen. Es war ein Irrtum meinerseits.«

Dann brachte der Verteidiger einen heiklen Punkt zur Sprache, indem er sich von Patterson bestätigen ließ, daß zwei Kriminalbeamte Mikrophone am Grab von Devon und Damon versteckt hatten, ›für den Fall, daß jemand ein Geständnis ablegt‹, wie Patterson sagte. Nach einer kurzen Verhandlungspause am Mittag schoß sich Mulder auf das Abhören am Grab ein und fragte Patterson, ob ihm bewußt gewesen sei, daß das ungenehmigte Installieren von Abhörmikrophonen gegen Gesetze des Bundes und des Staates verstieß. »Wollen Sie mir sagen, ihr habt Mikrophone am Grab versteckt, wo Leute beten und um die Verstorbenen trauern?« fragte Mulder in ungläubigem Tonfall.

Patterson war sofort wachsam und verweigerte die Aussage.

»Haben Sie gewußt, daß Sie gegen Bundes- und Staatsgesetze verstoßen?«

»Ich werde keine Fragen über Gesetzesverstöße beantworten«, sagte der Detective, »bevor ich juristischen Beistand bekomme.«

»Sie werden meine Fragen beantworten«, konterte Mulder.

»Keiner hat mir irgendeinen Paragraphen vorgelesen, daß ich gegen irgendein Gesetz verstoße. Wenn ich gegen ein Gesetz verstoßen habe, werde ich Ihnen keine Antwort geben.«

Nach ein paar weiteren Angriffen der Verteidigung sagte der Richter, der Fall würde später behandelt, und er wies Mulder an, das Thema zu wechseln. Als Patterson mit einer Abschrift seiner früheren Aussagen konfrontiert wurde, begannen seine Hände vor Nervosität zu zittern. Der Verteidiger setzte ihm noch bei ein paar weiteren Punkten zu, und dann durfte Patterson den Zeugenstand verlassen und sich von einem Anwalt seiner Wahl beraten lassen, bevor er seine Zeugenaussage fortsetzte.

Die Episode war noch nicht vorüber, doch sie war ein klarer Sieg für die Verteidigung. Pattersons Arbeit wurde in einem extrem schlechten Licht gezeigt, und nun verweigerte der Leiter der Ermittlungen die Aussage auf Fragen, ob er selbst gegen das Gesetz verstoßen hatte. Die Geschworenen staunten.

Mary Angela Rickels, eine kleine, grazile Frau, trug ein leichtes blaues Kostüm und weiße Schuhe, eine Kombination, die den Modegeschmack einiger Frauen im Gerichtssaal verletzte, wie sie später erklärten. Würden Sie weiße Schuhe im Januar tragen? Unmöglich. Die Rickels war jedoch nicht da, um über ihre Kleidung zu diskutieren, sondern um zu erzählen, was gegen halb zwei am Morgen des 6. Juni in ihrem Haus in Rowlett am Miami Drive geschah, nur ein paar Blocks östlich des Eagle Drive. Geographisch sind die Straßen nahe beieinander. Ein Wagen auf der Fahrt nordwärts auf der Dalrock Road konnte vor dem Erreichen des Willowbrook Drive rechts abbiegen und bis auf eine Straße an den Miami Drive herankommen. Wenn ein Wagen links abbog, gelangte er an die Kurve, wo der Eagle Drive in den Willowbrook mündet. Es ist die gleiche Wohngegend.

Mary Angela Rickels, eine Mutter von drei Teenagern und einem fünfzehnmonatigen Kind, erlitt nach der Geburt ihres Babys einen Schlag. Ihr Mann arbeitete in der Nachtschicht für eine Kabelfirma. Sie sagte aus, daß sie um halb zwei ferngesehen hatte und jemand an die Tür klopfen hörte. »Mein erster Gedanke war, daß mein Mann heimkam.« Das ›Klopfen an die Tür‹ ging weiter, und als sie die Verandalampe einschaltete, sah Mrs. Rickels zwei Männer, die sofort wegrannten. Einer war stämmig und trug eine Strickmütze über blondem Haar, das an den Seiten hervorlugte, und einen dunklen Jogginganzug. Der andere Mann war ihrer Erinnerung nach groß und dünn. Nachdem die Männer fortgerannt waren, überprüfte sie die Schlösser und setzte sich wieder vor den Fernseher.

Nur ein paar Minuten später hörte sie ein ›Pochen‹ am Schlafzimmerfenster ihrer Tochter und spähte hinaus. Sie sah dieselben Männer wieder, diesmal entweder mit einem Messer oder einem Schraubenzieher bewaffnet. Als sie das Licht einschaltete, flüchteten die Männer abermals. Obwohl sie das ihrem Mann und anderen erzählte, meldete sie den Zwischenfall erst ein paar Tage später bei der Polizei. »Interessierte sich die Polizei für das, was Ihnen widerfahren war?« fragte Mulder. Mrs. Rickels schüttelte den Kopf. »Überhaupt nicht.«

Toby Shook, der Ankläger, entlockte der Zeugin die Aussage, daß sie in jener Nacht einen Horrorfilm angeschaut hatte, und er brachte sie dazu, das Geräusch an der Haustür als ›leichtes Rütteln‹ zu definieren. Shook rüttelte am Knauf einer Tür des Gerichtssaals, um ein lautes Klappern zu erzeugen, und die Zeugin sagte, dieses Geräusch sei ein paar Minuten lang zu hören gewesen.

Was war mit dem zweiten Mann? fragte der Ankläger. Laut Mrs. Rickels trug er einen dunklen Cowboyhut, ein Westernhemd und Jeans.

Vor dem Haus hatte, so Mrs. Rickels, ein fremder Wagen gestanden, den sie als dunkelblau, klein und sportlich beschrieb. Sie hatte den Wagen um zwei Uhr gesehen, und eine Stunde später war er immer noch dagewesen. Shook machte spitze Bemerkungen darüber, daß sie den versuchten Einbruch erst am 11. Juni gemeldet hatte, fünf Tage nach der Ermordung der Kinder.

Schließlich schoß sich der Ankläger auf Mrs. Rickels gesundheitliche Verfassung ein. Sie hatte 1996 drei Herzanfälle erlitten, einschließlich einen im Juli, und ihr jüngerer Bruder war am 3. Juni gestorben. Sie nahm eine Reihe von Medikamenten, einschließlich eines Antidepressivums, und sie brauchte monatlich Arznei für tausendsechshundert Dollar.

Die Aussage der Zeugin konnte schwerwiegend sein, wenn die Geschworenen ihr glaubten. Oder sie konnte unwirksam sein, wenn die Jury dachte, die Frau hatte unter dem Einfluß von Medikamenten und einem gruseligen Film einfach Halluzinationen gehabt. Wie konnte jemand ernst genommen werden, meinten einige Frauen, der im Januar weiße Schuhe trug!

Mit der nächsten Zeugin mußte die Anklage vorsichtig umgehen, denn es war Sarilda Routier, und sie verkörperte das Bild einer absolut integren Person in ihrem schlichten schwarzen Kostüm mit hohem Kragen, und sie hatte nie einen Hehl daraus gemacht, daß sie Darlie liebte und ihr glaubte. Heute würde das nicht anders sein, und die Ankläger wollten vor den Geschworenen nicht den Eindruck erwecken, auf einer Frau herumzuhacken, die durch ein Verbrechen zwei Enkel verloren hatte. Als sie gefragt wurde, wie viele Enkel sie habe, antwortete sie, daß sie nur noch zwei, Drake und Dillon, der Sohn von Deon, ihrem anderen Jungen, habe. Sie sagte schlicht und eindrucksvoll: »Ich hatte vier.«

Auf die Bitte, ihre Beziehung zu Darlie zu beschreiben, antwortete Sarilda Routier überschwenglich. »Sie ist wirklich wie eine Freundin für mich.« Sie hatten häufig miteinander gesprochen. »Darlie ist eine Schwiegertochter, wie sie sich jeder wünscht. Sie alle wären glücklich, wenn Sie Darlie als Schwiegertochter hätten.«

»Glauben Sie, daß Darlie egoistisch oder materialistisch eingestellt ist?«

»Ganz bestimmt nicht«, antwortete Sarilda. »Darlie liebt schöne Dinge, Darin liebt schöne Dinge, und sie haben hart gearbeitet. Ich sehe nichts Falsches daran.« Sie bezeichnete Darlie als wundervolle Mutter, die ihren Kindern nichts abgeschlagen hatte, ›und das ist die Wahrheit‹.

Nach Darlies Trauer befragt, entgegnete Sarilda heftig: »Ich fühle mich beleidigt, wenn jemand sagt, sie hätte nicht getrauert. Ihre Trauer war bei jedem Schritt groß.« Und das Ziel der Familie war im Augenblick, ›Darlie heimzuholen und diese schreckliche Sache in Ordnung zu bringen.‹

Greg Davis wußte, daß er in dieser Situation nicht gewinnen konnte. Er behandelte diese feindselige und für die Anklage gefährliche Zeugin mit äußerster Vorsicht. Welcher Anwalt im Vollbesitz seiner geistigen Kräfte würde vor Geschworenen eine Schwiegermutter quälen, die ihre Schwiegertochter für eine Heilige hielt? »Mrs. Routier, ich weiß, daß Sie Ihre Enkel geliebt haben«, sagte Davis. »Ich bedaure, daß Sie hierherkommen mußten. Ich habe keine weiteren Fragen an Sie.«

Dem nächsten Zeugen würde er jedoch viele Fragen stellen. Sarildas ältestem Sohn. Darlies Ehemann.

Wenn jemand von Darins Aussage erwartet hatte, etwas Erhellendes zu erfahren, wurde er enttäuscht, aus dem einfachen Grund, weil er oben in seinem Haus geschlafen hatte, als im Erdgeschoß seine Söhne ermordet worden waren. Er hatte erst etwas gesehen, nachdem das Verbrechen geschehen war, und er hielt hundertprozentig zu seiner Frau. Mit neunundzwanzig, groß und gut gebaut, mit gepflegtem kurzgeschnittenem Haar und dunklem, konservativem Anzug war Darin Routier eine verkörperte Erinnerung darin, wie jung er und Darlie waren. Sie waren keine wilden Kids, die Gesellschaft verschmäht hatten, sondern sie hatten ihren Lebensstandard genossen, waren durch harte Arbeit zu Wohlstand gelangt und hatten mit ihrem Geld Besitz erworben, der für ihr Alter ungewöhnlich war. Mit anderen Worten: Sie waren so, wie sich viele Eltern ihre eigenen Kinder wünschten.

Darin schilderte seine Arbeit und seinen Werdegang, und dann ließ Mulder ihn über die Behauptung der Staatsanwaltschaft sprechen, er sei pleite. Darin las aus einem Steuerbescheid vor, daß er 1995 für die Firma ein Bruttoeinkommen von circa zweihundertvierundsechzigtausend Dollar versteuert und einen Reingewinn von hunderttausend Dollar gehabt habe. Das meiste der Betriebsausstattung war bezahlt, einschließlich der Büroeinrichtung im Wert von elftausend Dollar – ein neuer Laptop-Computer, ein Büro-PC und verschiedene andere Geräte. Basia war die einzige Vollzeit-Angestellte gewesen, und er nahm an, daß sie eifersüchtig auf Darlie gewesen war und mehr als die zehn Dollar pro Stunde Lohn hatte haben wollen. Basia war bei ihren vorherigen beiden Arbeitsstellen gekündigt worden und hatte bei ihm mehr verdient als jemals zuvor.

Er zahlte sich selbst ein Gehalt von ungefähr tausend bis tausendfünfhundert pro Woche, ›je nach den Einnahmen‹ hatte zehntausendachthundert Dollar bar für den Jaguar bezahlt, und die Rate für das Boot betrug circa dreihundertvierzig Dollar pro Monat.

Hinsichtlich Darlies Depressionen nach der Geburt ihres Sohns Drake sagte er aus, sie habe ihn am 3. Mai im Büro angerufen, er sei heimgefahren und habe sie auf dem Bett angetroffen, wo sie weinte und etwas in ihr Tagebuch schrieb, was er nicht las. »Sie sagte nur, daß sie sich wirklich schlecht fühlte.« Er grübelte über die Situation nach und erkannte: »Sie wollte, daß ich mehr Zeit mit den Kindern verbringe, und ich hatte den Eindruck, daß ich nicht mehr soviel arbeiten sollte.« Darin bezeichnete die Situation als einmaliges Vorkommnis. »Wir haben uns ordentlich ausgeweint, und am nächsten Morgen war sie wieder munter.« Ein paar Tage später setzte bei Darlie zum ersten Mal seit Monaten wieder die Periode ein, und sie fühlte sich, so Darin, sofort besser.

Darlie war seiner Meinung nach ›die liebevollste, fürsorglichste Mutter‹, die er jemals gesehen hatte. »Unser ganzes Leben drehte sich um die Kleinen.«

Nach seiner Schilderung der Ereignisse am 5. Juni war der Jaguar defekt, er fuhr mit Darlies Pathfinder zur Arbeit, und als er mit Darlies Schwester, Dana, heimkehrte, folgte ihm ein schwarzer Wagen, der für diese ruhige Gegend ein wenig zu schnell fuhr. Darlie erzählte ihm, daß Halena ebenfalls einen schwarzen Wagen erwähnt hatte, der in der Gasse geparkt und dessen Fahrer in die Garage gespäht hatte, und daß Karen Neal vor ungefähr einer Woche einen schwarzen Wagen erwähnt hatte.

Die Familie aß gemeinsam zu Abend, und Darin brachte Dana heim. Dann kehrte er zurück. Das Baby schlief auf Darlie, und Darin bestätigte, daß es gern unter Decken ›in völliger Dunkelheit‹ schlief. Er und Darlie sprachen bis Mitternacht über vieles, über den defekten Jaguar, einen Ausflug nach Cancún, den Darlie mit einer Freundin geplant hatte, sein zehntes Klassentreffen und die bevorstehende Hochzeit seiner Schwester.

Wieder zu den Finanzen befragt, gab Darin an, daß er siebentausend Dollar auf dem Geschäftskonto und weitere achtzehntausend bis zwanzigtausend Dollar auf verfügbaren Konten hatte. »Ich hatte viel Geld«, tat er die Behauptung der Anklage ab, daß er bis auf ein paar Dollars pleite gewesen war, und bei seinen Aufträgen für große Firmen hatte er mit weiterem geschäftlichem Erfolg gerechnet.

Er erwachte im Obergeschoß durch das Geräusch von splitterndem Glas und hörte dann Darlies Schreie. »Sie schrie so laut, daß Sie es nicht glauben würden.« Er sah sie dann am Fuß der Treppe, wo sie schrie: »Devon! Devon! Devon!« Darin fand den Jungen mit klaffenden Wunden in der Brust und dachte, die Glasplatte des umgestürzten Tisches wäre auf ihn gefallen. Daß Damon ebenfalls verletzt war, erkannte er erst, als er das T-Shirt des Jungen anhob und die Wunden sah.

Darlie rannte hin und her, um Handtücher zu holen und ihm zu bringen. »Sie versuchte, die Blutung zu stoppen, seine Brust zusammenzuhalten«, sagte Darin mit einem Schluchzen, und am Tisch der Verteidigung schlug Darlie eine Hand vor den Mund. »Sie hielt das Handy in der Hand, rannte hin und her, holte Handtücher und schrie.«

Als er dann nach dem ersten Polizisten am Tatort, Officer Waddell, befragt wurde, blickte Darin geringschätzig drein. »Als er das Zimmer betrat, erstarrte er. Er half mir nicht, und ich sah niemals eine Waffe bei ihm.« Chaos folgte dem Eintreffen anderer Leute, und inmitten der Schreie sah Darin, daß einer der Sanitäter den Tisch mit der Glasplatte wieder aufstellte, damit er eine Arbeitsfläche hatte, und ein anderer einen Lampenschirm umstieß. Darlie, sagte er, stand neben dem Staubsauger, benutzte ihn wie einen Stock als Stütze. Später sah er ihn in der Küche liegen.

Darlie, sagte er aus, hatte drei oder vier feuchte Handtücher aus der Küche geholt. Das konnte erklären, wie Blut in der Spüle und an den Schränken verschmiert worden war.

Darins Aussage beantwortete für die Verteidigung viele ungeklärte Fragen, und nach einer zwanzigminütigen Pause setzte Mulder die Befragung seines bisher besten Zeugen fort. Darin sprach vom Krankenhaus, als seine Frau unter dem Einfluß von Beruhigungsmitteln völlig benommen gewesen war. Er hatte Blutergüsse auf ihrem Arm bemerkt, und sie hatte Drake sehen wollen. »Karen brachte das Baby ins Zimmer, und Darlie hielt es an den Fingern. Als wir ihr die Fotos (von Devon und Damon) gaben, brach sie zusammen.«

Darin schüttelte angewidert den Kopf, als er sich an die Zusammenarbeit mit der Polizei erinnerte. Er hatte den Cops alle seine Schlüssel gegeben und ihnen erlaubt, in seinem Haus und Geschäft zu tun, was immer sie für nötig hielten, und sie hatten ihm gesagt, daß sie ›Hunderte‹ von Spuren verfolgten. Er fühlte sich verraten und verkauft.

Er und Sarilda planten die Beerdigung und das Abspielen des ausgewählten Rap-Songs, weil er das Lieblingslied der Jungen gewesen war. Auf die Frage, ob das passend gewesen war, antwortete Darin: »Es war auch nicht passend, daß sie ermordet wurden.« Sie wurden zusammen beigesetzt, weil ›sie zusammen gestorben waren und gemeinsam in den Himmel kamen‹. Einige von den Jungen hochgeschätzte Dinge, von Silbermünzen bis zu ausgestopften Tieren – nicht nur Taschenmesser – waren in den Sarg gelegt worden.

Darin fügte eine andere wichtige Information hinzu: Darlie war Rechtshänderin. Ihre Halswunde war eher vereinbar mit einer Linkshänderin, wenn sie sich selbst verletzt hatte.

Greg Davis war nicht so höflich zu Darin, wie er es zu Sarilda gewesen war, und er begann das Kreuzverhör mit Sticheleien über Darins verändertes Äußeres. Er sagte unter anderem, Darin habe sein Äußeres ›dramatisch‹ verändert. Dann griff er zu einem Trick, mit dem niemand gerechnet hatte, indem er auf die merkwürdige Socke zu sprechen kam. »Ist das Ihre Socke?«

»Das weiß ich nicht«, antwortete Darin.

»Sie sagten Corinne Wells am dritten September, daß die Socke aus Ihrem Abstellraum stammt.«

Darin runzelte die Stirn und konnte sich offensichtlich nicht an Corinne Wells erinnern. Ihm fiel ein, daß er sich mit dem Paar, das jetzt in seinem vorherigen Haus in der Bond Street wohnte, an einem Abend im Dezember ungefähr anderthalb Stunden lang unterhalten hatte. Er war dorthin gegangen, um zu sehen, ob dort jemals die Fliegengitter der Fenster aufgeschnitten worden waren. »Sie sagten ihr, Darlie würde nur siebenundzwanzig Sekunden brauchen, um die Socke in die Gasse zu legen?«

»Nein, das habe ich nicht gesagt«, antwortete Darin.

»Stimmt es, daß Ihre Frau zu diesem Zeitpunkt allerhand Probleme hatte?«

»Nein, Sir.«

Darin focht dann die Berichte der Sozialarbeiterin Jamie Johnson an, die Darlie im Gefängnis befragt hatte. Er sagte, sie habe ›neugierig geschnüffelt‹, und bei einer anderen Frage bezeichnete er sie als ›Lügnerin‹.

Der Streit ging weiter. Darin beteuerte, obwohl die Geschäfte während des Sommers ziemlich »schleppend« liefen, hatte er bereits in den ersten fünf Monaten des Jahres einen Umsatz von hundertzehntausend Dollar gemacht. Davis betonte: »Das Leben ist teuer.« Darin verteidigte seinen Lebensstil, gab jedoch zu, daß Davis ›nicht ganz unrecht‹ mit der Behauptung hatte, sie hätten 1996 einen finanziellen Engpaß gehabt.

Der Mann der Angeklagten bezeichnete zehntausend Dollar Steuerschuld, eine Überziehung von zwölftausend Dollar bei der Kreditkartenfirma und die Reparaturrechnung für den Jaguar als belanglos angesichts seines Einkommens.

Davis kam wieder auf das Verbrechen zu sprechen.

»Sie (Darlie) schlief, während Devon erstochen wurde?«

»Ja, Sir.«

»Sie schlief weiter, als Damon mit vier Stichen in den Rücken niedergestochen wurde?«

»Ja, Sir.«

»Würden Sie mir zustimmen, daß Ihre Frau ihrer Geschichte zufolge schlief, als sie selbst niedergestochen wurde, und erst aufwachte, als ihr mittleres Kind sie auf der Couch weckte?«

»Ja, Sir.«

Als Davis ihm vorwarf, seine Erinnerung zu ändern, im Laufe der Zeit zu verbessern und erst jetzt zu wissen, daß Darlie ihm Handtücher gebracht hatte, während er versucht hatte, Devon wiederzubeleben, antwortete Darin: »Mr. Davis, ich habe zweihundertfünfundsechzig Tage darüber nachgedacht.« Er blieb bei seiner letzten Version und bestritt, seine Geschichte zu ändern, damit sie zu Darlies Aufenthalt bei der Küchenspüle paßte. »Sie lief hin und her zwischen Devon und Damon und leistete Hilfe.«

Der Prozeßtag war lange und erschöpfend gewesen, und Darins Aussage näherte sich noch nicht dem Ende. Richter Tolle vertagte um 17 Uhr 15 und verschaffte beiden Parteien eine Atempause, während der Prozeß seinen dramatischen Höhepunkt erreichte.

29

Das Kreuzverhör von Darin wurde am nächsten Tag fortgesetzt, und Greg Davis versuchte zu beweisen, daß Schulden wie ein Damoklesschwert das junge Paar bedroht hatten. Davis präsentierte Geschäftsunterlagen, aus denen hervorging, daß Testnec für die ersten fünf Monate von 1995 eingehende Gelder von vierundsiebzigtausend Dollar verzeichnet und siebenundsiebzigtausendzweihundertsiebenundneunzig Dollar ausgezahlt hatte. Der Hauseigentümer und Vermieter der Geschäftsräume hatte Darin eine Mahnung geschickt, weil er eine Monatsmiete im Rückstand war. Darin bestand darauf, daß es keine finanziellen Probleme außer dem normalen Verlauf bei jedem kleinen Geschäft gegeben hatte.

Der Ankläger beschäftigte sich wieder mit der schriftlichen Aussage, die Darin bei der Polizei gemacht hatte, und wies darauf hin, wie sie von seiner letzten Aussage abwich, einschließlich des wichtigen Punkts, daß er bei der Polizei nie etwas von Darlies Hilfe mit den Handtüchern gesagt hatte. Darin gab zu, ›dies einfach ausgelassen‹ zu haben.

»Haben Sie noch andere Einzelheiten ausgelassen?«

»Ja, Sir. Aber das macht das Ereignis nicht ungeschehen.«

»Steht irgend etwas in Ihrer schriftlichen Aussage, daß Ihre Frau ein Handtuch auf Damons Rücken legte?«

»Nein, Sir, es fehlen viele Dinge.«

Davis versuchte zu beweisen, daß Darin log und seine Geschichte verändert hatte, damit sie zu den Fakten paßte. Er fragte, wie oft er und Darlie über das Geschehen gesprochen hatten. »Wir haben viel darüber gesprochen – zweihundert-, dreihundert-, fünfhundertmal –, und sie hat immer wieder das gleiche gesagt. Es ist wie eine Schallplatte mit einem Sprung«, antwortete der Ehemann der Angeklagten.

Der Staatsanwalt befragte ihn über seine Unterhaltung mit Corinne Wells, aber Darin erwiderte schließlich: »Ich erinnere mich nicht, was ich bei ihr gesagt habe«, und beendete somit diese Art der Beweisführung.

Davis sprach besondere Themen an, zum Beispiel die Unterbringung von Darlies Schmuck und ob eine Katze in einem Käfig im Wohnzimmer neben der Couch eingesperrt gewesen war. »Wenn ein Fremder ins Zimmer kam, konnte diese Katze Lärm machen?« fragte Davis. »Ich persönlich wünsche, diese Katze könnte reden«, erwiderte Darin. »Dann wären wir jetzt nicht hier.« Davis konterte: »Oh, ich glaube, das wären wir doch.«

Von neuem griff der Ankläger den Song ›Gangsta's Paradise‹ an, als ginge es in dem Prozeß um musikalischen Geschmack, und ein frustrierter Darin antwortete: »Mr. Davis, ich habe dieses Lied nicht geschrieben ... Sie (die Kinder) hörten nicht auf die Worte, sondern ihnen gefiel die Musik. Wenn sie Barney geliebt hätten, dann hätten wir Barney gespielt.«

Mulder erhielt kurz Gelegenheit zu einer abermaligen Vernehmung des Zeugen, und er ließ sich von Darin bestätigen, daß er mit den Zahlungen für das Haus, American Express und der Begleichung anderer Rechnungen auf dem laufenden gewesen war, um die Behauptung der Anklage abzuschwächen, Darlie und Darin Routier seien in finanziellen Schwierigkeiten gewesen.

Er erklärte ebenfalls, daß alte Socken wie diejenige mit Löchern darin, die gefunden worden war, auf einen ›Lappenhaufen‹ geworfen wurden, der sich in einem Korb auf der Waschmaschine befunden hatte.

Davis setzte das Kreuzverhör fort, indem er einen Brief von Mellon Mortgage, datiert vom Mai 1996, präsentierte, in dem es hieß, daß die Raten für das Haus im April und Mai überfällig waren und den Verpflichtungen laut Kreditvertrag nicht nachgekommen worden war. Darin sagte, die Zahlungen seien erfolgt, ebenso die Rate für den Juni, die noch nicht überwiesen worden war, weil sie erst am Fünfzehnten des Monats fällig war. Doch jetzt gab er zu: »Ich bin pleite.«

Davis beendete seine Vernehmung sarkastisch: »Es gab keinen Einbrecher in dieser Nacht, nicht wahr, Mr. Routier?«

»Da war ein Einbrecher.«

»Ein Glückspilz von Einbrecher?«

»Ich weiß nicht, was Sie meinen.«

Davis führte an, daß der Mann sehr viel Glück gehabt haben mußte, weil das Fenster in dieser heißen Nacht offen gewesen war, weil die Alarmanlage abgeschaltet gewesen war, weil Darlie während des Angriffs geschlafen hatte und weil er eine Socke gefunden und keine eigene Blutspur hinterlassen hatte. »Dieser Einbrecher ist ein wirklicher Glückspilz, nicht wahr?«

»Ja«, stieß Darin heftig hervor. »Und ich will seinen Tod!«

Mulder beendete das Kreuzverhör mit einer einzigen Frage: »Haben Sie jemals an der Unschuld Ihrer Frau gezweifelt?«

Darin straffte die Schultern. »Nein, Sir.«

Und Mulder stimmte zu, daß der Einbrecher ein Glückspilz war. »Er hatte das Glück, niemals von der Polizei verfolgt zu werden.«

Das Ende von Darins Aussage war eigentlich ein enttäuschendes Abfallen der Spannung, denn die Hauptentwicklung des Tages fand in Abwesenheit der Geschworenen vor dem üblichen Beginn des Prozeßtages statt. Es mußte eine Entscheidung über Pattersons plötzliches Mauern wegen des Versteckens der Mikrophone am Grab getroffen werden. Am Dienstag morgen wurden die Detectives Patterson und Frosch von Anwälten vertreten und nahmen für sich das Nachtragsgesetz in Anspruch, nach dem sie die Aussage verweigern konnten, um sich nicht selbst zu belasten, normalerweise ein Ausweg für mögliche Kriminelle, denn nach dem texanischen Gesetz ist das illegale Abhören eines Gesprächs ein Verbrechen.

Die Staatsanwaltschaft der Dallas County erklärte das Abhören am Grab als nicht zur Sache gehörig und deshalb als Beweis nicht zulässig. Doug Mulder erwiderte: »Verbrecherisches Verhalten seitens der Polizei ist stets zulässiges, zur Sache gehöriges Material. Es geht um die Integrität der Ermittlung!« Richard Mosty griff das Vorgehen der Polizei und ihre Ermittlungsarbeit an, die fehlerhaft durchgeführt worden war, wie das geheime Abhören auf dem Friedhof zeigte.

Richter Tolle entschied, daß die Taktik in der Tat unvorschriftsmäßig gewesen war. »Die Aktionen spiegeln nicht wider, daß sie der Wahrheitsfindung dienten«, sagte er, besonders nicht, weil es keinen Versuch gegeben hatte, das Videoband der Polizei als Beweismittel vor den Richter zu bringen. »Soll das heißen, daß ich all dies nicht ansprechen darf, wenn ich Jimmy Patterson erneut in den Zeugenstand rufe?« fragte Mulder entgeistert.

»Das ist richtig«, sagte Richter Tolle.

»Man hat sich auf sie (Darlie) eingeschossen und Gesetze des Staates und Bundes verletzt, und wir (die Verteidiger) dürfen uns nicht damit befassen?« fragte Mulder. Der Richter nickte. »Die richterliche Entscheidung ist gefallen.«

Mosty pflichtete Mulder bei, daß es der Verteidigung somit unmöglich gemacht wurde, herauszufinden, wer das ›verbrecherische‹ polizeiliche Verhalten geplant hatte und daran beteiligt gewesen war. »Wir wollen jeden Beteiligten herausfinden«, sagte er. »Sie (die Polizei) hat Darlie Routier zur Zielscheibe gemacht, und sie war so erpicht darauf, sie als Täterin abzustempeln, daß sie zu illegalen Aktivitäten bereit war.«

Der Richter blieb unbeirrbar bei seiner Entscheidung. Frosch und Patterson würden auf Rat ihrer Anwälte hin ihre Rechte nach dem Nachtragsgesetz beanspruchen und nichts sagen, das sie selbst belasten konnte. Das bedeutete, da die Geschworenen nicht im Gerichtssaal waren, durften ihnen bei ihrer Rückkehr die Detectives der Polizei von Rowlett nicht bei solch fragwürdigen Aktivitäten gezeigt werden. Es war ein großer Rückschlag für die Verteidigung, die wünschte, die beiden Polizisten wegen illegaler Praktiken zur Rechenschaft zu ziehen. Statt dessen mußten sie sich mit Pattersons schwachem Auftritt am vergangenen Tag und mit der Hoffnung zufriedengeben, daß die Geschworenen irgendein Fehlverhalten der Cops erkannt hatten. Es war kaum der dramatische Moment, den Mulder und Mosty geplant hatten.

Die Verteidigung rief dann ein paar Gutachter als eigene Zeugen auf, den forensischen Pathologen Dr. Vincent

DiMaio und die Psychiaterin Lisa K. Clayton aus Dallas, die aussagen würde, daß Darlie nicht dem Profil der Mütter entsprach, die ihre Kinder ermordeten, und sich die erlittenen Verletzungen nicht selbst zugefügt haben konnte.

Lisa Clayton befragte Darlie im Gefängnis bei sechs Sitzungen über ein Dutzend Stunden lang, um ihre Glaubwürdigkeit zu prüfen. Die Ärztin, die oftmals Gefängnisinsassen in Dallas überprüfte, bezweifelte, daß Darlie tatsächlich während des Angriffs geschlafen hatte. Ihrer Ansicht nach litt sie an ›seelischer Verdrängung‹ und ›traumatischer Amnesie‹, eine Verfassung, die verhinderte, daß sie sich an Einzelheiten des Geschehens erinnerte, wie es ähnlich bei jemandem ist, der bei einem Autounfall schwer verletzt wird und sich nicht erinnern kann, was passiert ist.

»Sie nimmt an, daß etwas davon geschehen ist, während sie geschlafen hat. Sie versteht es nicht. Sie wünscht, sie könnte sich erinnern.«

Darlies Antworten auf die Fragen der Polizei waren von Drogen beeinflußt gewesen, die man ihr im Krankenhaus verabreicht hatte. Lisa Clayton sagte, die Kombination von Demerol und Phenegan und anderer Medikamente wirke ›enthemmend‹ und fast wie ein ›Wahrheitsserum‹. Statt die Polizei zu belügen, wäre es wahrscheinlicher gewesen, in diesem Moment ein Geständnis abzulegen, sagte die Ärztin.

Die Psychiaterin hatte zuvor ungefähr hundertmal als Gutachterin ausgesagt und über tausend Personen befragt, die eines Verbrechen angeklagt gewesen waren, einschließlich zwischen fünfundsiebzig und hundert Angeklagten, die des Mordes beschuldigt worden waren. Durch ihre Arbeit als Gefängnispsychiaterin war sie nach ihrer Ansicht gut in der Lage zu erkennen, wenn eine inhaftierte Patientin sie belog, bis hin zum Registrieren, wie oft die Person blinzelte und was ihre Körpersprache verriet. Darlie, sagte die Ärztin, hatte die Wahrheit gesagt.

Die Psychiaterin verteidigte auch die Party auf dem

Friedhof. Sie wies darauf hin, daß sie nach einem Trauergottesdienst stattgefunden hatte. Das Versprühen von ›lustigem Schaum‹, das solche Empörung ausgelöst hatte, war nicht Darlies Idee gewesen, und ›die Ereignisse auf dem Friedhof, die von einigen Leuten falsch gedeutet wurden, seien durchaus eine angemessene Form von Trauer‹. Ferner sagte die Psychiaterin, Mama Darlie hatte ihre Tochter ermahnt, mit dem Heulen aufzuhören, weil sie Nachbarkinder aufregte, die zu der Feier gekommen waren.

»Jeder trauert auf andere Weise«, sagte die Ärztin. »Es gibt keine einzig wahre Art der Trauer.« Statt es als unkultivierte Reaktion zu bewerten, deutete Lisa Clayton die Feier im Zusammenhang des christlichen Glaubens der Familie, daß der Tod keine ewige Trennung von geliebten Menschen ist. Die Psychiaterin fand die Aktionen der Familie fast ›mitleiderregend‹, weil sie nicht wahrhaben wollte, daß die Kinder tatsächlich tot waren.

Die Psychiaterin erklärte ebenfalls, daß die Gedanken an Selbstmord – ein entscheidender Belastungspunkt der Anklage – falsch ausgelegt und in falschem Verhältnis gesehen wurden. »Nach meiner Meinung ist Darlie nicht stark suizidgefährdet. Es war mehr eine Geste als ein echter Versuch. Sie wollte ihn nie wirklich durchführen.« Als ihre Menstruation wieder einsetzte, besserte sich ihr Gemütszustand drastisch, aber selbst als sie die sogenannte ›Selbstmord-Ankündigung‹ ins Tagebuch schrieb, zeigte sie ›Liebe und Fürsorge für ihre Söhne‹.

Greg Davis war kritisch und mißtrauisch bei all den Schlußfolgerungen, die er als ›ziemlich passend für die Verteidigung‹ bezeichnete.

»Anstatt traumatischer Amnesie sollte man es nach meiner Meinung vielleicht als ›ausgewählte Amnesie‹ bezeichnen«, sagte er nach dem Prozeßtag. »Das klingt für mich wie ›ich erinnere mich an die Dinge, die mich nicht in die Todeszelle bringen, und ich vergesse die Dinge, bei denen es der Fall sein wird‹.«

Das Kreuzverhör durch Toby Shook ergab nur weitere

feste Überzeugungen von Lisa Clayton, die Darlies wiederholte Version dessen verfolgt hatte, an was sie sich von der Mordnacht erinnerte. Sie sagte, Darlie sei unbeirrbar in ihrer Schilderung, nach der Damon sie geweckt hatte, sie den Einbrecher verfolgt und Handtücher für das verletzte Kind feucht gemacht hatte, weil sie sich ohne Kenntnis in Wiederbelebungsversuchen hilflos gefühlt hatte. Darlie war so benommen und atemlos gewesen, daß sie sich nicht an viel nach dem Eintreffen von Patrolman Waddell erinnerte, und kaum noch etwas über die Fahrt mit dem Krankenwagen wußte. Ihre nächste klare Erinnerung war, daß sie Mama Darlie gefragt hatte, ob die Jungen tot waren. »Ihre Erinnerung war vor der Festnahme sehr lückenhaft und verschwommen«, sagte Lisa Clayton. »Ich finde, daß bei jedem Menschen in dieser Lage einige Widersprüche normal sind.«

DiMaio, engagiert von Darlies erstem Anwalt Doug Parks, hatte so viele Referenzen wie jeder Sachverständige, der in den Zeugenstand gerufen wurde, und seine lebhafte Vortragsweise nahm die Aufmerksamkeit der Geschworenen gefangen. Der leitende Leichenbeschauer der Bexar County in den vergangenen sechzehn Jahren war einst stellvertretender Leichenbeschauer für die Dallas County gewesen, ist Chefredakteur des *Journal of Forensic Pathology* und hat mehrere Bücher veröffentlicht.

Er verlor keine Zeit, um die Befunde anderer Ärzte anzuzweifeln und zu erklären, daß Darlie sich ihre Schnittverletzungen nicht selbst zugefügt haben konnte, und schon gar nicht diejenige, die fast die Halsschlagader getroffen hätte. »Noch einen Millimeter oder zwei, und sie wäre tot gewesen«, sagte er und bestätigte die frühere Feststellung des Chirurgen der Notaufnahme. Der Arzt erklärte: »Basierend auf der Lage und der Art der Verletzungen … ist es wahrscheinlicher, daß sie auf Fremdeinwirkung zurückzuführen sind.« Die Tatsache, daß sie Rechtshänderin ist, hielt er für unvereinbar mit der langen

Wunde an ihrem Hals, die von rechts nach links abwärts verlief. Die Vorstellung, daß sie das Messer nicht in ihrer dominierenden Hand halten würde, ›ergibt keinen Sinn‹.

Der Leichenbeschauer erweiterte seine Schlüsse mit einer anderen wichtigen Erklärung. »Wenn sie tot gewesen wäre, und ich hätte eine Autopsie durchgeführt, hätte ich diese Sektion als ›zwei Stichwunden, rechter Unterarm‹ und in Klammer ›defensiv‹ bezeichnet.« Da er über siebentausend Autopsien durchgeführt und einundzwanzigtausend beaufsichtigt hatte, wie er gesagt hatte, entsprach seine Gesamtleistung der von Jim Crons Tatortermittlungen.

Um zu veranschaulichen, wie seiner Meinung nach die Verletzungen zugefügt worden waren, hielt DiMaio dem Verteidiger Doug Mulder ein metallenes Lineal an den Hals und zog die Kante über den Hemdkragen und die Krawatte, was bei einigen Geschworenen leises Gelächter hervorrief, Darlie jedoch veranlaßte, zu zittern und in Tränen auszubrechen.

DiMaio sagte ferner, Fotos von Darlie am 10. Juni zeigten die Art schwerer Blutergüsse, die von der stumpfen Seite einer Klinge herrühren konnten, anscheinend ein paar Tage alt waren und deren Färbung in Einklang mit den Ereignissen des 6. Juni stehen konnte. »Dies ist eine Verletzung, die mit einem stumpfen Gegenstand herbeigeführt wurde, und sie reicht tief ins Muskelgewebe.« Er lachte sogar laut und schüttelte den Kopf, als er gefragt wurde, ob sich die Angeklagte die Blutergüsse selbst hätte zufügen können.

Er hatte auch eine Antwort auf das Rätsel, das einige Zeugen der Anklage aufgegeben hatten, indem sie gesagt hatten, es gab Schnitte in Darlies T-Shirt, die nicht zu den Schnitten in der Haut paßten. »Das passiert immer wieder«, sagte der Leichenbeschauer, »besonders wenn die Kleidung während eines Kampfes weggezogen wird«.

Als Richter Tolle die Verhandlung dieses Tages für beendet erklärte, fühlte sich Doug Mulder gut. Er sagte Reportern, es sei der bis jetzt beste Tag für die Verteidigung gewesen. Er hatte recht. Wenn die Geschworenen aufmerksam zugehört hatten, mußten sie erkannt haben, daß einige der Geheimnisse der Morde eindrucksvoll erklärt worden waren.

30

Es war bitter kalt in Kerrville, als Darlie Lynn Routier am Mittwoch, dem 29. Januar, um 9 Uhr 50 zu ihrer eigenen Verteidigung in den Zeugenstand trat. Zu einer weißen Bluse und einer lindgrünen Jacke trug sie einen grün karierten Rock. Ihr blondes Haar war zurückgekämmt und zu einem straffen Knoten gebunden, und eine winzige Haarsträhne fiel weich auf eine ihrer Wangen. Nach vier Prozeßwochen war diese kleine Frau die einzige Person, die jeder hören wollte.

Doug Mulder führte sie schnell durch ihren Lebenslauf bis zum Haus am Eagle Drive. Sie war in Altoona, Pennsylvania, geboren worden, als Siebenjährige mit ihren Eltern nach Lubbock umgezogen, mit elf wieder nach Pennsylvania zurückgekehrt und schließlich mit dreizehn abermals nach Lubbock gezogen. Sie hatte zwei Schwestern, Dana, zehn Jahre jünger, und Danelle, zwölf Jahre jünger. Sie schilderte, wie sie Darin mit fünfzehn im Western Sizzler Restaurant kennengelernt hatte, berichtete von ihrer Verlobung in Colorado, der Hochzeit in Lubbock und den Flitterwochen auf Jamaika. Dies waren Routineinformationen und dennoch aufregend, denn bis zu diesem Zeitpunkt hatten Darlie und die Familie nicht über ihren Werdegang gesprochen. Es war, als werde ein Ei aufgeschlagen und das Innere komme zum Vorschein.

Darlie schilderte ihre berufliche Entwicklung und wie sie mit ihrem Mann die eigene Firma begann und zwei Tage vor Devons Geburt in das Haus in der Bond Street einzog. Damon wurde ebenfalls dort geboren, und dann zog die wachsende Familie 1993 zum Eagle Drive. Unterdessen war die Firma von ihrem Wohnzimmer in ein Geschäftshaus verlegt worden.

»Darin und ich verbrachten all unsere Freizeit mit Devon und Damon«, sagte Darlie. Aber sie liebten es, verschiedene exotische Restaurants zu erkunden, weil sie es für eine Möglichkeit hielten, den Horizont ihrer Kinder zu erweitern. »Es war sehr wichtig für mich, daß Devon und Damon Verständnis für Leute aus anderen Kulturen entwickelten.« Sie blieben in engem Kontakt mit beiden Familien, reisten einmal pro Jahr nach Pennsylvania und machten häufiger Ausflüge nach Lubbock.

Als Drake 1995 geboren wurde, besuchten seine Brüder die Mutter im Krankenhaus, gespannt darauf, das Baby zu sehen. »Sie waren sehr stolz auf ihn.« Darlie schmückte die Geschichte mit kleinen Einzelheiten aus, zum Beispiel wie die Jungen mit Gummihandschuhen des Krankenhauses auf den Köpfen herumgespielt hatten. Mulder sorgte bereits für das Erforderliche, verwandelte Darlie Routier von dem Ungeheuer, das von der Anklage geschildert worden war, in ein menschliches Wesen, in eine wahre Person, in eine Mutter, die ihre Kinder geliebt hatte. Die Geschworenen zollten der jungen Frau mit der weichen, schleppenden Sprechweise hingerissen Aufmerksamkeit.

Mulder griff die Theorie an, nach der sie im April und Mai 1996 unter Depressionen gelitten hatte. Darlie sagte, sie habe aufgehört, dem Baby die Brust zu geben und habe Diätpillen genommen, um abzunehmen, ›vielleicht zwölf bis fünfzehn Pfund‹, und habe es fast bis Mai geschafft, diese Pfunde zu verlieren.

»Diese Pillen haben Ihr Leben nicht verändert, oder?« fragte Mulder.

»Überhaupt nicht, deshalb nahm ich sie, sie hatten keine Nebenwirkungen«, antwortete Darlie. Sie bestätigte jedoch, daß sie an ein paar ›wirklich harten‹ Tagen launenhaft geworden war.

Mulder konzentrierte sich auf die deprimierten Äußerungen in ihrem Tagebuch. »Es war albern«, sagte Darlie mit einem Blick zu den Geschworenen. »Es ist mir sehr peinlich, daß ich Ihnen davon erzählen muß.« Sie fuhr fort: »Ich habe nicht versucht, mir das Leben zu nehmen.« Laut ihrer Version telefonierte sie mit Darin, sagte ihm, daß sie sich schlecht fühle und er nach Hause kommen müsse. Das tat er, und die Dinge beruhigten sich.

Darlie hatte das Tagebuch angefangen, als ihr Großvater vor zwei Jahren gestorben war, und weil ihr sein Tod nicht aus dem Sinn gegangen war, hatte ihre Großmutter vorgeschlagen, ihre Gefühle aufzuschreiben. »Das hilft dir, mit dem Grübeln aufzuhören. Und es spiegelt dein Leben wider.«

Sie las jetzt aus dem Tagebuch vor.

›Ich spüre mit jedem Tag, daß ich altere‹, schrieb sie am 7. September 1995, vertraute dem Tagebuch an, daß sie ein paarmal vom Tod geträumt hatte, aber erkannte auch: ›Mein Leben ist gut, und es gibt vieles, auf das ich stolz sein kann.‹

Dann kam eine erschreckende Eintragung am 15. September, als sie zugab, daß ihr Stiefvater sie sexuell belästigt hatte und es ihr sehr schwergefallen war, ihm zu verzeihen. Sie schrieb, daß sich Mama Darlie nach ihrer Scheidung von diesem Mann einer Therapie unterzogen hatte und daß sie hoffe, ›ihr Herz wird dadurch leichter‹. Sie dachte auch über die Zeit nach, in der Damon zu einem Besuch bei seiner Großmutter Sarilda fort war. »Ohne all meine Babys fühle ich mich irgendwie unvollständig.«

Tränen folgten ihren Worten, und als sie die Eintragung vom 1. Oktober vorlas, weinte sie so stark, daß man sie kaum verstehen konnte. ›Ich liebe Darin wirklich aus ganzem Herzen, aber manchmal habe ich das Gefühl, etwas zu versäumen. Ich weiß, ich habe viel Verantwortung, aber ein bißchen Verrücktheit könnte nicht schaden. Ich bin jung und will das spüren.‹

Als sie eine Eintragung vom 21. April 1996 mit Gedanken über die Geburt von Drake vorlas, hörte sie mit dem Weinen auf. ›Er war ein schönes Baby. Ich bin die stolze

Mutter von drei wunderbaren, prächtigen Jungen.‹ Ihre Gedanken schweiften ab zu der jugendlichen Unbekümmertheit ihrer Schwester und der Hoffnung, daß Gott ›seine Hand über meine Ehe hält‹, den Jungen hilft, aufzuwachsen ›ohne nach der Hautfarbe und arm oder reich zu urteilen‹ und ›daß wir uns alle brauchen, um zu überleben‹. Sie bat Gott ›auf die Kinder aufzupassen und sie zu beschützen, denn sie sind unsere Zukunft‹.

Am 29. April notierte sie erfreut, daß sie und Darin nach dem Besuch der Hochzeit einer Freundin beschlossen hatten, ihr eigenes Eheversprechen an ihrem zehnten Hochzeitstag zu erneuern. Devon und Drake würden die Ringe tragen, und Drake würde einen kleinen Smoking anhaben.

Mulder unterbrach, um Darlie vor den Geschworenen erklären zu lassen »Ich hatte nie vor, dies (das Tagebuch) vor der ganzen Welt aufzuschlagen.« Darlie wirkte gedemütigt, als sie von den Gedanken an Selbstmord vorlas. Darin kam heim und traf sie weinend auf dem Bett an, und sie sagte: »Ich fühlte mich in den vergangenen paar Tagen so schlecht und konnte es nicht mehr ertragen.« Ihr Mann begann ebenfalls zu weinen und fragte Darlie, wie sie den Selbstmord geplant hatte, und sie antwortete: »Ich habe daran gedacht, Pillen zu nehmen.«

Der Verteidiger unterbrach, um zu fragen, wie das Problem gelöst worden war. Darlie schaute auf und erklärte, sie habe sich dann besser gefühlt, sei jedoch noch ein paar Tage melancholisch gewesen. Als ihre Periode wieder eingesetzt hatte, sieben Monate nach Drakes Geburt, ›änderte das viel‹. Eine hormonelle Störung ist oftmals der Grund für Depressionen bei Frauen.

Mulder ließ Darlie vom Familienleben am Eagle Drive erzählen und wie Kinder aus der Nachbarschaft ins Haus geströmt waren. Nach Drakes Geburt stellte sie einige Grundregeln auf. Dazu zählte, daß nur ein Freund auf einmal das Haus besuchen durfte und alle Kinder beim Betreten die Schuhe ausziehen mußten, was sie in anderer Leute Häuser ›aus Höflichkeit‹ taten. Trinken und essen war den Kindern in allen Räumen mit Teppichen verboten, und so spielten sie viel im Spielzimmer. Darlie und Darin fuhren mit allen drei Jungen gern zum Camping und in Abenteuerparks.

Mulder kehrte mit seinen Fragen auf den 5. Juni zurück, auf den Nachmittag vor der Ermordung von Devon und Damon, und laut Darlies Aussage war Basias Mutter zu Besuch im Haus und machte sie auf einen schwarzen Wagen in der Gasse aufmerksam. »Ich sah gerade noch das Heck eines schwarzen Wagens in der Gasse – er brauste ziemlich schnell davon ... Halena sagte mir, der Wagen hat gestoppt, und der Fahrer hat in die Garage geschaut.«

Darlie erzählte von anonymen Telefonanrufen und Stille am anderen Ende der Leitung, wenn sie sich meldete. Sie war nicht besorgt, weil sie annahm, Freunde der Kinder seien dafür verantwortlich.

Darin kam am 5. Juni gegen 18 Uhr von der Arbeit. Er traf mit Dana ein, als Basia und Halena gerade gehen wollten. Die Jungen spielten mit Freunden im Hinterhof. Beim Abendessen saßen die Jungen an ihrem eigenen Tisch, und dann gingen sie wieder nach draußen zum Spielen.

Die Unterhaltung beim Abendessen drehte sich um viele Themen, auch um den Jaguar, der seit zwei Tagen in der Werkstatt stand. Sie würde aufgeschmissen sein, wenn Darin mit dem grünen Pathfinder zur Arbeit fahren würde. Für gewöhnlich parkte der Jaguar hinten in der Garage, und Darlie stimmte Doug Mulder zu, die Abwesenheit des Jaguars hatte vielleicht jemanden darauf hingewiesen, daß Darin nicht zu Hause war. Nach dem Abendessen reparierte Darin das Tor des Hofs, eine Arbeit, die Darlie erledigt haben wollte, damit sie ihre Pläne vom Züchten von Hunden und Katzen in die Tat umsetzen konnte.

Unterdessen gingen sie und Dana in die Garage und versahen Artikel, die sie seit Monaten für den Verkauf auf einem Trödelmarkt zur Seite gestellt hatten, mit Preisschildern. Während der Arbeit sprachen sie über Hochzeiten – Danas bevorstehende Hochzeit, die Erneuerung des Eheversprechens von Darin und Darlie und die zukünftige Hochzeit von Aurenda, Darins jüngerer Schwester.

Gegen 21 Uhr 30 holte sie die Kinder ins Haus und verbot Devon, einen Freund mitzubringen, weil die Jungen das meiste des Wassers aus der Badewanne verspritzt hatten. Als sie trockene Kleidung anzogen, beseitigte Darlie mit dem Staubsauger den Schmutz, den sie neben der gläsernen Schiebetür hinterlassen hatten, und ließ den Staubsauger dort stehen. Während Darin Dana mit dem Auto zu ihrer Wohnung brachte, schleppten die Jungen ihre Decken und Kissen ins Wohnzimmer. Als Darin gegen 22 Uhr zurückkehrte, war Devon bereits vor dem Fernseher eingeschlafen, aber Damon war noch hellwach. Darin nahm das schreiende Baby mit nach oben, um ihm die Flasche zu geben und sich die Fernsehnachrichten anzuschauen, die sich Darlie ›wegen des negativen Zeugs‹ nur selten ansah. Als das Baby im Kinderbettchen lag, kehrte Darin ins Wohnzimmer zurück, und sie unterhielten sich noch eine Weile.

Mulder unterbrach Darlie in ihrer Schilderung und legte einen anderen Gang ein, wie ein Trucker seinen Sattelschlepper herunterschaltet, wenn er auf offener Straße zu schnell wird. Darlie hielt den Gerichtssaal in Bann, und Mulder wollte den Moment auskosten.

Er überreichte den Geschworenen zwei Kopien der Abschrift des Neun-eins-eins-Notrufs, nicht nur die Seiten der Anklage, sondern auch eine Version der Verteidigung. Es gab Unterschiede in der Sprache und den Quellen. Darlie erklärte, daß es sie verwirrte, während der aufgezeichneten Unterhaltung mit drei Leuten gleichzeitig zu sprechen – mit der Telefonistin, Darin und Patrolman Waddell. Auf dem Band war es Darin, nicht Waddell, der sagte: »Hol die Tücher.« Eine leichte Identifizierung, denn ›ich kenne die Stimme meines Mannes‹.

Das Band wurde wieder abgespielt, und Darlie hörte mit zu. Sie weinte und wischte Tränen fort. Andere Frauen im Gerichtssaal wischten sich ebenfalls über die Augen, als Darlies Schreie zu hören waren. Dann stoppte Mulder das Band und spielte es von neuem ab. Darlie fand einen weiteren Fehler. »Ich habe nicht von ›Kampf‹, sondern von ›Angst‹ gesprochen (fight und fright, bei einem Schrei undeutlich und verzerrt, klingt fast gleich).« Dann spielte der Anwalt das Band ein drittes Mal, ließ die Panik in Darlies Stimme bei den Geschworenen einwirken, die er gebeten hatte, diesmal nur die Abschrift von der Verteidigung zu lesen, während die Worte vom Band ertönten.

Die wiederholten Schreie beendeten einen zermürbenden Morgen, und das Gericht machte ein bißchen früh – um 11 Uhr 45 – Mittagspause. Als die Leute aus dem Gericht strömten, stellten sie fest, daß die Sonne durch eine dünne Wolkenschicht brach und die Kälte vertrieb. Jeder saugte die Wärme ein, als könne sie die kalte Wirkung von Darlies Schreien auf dem Tonband vertreiben. Die Verhandlung wurde um 13 Uhr 15 fortgesetzt, und Mulder vernahm immer noch seine Mandantin.

Darlie schilderte weiter den Abend des 5. Juni. Darin hatte neben ihr gelegen, und sie hatten ›über viele Dinge‹ gesprochen, auch über einen Ausflug nach Pennsylvania, der für den 14. Juni geplant war, in einer Woche. Sie hatten bereits die Tickets. Die Unterhaltung ging in eine Diskussion über, wie sie das Boot loswerden konnten, das nicht wie geplant benutzt worden war. Es gab überhaupt keinen Streit, beteuerte Darlie, es war nur ein normales Gespräch zwischen Ehepaaren.

Irgendwann entschied sie sich, im Wohnzimmer zu schlafen, anstatt die Jungen in ihr Zimmer zu bringen, und Darin holte ihr ein Kissen und eine Decke. ›Wir küßten uns ein wenig‹, und dann ging Darin nach oben und ließ sie auf der Couch vor der gläsernen Schiebetür und vor dem eingeschalteten Fernseher zurück. Die Alarmanlage war abgeschaltet. »Ich legte mich schlafen, ich war müde«, erinnerte sich Darlie. »Beide Jungen schliefen.« Die Zuschauer im Gerichtssaal neigten sich angespannt vor. Sie wußten, was kam – eine Mordgeschichte.

»Dann spürte ich irgendwann, wie mich Damon an der rechten Schulter rüttelte und ›Mommy, Mommy‹ sagte. Ich schaute auf – Sie müssen bedenken, daß ich noch nicht völlig wach war –, und da ging ein Mann von mir weg. Ich hörte ein Geräusch wie das Klirren von Glas, (und) ich ging in die Küche. Damon war hinter mir. Ich hielt ihn mit einer Hand zurück.« Dann sah Darlie den Mann in den Abstellraum gehen und aus ihrer Sicht verschwinden. Nur der flackernde Schein des Fernsehers spendete Licht, als sie dem Mann folgte. »Als ich die Küche erreichte, erkannte ich, daß ich Blut an mir hatte. Ich ging weiter und sah das Messer im Abstellraum. Es war ein Instinkt, das Messer aufzuheben, es war ein Instinkt, ich habe nicht darüber nachgedacht«, schluchzte sie mit brechender Stimme, die an Stärke zunahm, »ich sah Devon, und er hatte so große Stichwunden. Ich konnte große Stichwunden durch Damons Hemd sehen.«

Sie schaltete in der Küche das Licht an und schnappte sich das Handy, als Darin die Treppe herunterlief, um zu helfen. Sie nahm Handtücher aus einem Schrank und feuchtete sie in der Spüle an, weil sie nicht gewußt hatte, was sie sonst tun konnte. Dann war sie zu Damon gelaufen.

»Ich habe ein Handtuch auf den Rücken meines Kleinen gelegt«, sagte Darlie im Zeugenstand, und ihre Stimme war der einzige Laut in einem Gerichtssaal, in dem jeder außer den Profis den Atem anzuhalten schien. »Ich flehte ihn an, durchzuhalten. Er sagte: ›Okay, Mommy‹, und das waren seine letzten Worte.« Reporter schrieben hastig auf ihre Notizblöcke, und die Anwälte der Anklage machten sich gleichfalls schnell Notizen.

Darin, sagte sie, machte bei Devon Wiederbelebungsversuche, und sie fühlte sich hilflos. »Ich wußte nicht, was ich tun sollte. Ich legte nur das Handtuch auf seine Brustwunde … Ich rannte (zur Haustür) und schrie nach Karen auf der anderen Straßenseite.« Dann holte sie weitere Handtücher und flehte die Jungen an durchzuhalten. Mit tränenfeuchten blauen Augen schaute sie zu den Geschworenen. »Wir waren verzweifelt, wie Sie sich vorstellen können. Wenn Ihre beiden Kinder vor Ihren Augen sterben, was tun Sie dann?« Mulder ließ sie weitersprechen. Dies war die beste Chance für Darlie, die Geschworenen auf ihre Seite zu ziehen.

Als Waddell eintraf, war sie in der Küche und stützte sich auf den Staubsauger. »Ich war benommen und konnte nicht richtig atmen.« Ein Blick in einen Spiegel zeigte ihr den Schnitt am Hals. Als sie sich setzte, nahm sie den Staubsauger mit, und sie beteuerte, daß er nie am fernen Ende der Küche gewesen war, wo die Polizei ihn gefunden haben wollte.

In dem folgenden Chaos ›rannten sie (Walling und Waddell) durch die Küche‹, und Darin sprintete zum Haus der Neals, um Karen zu holen, als die Sanitäter eintrafen. Darlies Stimme schwoll an, fast hysterisch, während sie erzählte, daß Damon die Augen geöffnet hatte, als er umgedreht worden war. Darlie hatte an die Behandlung durch die Sanitäter nur vage Erinnerungen. »Als ich aufstand, sagte mir Darin, daß mein Höschen fort war. Das erkannte ich erst in diesem Augenblick.« An der Haustür beschrieb sie Sergeant Walling den Angreifer.

Mit kaum einer Atempause schilderte Darlie ihren Aufenthalt im Krankenhaus, wo sie ›so gut, wie ich konnte‹ mit der Polizei zusammenarbeitete. Familienmitglieder und Freunde besuchten sie, aber sie erinnerte sich nicht an viel, außer daß Karen ihr das Baby Drake gebracht und sie ihm am Samstag die Flasche gegeben hatte, kurz vor ihrer Entlassung. Sie erinnerte sich, daß sie Blutergüsse an den Armen gehabt hatte, aber sie hatte sie auf Spritzen zurückgeführt. Darlie sagte ebenfalls aus, ihr Mund sei wund gewesen, ›irgendwie innen wund gerieben, vielleicht weil der Mann mir den Mund zuhielt, während er mich angriff.« An viel mehr erinnerte sie sich nicht.

Ein Psychiater war gekommen, um mit ihr und Darin zu sprechen. »Ich halte nicht viel davon und suche auch keinen Psychiater auf, aber ich glaube, wenn Sie Eltern sind und verzweifelt Antworten finden wollen, versuchen Sie fast alles.« Zusammen mit wiederholten Träumen, den Bemerkungen des Psychiaters und Gesprächen mit vielen Freunden war Darlie zu einigen vagen Vorstellungen gelangt, was vielleicht geschehen war. Keine Fakten, nur eine Ahnung.

Als Mulder die wiederholten Angriffe auf ›Gangsta's Paradise‹ zur Sprache brachte, sagte Darlie: »Ich finde, das hat man viel zu sehr aufgebauscht.« Und sie fügte hinzu: »Ich habe alle Arten von Liedern mit ihnen gesungen, einschließlich ›Jesus liebt mich‹, das ich Drake jeden Abend vorgesungen habe. Ein anderes Lied, das bei der Beerdigung gespielt worden war und nicht die Aufmerksamkeit der Anklage gefunden hatte, war ›I Will Always Love You‹ gewesen.«

Darlie Routier hörte zu weinen auf und sagte den Geschworenen mit lauter und fester Stimme, daß sie ihre Kinder nicht getötet hatte. »Sie waren das Wichtigste in meinem Leben.«

Der stellvertretende Staatsanwalt Toby Shook, nicht Greg Davis, führte das Kreuzverhör von Darlie durch. Er stellte einige unbedeutende Fragen, einschließlich eines weiteren Seitenhiebs auf ›Gangsta's Paradise‹, bevor er sein erstes Hauptziel ansprach, die Selbstmordgedanken. Sie waren in ihrem Tagebuch erwähnt, ›aber Sie wollten keinen Selbstmord begehen?‹ fragte Shook.

»Nein, Sir«, antwortete Darlie sofort. Sie fühlte sich deprimiert und schlecht gelaunt, als sie um 15 Uhr 30 an jenem Nachmittag diese Gedanken ins Tagebuch geschrieben hatte. Sie hatte mit dem Gedanken gespielt, die Tabletten zu nehmen, sie jedoch nie tatsächlich aus der Packung genommen. Darlie spielte die ganze Episode herunter, indem sie sagte: »Wenn ich es ernst gemeint hätte, wäre ich heute nicht hier.«

»Ich hatte erkannt, daß es albern war, und den Gedanken aufgegeben und Darin angerufen.«

Der Ankläger wollte wissen, warum sie verzweifelt gewesen war, aber Darlie antwortete, das könne sie nicht beantworten. Sie erinnerte sich nicht, räumte nur ein, daß sie sich ›ziemlich deprimiert‹ gefühlt hatte, jedoch niemals bis zu diesem Tag an Selbstmord gedacht hatte.

Dann wollte Shook über die angebliche sexuelle Belästigung durch Denny Stahl, den zweiten Mann ihrer Mutter, sprechen. Laut Darlie geschah es das erste Mal, als sie erst acht gewesen war, aber es war nie der Polizei gemeldet worden. Als Erwachsene erlaubte Darlie ihren Kindern, den Mann zu besuchen, den sie der sexuellen Belästigung beschuldigte.

Der Ankläger griff ihren Charakter an, fragte nach ihrer Teilnahme an einer Party mit einer Gruppe von Müttern, einschließlich ihrer eigenen, am Muttertag 1994, als ein Männerstrip in ihrem Haus bezahlt wurde, und 1995, als sie in Dallas in einem Hotel an einer Nachthemdparty teilgenommen und sich dabei männliche exotische Tänzer angeschaut hatte.

»Haben Sie regelmäßig die Kirche besucht?« fragte Shook.

»Nein, Sir«, lautete Darlies Antwort.

Dann sprach der Ankläger über die Party am Grab und fragte, ob Darlie von Nachbarhaus zu Nachbarhaus gegangen war, um Leute einzuladen. Darlie erinnerte sich, nur bei drei Nachbarn gewesen zu sein, aber sie hatte viele Telefonate geführt, um Leute einzuladen. »Ich war noch unter dem Einfluß von Medikamenten«, sagte sie, aber sie bezweifelte, daß irgend etwas an ihrem Verhalten auszusetzen gewesen war.

Zu einem früheren Zeitpunkt hatte Shook von Darlie die Aussage erhalten, daß Darin das defekte Tor repariert hatte, und jetzt fragte er, ob das Garagenfenster die ganze Woche offen gewesen war. Darlie sagte, es sei während dieser Zeit mal offen und mal geschlossen gewesen, aber hauptsächlich offen.

»Stimmt es, daß der Mörder Ihrer Kinder nicht Ihr Ehemann ist?«

»Ja, Sir.«

»Es läuft also darauf hinaus, daß entweder Sie Ihre Kinder ermordet haben oder ein Mann in Ihr Haus kam und Ihre Kinder ermordete.«

Darlies Stimme nahm einen festen, fast hochmütigen Klang an. »Sir, ich habe meine Kinder nicht ermordet.«

»Es muß die eine oder die andere Möglichkeit sein«, beharrte Shook.

»Sir, ich habe meine Kinder nicht ermordet!«

Shook quälte sie in diesem Punkt und fragte, warum ihrer Meinung nach der Einbrecher geflüchtet war, ohne sie, die einzige Zeugin, zu töten.

»Ich nehme an, er hielt mich für tot.«

»Nehmen Sie an, Sie haben geschlafen, während dieser Mann Ihre Jungen erstach?«

»Ich weiß es nicht.«

»Sie haben einen leichten Schlaf, nicht wahr?«

»Ich würde meinen Schlaf nicht unbedingt als leicht bezeichnen.« Darlie erklärte, daß das Kinderbettchen Geräusche verursachte, von denen sie manchmal wach geworden war, wenn sich der Säugling umgedreht hatte. Einen Augenblick später schloß sie einen Kompromiß und räumte ein, einen ›einigermaßen‹ leichten Schlaf zu haben.

Shook wies darauf hin, daß Damon nur einen Schritt von ihr entfernt geschlafen hatte, als er angegriffen worden war, und Darlie behauptete, nichts gehört zu haben.

»Ich habe keine Ahnung … ich erinnere mich nicht …« Laut Aussage hatte sie geschlafen, während Damon niedergestochen worden war. »Ich habe keine Ahnung, was in dieser Nacht geschah.«

»Sie wären aufgewacht, wenn er (der Angreifer) Sie geschlagen hätte?«

»Ich habe keine Ahnung.«

Hatte sie geschlafen, während ihr Hals aufgeschnitten wurde?

»Ich kann mich nicht erinnern.« Einige andere Fragen ergaben die gleiche Antwort.

Um herauszustellen, daß sie sich nur an wenig erinnerte, bat Shook sie um die Beschreibung der Angreifer, und Darlie sagte: »Es war ein großer Mann mit dunklem Haar.«

»Wie groß?«

»Ich kann ihnen keine genaue Größe sagen … über ein Meter achtzig groß.«

Shook forderte sie auf, den Einbrecher mit Detective Chris Froschs Statur zu vergleichen. Ein Weißer?

»Ich weiß es nicht mit Sicherheit.«

Dann fragte Shook, warum sie hinter einem soviel größeren Mann hergelaufen war, anstatt nach ihrem Mann zu schreien.

»Ich habe nach Darin geschrien«, antwortete sie.

Shook kam auf die Beschreibung zurück und ließ die Angeklagte einen Mann namens Glenn Miles identifizieren. Sie sagte, Miles habe Basia einige Dinge gesagt, ›die nicht sehr nett waren‹, und seine Frau habe sie, Darlie, angerufen, um über das Problem zu sprechen, das es vor ungefähr einem Jahr gegeben hatte. »Er drohte mir am Telefon«, sagte Darlie und fügte hinzu, sie habe ihn nie gesehen und wisse nicht, ob er wie der Einbrecher aussehe.

Fast jeder im Gerichtssaal fragte sich, worauf Shooks mit alldem hinauswollte. Wer war überhaupt Glenn Miles?

»Meinen Sie, Sie würden Glenn wiedererkennen?«

»Ich weiß es nicht.«

»Nun, versuchen wir es.«

Durch die Tür traten Detective Frosch und ein Mann ein, der nicht annähernd so groß wie er und untersetzt war. Sie standen nebeneinander, ein starker Kontrast. Darlie stimmte Shook zu, daß sie sich nicht ähnelten und Miles deshalb als Verdächtiger ausgeschlossen werden konnte. Shook beließ es bei dieser Demonstration. Er würde später auf Glenn Miles zurückkommen.

Der Ankläger kam jetzt auf ihre zweistündige Befragung durch Bill Parker auf der Polizeiwache zu sprechen. Als Parker sie mit der Beschuldigung konfrontiert hatte, die Kinder ermordet zu haben, hatte sie wiederholt gesagt: »Wenn ich es getan habe, erinnere ich mich nicht daran.« Im Zeugenstand leugnete Darlie das. »Nein! Das habe ich nicht gesagt.«

Darlie wurde dann nach der schriftlichen Aussage gefragt, die sie Detective Patterson gegeben hatte, und Shook wies darauf hin, daß eine Reihe von Dingen in späteren Aussagen nicht enthalten war. »Was die feuchten Handtücher anbetrifft – die sind nicht erwähnt, richtig?«

»Ja, Sir.«

»Gehen wir zu der Küchenspüle – nicht erwähnt, richtig?«

»Ja, Sir.«

»Wurde der Staubsauger erwähnt?«

»Nein, Sir.«

»Haben Sie erwähnt, daß Sie zu Devon gingen?«

»Nein, Sir.«

Shook überreichte ihr die schriftliche Aussage, und sie las laut: »Darin begann bei Devon Wiederbelebungsversuche, während ich ein Handtuch auf meinen Hals hielt und ein Handtuch auf Damons Rücken legte.«

»Da steht nicht, daß sie ein Handtuch auf Devon legten, richtig?« fragte Shook.

»Ich hielt es für unwichtig«, sagte Darlie. »Ich wußte nicht, was ich tat. Ich versuchte das Beste in dieser Situation.«

Shook ließ nicht locker. War ihr nicht klar, daß es keine gute Idee war, Handtücher naß zu machen, bevor sie auf die Jungen gelegt wurden?

»Das wußte ich nicht«, antwortete Darlie.

Nun, was würde ihr der gesunde Menschenverstand sagen?

»Zu diesem Zeitpunkt gab es keinen gesunden Menschenverstand«, sagte Darlie, »und ich tat vieles gleichzeitig.«

»Aber Sie übten nie Druck auf Damons Wunden aus, richtig?«

»Ja, Sir, ich tat es nicht«, sagte Darlie. »Ich ging zu Darin und half ihm bei Devon.«

Shook fuhr immer noch unbeirrt mit einer scheinbar unendlichen Zahl von Punkten fort, die nicht zueinander paßten oder unterschiedlich ausgelegt werden konnten.

Darlie behauptete, das Wort ›frightening‹ benutzt und ›frightened‹ gemeint zu haben, obwohl auf der Abschrift des Notrufs ›fighting‹ stand. Ferner stritt sie ab, Waddell etwas von einem Kampf mit dem Einbrecher gesagt zu haben. Sie ›erinnerte‹ sich nicht, den Sanitätern gesagt zu haben, daß das Garagenfenster mit einem Baseballschläger eingeschlagen worden war. Sie erinnerte sich, in jener Nacht Druck auf ihrem rechten Bein gespürt zu haben, aber sie konnte sich nicht daran entsinnen, einer Krankenschwester die Schnitte in ihrer Hand gezeigt und gesagt zu haben, daß sie von einem Messer verursacht worden waren.

Darlie sagte: »Im Augenblick erinnere ich mich nicht an diesen Angriff.« Was den Krankenhausaufenthalt anbetraf, so konnte sie sich jetzt kaum noch daran erinnern, daß sie ihre Verwandten dort gesehen hatte.

»Ich glaube, wenn ich hundert Jahr alt werden würde, könnte ich Ihnen nicht viel über diese Nacht sagen«, erklärte sie schließlich, und Shook schloß diese Seite seiner Vernehmung ab.

Dann wollte Shook mehr darüber wissen, warum Darlie überhaupt auf der Couch im Wohnzimmer geschlafen hatte, anstatt im Ehebett, und Darlie bestritt, daß es einen Streit mit Darin gegeben hatte. Die Geschäfte waren im März und April schleppend gewesen, aber während sie einräumte, das ›Geld war knapp‹, wies sie auch darauf hin, daß die Rechnungen bezahlt gewesen waren. Shooks Feststellung, daß sie mit zwei Monatsraten für die Abzahlung des Hauses in Verzug gewesen waren, tat sie mit einem Achselzucken ab. Es sei nur ein Monat gewesen, sagte sie, und es handele sich nur um eine Verspätung, um keine Säumnis.

Richter Tolle unterbrach das Wortgefecht und verschaffte jedem eine viertelstündige Pause. Doug Mulder nutzte die Zeit, um mit seiner Mandantin zu reden und ihr anwaltlichen Rat zu geben. Sie war seiner Meinung nach im Begriff, in eine Falle der Anklage zu tappen. Sie erweckte vor den Geschworenen den Eindruck, streitlustig und feindselig zu sein. Mulder wollte Mitgefühl von diesen Geschworenen, keine negative Reaktion auf einen besserwisserischen Auftritt im Zeugenstand. Wenn für Mitgefühl Tränen nötig waren, dann sollten sie die sehen. Als der Prozeß für die letzte Stunde an diesem Tag fortgesetzt wurde, war Darlie fast die Personifizierung von Emotion, wischte sich Tränen vom Gesicht und schneuzte sich in eine Handvoll Papiertaschentücher. Die Geschworenen sahen bei ihrer Rückkehr in den Gerichtssaal eine kleine, verletzliche und gepeinigte Frau. Mama Darlie würde später das Gespräch zwischen ihrer Tochter und dem Anwalt als ›Kampf‹ bezeichnen.

Shook, der die Statur eines Gewichthebers hat, war jetzt gezwungen, die Rolle des herzlosen Anklägers zu spielen, der verbal auf eine wehrlose Frau eindrosch. Er änderte seinen Angriff nicht und setzte ihr hart zu, und er versetzte ihr einen entscheidenden Schlag zu einem unerwarteten Zeitpunkt, als Tränen ungehemmt flossen.

Zuerst ließ Shook von Darlie bestätigen, daß sie der Moderatorin einer Talk-Show im Rundfunk gesagt hatte »Ich weiß, was in jener Nacht in diesem Haus geschehen ist.« Dann präsentierte Shook die Kopie eines Briefes, den Darlie am 1. November an eine Verwandte geschickt hatte und worin sie schrieb: ›Wir glauben zu wissen, wer es getan hat. Ich glaube wirklich, daß er der Täter ist ... Ich habe ihn gesehen und weiß, daß er es ist.‹

»Wer war es?« fragte Shook. »Glenn Miles?« Als Darlie verneinte, setzte er nach: »Wer dann?«

»Ein anderer Mann aus der Nachbarschaft, über den mir Leute erzählt haben.«

Shook legte einen Brief an Karen Neal vor. Darlie hatte

darin geschrieben: ›Karen, ich weiß, wer es getan hat.‹ Darlie wischte sich Tränen aus dem Gesicht. »Sir, zu diesem Zeitpunkt hoffte ich …«, und der Rest des Satzes ging in einem Gefühlsausbruch unter.

Shook präsentierte einen weiteren Brief an Karen. ›Ich glaube, Glenn hat es getan. Dieser Mann ist sehr übel, und ich habe der Polizei von ihm erzählt.‹

Plötzlich konnte Darlie all diese Angriffe nicht mehr ertragen. Dies waren ihre Briefe, in denen sie Dinge aus dem Herzen geschrieben hatte. *Private Dinge!* Sie wollte von Shook wissen, woher er diese Briefe hatte. Er ignorierte sie völlig und startete den nächsten Angriff.

Soviel zu der Tränen-Masche. Darlie war wütend. »Zuerst will ich wissen, woher Sie meine Briefe haben!«

Shook informierte sie, daß er die Briefe von den Gegängnisaufsehern erhalten hatte.

»Ist das nicht ungesetzlich?« fragte Darlie erstaunt.

Shook blickte sie an und erwiderte sanft: »Nein, das ist es nicht.« Gelächter ertönte im Gerichtssaal, der mit über hundertfünfzig Zuschauern gefüllt war. Shook begann mit einer neuen Reihe von Fragen von seinem Stapel kopierter Briefe. Darlie unterbrach, sie sehe keine Daten darauf, und sie datiere ihre Briefe immer.

»Meinen Sie, wir haben diese Briefe erfunden?« Shook sprach sehr leise und sanft, um die Aufmerksamkeit der Geschworenen zu gewinnen, die sich vorneigten, um ihn verstehen zu können. Der Ankläger versuchte, ihnen zu zeigen, wie Darlie im Nu von einer Stimmung in die andere verfiel.

»Nein«, antwortete sie. Sie habe sich nur über die fehlenden Daten gewundert.

Shook bestimmte jetzt den Kurs und las aus einem anderen Brief vor, in dem die Rede ›von dem anderen Mann‹ in der Nachbarschaft war, ›der die Socke direkt auf dem Weg zu seinem eigenen Haus‹ zurückließ. ›Wir wissen, daß er um 2 Uhr 30 draußen war. Devon und Damon kannten diesen Mann.‹

Und wer sollte das sein? wollte Shook wissen.

Gary Austin, antwortete Darlie.

Wie sah er aus?

»Ich weiß es nicht.« Sie sagte, man habe ihr erzählt, der Mann könne von seinem Balkon aus in den Hinterhof der Routiers schauen. Darlies Stimme schwoll an und brach, und diesmal war die Gefühlsaufwallung echt. Sie hatte das Gefühl, von einer Flutwelle weggespült zu werden. Toby Shook war kein netter Mann.

Shook ging auf und ab wie ein sich anpirschender Tiger, der Darlie als Beute betrachtete, und überreichte ihr ein Foto, das widerlegte, daß man von besagtem Balkon auf den Hinterhof schauen konnte, weil die Sicht darauf versperrt war. »Sir, zu diesem Zeitpunkt hoffte ich einfach. Man hatte mir viel über zwei verschiedene Leute erzählt«, sagte Darlie. Shook blickte auf. »Das war nur eine Lüge, nicht wahr?« stellte er fest. »Es war keine Lüge«, erwiderte Darlie heftig, und die Tränen waren wieder versiegt, und ihre Stimme klang schroff. »Es war keine Lüge. Es war das, was man mir erzählt hatte.«

Shook präsentierte einen von Darlies Briefen, in dem sie schrieb: ›Ich weiß, wer es getan hat. Mich macht wütend, daß er frei herumläuft.‹

Ein weiterer Brief: ›Ich bete, daß sie ein Geständnis von Glenn bekommen können.‹

Noch ein Brief: ›Wir wissen, wer es getan hat, und wir versuchen, mehr über ihn herauszubekommen.‹

Schließlich hörte Shook auf, aus den Briefen vorzulesen, und Darlie blieb weinend und gekränkt zurück und beteuerte, daß sie nur Dinge wiederholt hatte, die ihr von anderen Leuten erzählt worden waren.

Doug Mulder hatte es jetzt mit einem Nervenbündel zu tun. Darlie atmete keuchend, als hätte sie einen kilometerlangen Lauf hinter sich, und sie wirkte, als würde sie jeden Augenblick zusammenbrechen. Er wünschte, daß sie Gefühle zeigte, aber dies war zuviel. Mulder sah es als seine Aufgabe an, sie zu beruhigen und in den wenigen

Minuten, die ihm übrigblieben, etwas Boden wettzumachen.

Mulder griff auf einen leichteren Punkt des Kreuzverhörs zurück und ließ Darlie erklären, daß sie den Besuch ihrer Söhne beim Stiefvater, der sie angeblich belästigt hatte, nur erlaubt hatte, weil ihre Schwester Dana den ganzen Tag bei ihnen sein würde.

Als nächstes brachte er den Namen des zweiten geheimnisvollen Mannes, Gary Austin, zur Sprache und fragte Darlie, was sie von anderen Leuten über ihn gehört hatte. Shook legte Einspruch ein, und der Richter gab ihm mit der Begründung statt, daß es sich um ›Hörensagen‹ handelte.

So ging Mulder zum nächsten wesentlichen Punkt über, der fast vernichtend für seine Mandantin im Zeugenstand gewesen war. »Darlie, warum haben Sie diese Briefe geschrieben?«

Ihre Stimme klang schwach. »Weil ich das, was man mir erzählt hatte, zu diesem Zeitpunkt geglaubt habe.«

Eine letzte Frage, und sie führte nicht zu dem Resultat, das die Verteidigung erhofft hatte. Mulder wollte darauf hinweisen, daß Darlie in der Nacht vom 6. Juni angegriffen worden war. »Waren Sie in einen Kampf oder in eine tätliche Auseinandersetzung verwickelt?« fragte er.

»Schauen Sie mich doch an!« Es war ein tränenreicher Aufschrei. »Jeder mit gesundem Menschenverstand kann das sehen!« Geschworene starrten sie mit kaltem Blick an.

Toby Shook hatte eine letzte Gelegenheit, ein paar Fragen zu stellen. »In Ihren Briefen schreiben Sie ›Ich sah ihn, ich weiß, wer es ist‹.« Darlie gab eine dürftige Antwort, sie hätte gehofft, dadurch etwas zu erreichen, aber Shook interessierte sich gar nicht dafür. Er hatte Gelegenheit gehabt, die Briefe ein letztes Mal zur Sprache zu bringen und den Geschworenen klarzumachen, daß Darlie gelogen hatte.

Sofort danach schloß die Verteidigung den Beweisvortrag ab.

Nach der Gerichtssitzung sprach Mulder kurz mit den Reportern und versuchte das Geschehen im Gerichtssaal in ein positives Licht zu rücken. »Es lief prima – es gab einige gute Teile und einige nicht so gute.« Die Geschworenen hatten die Geschichte aus ihrem Munde hören wollen, und sie hatte aussagen wollen, erklärte er. »Ich denke, sie hat der Jury klargemacht, daß sie die Tat nicht begangen hat.«

Das Problem mit den Briefen war, daß Darlie auf Grund der vielen Informationen durch Familienmitglieder und Freunde während der Haft ihre Hoffnungen aufgebaut und um imaginäre Fakten herum Szenarios entworfen hatte.

»Wir finden, sie hat sich sehr gut gehalten – sie hat wahrheitsgemäß und überzeugend auf die Fragen geantwortet«, sagte Mulder. Das war seiner Meinung nach ohnehin unerheblich, denn die Staatsanwaltschaft hatte keine schlüssigen Beweise.

Greg Davis sah das anders. »Ich glaube, ihre Tränen waren gegen Ende ziemlich echt, als sie erkannte, daß sie erwischt worden ist.«

31

Nach Darlies emotionaler Zeugenaussage hatte der Staat jetzt eine letzte Möglichkeit, weitere Zeugen aufzurufen, als der Prozeß in die Widerlegungsphase überging.

Bill Parker, seit 1985 Privatdetektiv, nachdem er nach zwanzig Jahren Dienst aus der Polizei von Dallas ausgeschieden war, hat den Ruf, ein Genie bei der Vernehmung von Verdächtigen zu sein. Kurz vor Darlie Routiers Festnahme setzte die Polizei von Rowlett sie auf einen Stuhl Parker gegenüber, der ihr noch einmal ihre Rechte nach dem Mirandagesetz vorlas und ihr die ›Würmer aus der Nase‹ zog. Dann legte er ihr eine Kopie ihrer zehnseitigen

Aussage vor, und sie las sie ein paar Minuten lang. Als er sie fragte, ob sie Veränderungen anbringen wollte, antwortete sie: »Nein, das ist genau das, was geschehen ist.«

In den nächsten drei Stunden befragte Parker Darlie in allen Einzelheiten, und ein dutzendmal konfrontierte er sie mit der unverblümten Beschuldigung: »Sie haben Ihre Kinder ermordet.« Parker sagte vorsichtig aus, daß sie nie bestritten habe, die Tat begangen zu haben, sogar einmal gesagt hatte: »Wenn ich es getan habe, dann erinnere ich mich nicht.« Einmal hatte sie nur mit den Schultern gezuckt.

Doug Mulder nahm Parker, einen jahrelangen persönlichen Freund, ins Kreuzverhör. Im Gegensatz zu den hohen Stundenpreisen von Gutachtern, sagte Parker, er habe den Job für die Polizei von Rowlett für nur einen Dollar übernommen, ihn jedoch noch nicht in Rechnung gestellt. Seine Bemerkung erheiterte die Anwesenden.

Vor dem Treffen mit Darlie fuhr Parker zum Tatort, sprach mit mehreren Ermittlern, betrachtete eingehend Fotos und las die schriftliche Aussage. Greg Davis' Vorstoß war einfach. »Hat Mrs. Routier jemals bestritten, ihre Kinder ermordet zu haben?«

Parker antwortete eindeutig: »Nein, Sir, das hat sie nicht.«

Doug Mulder versuchte Parkers Qualifikationen als ›Verhörspezialist‹ zunächst hervorzuheben und dann den Experten zu fragen, warum er seine Vernehmung nicht aufgezeichnet, keine Notizen und keinen offiziellen Bericht angefertigt hatte. Abermals hatte alles nur mündlich stattgefunden, und es blieb keine gefährliche Papierspur für Verteidiger, die sie bei der Vernehmung von Zeugen verfolgen konnten. Mulders beeindruckendes Fazit war: »Wenn Darlie schuldig wäre, hätte Bill Parker ein Geständnis von ihr bekommen.«

Dr. Richard Coons war ein sehr wichtiger Zeuge für die Verteidigung. Seit über zweiundzwanzig Jahren als

Psychiater in Austin tätig, war er ein Experte in forensischer Psychiatrie und gab dem Gericht einen eingehenden Einblick in die Untersuchung des menschlichen Erinnerungsvermögens. Er kam sofort zum Hauptpunkt und sagte aus: »Als Reaktion auf ein äußerst starkes traumatisches Erlebnis kann eine Person Amnesie haben – sie speichern in der Erinnerung nicht richtig, wie mißbrauchte Kinder Dinge aus dem Gedächtnis streichen und Opfer von Autounfällen Einzelheiten des Unglücks vergessen, weil alles, an das sie sich erinnern, das Opfer vielleicht ›überbeanspruchen‹ und somit zu einem geistigen Zusammenbruch führen kann.« Er betonte, daß Darlie, traumatisiert durch den Angriff und den Anblick ihrer sterbenden Kinder, sehr gut glauben konnte, sie hätte während der Ereignisse geschlafen, an die sie sich nicht erinnern konnte. Es war möglich, daß sie das wirkliche Geschehen aus der Erinnerung gestrichen hatte. Das Gehirn, sagte er, ist kein Staubsauger, der jeden Krümel von Realität aufsaugt und für immer speichert.

Und Coons sprach über Parkers lange Vernehmung. »Wenn eine Person versucht, Gedächtnislücken zu schließen, dann kann sie auf Vorschläge eingehen, die ein Detektiv mit zwanzig Jahren Erfahrung ihr macht«, sagte er und schloß die Möglichkeit ›falscher Erinnerungen‹ ein, die im Geiste entstehen können, wenn man irgendeine Frage unbedingt beantworten will. Mit anderen Worten, Darlie versuchte der Polizei zu gefallen, indem sie Einzelheiten ausgrub, vielleicht von Parker mit präzisen Fragen auf einen bestimmten Weg gelenkt. »Wenn die traumatischen Auswirkungen nachlassen, kann man erwarten, daß sich die Erinnerung bessert«, sagte Dr. Coons.

Um die Wirkung der Antworten abzuschwächen, die Darlie Parker gegeben hatte, sagte der Psychiater: »Wenn ich sage, ein Angreifer hat es getan und dann sage, ich habe es nicht getan, wäre das überflüssig.«

Toby Shook machte beim Kreuzverhör die Aussagen des Psychiaters herunter, obwohl Dr. Coons in der Vergangenheit bei Prozessen für den Staatsanwalt der Dallas

County ausgesagt hatte. Shook wies darauf hin, daß Coons weder mit Darlie gesprochen hatte noch die Aussagen gelesen noch Polizeiberichte oder Krankenakten gesehen noch das Video mit dem ›lustigen Schaum‹ betrachtet hatte. »Sie wollen der Jury doch nicht sagen, daß sie an traumatischer Amnesie leidet?« fragte er. »Ich kenne sie nicht«, antwortete Coons. Es war eine geschickte Frage, denn Coons hatte seine Aussage im Hinblick auf allgemeine Reaktionen einer Person auf gewisse traumatische Erlebnisse gemacht, ein Handschuh, der Darlie genauso passen würde wie jedem sonst. Diese Allgemeingültigkeit zu einem speziellen Fall zu machen, reduzierte Coons Glaubwürdigkeit.

Als Dr. Coons den Zeugenstand an einem strahlenden Donnerstagnachmittag verließ, endeten die Zeugenaussagen, die fast vier Wochen lang angedauert hatten.

Schlußanträge wurden am Freitag, dem letzten Tag im Januar, angehört. Der Prozeß hatte den ganzen Monat gedauert, und den Beteiligten kam es viel länger vor, vielleicht ein paar Leben lang.

Toby Shook sprach für die Anklage den schwächsten Punkt des Beweisvortrags der Staatsanwaltschaft an. »Wir werden vielleicht nie das wahre Motiv erfahren«, sagte er, fügte jedoch hinzu, daß der Staat kein Motiv beweisen mußte und es nichts an den Indizien für die ›brutale, heimtückische Ermordung zweier Kinder‹ änderte. Er sagte den Geschworenen, wenn sie die Indizien zu einem Puzzle zusammensetzten, würde das Ergebnis auf Darlie als Mörderin zeigen, nicht auf einen Einbrecher.

Hinsichtlich der langen ärztlichen Aussage der ersten Woche sagte Shook, die Ärzte hatten keinen Grund gehabt, zu lügen, als sie den tiefen Schnitt als ›oberflächliche Wunde‹ beschrieben hatten.« Er liebte den Klang dieser Bezeichnung, die er ein paarmal mit starker Betonung wiederholte. Shook sagte, die Angeklagte erlitt keine bedeutende Wunde an ihrem Arm und sah keine großen

Blutergüsse, ›weil sie keine davongetragen hatte‹. Die Krankenschwestern hatten ebenfalls keinen Grund gehabt, zu lügen, und Darlie hatte ihnen ihre Geschichte freiwillig erzählt.

Dann unterstrich er die Schlußfolgerungen von Jim Cron, dem Tatortanalytiker. ›Er brauchte nicht lange, um Bescheid zu wissen‹, was geschehen war. Unberührter Staub auf der Fensterbank; kein Blut am Fenster, in der Garage oder an dem geschlossenen Tor; und andere Punkte. Charlie Linchs Untersuchung hatte ergeben, daß das Fliegengitter des Garagenfensters mit dem Brotmesser durchgeschnitten worden war, das sich im Messerblock in der Küche befand. Der blutige Messerabdruck auf dem Teppich, der Darlies und Damons Blut enthalten hatte, war ein Widerspruch. »Welcher Eindringling würde sie und Damon niederstechen und dann das Messer auf dem Boden ablegen?« fragte Shook. Der FBI-Experte für Täterprofile, Allan Brantley, hatte erklärt, der Angriff sei ›persönlich‹ und der Tatort sei ›inszeniert‹ gewesen.

Der Ankläger hielt sich jedoch nicht an die Wahrheit, als er sagte, Barbara (Basia) Jovell hätte ebenfalls kein Motiv zum Lügen gehabt, aber was die Jury nicht erkannte, schadete ihm nicht. Er nahm es ebenfalls nicht genau mit der Wahrheit, als er sagte: »Ich bezweifle, daß die Angeklagte Selbstmord begehen wollte (am 6. Juni). Sie liebt sich viel zu sehr.« Dies war eine recht ironische Feststellung von einem Ankläger, der vorher soviel Betonung auf Darlies angeblichen Selbstmordversuch gelegt hatte.

Dann holte er zum Schlag gegen die Party auf dem Friedhof aus und griff besonders das Herumsprühen mit dem ›lustigen Schaum‹ an. »Ich finde, das gibt Ihnen einen guten Einblick in den Charakter dieser Frau. Sie wollte ihren Spaß haben. Sie liebt es, im Mittelpunkt der Aufmerksamkeit zu stehen. Sie sagte: ›Er (der Mörder) ging zuerst zu ihnen.‹ Als ob sie sich darüber freute.« Und dann wies der Ankläger auf die Widersprüche bei den Aussagen hin, die Darlie bei der Polizei gemacht hatte. Laut Shook hatte Darlie sichergestellt, daß Darin im Obergeschoß mit Drake geschlafen hatte, während sie mit Devon und Damon unten im Haus gewesen war. »Sie hat diese Jungen ermordet und den Tathergang gefälscht.« Ja, der angebliche Einbrecher hat Glück gehabt, sagte Shook. »Das Glück, daß Darlie eine Amnesie bekommt.«

Shook rief für die Geschworenen in Erinnerung, daß Darlie im Zeugenstand fast zusammengebrochen war, als sie über ihre Briefe aus dem Gefängnis befragt worden war. »Die Tränen begannen zu strömen, die Stimme begann zu beben, die Hände begannen zu zittern«, sagte er. »Diese Tränen galten ihr selbst.«

Der Ankläger schloß mit den Worten: »Damon öffnete seine Augen und sah, wer ihn ermordete ... er sah seine Mutter!«

Curtis Glover begann das Schlußplädoyer und erinnerte die Jury, daß die Verteidigung überhaupt nichts beweisen mußte, es jedoch eindeutig Löcher in der Anklage gab. Am Tatort herrschte Verwirrung, es bestanden berechtigte Zweifel bei dem Beweismaterial und James Crons ›Herumstolzieren dort und seine Behauptung, es habe keinen Einbrecher gegeben‹ war der Auslöser für die Polizei, Darlie zu verfolgen.

Glover widersprach Shook und sagte, eine Halswunde, die zwei Millimeter tiefer tödlich gewesen wäre, kann niemand als ›oberflächlich‹ bezeichnen. Eine ›schwere Verletzung‹ sei die bessere Formulierung.

Glover erinnerte die Geschworenen an das große Fenster, das in den Gerichtssaal gebracht worden war und durch das sich der große Detectiv Frosch mit Leichtigkeit geduckt hatte und sich ›genau‹ dort abgestützt hatte, wo Fingerabdrücke gefunden und nie identifiziert worden waren. Ferner sagte er: »Durch all dieses Durcheinander sollen Sie zu dem Schluß gelangen, daß Darlie aus dem Haus lief und die Socke mit dem Blut ihrer Kinder daran vom Tatort entfernt ablegte.«

»Benutzen Sie Ihren gesunden Menschenverstand«,

sagte Glover. »Diese Frau hat ihre beiden kleinen Kinder nicht ermordet.«

Richard Mosty machte für die Verteidigung weiter. Sein nettes Kumpelgehabe war verschwunden, und der erfahrene Anwalt stand nun vor der Jury und versprach: »Ich werde meine ganze Energie dafür aufwenden, eine Person zu verteidigen, an die ich glaube.«

Er wies darauf hin, daß kein einziger Zeuge Darlie als schlechte Mutter bezeichnet hatte und kein Zeuge wirklich sagen konnte, was in jener Nacht passiert war. »Es ergibt keinen Sinn, anzunehmen, daß sich diese Frau von einer guten Mutter, die ihre Kinder abgöttisch liebt, in eine psychotische Killerin verwandelte.«

»Darlie Routier war sofort im Fadenkreuz (der Polizei)«, sagte Mosty in ärgerlichem Tonfall. »Ich möchte Cron unter vier Augen fragen: ›Für wen halten Sie sich eigentlich? Für Richter, Jury und Henker in einer Person?‹ Die Anklage verließ sich jedoch mangels Fakten auf Crons Meinung. Welches Wort kam nie über seine Lippen?«

Mosty legte eine Pause ein und schaute die Geschworenen an, bevor er mit erhobener Stimme die Antwort gab: »Socke. Bei Crons gesamter Aussage sprach er nie das Wort ›Socke‹ aus. Wissen Sie warum? Weil er sich den Fund der Socke nicht erklären kann.«

Mosty beschäftigte sich mit einigen der Indizien, sagte, daß Linchs Meinung ›nicht wissenschaftlich nachprüfbar‹ sei, weil die von ihm untersuchten Proben keinem Vergleichstest für die Verteidigung unterzogen worden waren. Mosty bezeichnete es als ›sehr ironisch‹ daß Cron und Linch hypothetische Schlüsse zogen und die Polizei und andere Experten sie austauschten und ihre eigenen Berichte danach auf den neuesten Stand brachten. »Die einzige Person, die eine perfekte Geschichte vortragen muß, ist Darlie Routier.«

Mosty übte vernichtende Kritik an Brantley, dem FBI-Experten für Täterprofile. »Alles, was er tat, bestand darin, unter Eid der Staatsanwaltschaft die von ihr gewünschten Argumente zu liefern.« Aber genau wie Cron die Socke verschwieg, sprach Brantley nicht über den schwarzen Wagen, der mindestens viermal in der Nähe des Tatorts gesehen worden war, einschließlich einmal parkend in der Gasse hinter dem Haus.

Mosty sprach über den Motivmangel und sagte: »Es ergibt keinen Sinn anzunehmen, daß sich diese Lady grundlos von einer guten Mutter in eine psychotische Mörderin verwandelt. Und die Behauptung der Anklage, die Familie sei pleite gewesen, ist einfach falsch. Der Bargeldeingang reichte aus, um alle Rechnungen zu bezahlen, einschließlich der Rechnungen, die von der Polizei im Mülleimer gefunden wurden.«

Blut von Darlie wurde bei Devons Leiche gefunden, Blut war am Küchenschrank mit den Handtüchern, ein weißes Handtuch befand sich nahe bei Devons Hand, und all diese Dinge konnten von den Anklägern nicht erklärt werden. Die Wunden waren defensiver Art, und ›das ist die ärztliche Meinung, keine Zauberei‹.

Mosty griff die Polizei an, indem er feststellte, sie habe bei der Befragung im Krankenhaus gewußt, daß Darlie unter dem Einfluß von Drogen stünde, und sie sei eindeutig zu weit gegangen, als sie Abhörmikrophone am Grab versteckt hatte. »Die einzige Person, die einen Anwalt bräuchte, ist Detective Patterson«, sagte Mosty und behauptete, daß der Ermittler gesetzwidrig Wanzen ›bei einer Andacht für diese Kinder‹ installiert hatte.

Laut Verteidiger war der Anklage nichts anderes übriggeblieben, als Darlies Post aus dem Gefängnis abzufangen, weil man immer noch gehofft hatte, sie könnte einem Familienmitglied oder Freunden gegenüber nähere Auskünfte liefern.

Die Staatsanwaltschaft hatte – so Mosty – jämmerlich in ihrer Aufgabe versagt, die Ereignisse zu erklären. »Sie mag Darlie Routier nicht, der Anklage mißfällt ihr Lebensstil, sie muß die Angeklagte zerstören, weil sie keine Erklärung hat (für das Verbrechen)«, sagte Mosty. »Sie besaß die

Unverfrorenheit, sich zu geben, wie sie wirklich ist und das Opfer eines Verbrechens zu sein, was nicht zu dem paßt, was jemand in Washington für richtig hält.«

Jetzt erhob sich Doug Mulder zu einem Drahtseilakt. Er war der dritte Anwalt der Verteidigung, der an diesem Tag sprach, und er mußte darauf achten, nicht zuviel zu sagen und nicht zu hart vorzugehen. Glover und Mosty hatten die Einzelheiten behandelt, und er wollte sie zusammenfassen und das Gesamtbild zeichnen, ohne die Geschworenen feindselig zu stimmen. Darlie beobachtete ängstlich und nagte an ihrer Unterlippe.

»Sie hat keinen Selbstmord geplant«, sagte Mulder über seine Mandantin. Laut Verteidiger hatte die Polizei den Fall von Anfang an falsch angefaßt, ›denn es gab dort draußen einige Spuren, die verfolgt hätten werden müssen‹, und die Anklage hatte erkannt, daß die Polizei ein schwaches Glied in der äußerst lückenhaften Indizienkette war, denn ›*Ich* mußte ihn (Patterson) als Zeugen aufrufen. Können Sie sich vorstellen, daß der Leiter der Ermittlungen nicht von der Staatsanwaltschaft als Zeuge aufgerufen wurde?‹

Fingerabdrücke von möglichen Verdächtigen blieben ungeprüft, und Aussagen über den schwarzen Wagen wurden ignoriert. Patterson befragte eine Nachbarin namens Nelda Watts, die laut Aussage einen Schrei gehört, aus ihrem Fenster geblickt und den schwarzen Wagen bei ihrem Briefkasten parkend gesehen hatte. Aber die Polizei konzentrierte sich auf Darlie, und das ergab keinen Sinn, weil sie eine ›liebevolle und vorbildliche‹ Mutter war, die ›nicht aus heiterem Himmel verrückt wurde und ihre Kinder umbrachte‹.

Sie war einer ungewöhnlich genauen Prüfung durch den Staat unterzogen worden, der ›unbegrenzte Gelder‹ für seine Ermittlungen gehabt hatte. »Aber die Anklage hat keinen einzigen Zeugen präsentieren können, der etwas Schlechtes über sie als Mutter gesagt hat.«

Dann wies er zu den Anklägern, die zu dritt nebeneinander an ihrem Tisch saßen. »Sie haben eine Pflicht und die Verantwortung, Ihnen zu sagen, wie es geschehen ist«, sagte Mulder. Statt dessen sei da Jim Cron, ein ›Fingerabdruck-Mann, der sich einen Bart wachsen ließ und sich Berater nennt‹. Und Detective Frosch stützte seine Hand genau an der Stelle ab, wo nicht identifizierte Fingerabdrücke an dem Fenster gefunden worden waren. Bill Parker? »Nun, wenn Bill Parker kein Geständnis aus der Angeklagten herausholen kann, dann ist sie unschuldig.« Officer Waddell? Der war wie gelähmt und half nicht mal den Kindern.

Außerhalb des Hauses war keinerlei Blut von Darlie gefunden worden. »Glauben Sie wirklich, sie ist raffiniert genug, um einen Blutfleck auf einer Socke zu hinterlassen, die Socke in die Gasse zu legen und sich darauf zu verlassen, daß sie von Patterson und seiner Crew gefunden wird?« fragte Mulder.

Zu dem eigenen schwachen Punkt in der Verteidigung, Darlies nervöser Aussage, sagte er: »Ich habe Darlie Routier in den Zeugenstand gerufen, weil ich der Meinung war, Sie haben ein Recht darauf, ihre Darstellung zu hören.«

Dann legte Mulder, unterstützt von Richard Mosty, den Zeitrahmen des Verbrechens dar. Er benutzte die genauen Zeiten, die von den Behörden angegeben wurden. Der Notruf fand um genau 2 Uhr 31 statt, und Darlie war fünf Minuten lang in der Leitung, deshalb mußte das Verbrechen vor ihrem Anruf geschehen sein. Laut Aussagen der ärztlichen Experten, basierend auf den Verletzungen und dem Blutverlust, wurde Damon ungefähr um 2 Uhr 29 niedergestochen und starb ungefähr neun Minuten später um 2 Uhr 38, nach dem Eintreffen der Sanitäter.

In dieser Zeit – also in zwei Minuten – hätte Darlie mehrfach auf beide Kinder einstechen, etwas Blut von jedem auf die Socke geben, aus dem Fenster klettern, das Tor mit nackten Füßen auftreten, zirka fünfundsiebzig Meter in die Gasse hineinrennen und in der Dunkelheit zurückkehren müssen. Sie hätte ferner ins Haus zurücklaufen, das Messer nehmen und sich fünfmal verletzten müssen, wobei sie sorgfältig das Hemd hätte hochziehen müssen, um zusätzlich Schnitte durchzuführen, die ihre Haut nicht trafen. Dann müßte sie das blutige Messer sorgfältig hingelegt haben, zur Couch gegangen sein, das Kissen mit Blut befleckt und eine blutige Spur zum Abstellraum gelegt haben, ›langsam, wie die Staatsanwaltschaft behauptet‹. Danach müßte sie zu den Kindern zurückgegangen sein, weil dort Blut von ihr gefunden worden war, und den Staubsauger über das Blut umgekippt haben, das sie auf dem Boden vergossen hatte. Ganz zu schweigen davon, daß sie auch noch die Notrufnummer hätte wählen müssen.

»All dies müßte in zwei Minuten geschehen sein«, sagte Mosty ungläubig, »wenn Damon um 2 Uhr 29 niedergestochen wurde und Darlie um 2 Uhr 31 die Polizei anrief.«

Der stellvertretende Staatsanwalt Greg Davis, der ein paar Tage nach der Ermordung der Jungen angefangen hatte, sich mit dem Fall zu beschäftigen, sprach als letzter. Die Geschworenen, noch mit den Gedanken an den unglaublich gedrängten Zeitrahmen beschäftigt, den die Verteidigung dargelegt hatte, war anscheinend begierig darauf, von Davis eine Antwort darauf zu hören. Er tat dieses Thema einfach ab, als verscheuche er eine Fliege, eine Standardtaktik der Anklage, jedoch wirksam bei den Geschworenen. »Ich glaube wohl, es überrascht Sie nicht, daß keiner der Verteidiger zufrieden mit der Staatsanwaltschaft ist. In neunzehn Jahren habe ich das noch niemals erlebt.«

Davis bestritt, daß es ›irgendeine Art Verschwörung‹ gegeben hatte. Wenn dies der Fall gewesen wäre, würde er persönlich die Geschworenen bitten, auf NICHT SCHULDIG zu erkennen. Er sagte, er schäme sich nicht, die Polizei von Rowlett zu vertreten, und er sei stolz, ›die Stimmen dieser kleinen Jungen zu vertreten, die nie eine Chance gehabt hatten, etwas zu sagen, als sie von ihrer Mutter abgeschlachtet wurden‹.

Davis spielte den Trumpf des Heimspiels aus: dies sei genau die Art Prozeß, die man erwarten konnte, wenn ›einer schuldigen Frau … hier in der Kerr County der Prozeß gemacht wird‹. Davis grinste fast höhnisch. »Und während sie dort mit wehleidiger Miene sitzt, versucht die Angeklagte, Sie in die Irre zu führen.«

Greg Davis wandte sich dem Beweismaterial zu. Die Verteidigung irrte sich mit ihrer Behauptung, die Angeklagte sei eine Verdächtige gewesen, bevor eine sorgfältige Ermittlung durchgeführt wurde. »Wenn die Polizei von Rowlett sie im Fadenkreuz hatte, warum wurden dann fünf Stunden später von Hamilton noch Fingerabdrücke sichergestellt?« fragte er. Und was Jim Cron anbetraf, so paßte die Geschichte der Angeklagten einfach nicht zu den Beweisen, und die Widersprüche waren zu auffallend.

Er beschäftigte sich mit der Behauptung, Experten der Staatsanwaltschaft hätten sich geirrt. Wenn das stimmte, wo hatten dann die Gutachter der Verteidigung die Theorien über die Blutflecken und -spritzer widerlegt? Hinsichtlich des heiklen Beweisstücks, der Socke, sagte er, Linch habe sie als Darins Socke identifiziert, und Darin habe als Zeuge bestätigt, daß es seine sei und sie aus dem Abstellraum stamme.

Die Behauptung, Darlie habe an einer ›traumatischen Amnesie‹ gelitten, wies Davis zurück. »Ich nenne das die ›Ich-kann-mich-nicht-erinnern‹ oder ›Ich-will-mich-nicht-erinnern‹-Verteidigung.« Die forensischen Meinungen von Dr. Coons wurden ebenfalls spöttisch abgetan. »Ist ein Arzt im Gericht anwesend? Der Verteidiger hat den Prozeß der Angeklagten tödlich verwundet, und wir brauchen einen Arzt«, spottete Davis. Dann führte er Umstände an, die seiner Meinung nach so einfach nicht passieren konnten. Eine unschuldige Frau würde nicht schlafen, während ihre Kinder niedergestochen oder sie selbst angegriffen wurde. Sie würde sofort ihren Mann rufen, wenn sie einen Eindringling sieht; sie würde sich keine Sorgen wegen ihrer Fingerabdrücke auf einem Messer machen, während ihre Kinder verbluten.

»Sie haben eine ganz einfache Wahl«, sagte Davis zu den Geschworenen. »Entweder war diese Frau, Darlie Lynn Routier, die Täterin, oder irgendein geheimnisvoller Eindringling hat die Kinder ermordet.« Er nahm einen Kugelschreiber und wies damit auf die Angeklagte, blickte dabei jedoch die Jury an. »Alle Beweise weisen sehr deutlich auf diese Frau und nur auf diese Frau hin.«

Er überspielte auch Schwierigkeiten mit dem Beweis eines Motivs, indem er sagte, die Geschworenen wüßten, ›unter welchem Druck‹ sie gestanden hatte, aber ›nur Gott und sie wissen, warum sie es getan hat‹.

Davis bezeichnete sie wieder als Mörderin, und diesmal sagte er ihr das ins Gesicht. »Das allerletzte, was diese beiden Kinder sahen, war ihre Mörderin.«

»Lügner!« schrie Darlie. »Sie lügen! Ich habe meine Kinder nicht getötet!«

Das war genau die Antwort, die jeder Ankläger liebend gern vor Geschworenen erhält. Die Angeklagte, gereizt durch die offenen Anschuldigungen eines aggressiven Staatsanwalts, verliert die Beherrschung und dreht durch, wie sie vielleicht in einer dunklen Nacht vor einem halben Jahr durchgedreht war. Davis, siegesgewiß, nutzte Darlies Reaktion, als falle ihm ein goldener Apfel in den Schoß. Er legte eine Pause wegen der dramatischen Wirkung ein und ließ fast resignierend die Schultern sinken. »Jetzt bezeichnet sie mich als Lügner …« Und er ließ das einwirken, bevor er fortfuhr.

»Die Kinder sahen diese Frau, wie sie im Jähzorn mit einem Messer auf sie einstach«, sagte er, nahm Platz und beendete damit den vierwöchigen Prozeß.

32

Richter Tolle machte – so Darin Routier – den Verteidigern Doug Mulder und Richard Mosty am späten Freitag nachmittag nach Belehrung der Geschworenen eine Prophezeiung. Darin sagte, der Richter habe vertraulich mitgeteilt, daß die Verteidiger seiner Meinung nach ›berechtigte Zweifel‹ bewiesen hätten. Wenn das die Ansicht des Richters war, so war sie unerheblich; er war nicht die Jury, und seine persönliche Meinung zählte nicht.

Der lange Prozeß lag schließlich in den Händen der Jury aus sieben Männern und fünf Frauen. Sie berieten sechs Stunden, bis in die Freitagnacht, und die lange Beratungszeit hob die Stimmung des Verteidigungungsteams. Darlies Chancen verbesserten sich mit jedem Ticken der Uhr, denn die lange Beratung ließ darauf schließen, daß es bei den Geschworenen unterschiedliche Meinungen gab.

Der Samstag dämmerte wolkenlos und schön und versprach, ein sonniger warmer Tag in der Stadt zu werden, die so kalt gewesen war, als der Prozeß vor vier Wochen begonnen hatte. Darin tauchte in gehobener Stimmung auf und sagte Reportern: »Ich habe in der vergangenen Nacht wie ein Baby geschlafen. Ich weiß, daß die Jury sie nicht schuldig sprechen wird. Die Geschworenen können sie nicht verurteilen, sie haben keine Beweise.« Er zeigte seine Tätowierung, ein Bild von Devon und Damon.

Darin konnte sich tatsächlich mit seiner geliebten Darlie verständigen, denn sie befand sich in einer Zelle des Gerichts im zweiten Stock und konnte durch ein schmales Fenster hinausblicken auf die Menge, die sich unterhalb von ihr auf dem Rasen versammelte. Darin war von Fernsehkameras umgeben, als er lächelnd zum Fenster hinaufblickte, einen Daumen wie ein Anhalter reckte und mit den Lippen stumm die Worte formte: »Wir schaffen es!«

Fast jeder Verwandte trug ein T-Shirt mit Bildern von Darlie und den Jungen. Dana, Darlies Schwester, hatte ein T-Shirt mit der Aufschrift an ›Rette mich, Herr, vor lügenden Lippen und falschen Zungen‹. Sie liehen sich Kugelschreiber und Füller und Papier, um Schilder zu malen, die sie für Darlie hochhielten: SEI STARK und WIR ALLE LIEBEN DICH. Darlie erwiderte in Zeichensprache ICH LIEBE EUCH.

Sie lächelte und winkte und malte mit erhobenem Finger Buchstaben in die Luft. D-R-A-K-E. Die Behörden hatten ihr keine Genehmigung erteilt, das Kind zu besuchen, aber Darin hielt ein großes Farbfoto von ihrem Sohn hoch. »Nur noch ein Tag!« stellte Darin pantomimisch dar. Darlie war seit sieben Monaten im Gefängnis, und er wollte sie heimbringen.

Die Geschworenen kündigten kurz vor Mittag an, daß sie einen Urteilsspruch gefällt hatten, und alle strömten ins Gerichtsgebäude zurück und gingen durch einen Kordon von zusätzlichen Deputys, die wegen des spektakulären Prozesses am Wochenende Dienst hatten. Mulders Gesicht war eine Maske der Bestürzung. Der Spruch der Geschworenen kam seiner Meinung nach zu früh. »Das sieht nicht gut aus«, sagte er zu jemandem. Familienmitglieder, vor Minuten noch überschwenglich, versammelten sich jetzt nervös in dem kleinen Vorraum zum Gebet, bevor sie den Gerichtssaal betraten.

Darlie war bei ihrem Eintreten verzweifelt, hielt die Hände vors Gesicht und schluchzte. Mulder blickte zu der Familie und gab ihr heimlich ein negatives Zeichen. Daumen nach unten. Es war, als hätte ein Stromschlag die ganze Gruppe gelähmt, und dann brachen Darlies junge Schwestern, Dana und Danelle, in Tränen aus. Keiner der Geschworenen blickte zum Tisch der Verteidigung, als sie hintereinander in den Gerichtssaal kamen.

Um 12 Uhr 40 verlas Richter Tolle das Urteil und bestätigte die schlimmsten Befürchtungen der Routiers. Darlie wurde des Mordes für schuldig erklärt. Sie schaute auf, senkte schnell wieder den Blick, schloß die Augen, hielt eine Faust auf den Mund und flüsterte Richard Mosty zu: »Ich habe meine Babys nicht getötet.«

Die Familie brach in Protestgeschrei aus, und ein Ruf

»Mörder!« war herauszuhören. Wie betäubt wirkende Geschworene schauten zu ihr. »Gottverdammt, ihr seid Mörder!« Darin sank erschöpft und benommen auf seinem Stuhl zusammen und schlug die Hände vors Gesicht. Sarilda war niedergeschmettert und weinte. Danelle schrie: »Das sind alles Lügner! Greg Davis ist ein Mörder!« Mama Darlie schlang einen Arm um Danelle und ermahnte sie, ruhig zu sein, aber in ihren Augen blitzte flammender Zorn über das Urteil. Das Weinen und Schluchzen schwoll an, als sich die Geschworenen erhoben, einer nach dem anderen, und die Hand hoben, um ihr Einverständnis mit dem Urteil anzuzeigen. Ein stämmiger Gerichtsdiener forderte schließlich die Familie auf, ruhig zu sein oder den Gerichtssaal zu verlassen.

Als Darin draußen war, drängte er sich durch eine stürmische See von Fernsehkameras. Er war wie betäubt, und seine Stellungnahme wich nicht von dem ab, was er seit Darlies Festnahme gesagt hatte. »Ich werde weitermachen und weitermachen und weitermachen, bis ich tot bin. Ich werde niemals aufgeben. Wir werden noch viel kämpfen.« Dann lief er über die Straße und verschwand um eine Ecke.

Greg Davis sagte der Menge, daß es trotz des Schuldspruchs noch nicht vorüber war. »Wir bedauern nur, daß wir diese Jungs nicht wieder lebendig machen können«, sagte er. »Wir werden die Todesstrafe beantragen. Ich finde, die Angeklagte ist eine Gefahr.« Befragt nach den verbalen Angriffen der Familie, erklärte Davis, er habe Verständnis für ihre Gefühle. »Sie haben viel durchgemacht durch den Verlust dieser Kinder. Aber, ich muß es noch einmal sagen, sie können nur einer Person die Schuld geben, und das ist Darlie Routier.«

Die Jury tagte wieder am Montag morgen, um zu entscheiden, ob Darlie Mitglied eines der exklusivsten Klubs von Texas werden sollte oder nicht. Nur sechs andere Frauen waren in der Todeszelle. Die Geschworenen würden zwei

Dinge entscheiden müssen. Erstens: Stellte Darlie weiterhin eine Gefahr für die Gesellschaft dar? Wenn ja, würden sie den zweiten Punkt entscheiden müssen, ob etwas in ihrer Vorgeschichte strafmildernd war oder nicht.

Die Staatsanwaltschaft holte die schmutzige Wäsche hervor, um Darlies Charakter anzugreifen.

Eileen Schirmer sagte aus, daß Devon Darlie bei einer Party mit einer Wasserpistole bespritzt und Darlie ihm daraufhin mit einem Stück Geburtstagskuchen ins Gesicht geschlagen hatte. ›Jeder hörte zu lachen auf‹, und Darlie sagte dem Jungen, er habe bekommen, was ihm zustehen würde.

Allison Hennessey aus Rowlett, eine Freundin von einer der Babysitterinnen der Routiers, erwähnte, ihre sechzehnjährige Freundin habe sich beklagt, daß Darlie ihr Marihuana, Wein und Bier angeboten habe, Darlie über die Ablehnung jedoch nur gelacht habe. Allison Hennessey sagte weiter aus, die Jungen hätten unbeaufsichtigt auf belebten Straßen gespielt und seien mit ihren Bikes mehrere Blocks vom Haus entfernt herumgefahren. Als Darlie das gesagt wurde, ›wirkte sie gleichgültig‹.

Kay Norris, die in einem Pfandhaus arbeitete, betonte, Darlie sei eine unverschämte Kundin gewesen, die jede Woche vorbeigekommen sei, über ihre Kinder geflucht und Darin gezwungen habe, ihr Schmuck zu kaufen. Die Norris, deren eigene gewagte Kleidung Polizisten im Zeugenraum auf heiße Gedanken gebracht hatte, stellte fest, Darlie habe sich ›sehr dirnenhaft gekleidet‹, (denn) ›man konnte alles sehen‹. Norris machte ihrer Kundin jedoch keine Vorwürfe. »Ich bekam eine Provision. Ich verdiente Geld durch die Frau.«

Melanie Waits, eine Freundin von Darlie, hin und her gerissen, weil sie aussagen mußte, beschrieb die beiden Zusammenkünfte am Muttertag in den Jahren 1994 und 1995. Im ersten Jahr war ein Striptänzer engagiert worden, der in Darlies Haus aufgetreten war, und im nächsten Jahr veranstaltete die Frauengruppe eine Nachthemdparty im Loew's Anatole Hotel in Dallas und besuchte den Klub

LaBare, in dem Männer strippten. »Es war mehr oder weniger ein Ausflug zu Muttertag. Wir hatten viel Spaß«, sagte Melanie Waits.

Aber die Schlüsselzeugin war keine andere als Halena Czaban, die ihre seltsame Geschichte den Geschworenen nicht während des Prozesses hatte erzählen dürfen. Jetzt durfte sie eine volle Ladung Gift abkippen, und sie bediente sich immer noch einer Dolmetscherin.

Laut ihrer Aussage hatte Darlie ihr nach wenigen Tagen ihrer Arbeit als Hausmädchen erzählt, sie habe finanzielle Probleme und brauche zehntausend Dollar, um Schulden zu bezahlen. Und als Halena versucht hatte, Darlie zu trösten, als sie bei dem Trauergottesdienst neben dem Sarg gestanden hatten, hatte sie angeblich zu Darlie gesagt: »Es tut mir so leid, was geschehen ist. Sie hatten so viele Probleme, und jetzt auch noch die teure Beerdigung.« Darlie, sagte sie, antwortete: »Das macht mir keine Sorgen, weil ich fünftausend Dollar pro Kopf von der Versicherung kriege.« Den Zuhörern im Gerichtssaal stockte der Atem.

Gegen solche Zeugenaussagen hatte das tränenreiche Flehen von Darlies Verwandten wenig Chancen. Mama Darlie bat: »Wenn Sie auch nur ein bißchen Erbarmen haben, dann verurteilen Sie sie nicht zum Tode, denn sie hat dies nicht getan.«

Sarilda trat wieder in den Zeugenstand und sagte: »Ich finde, Sie tun unrecht. Damit müssen Sie leben. Ich habe diese beiden Enkel verloren, und sie werden niemals zurückkommen. Blicken Sie tief in Ihre Seele und machen Sie es nicht noch schlimmer.«

Und Darins wehleidige Aussage stieß auf taube Ohren. »Ich habe alles verloren«, sagte er und fügte hinzu, daß er immer noch an Darlies Unschuld glaubte.

Die letzten Schlußplädoyers folgten am Dienstag morgen, und diesmal waren sie knapp. Die stellvertretende Staatsanwältin Sherri Wallace beantragte die Todesstrafe; es war Taktik der Anklage, von einer Frau die Hinrichtung einer anderen Frau beantragen zu lassen, nicht von einem Mann. »Sie wissen, daß sie eine Bedrohung ist. Sie ist eine Bedrohung für alles, das ihr in den Weg kommt«, sagte Sherri Wallace vor den Geschworenen. »Solange Sie ihr nicht in die Quere kommen, ist alles prima. Aber Gott helfe Ihnen, wenn Sie ihr in den Weg kommen.«

Greg Davis stellte die Jury auf die Seite von Engeln. »Wir denken nicht gerne, daß der Teufel existiert, aber, Ladies and Gentlemen, es gibt den Satan in dieser Welt, und heute heißt dieser Satan Darlie Lynn Routier.« Das Urteil Todesstrafe sei kein Akt des Hasses auf Darlie, sagte er. »Das ist Gerechtigkeit.«

Die Anwälte der Verteidigung sahen mit einem Blick auf die Geschworenen, daß sie keine Chance hatten. Doug Mulder hielt eine Rückschau auf kritische Punkte der Anklage und sagte, die Geschworenen sollten weiterhin Zweifel an den Indizien haben, genug um das Urteil Todesstrafe in Frage zu stellen. »Wenn man von Ihnen erwartet, daß sie die letzte Frage beantworten, dann haben Sie ein Recht auf einige Antworten und einige Erklärungen«, sagte er.

Richard Mosty, der emotional ganz in dem Prozeß aufgegangen war und dem das Urteil persönlich zu schaffen machte, sprach leise mit Darlie, als sich die Jury zur Beratung zurückzog, um das Urteil zu fällen. »Darlie«, sagte er. »Ich bezweifle, daß wir eine Chance haben, mit lebenslänglich davonzukommen. Es gibt keine Möglichkeit, diese Jury zu beeinflussen.« Sie schaute ihn an und pflichtete ihm mit einem Nicken bei. »Ich schaute mir diese Geschworenen während unserer Plädoyers an«, sagte Mosty. »Sie hörten sich einfach nicht an, was wir zu sagen hatten.«

Es dauerte vier Stunden, bis das Urteil verkündet wurde, und während dieser Zeit schaute Darlie ein letztes Mal aus dem Fenster ihrer Zelle im zweiten Stock. Wie stets war Darin für sie dort unten. Beide waren völlig erschöpft, benommen und verausgabt. Sie hatten keine Kraft mehr, kein Geld, keine Hoffnung. Nichts außer dem, was sie füreinander empfanden. Er formte mit den Lippen die stummen Worte: »Ich liebe dich.«

Eine Stunde später wurde Darlie Lynn Routier durch die Giftspritze hingerichtet.

Anmerkung des Autors

Dies war ein beunruhigender Fall. Als Autor habe ich die Erfahrung gemacht, daß jedes Buch über wahre Kriminalfälle eine Fülle von einzigartigen Umständen bietet, und dieses bot eine Klasse für sich.

In einem Gerichtssaal kommt nicht zwangsläufig die Wahrheit heraus. Es ist eine Stätte von festen Regeln, gegenseitigen Vereinbarungen und Gesetzesparagraphen, an der gegensätzliche Argumente vor einer Jury angeführt werden, die nicht unbedingt alles hört, was über die Leute und die entsprechenden Situationen gesagt wird.

Eine meiner Entscheidungen war es, den Prozeß sich von selbst entwickeln zu lassen, den Anwälten zu erlauben, ihre Arbeit zu erledigen und sie für das Ergebnis geradestehen zu lassen. Ich fand heraus, daß dies unmöglich sein würde, denn die Geschehnisse außerhalb des Gerichtsgebäudes erwiesen sich als wesentlich für die Geschichte.

Ist Darlie Routier schuldig, ihre Kinder ermordet zu haben? Gewiß haben die Ankläger die Geschworenen gründlich von ihrer Schuld überzeugt, und sie haben sich dabei an die gesetzlichen Bestimmungen gehalten. Eine Prüfung des Verfahrens, automatisch nach einer Verurteilung in einem Mordfall, läuft inzwischen.

Aber beim Recherchieren für diesen Fall, angefangen mit meinem Eintreffen in Rowlett in der Woche, in der Darlie festgenommen wurde, und nach einigen anschließenden Besuchen in Rowlett und Dallas vor dem Prozeß, bildete ich mir Meinungen, die im Gegensatz zu zwei sehr wichtigen Fragen in der öffentlichen Wahrnehmung stehen:

Hat Darlie Routier die Todesstrafe verdient? *Nein.*

Ist ihr Prozeß fair gewesen? *Wahrscheinlich nicht.*

Die Gründe für diese beiden persönlichen Schlüsse sind die gleichen. Die Anklage spielte mit Furcht und Gefühlen einer Jury, die sehr konservativ war und in einer

Kleinstadt ausgewählt wurde, die den jetzt vierten Mordprozeß mit der Todesstrafe abschloß. Nach dem Prozeß trat ein Geschworener im landesweiten Fernsehen auf und sagte, er habe für eine Verurteilung gestimmt, weil die Verteidigung Darlies Unschuld nicht bewiesen habe, der direkte Gegensatz zu der ›Im-Zweifel-für-den-Angeklagten‹-Maxime des amerikanischen Gesetzes.

Die Jury hätte abgesondert werden müssen, denn die Beengtheit des Gerichtsgebäudes und die Kleinheit von Kerrville machten es unmöglich, die Geschworenen von äußeren Einflüssen abzuschirmen. Ein Geschworener wurde oftmals bei der Lektüre von Zeitungen gesehen, andere aßen an Tischen neben Prozeßteilnehmern oder Familienmitgliedern und – das Schlimmste von allem – sie hörten ständig Bemerkungen von Zuschauern im Gerichtsgebäude, während sie den Gerichtssaal betraten und / oder verließen.

Sie waren ebenfalls das Produkt ihrer Umgebung, und in Kerrville heißt das ein streng konservativer Standpunkt und tiefer, fundamentalistischer religiöser Glauben. So waren die Geschworenen peinlich berührt, als der Ankläger Darlie zu dem Eingeständnis brachte, daß sie nicht regelmäßig in die Kirche ging, sich am Muttertag Männerstrip ansah, Schmuck in einem Pfandhaus kaufte und ihre Kids afrikanisch-amerikanische Rapmusik hören ließ. Obwohl all diese Dinge nichts mit Mord zu tun hatten.

Die ständige Erwähnung von ›Gangsta's Paradise‹ war besonders fragwürdig und diente offenbar dazu, rassistische Vorurteile zu schüren. Es war eine unfaire Schilderung eines Songs, der mit dem Vers beginnt: ›Während ich durch das Tal der Schatten des Todes gehe …‹, auf das ausweglose Leben auf der verbrecherischen Straße einer Stadt hinweist und keine einzige Obszönität enthält. Anstatt einen schlechten Einfluß auf Kinder zu haben, ist der beliebte Song ein Aufschrei, Bandengewalt zu beenden. Es war unwahrscheinlich, daß einer der Geschworenen das Lied jemals gehört hatte, und die Taktik der Anklage ähnelte der von Predigern, die über vier Jahrzehnte gegen

Elvis Presley und Rock and Roll gewettert hatten. Norman Kinnes Bezeichnung ›Wohnwagengesindel‹ für Darlie Kee war völlig geschmacklos und ein Anzeichen auf geistige Beschränktheit im Büro des Staatsanwalts.

Zum gleichen Schluß kann man bei der unerwarteten Erwähnung von Marihuana in der frühen Pase des Prozesses gelangen. Der Polizeibeamte, der diese Äußerung gemacht hatte, war wiederholt in ›Übungsverhandlungen‹ auf seine Zeugenaussage vorbereitet worden.

Die Polizei von Rowlett gab nach dem Prozeß eine Presseverlautbarung heraus und pries die Arbeit ihrer Ermittler und anderer Beamten. In Wirklichkeit war ihre Arbeit von Anfang an in vielerlei Hinsicht sehr fragwürdig. In meiner dreißigjährigen Laufbahn, in der ich über Hunderte von Prozessen berichtet habe, war es sehr selten, daß der Leiter der Ermittlungen, sein Partner und sein Chef nicht von der Anklage als Hauptzeugen aufgerufen wurden, denn sie kennen den Fall am besten. Oder sollten ihn kennen. Pattterson, Frosch und Grant Jack wurden zugunsten von bezahlten, auswärtigen Gutachtern ausrangiert. Ein Zeuge der Anklage beschrieb, die Polizei von Rowlett im Wartezimmer beim Prozeß als ›arrogant‹.

Von gleicher Bedeutung war die Tatsache, daß Notizen der Polizei entweder verschwanden, auf den neuesten Stand gebracht wurden oder überhaupt nicht angefertigt wurden. Gesetzesbehörden im ganzen Land bestehen für gewöhnlich auf klaren Notizen und in vielen Orten auf Tonbandaufzeichnungen, um für rechtsgültige Aussagen vor Gericht zu sorgen. Das ist in Rowlett nicht der Fall gewesen.

Hätte man ordentliche Notizen angefertigt, wäre die Polizei vielleicht in der gleichen peinlichen Lage gewesen wie das Personal des Baylor Hospital, dessen Aussagen in direktem Gegensatz zu dem standen, was sie Monate zuvor über Darlies Verfasssung aufgeschrieben hatten, als man sie für das Opfer eines Angriffs gehalten hatte.

Mit der Tüchtigkeit der Polizei war es nicht weit her gewesen, angefangen mit Sergeant Tom Dean Wards

Behauptung, das Tor zur Gasse sei geschlossen und abgeschlossen gewesen, obwohl es in Wirklichkeit offengestanden hatte, bis zu Spurensicherer David Mayne, der seine Fotos nicht numerierte und dann anscheinend auf gut Glück den sichergestellten Beweisstücken zuordnete. Diese Pannen sind vielleicht dadurch zu erklären, daß der Staatsanwalt der Dallas County nicht am Tatort war, um die früheste Pase der Ermittlung zu leiten – ebenfalls in vielen Staaten eine Routineprozedur bei Kapitalverbrechen.

Der Zeitpunkt, an dem Darlie zur Verdächtigen wurde, war ebenfalls ein beunruhigender Punkt, und die Anklage behauptete, daß über eine Woche nach den Morden am 6. Juni vergangen war, bevor diese Entscheidung getroffen worden war. Im Gegensatz dazu stand Jim Crons Aussage, er habe am ersten Tag im Morgengrauen, nach nur einer halben Stunde am Tatort, der Polizei seine Schlußfolgerung mitgeteilt, daß kein Einbrecher für das Verbrechen in Frage komme. Cron gelangte zu dieser Erkenntnis, ohne etwas von der blutigen Socke zu wissen und in der falschen Annahme, Darlie habe nicht auf der Couch geblutet, weil er das blutbespritzte Kissen nicht gesehen hatte, das auf den Boden gelegt worden war.

Die folgende Entscheidung, das Tonband mit dem Notruf zurückzubehalten, würde bestätigen, daß die Polizei dachte, es enthalte sachdienliche Informationen, die auf Darlie hinwiesen. Und die Polizei belehrte Darlie am 8. Juni, gleich nach ihrer Entlassung aus dem Krankenhaus, über ihre Rechte nach dem Mirandagesetz, was bedeutet, daß man sie mit Sicherheit zu diesem frühen Zeitpunkt – wenn nicht gar schon früher – für verdächtig hielt.

Nach der Voruntersuchung am 26. Juni war klar, daß die Ankläger kein Vertrauen in die Zeugenaussage von Patterson und Frosch hatten. Anstatt sich auf die Polizei von Rowlett zu verlassen, wurden auswärtige Spezialisten zu den Ermittlungen hinzugezogen, um mehr und bessere Indizienbeweise und Zeugen zu erhalten, die nicht unter den Fragen der Verteidiger zusammenbrechen würden. DNS-Expertin Judith Irene Floyd, der forensische Sachverständige Tom Bevell aus Oklahoma und der FBI-Spezialist für Täterprofile Allen Brantley begannen mit ihrer Arbeit nicht im Sommer des Verbrechens, sondern erst im September. Charles Linch suchte erst am 21. November im Haus nach Beweisen, und der forensische Fachmann Robert Poole kam erst einen Monat vor Prozeßbeginn ins Spiel.

Dennoch gab es keine Erklärung, weshalb die Socke mit dem Blut der ermordeten Kinder so weit vom Tatort gefunden wurde oder warum ein Tierhaar daran haftete. Die Experten behaupteten kühl, sie sei dort absichtlich deponiert worden, ohne zu erklären, wie das geschehen sein konnte oder zu beweisen, wem die Socke gehörte.

Ebenso blieb der Grund, weshalb Darlie ihre Kinder getötet haben sollte, so unklar, daß die Ankläger ihn einfach abtaten, indem Toby Shook sagte, die Anklage brauche kein Motiv für die Tat zu beweisen. Ihr Szenario von fianziellen Problemen und Depressionen war ein extremer Versuch, Fakten zu erzwingen, damit sie zu einer Vorstellung paßten. Das brachte die Staatsanwaltschaft in die ironische Position, Darlies geistige Verfassung zur Tatzeit darzulegen, ohne einen eigenen psychiatrischen Gutachter als Zeugen aufzurufen. Ich habe viele Stunden in Gesprächen mit den Mitgliedern der Familie Routier verbracht und keinen einzigen Hinweis darauf gefunden, daß Darlie zu Gewalt geneigt hatte.

Dennoch hatte sich Darlie die meisten ihrer Probleme selbst zuzuschreiben. Sie sprach zuviel ohne juristischen Beistand mit der Polizei; sie schrieb in der Untersuchungshaft zu viele Briefe, ohne damit zu rechnen, daß sie von den Aufsehern gelesen wurden; sie ignorierte Mulders Rat, nicht auszusagen; und sie versuchte mit Toby Shook, einem gewieften Anwalt, zu streiten, woraufhin er sie im Zeugenstand niedermachte.

Die Jury mochte Darlie einfach nicht, und so ignorierte sie vieles, was zu ihrer Verteidigung gesagt wurde und ließ die Löcher in der Anklage außer acht. Die Verurteilung war für viele eine Überraschung, vielleicht sogar für den Richter. Die Würfel waren jedoch gefallen. Die Geschworenen hörten kaum zu, als sie über die Todesstrafe belehrt wurden. Selbst wenn Darlie in jedem Anklagepunkt für schuldig befunden worden wäre, wurde von der Staatsanwaltschaft nicht bewiesen, daß sie weiterhin eine Bedrohung der Gesellschaft darstellte und deshalb die Todesstrafe statt einer langen Haftstrafe – vielleicht sogar lebenslänglich – verdiente. Die Familie Routier sagte, daß in Interviews nach dem Prozeß vier Geschworene sagten, sie hätten ursprünglich zu Darlies Gunsten gestimmt. Wenn das stimmt, macht es das einstimmige Urteil Todesstrafe noch merkwürdiger.

Es ist bedauerlich, daß dieser Prozeß von Gefühlen und nicht von Fakten entschieden wurde, und er war verloren, als er von Dallas nach Kerrville verlegt wurde.